クリスティー文庫

104

モノグラム殺人事件

ソフィー・ハナ

山本　博・大野尚江訳

早 川 書 房

7851

THE MONOGRAM MURDERS
by
Sophie Hannah

Translated by
Hiroshi Yamamoto and Hisae Ono
Published 2020 in Japan by
HAYAKAWA PUBLISHING, INC.
This book is published in Japan by
arrangement with
AGATHA CHRISTIE LIMITED
through TIMO ASSOCIATES, INC.

アガサ・クリスティーに捧ぐ

謝辞

次に記す方々に心からの感謝を捧げる。まずは、謎解きに非凡な力を発揮するポアロのように本のエージェントとして比類なき力を発揮してくれたピーター・ストラウスに。本書の出版にかかわるすべての行程で私を鼓舞し、親切にサポートし続けてくれたマシューとジェームズ・プリチャードに。仕事でも遊びでも楽しませてくれた才気溢れるヒラリー・ストロングに。版元のハーパー・コリンズUKとUSの素晴らしいチーム、特に、(編集の上で熱心かつ鋭い忠告を与えてくれた)ケイト・エルトンとナターシャ・ヒューズに。それから、(同じ忠告を与えてくれ、犬の話をたくさんさせてもらい、わけのわからないヒステリックな電話に対応してくれた!)デイヴィッド・ブローンに。(デイヴィッドは亡くなった著者のエステートの仕事が主なので、生きている作家が彼と仕事をするのは稀であるが、まだ死んでいないすべての作家は、彼と仕事をするという素晴らしい機会を逸している。本当に)。最初から本書に夢中になり、出版に向けて大きな役割を果たしてくれたルイーザ・ジョイナーに感謝を。ルー・スワンネル、キャシー・タートル、ジェニファー・ハート、アン・オブライエン、ハイク・シュスラー、ダニエル・バートレット、デイモン・グリーニー、マルゴー・ワイスマン、ケイトリン・ハリ、ジョッシュ・マーウェル、チャーリー・レッドメイン、ヴァージニア・スタンリー、ローラ・ディ・ジュセッペ、ライアット・ステーリック、キャスリン・ゴードン、その他本書の執筆に関与してくれたすべての素晴らしい方々に感謝を。あなたがたのおかげで、驚くほど貴重な経験をさせてもらった（謝辞の頁に形容詞が多過ぎるなんてことはない）。そして、本書の売り込みに大いに手腕をふるったフォー・コールマン・ゲッティに感謝を。

私を鼓舞激励してくれたダン・マロリーには、段落を丸ごと使って特別に嬉しく思っている気持ちを表し感謝したい。私が本を書くことをいかに愛しているかを思い出させてくれた。

タムセン・ハワードには、プロットについて決定的な助言をタイミングよく与えてくれたことに謝意を表する。

私のサイコ・スリラーを出版しているホッダー・アンド・スタウトンは、私がポアロとつかの間浮気したことをことのほか喜び、巨大な渦巻き型の髭を生やさずにホッダー・タワーズに戻ってくることだけを要望してくれた。大変ありがたく思っている。

ツイッターや現実世界で本書を支持してくれる全ての方々に感謝を。ジェイミー・バーンサルとスコット・ウォレス・ベイカーが特に心に浮かぶ。私をアガサ・ファンの世界に迎え入れてくれたことに対し、おふたりには非常に感謝している。

目次

モノグラム殺人事件

登場人物

エルキュール・ポアロ…………探偵
エドワード・キャッチプール……スコットランドヤードの刑事
スタンレー・ビア………………巡査
ジェニー・ホッブズ……………謎の女
フィー・スプリング……………〈プレザント珈琲館〉のウエイトレス
ブランチ・アンズワース………ポアロとキャッチプールの住む下宿のオーナー
ルカ・ラザリ……………………〈ブロクサム・ホテル〉の支配人
ジョン・グッド…………………同フロント係
トーマス・ブリッグネル………同フロント見習い
ラファル・ボバク………………同ウエイター
ハリエット・シッペル
アイダ・グランズベリー ……殺人の被害者
リチャード・ニーガス
ヘンリー・ニーガス……………リチャードの弟
サミュエル・キッド……………事件の目撃者
パトリック・アイヴ……………教区司祭
フランシス………………………パトリックの妻
マーガレット・アーンスト……パトリックの後任の教区司祭の妻
ドクター・アンブローズ・フラワーデイ……医師
ナンシー・デュケイン…………肖像画家
セント・ジョン・ウォレス……貴族。画家
ルイーザ・ウォレス……………ジョンの妻
ドーカス…………………………ウォレス家のメイド

第一章　逃げるジェニー

「とにかく彼女は嫌い。私が言いたいのはそれだけ」流れ髪《フライアウェイ・ヘア》のウエイトレスがこっそりと言った。しかし、声が大きかったから、〈プレザント珈琲館〉のたったひとりの客だったポアロにも容易に聞き取れた。「彼女」とは、他のウエイトレスなのか、それとも彼と同じ店の常連客なのか、どちらなのだろうとポアロは思った。

「私が彼女を好きになる必要なんかないでしょう？　あんたがどう思うかは、それは自由だけど」

「いい人だと思ったんだけど」丸顔の背の低いウエイトレスが、ちょっと自信なさげに言った。

「プライドが傷つけられると、すぐああなるの。自信をとりもどせば、また彼女の舌は毒を垂れ流すようになるわ。あべこべなのよ。彼女のようなタイプは大勢見てきたわ——

——絶対信用しちゃだめ」

「あべこべってどういう意味？」丸顔のウエイトレスがきいた。

二月のこの木曜日午後七時半、エルキュール・ポアロは珈琲館のたったひとりの客だった。彼は、このフライアウェイ・ヘアのウエイトレスが何を言いたいのかを察して、笑みを漏らした。彼女が鋭い観察眼を示したのは、これが初めてではない。

「誰でも苦しいときは、ついひどい言葉を言ってしまうことはある——私にだって覚えがあるし、認めるわ。でも、私なら自分が幸せなときは、他の人も幸せになってほしいと思う。そうでしょ。でもね、彼女のように、うまくいっているときに人をこっぴどくやっつける人もいるの。そういう人には用心しなきゃ」

なかなかいい《ボン》。実に賢い《セ・ラ・ラ・ヴレ・サジェス》。

珈琲館のドアがパッと開いて壁にぶつかった。薄茶のコートと、それよりも濃い茶の帽子を被った女が戸口に立っていた。髪はブロンド。ポアロには彼女の顔が見えなかった。遅れてくる誰かを待っているかのように、顔が後ろを向いている。

ドアは数秒間開け放たれていただけだが、冷たい外気が小さな店の暖かさをすべて消し去った。いつもなら、ポアロはかんかんに怒っただろう。が、今は、こんなに劇的に入って来て、しかも自分が他人にどんな印象を与えているかにまったく頓着なさそうな新参者に興味を持った。

ポアロは飲み物を少しでも冷やさないようにとカップを手で覆った。壁が歪んだこの小さな店は、ロンドンの環境の良い地区とはかなり離れたセント・グレゴリー・アリーにあるが、世界中のどの店よりも美味しいコーヒーを出す。ポアロはいつも、ディナーの前に、後もそうだが、コーヒーを飲まない。むしろ、普段はそんなことを考えるだけでぞっとする。しかし、午後七時半きっかりに〈プレザント〉に来る木曜日は例外にしていた。一週間に一度のこの例外は今ではちょっとした習慣になっていた。

もうひとつ、コーヒーほどではないがこの店で楽しんでいることがある。テーブルの上にいい加減に並べてあるナイフやフォーク、スプーン、ナプキン、コップなどを、きちんとした位置に直すことだ。ここのウエイトレスは、テーブルのどこかに——どこでもだ——置いてさえおけばいいと思っている。だが、ポアロはそうではない。だから、店に来ると、まずテーブルを整えることにしていた。

「すみません、お入りになるならドアを閉めていただけますか?」フライアウェイ・ヘアが言った。茶のコートと帽子の女はまだ、片手でドアの枠を掴み、外を向いたままだった。「たとえお入りになるつもりがなくても。中の私たちが凍えてしまいます」

女は中に入った。ドアを閉めたが、長くドアを開け放していたのを謝りもしなかった。彼女の荒い呼吸が部屋中に聞こえた。他にも客がいることには気づいてさえいないようだ。ポアロは小声で「こんばんは」と言った。彼女は彼のほうに向きかけたが、挨拶は返さなかった。目が異常な警戒心で大きく見開かれている——赤の他人を、まるで身体を摑むように惹き付ける強力な目だった。

ポアロはもはや店に来たときの心の平安と満足を感じられなかった。穏やかな気分は壊されてしまった。

女は窓に走りよると、外を覗いた。探しているものは見えっこないとポアロは思った。明るい室内から真っ暗な外を凝視しても、部屋の様子がガラスに映るだけだ。しかし、彼女は通りを見張ると決めたかのように、外を見つめつづけていた。

「ああ、あなたですか」フライアウェイ・ヘアが少し苛立たしげに言った。「どうなさったんですか？　何かあったんですか？」

茶のコートと帽子の女が振り返った。「いいえ、私……」すすり泣くような声だ。それから気を取り直して言った。「いいえ。あの隅の席は空いてますか？」通りに面したドアからもっとも遠い席を指し示した。

「どの席でもいいですよ。あの紳士が座っていらっしゃるところ以外なら。どこも準備が整っていますから」それから、急にポアロのことを思い出したかのように、フライアウェイ・ヘアは彼に言った。「もう少しでディナーができあがります」ポアロは喜んだ。〈プレザント〉のディナーは、そのコーヒーと同じくらい美味しい。ここのコーヒーとディナーの質から考えて、厨房で働いている人間がみなイギリス人だという事実はちょっと信じられなかった。信じがたい。

フライアウェイ・ヘアは不安そうな女のほうを振り返った。「本当に何でもないんですか、ジェニー？　悪魔と鉢合わせでもしたみたいな顔をしてますわ」

「大丈夫、ありがとう。濃い紅茶を頂くだけで十分よ」ジェニーは、ポアロを見もせずにすぐ脇を通って一番奥のテーブルに急いだ。ポアロは、彼女を観察できるように椅子の向きをわずかに変えた。彼女に何事かあったのは間違いない。それと、この珈琲館のウエイトレスと話したくないのも確かだ。

彼女は、帽子とコートさえ脱がずに、通りに面したドアに背を向けて座った。と思うとすぐに振り返って肩越しにドアを見た。女の顔をしげしげ観察して、ポアロは彼女を四十歳ぐらいだろうと見当をつけた。大きな目は見開かれ、瞬きもしない。今でも眼前にショッキングな光景を見ているかのようだ──フライアウェイ・ヘアが言ったように悪魔と鉢合わせしたかのように。しかし、ポアロが見るかぎり、彼女の前にそんな光景はない。あるのは、テーブルと椅子、木製の帽子とコート掛け、そして異なった色と形とサイズのティーポットの重みでたわんだ棚に囲まれた四角い部屋だけだ。

この棚には身震いする！　なぜこんなにたわんだ棚をたった今にでも真っすぐなものと取り換えないのか。ポアロには理解できなかった。四角いテーブルにフォークを並べるのに、テーブルの横の真っすぐな線と平行に並べないのが理解できないのと同じこととだ。しかし、誰もがエルキュール・ポアロと同じように考えるとはかぎらない。もうずっと前からそのことは認めている——それはポアロにとって利益にもなり不利益にもなった。

身体をひねったまま、その女——ジェニー——は、まるで誰かが今にも飛び込んでくるかのように、ドアをにらみつけていた。震えている。寒さのせいかもしれない。いや——ポアロは思い直した——寒さは関係ない。珈琲館はふたたび暖かくなっていた。そして、ジェニーはドアを見張っているくせに、ドアに背を向けてもっとも遠い席に座っている。だから、導き出せるまっとうな結論はただひとつしかない。

ポアロはコーヒーカップを持つと、彼女が座っている席へ行った。結婚指輪をしていないことに目を留める。「少しだけご一緒してもよろしいですかな、マドモワゼル？」彼はできれば、彼女のスプーンやナプキンやコップもきちんと並べ替えたかったが、さすがに自制した。

「えっ？　まあ、どうぞ」彼女はどちらでもいいような言い方をした。彼女の関心事は珈琲館のドアだけだった。まだ身体をひねったまま、熱心にドアを見つめている。

「紹介させていただきましょう、私の名は……ええ……」ポアロは言葉を切った。自分の名前を言えば、フライアウェイ・ヘアを始めとするこのウエイトレスに聞こえてしまって、一介の外国人客、欧州大陸から来たただの退職警察官ではなくなってしまうだろう。エルキュール・ポアロという名は、聞く者によっては大きな影響力がある。この数週間、いわば冬眠状態に入ったポアロは、無名の気楽さを味わっていた。

しかしジェニーは、明らかに彼の名前や存在に関心を持っていないようだった。一筋の涙が彼女の目の隅《すみ》からこぼれ、頬を伝って流れた。

「マドモワゼル・ジェニー」ポアロは名前を呼ぶことで彼女の注意を引くことができるかもしれないと思った。「私は以前警察官でした。もう退職していますが、現役のときは、今のあなたのように動揺している人を大勢見てきました。不幸な人のことではありません。どこの国にも大勢いますけどね。私は、身に危険を感じている人のことを言っているのです」

ようやく気づかせることができた。ジェニーは恐怖のために大きく見開かれた目でポアロを見つめた。「け……警察官？」

「そうです《ウィ》。何年も前に退職しました。しかし——」

「それでは、ロンドンでは何もできませんわね？　できないって……つまり、ここでは何の力もないのでしょう？　犯人を逮捕するとか、そんなことはできない？」

「そのとおりです」ポアロは彼女に微笑みかけた。「ロンドンでは、退職後の人生を楽しんでいる老紳士といったところですな」

ほぼ十秒間、彼女はドアから目を離していた。

「当たっていますかな、マドモワゼル？　あなたはご自分が危険に晒《さら》されていると思っている。振り返ってドアを見ているのは、あなたをここまで追ってくる人物が、今にもあのドアから入ってくるのではないかと思っているからですね？」

「ええ、危険に晒されています、おっしゃるとおりですわ！」彼女はもっと言いたそうだった。「あなたは確かに今は警官ではないのですか？」

「警官にはいろいろありますが、そのどれでもありませんな」ポアロは彼女を安心させた。しかし、影響力が皆無だと思わせたくなかったので付け加えた。「もし警察の力を借りたいのでしたら、スコットランドヤードに友人の刑事がいます。とても若い――三十をいくらも超えていないでしょう――しかし出世すると思いますよ。彼なら喜んであなたの話を聞いてくれるはずです。私にできることは……」丸顔のウエイトレスがティーカップを持ってやって来たので、ポアロは口をつぐんだ。

ウエイトレスはジェニーにカップを渡すと、キッチンに戻って行った。フライアウェイ・ヘアもキッチンに引っ込んでいた。彼女は常連客の行動についてあれこれ詮釈するのが大好きだとポアロはよく知っていた。だから、外国人紳士が突然ジェニーの席に行ったからには、さぞや噂話に花を咲かせているだろう。ポアロは普段、〈プレザント〉の客とは必要以上に長話をしない。友人のエドワード・キャッチプール――一時的に共同で下宿を借りているスコットランドヤードの刑事――とここで食事をするときを除けば、誰とも付き合わない。冬眠中のつもりなのだ。

珈琲館のウエイトレスのゴシップなど、ポアロは気にかけなかった。むしろ都合良く引っ込んでくれたことに感謝した。これならジェニーはもっと気軽に話ができる。「喜んでご相談にのりますよ、マドモワゼル」

「ご親切に。でも誰も私を助けられません」ジェニーは涙をぬぐった。「助けていただきたい――なんとかそうしていただきたいと思います。でも、手遅れなんです。私はもう死んでいます。でなければ、すぐに死にます。永久に隠れていられるわけではありませんから」

もう死んでいます……彼女の言葉が部屋にまたしても冷気をもたらした。

「つまり、助けは得られないんです。たとえ得られたとしても、私にはその資格がありません。でも……私の席に来てくださって、気分がいくらかよくなりました」彼女は癒しを求めたのか、あるいは身体の震えを止めるというむなしい努力のためか、腕を身体に巻き付けた。お茶はまだ一口も飲んでいない。「どうぞ、一緒にいてください。あなたとお話をしているあいだは何事も起きないでしょう。少なくとも慰めにはなります」

「マドモワゼル、これは非常に憂慮すべきことです。あなたは今、生きていらっしゃる。生きつづけるために必要なことをしなければなりません。私にぜひ話して――」

「いけません！」彼女は目を大きく見開き、身体を縮めた。「そんなことをしてはいけません。これを止めるようなことは何もしてはいけないのです。止められないんです。不可能なんです。必然なんです。私さえ死ねば、ようやく正当な処罰が下されたことになる」彼女は再び肩越しにドアを見た。

ポアロは眉をひそめた。ジェニーは、ポアロが自分の席に来てくれたことで、少しは気分がよくなったかもしれない。だが、ポアロの気分がよくなるわけがない。「私はあなたのおっしゃることを正しく理解していますかな？　暗に、誰かがあなたを殺すために追いかけていると言っておられるのか？」

ジェニーは涙に濡れた目で彼を見つめた。「私があきらめて、そういうことが起きるとしたら、殺人になるのでしょうか？　私はもう逃げ回り、隠れ、怯えているのに疲れ切ってしまいました。それが起きるなら起きるで、もうけりをつけたいのです。実際、それは起きるのです。なぜなら、起きなければならないから。それが物事を正す唯一の手段だから。私はそうなっても仕方がない人間なんです」

「そんなはずはない」ポアロは言った。「あなたの苦境の細部がわからない以上、同意できかねます。正しい殺人など絶対にありえない。私の友人の刑事、彼に助けを求めるべきです」

「だめです！　このことはご友人だけでなく誰にも一言も言ってはいけません。約束してください」

エルキュール・ポアロは守れない約束はしない。

「いったいどうして殺される罰を受けなければならないのです？　ご自身が殺人でも犯したのですか」

「犯したも同然です！　殺人だけが許されないことではないんです、そうでしょう？　あなたはきっと、本当に許されないことをしたことがないんですわ」

「では、あなたはしたんですね？　それで、自分の命で償わなければならない。そう思っている。違います《ノン》。それは正しくありません。私の下宿まで一緒に来てくれるよう、あなたを説得できさえすればいいのですが。それにとても近くです。スコットランドヤードの私の友人、ミスター・キャッチプール——」

「だめです！」ジェニーは椅子から跳び上がった。

「座ってください、マドモワゼル」

「ああ、私、しゃべりすぎました！　何てばかなんでしょう！　あなたが親切そうなので、ついしゃべってしまいました。それにあなたは何もできないと思ったものですから。もう退職されたことや、よその国からいらしたことをお聞きしていなかったら、一言もしゃべりませんでしたわ！　約束してください。もし私が死体で発見されても、刑事のお友だちに犯人を捜さないように言ってください」彼女はぎゅっと目をつぶり、両手を握りしめた。「どうか誰にも彼らの口を開けさせないでください。この犯罪は決して解決してはいけないのです。刑事のお友だちにそう言って、納得させてくださると約束して。正当な処罰というものが大切だと思うのでしたら、ぜひ私の頼みをきいてください」

彼女はドアに向かって走った。ポアロは追いかけようと立ち上がった。しかし、椅子から腰を上げるまでのあいだに彼女が走った距離に気づくと、大きなため息をつき、また座った。無駄だ。ジェニーは行ってしまった、夜の闇の中に。とても追いつけないだろう。

キッチンのドアが開いて、フライアウェイ・ヘアがポアロのディナーを持って現れた。匂いが胃にこたえた。すっかり食欲を失っていた。

「ジェニーはどこ？」フライアウェイ・ヘアがきいた。彼女が消えた責任がポアロにあるかのように。実のところ、彼は責任を感じていた。もっと速く動いていたら、もっと注意深く言葉を選んでいたら……

「もう我慢できないわ」フライアウェイ・ヘアはポアロのディナーをテーブルの上にドンと置くと厨房に戻って行った。そしてドアを押し開けながら、わめいた。「あのジェニー、突然現れたと思ったら、払いもせずに消えてしまったわよ」

「しかし彼女は、いったい何の支払いをしなければならないのか」エルキュール・ポアロはつぶやいた。

一分後、バーミチェリ・スフレ添えのビーフチョップを食べてみようというむなしい努力をポアロはあきらめた。ポアロは〈プレザント〉の厨房のドアをノックした。フライアウェイ・ヘアが、ほっそりした身体越しに中が見えないように、少しだけドアを開けた。

「ディナーにどこかお気に入らないことがありましたか？」

「マドモワゼル・ジェニーが飲まなかったお茶の代金を払わせてください」ポアロは言った。「その代わりに、二、三質問させていただけますかな？」

「じゃあ、ジェニーの知り合いだったのですか？　ジェニーと一緒のところを見たことがないけど」

「いや《ノン》。知り合いじゃありません。だからきいているんです」

「じゃあ、なぜ彼女の席に行ったんです？」

「怯えていて、悩んでいたからです。とても見ていられなかった。何かできることがあるかと思ったのですよ」

「ジェニーのような人を助けることはできないわ」フライアウェイ・ヘアは言った。

「いいですわ、質問しても。でも、その前に私から質問がひとつ。どこで警察官をしていたんですか？」

ポアロは、彼女がすでに三つの質問をしたことは指摘しなかった。これで四つめだ。

彼女は目を細めてポアロをじっと見た。「どこか知りませんがとにかくフランス語を話すところ——でも、フランスではないんでしょう？　ウエイトレスたちが〝フランス男〟と言うと、あなたがどんな顔をするか見てましたから」

ポアロは微笑んだ。たぶん、彼女に名前を知られても困ることはないだろう。「エルキュール・ポアロです、マドモワゼル。ベルギーから来ました。知り合いになれて嬉しいですな」ポアロは手を伸ばした。

彼女は手を握り返す。「フィー・スプリング。本当はユーフィーミア。でも、みんなフィーと呼ぶわ。私の名前をいちいち全部言うことになったら、言いたいことも言いきれなくなってしまうでしょ？　だからって、私が困ることはないですけど」

「マドモワゼル・ジェニーのフルネームをご存知ですかな？」

フィーがテーブルのほうに顎《あご》をしゃくった。山盛りの皿からまだ湯気が上がっている。「とにかくディナーは食べてください。すぐ戻ってきます」彼女はさっと身を引くと、彼の面前でドアを閉めた。

ポアロはテーブルに戻った。彼女の助言に従って、もう少しビーフチョップを食べる努力をしてもいいかもしれない。細部によく気がつく人と話をすると、何と元気づけられることか。そういう人物にお目にかかることはあまりない。

フィーは、受け皿なしに、カップだけを持ってすぐに出てきた。ジェニーが消えて空になった椅子に腰掛け、チューと音をたてながら飲んだ。ポアロは何とかその音をこらえた。

「ジェニーのことはあまり知らないのよ」彼女は言った。「あの人が話していたちょっと風変わりなことだけしかね。彼女、大きな家のレディの身の回りの世話をしているみたい。住み込みで。だから、レディのための素敵なディナーやらパーティとやらのために、定期的にここにコーヒーやケーキを取りに来るの。町の向こうから――一度そう言ってたわ。ここの常連の多くは結構遠くからいらっしゃるんですよ。ジェニーはいつも飲み物を一杯だけ飲んでいきます。『いつものをお願い』ここに来ると、レディみたいにそう言うんです。堂々と聞こえるように演技しているのよ、きっと。あれは生まれつきのものではないわね。だから、あまりしゃべらないのかも。すぐに化けの皮がはがれるのがわかってるから」

「失礼だが」ポアロは言った。「どうして知ってるのかね、マドモワゼル・ジェニーが必ずしもいつもそのように話すわけではないことを？」

「メイドがあんなにきちんとした言葉で話すのを聞いたことなんかあります？　私はありませんけど」

「そうだが《ウイ》、しかし《メ》……では、それはあなたの推量でしかありませんな？」

フィー・スプリングは、確実に知っているわけではないことを不承不承認めた。彼女が知っている範囲では、ジェニーは〝本物のレディ〟のような話し方をしていたのだ。

「ジェニーのために言っておきますけど、彼女はお茶好き。だから、少なくとも分別はわきまえているわ」

「お茶好きですか？」

「そうよ」フィーはポアロのコーヒーカップを嗅いだ。「私に言わせれば、お茶を飲めばいいときにコーヒーを飲む人はみんな脳がおかしいのよ」

「ジェニーが働いている家のレディの名前や、その大きな家の住所は知らないんですね？」

「ええ。ジェニーの姓も知らない。でも、彼女が何年も前にひどい失恋をしたのは知ってるわ。以前そう言ってた」

「失恋？　どんなたぐいの失恋か、彼女は言っていましたか？」

「失恋には一種類しかないわ」フィーはきっぱりと言った。「心がめちゃくちゃに壊れてしまうようなやつよ」

「私が言いたいのは、失恋の原因はたくさんあるということです。報われない愛とか、悲劇的な若さで愛する人を失うとか――」

「あら、失恋の中身は聞いたことないわ」フィーの声にかすかないらつきが感じられる。

「これからもきっと聞かないはず。失恋としか言わなかったんだから。ジェニーについて言えるのは、余計なおしゃべりはしないってことよ。彼女がまだこの椅子に座っていたとしても、逃げてしまった今と同じ、助けることなんかできないわ。自分の殻《から》に閉じこもっているんだもの。それが彼女の問題ね。どうしてだか知らないけど、その殻の中でのたうちまわるのが好きなのよ」

　自分の殻に閉じこもっている……その言葉がポアロの記憶を呼び覚ました——数週間前の木曜日の夜、〈プレザント〉で、フィーがある客について話していたことを。

ポアロは言った。「彼女は一切質問をしない、そうですね《ネスパ》？　社交や会話にも興味がない？　自分以外の人の生活にどんな新しい情報があるかにも関心を持とうとしない？」

「まさにそう」フィーは感心したような表情を浮かべた。「彼女には好奇心というものがひとかけらもないのね。自分のことだけにこだわって。あんな人には会ったことないわ。世の中とか自分以外の人が見えないの。どうやって暮らしているのかとか、どのように世の中を渡っているのかとか、絶対に聞いたりしない」フィーが首を傾げた。「お客さんはいろいろご存知なのね？」

「私が知っているのは、あなたが他のウエイトレスと話しているのを聞いたからですよ、マドモワゼル」

フィーの顔が赤くなった。「驚いたわ、わざわざ聞いてたなんて」

ポアロはこれ以上彼女に恥をかかせたくなかった。だから、〝この珈琲館の客たち〟をどう思うか、それをもっと聞きたいところだ、とは言わなかった。たとえば、店に来るたびに、いったん注文するくせに、すぐあまり欲しくなかったと言ってキャンセルする〝ミスターご不満〟のこととか。

今は、フィーがポアロにも〝ミスターご不満〟と同類の名前――おそらく彼の見事な口ひげを連想させるような名前――をつけて彼のいないときに使っているのではないか、と尋ねるのにふさわしい機会ではなかった。

「すると、マドモワゼル・ジェニーは他人のことを知りたいとは思っていない、というわけですな」ポアロはもっともらしく言った。「だが、自分の周りの人たちの生活や考え方にまるで興味をもたず、自分のことばかり延々と語る多くの者たちとも彼女は異なっている――そうですな?」

フィーは眉毛をあげた。「すごい記憶力。今度も正解よ。そうなんです、ジェニーは自分のことを話さないの。質問には応えるけど、長々と話すことはない。自分の頭の中にあることからあまり長く離れていたくないのね。それが何だか知らないけどね。彼女の秘密の宝物――それは彼女を幸せにはしないけど、そのことばかり考えてる。私はとっくに彼女を知ろうなんて思わなくなった」

「彼女はあの失恋のことを考え続けている」ポアロはつぶやいた。「そして身の危険のことを」

「彼女が危険に晒されていると自分で言ったの？」

「ええ《ウィ》、マドモワゼル。彼女を引き止めるよう素早く行動できなかったことを悔やんでいます。もしも彼女に何かが起こったら……」ポアロは首をふりながら、ここに来たときの心の平安を取り戻せたらと思った。だが、ある決心をすると、手のひらでテーブルを叩いた。「明日の朝《ドゥマ・マタン》、ここに戻って来ます。彼女はここによく来るとあなたは言いました。そうですね《ネスパ》？　危険が襲う前に彼女を見つけます。今度こそ、エルキュール・ポアロはもっと素早く動きます」

「素早くても、ゆっくりでも、同じだわ」フィーは言った。「誰も、ジェニーを見つけられません。たとえ目の前にいてもね。そして、誰も彼女を助けられない」彼女は立ち上がるとポアロの皿を取った。「もったいないわ、美味しい料理を冷たくしてしまうなんて」

第二章　三つの部屋で起きた殺人

　このようにして事件は始まった。一九二九年二月七日木曜日の夜、エルキュール・ポアロ、ジェニー、そしてフィー・スプリングを登場人物として。ティーポットが積み重なってたわんだ〈プレザント珈琲館〉の棚のあいだで。

　あるいは、始まったように見えたと言うべきだろうか。実際のところ、私には、実人生の話に始まりと終わりがあるのか確信が持てない。どんなに見晴らしのきく地点から見たとしても、それは際限なく過去にさかのぼり、冷酷に未来に向かって延びていく。だから、必ずしも「これでおしまい」と言って、線を引くことはできない。

　幸い、実話にもヒーローとヒロインがいる。私自身はヒーローではないし、ヒーローになれる望みもないが、たしかにヒーローやヒロインはしばしば存在する。

　あの木曜日の夜、私は珈琲館にいなかった。私の名前は話に出ていたが――エドワード・キャッチプール、ポアロの友人でスコットランドヤードの警察官、三十歳をそれほど超えていない（正確には三十二歳）。私はあの場にはいなかった。にもかかわらず、ジェニーの物語を世に残すために、自分の経験の空隙を埋めようと決意したのだ。幸運にも、エルキュール・ポアロの証言が私を助けてくれた。彼よりも優れた証人がいるわけがない。

私は、この物語を誰でもない自分自身のために書いている。物語が完成したら何度でも読み返すつもりだ。今言葉を書きつらねながら感じているショックを感ずることなく、これらの言葉を直視できるようになるまで――「どうしてこんなことが起こりえたのだろう？」から「そう、こんなことが起きたのだ」と納得できるようになるまで。

そのうち、『ジェニーの物語』よりもっといい題名を考えなければならない。今のままではあまり題名らしくない。

私が初めてエルキュール・ポアロに会ったのは、あの木曜日の六週間前のことだった。その頃、彼はブランチ・アンズワース所有のロンドンの下宿に部屋を借りていた。そこはゆったりとした、非のうちどころなく清潔な建物で、外見はどちらかというと四角四面だが、内装はいかにも女性らしかった。そこかしこに襞飾りやフリルや飾り枠があるのだ。仕事中にときどき、客間のラベンダー色の房飾りか何かが肘《ひじ》やら靴やらにくっついているのではないかとぞっとしたりする。

私と違って、ポアロはずっとそこに住み続けるわけではなく、一時的な滞在者であった。「少なくとも一カ月、何もしない休息を楽しもうと思っています」彼は最初の日に言った。私がその邪魔でもするかのように、大いなる決意を持ってそう言った。「私の頭脳は忙しくなりすぎるのです。いろいろな考えが駆け巡って……ここでならゆっくりしてくれるでしょう」

私は彼がどこに住んでいるのか尋ねた。「フランス」という答えを期待していた。その時点では、フランス人ではなく、ベルギー人だと知らなかったのだ。彼は私の質問に応えるために、窓まで行ってカーテンを片側に引き、せいぜい三百ヤードしか離れていない、広くて瀟洒《しょうしゃ》な建物を指し示した。

「あそこに住んでいるのですか？」私は言った。冗談だろう。

「ええ《ウィ》。自分の家からあまり離れたくないんです」ポアロは言った。「あれが見えるのがとても嬉しいんです。美しい眺めだ！」彼は誇らしげにマンションを見つめていた。一瞬、私の存在を忘れたのかと思った。やがてこう言った。「旅行は素晴らしいことです。刺激的で。しかし、ゆったりとした気分にはなれません。それでも、自分をどこかに連れて行かなければ、ポアロの頭脳に休息《ヴァカーンス》は訪れません。あれやこれやと邪魔が入ります。家に居ると簡単に誰かに見つかってしまいます。友人や赤の他人がいつものよう《コム・トゥジュール》に重大な用件をかかえてやって来る。いつだって重大な用件なんです！　そうすると小さな灰色の脳細胞が忙しくなり、そのエネルギーはすぐ尽きてしまう。ですから、ポアロはしばらくロンドンを離れていることになっています。その間、自分のよく知っている界隈で邪魔者なしで休息するのです」

彼は一気に語った。私は、あたかもその話が完璧に筋が通っているかのようにうなずいていた。人間は歳をとるにつれてますます風変わりになっていくのかもしれない。

ミセス・アンズワースは、木曜日の夜はディナーを作らない。その夜は亡夫の妹を訪ねることになっているのだ。そういうわけで、ポアロは〈プレザント〉を発見することになった。彼は私に言った。ロンドンには不在のはずだから、行きつけの店で見られたくない。いや、きみのような人が行く店——ただし、料理がうまいところ——を推薦してほしいと。私は〈プレザント〉のことを話した。狭苦しくて、ちょっと風変わり、しかし、一度来た客はほとんどが常連になると。

あの木曜の夜——ポアロがジェニーと出会った夜——彼は十時十分すぎに帰ってきた。いつもよりずっと遅い。私は客間の暖炉の傍に座っていたが、なかなか暖まれずにいた。玄関のドアが開閉されるとすぐに、ブランチ・アンズワースがポアロに小声で何か言っているのが聞こえた。きっと玄関で待っていたのだろう。

彼女が何を言っているのかまでは聞こえなかった。が、想像はできた。心配しているのだ。そしてその心配の種《たね》は私だった。彼女は九時半に義妹の家から帰ってきて、私の様子がどこかおかしいと感じたようだ。私は異様に見えたそうだ——まるで食べることも寝ることもしなかったかのように。彼女みずから私にそう言ったのだ。ちなみに、どうやったら何も食べなかったように見せることができるのか、私にはわからない。おそらく、朝食のときよりも痩せてはいただろうが。

彼女はさまざまな角度から私を観察し、私を正常に戻すために思いつくかぎりの方策を申し出た。まず手始めに、そのような状況時に施す当然の治療法――食べ物、飲み物、親身に耳を傾けること――を申し出た。私がこの三つすべてをできるだけ丁寧に断ると、もっと突飛な提案を出してきた。ハーブを詰め込んだ枕とか、青黒い瓶に入っている嫌な匂いだが効果がありそうな入浴剤とか。

私は感謝を言葉にしつつ断った。彼女は必死になって客間を見回し、私のかかえる問題を解決できるという保証付きで私に押し付けられる眉唾《まゆつば》物を探した。

たぶん今ごろ、嫌な匂いの青黒い瓶かハーブの枕のどちらかを受けいれるよう私を説得してくれとポアロにひそひそと頼んでいるはずだ。

ポアロは通常、木曜の夜は九時までに〈プレザント〉から戻り、客間のお気に入りの椅子に座って本を読む。私はさきほど〈ブロクサム・ホテル〉で目にしてきたことは絶対に思い出すまいと決意していた。早くお気に入りの椅子に座っているポアロと会って、いつもよくやるようにちょっとした楽しいおしゃべりをしたいと願いながら、九時十五分に帰ってきた。

彼はいなかった。彼の不在で、あらゆるものが不思議に遠く離れてしまったように感じた。まるで足元の地面が落ち込んでしまったかのように。ポアロは自分の習慣を変えたがらない几帳面なタイプだ。「精神に休息を与えるのは、変わることのない日課ですよ、キャッチプール君」何回か私にそう言っている。それなのに、たっぷり十五分は遅れていた。

九時半に玄関のドアの音を聞いて、ポアロかと期待した。が、ブランチ・アンズワースだった。うめきそうになった。自分が悩んでいるときに一番嫌なのは、つまらないことで大騒ぎするのが気晴しの人間と同席することだ。

私は明日、〈ブロクサム〉に戻れるのだろうか。戻らなければならないことはわかっていた。だから、そのことを考えないようにしていた。

さて、と私は思いを巡らした。やっとポアロが帰ってきた。ポアロも私のことを心配するだろう。ブランチ・アンズワースがそうしなければいけないと話したはずだから。あるいはふたりがそばにいないほうがかえって楽かもしれない。気楽で楽しい会話ができないくらいなら、一切話をしないほうがいいかもしれない。

ポアロが帽子とコートを着たまま客間に現れ、ドアを閉めた。矢継ぎ早の質問がくるかと思った。しかし、彼は心ここにあらずといった風に言った。「もう遅い。私は通りという通りを歩き回って探しまわったが、ただ遅くなるだけで何もやりとげられなかった」

たしかに彼は何かを心配していた。しかし、私がすでに食べたのか、それともこれから食べようとしているのかと心配しているわけではなかった。心底ほっとした。「探している？」私はきいた。

「そうです《ウイ》。ジェニーという女の人を。彼女がまだ殺されずに生きていることを切に願っています」

「殺される？」私は再び地面が沈みこんだような感覚を覚えた。ポアロが有名な探偵であることは知っていた。以前、解決した事件のいくつかについて彼が語ってくれたことがある。しかし、今はそういったすべてから離れて休息をとっているはずだったから、ポアロがあんなに不吉な言い方で、意味ありげな言葉を口にしたことに私は違和感を感じた。

「そのジェニーって人はどんなみなりですか？」私はきいた。「説明してください。見たことがあるかもしれません。特に殺されているとすれば。今晩、殺された女の人をふたりも見ました。実際には、男もひとり。だから、あなたは運に恵まれているかもしれない。男はジェニーと呼ばれそうには見えなかった。しかし、あとのふたりの女性については――」

「待ってください《アタンデ》、キャッチプール君」ポアロの落ち着いた声が、私のやけくそでまとまりのない話をさえぎった。彼は帽子をとり、コートのボタンに手をかけた。「なるほど、マダム・ブランチの言うとおりですね。何か問題ですか？　ああ、どうしてすぐ気がつかなかったんだ。顔色が悪い。私の思考はどこに行ったのか。マダム・ブランチが近づいてくるのを見ると、いつもどこかに行ってしまうのです！　でも、ポアロに今すぐ《イメディアトマン》話してください。どうしたのですか？」

「三件の殺人です」私は言った。「三件とも今まで見たどんな事件とも似ていません。女ふたりと男ひとり。それぞれが別の部屋で」

もちろん、これまで何度も非業の死を見てきた。スコットランドヤードに来てほぼ二年、警察官になってからは五年になる。しかし、ほとんどの殺人事件には、抑えきれなかった心の衝動がはっきりと見てとれる。たとえば、怒りに駆られて殴ったとか、あるいは、酒を飲み過ぎてカッとなったとか。ところが、〈ブロクサム〉で起きた事件はまったく異なっている。誰であれ、あのホテルで三人を殺した人物はあらかじめ計画を立てていた——おそらく何カ月もかけて。殺人現場はどれも、私には解き明かすことのできない隠れた意味を持った、背筋の凍るような芸術品だった。私が今回対決しているのはおそらく、いつも扱い慣れている支離滅裂な悪漢ではなく、冷酷で細心の注意を払う、敗北を許さない知性の持ち主だ。そう思ってぞっとした。

私はたしかに必要以上に陰鬱な気分に陥っていた。しかし、不吉な予感を振り払うことができなかったのだ。三体の揃いの死体。考えただけで身震いする。恐怖心をつのらせるなと自分に言い聞かせる。表面上はいくら違っていても、他の事件と同じように対処すればいい。

「三件の殺人が同じ家の別の部屋で？」ポアロがきいた。

「いえ、〈ブロクサム・ホテル〉でです。ピカデリー・サーカスを上がって行ったところの。ご存知ないと思いますが」

「知りませんな」

「私も中に入ったのは今晩が初めてです。私のような男が行くようなところではありません。宮殿のようです」

ポアロは背筋を真っすぐ伸ばして座っていた。「三件の殺人、同じホテル、それぞれ別の部屋で」

「そうです。どの事件も夜早い時間に、間をおかずに」

「今夜ですか？　それなのに、あなたはここにいる。なぜホテルにいないのですか？　殺人者はもう逮捕されているのですか？」

「そんな幸運には恵まれていないでしょう。いや、私は……」言いかけて咳払いをした。事件に関する事実を報告するだけでよいだろう。現場を見て動揺したことや、逃げ出したいという強い衝動に屈服して〈ブロクサム〉に五分といられなかったことをポアロに説明するつもりはなかった。

三人の遺体は正式に、きちんと仰向けに整えられていた。両脇に両腕。床に触れている手のひら。揃えた両足……

死体をきちんと整える。その言葉が心に突き刺さるとともに、何年も前のあの暗い部屋――幼い頃に無理やり入らされ、それ以来、私の想像の中に入ることを拒み続けてきた部屋――が目に浮かんだ。これからの人生においても絶対に拒み続けるつもりだ。

命を失った手。下向きの手のひら。

〝彼の手を握りなさい、エドワード〟

「心配しないでください。現場には大勢の警察官が見張っていますから」私は、招かざる幻影を消すために素早く大声で言った。「明朝現場に戻ります。遅すぎることはありません」私は、ポアロがもっと詳しい説明を求めているのを見てとって、言い足した。「頭をスッキリさせなければならなかったんです。率直に言って、この三件の殺人ほど奇妙な事件は今まで見たことがありません」

「奇妙とはどんなふうに?」

「被害者である彼あるいは彼女の口に、あるものが入っていたんです――同じものが」

「いや《ノン》」ポアロが私に向かって指を振った。「それは不可能ですよ、キャッチプール君。同じものが同時に異なった三つの口に入っているなんてありえません」

「それぞれ三つの別のもの、ただしすべて同じ形のもの」私は明確に説明した。「三つのカフスボタン。見たところ純金。モノグラム（図案化したイニシャル）付き。すべて同じＰＩＪのイニシャル。ポアロさん？　大丈夫ですか？　顔色が――」

「ああ《モン・デュー》」彼は立ち上がって、部屋をぐるぐる回り始めた。「きみにはこれが何を意味するのかわかっていない、キャッチプール君。そう、まるでわかっていない。なぜなら、私がマドモワゼル・ジェニーと出会った話を聞いていないからだ。きみに理解してもらうために、何があったのか、急いで話さなければ」

　急いで話す、ということについてのポアロの考え方は、大方の考え方とは異なっていた。三百人が亡くなる火事だろうが、子どもの顎《あご》の小さなえくぼだろうが、どんな細部も彼にとっては同じように重要なのだ。物事の核心に迫るのを急ぐようにポアロを説得することはどだい無理な話だから、私は自分の椅子に座り、彼が好きなように話をするにまかせた。話し終わったときには、まるで自分が実際に経験したような錯覚さえ覚えた――それは、これまで自分がその場にいて係わったどんな経験よりも、もっと総合的な経験だった。

「何とも異常なことが起きたものですね」私は言った。「〈ブロクサム・ホテル〉で三件の殺人事件が起きた同じ夜に。奇妙な偶然」

　ポアロがため息をついた。「偶然とは思いません。たまに偶然の一致があるのは認めます。しかし、今回ははっきりした関連性が認められます」

「つまり、一方で殺人、もう一方で殺される恐怖ということですか？」

「いや《ノン》。むろん、それもひとつ関連したことです。しかし、私はそれとは違うことを言っているのです」ポアロは客間を歩きまわるのをやめ、私に向き合った。「きみの話では、三人の被害者の口にそれぞれＰＩＪというモノグラムの付いた金のカフスボタンが入っていたということですね？」

「そうです」

「マドモワゼル・ジェニーは、はっきりと私にこう言いました。『約束してください。もし私が死体で発見されても、お友だちの刑事に犯人を捜さないように言ってください。どうか誰にも彼らの口を開けさせないでください。この犯罪は決して解決してはいけないのです』彼女の『どうか誰にも彼らの口を開けさせないでください』という言葉は何を意味すると思いますか？」

ポアロは冗談を言ってるのか？　いや、違う。「それは」私は言った。「はっきりしているでしょう。彼女は殺されるのを恐れていた。しかし、自分を殺した者を罰してほしくなかった。誰にも犯人の名を口にしないでほしい。自分こそ罰せられるべき人間だと信じている」

「きみは、まずはわかり切った意味を選びました」私に失望したみたいに聞こえた。

「『ああ、どうか誰にも彼らの口を開けさせないでください』というこの言葉に、他の意味もあるか自分自身に問いかけてください。きみの三つの金のカフスボタンについてよく考えてください」

「私のではありません」私は強い調子で言った。この事件を丸ごと遠くに追い払いたいと願いながら。「いいでしょう。あなたが何を言いたいのかわかりました。しかし――」

「何がわかったのですか？　私は何を言いたいのですか？」

「そうですね……『どうか誰にも彼らの口を開けさせないでください』は、無理すれば、『〈ブロクサム・ホテル〉の三人の殺人事件被害者の口を開けさせるな』という意味にもとれるでしょう」私はこのありえない理論を表明したことで大ばかものになった気がした。

「そのとおり《エグザクトゥマン》！　『どうか誰にも彼らの口を開けさせないでください。PIJのイニシャル付きの金のカフスボタンを発見させないでください』これがジェニーの言いたかったことだったという可能性はありませんか？　彼女はホテルで殺された三人の被害者を知っており、誰が殺したにしろ、その人物は彼女をも殺そうとしていることを知っている、という意味ではありませんか？」

私の返事を待たずに、ポアロは想像を膨らませていった。「だから、PIJという文字《ネ》、そのイニシャルを持つ人物は、この事件にとって非常に重要な存在なのです、そうで《ス》しょう《パ》？　ジェニーはこのことを知っていた。誰かがこの三つの文字を見つけ出せば、殺人犯の発見に近づくことを知っていて、それを阻止しようとしている。そうならば《アロール》、ジェニーの身に危険が迫る前に、きみは殺人犯を捕まえなければならない。そうでないと、エルキュール・ポアロは自分を許せなくなります」

私はにわかに重圧を感じた。殺人犯を捕まえなければという差し迫った責任もだ。それに、私が原因でポアロがみずからを決して許せなくなるようなことはしたくなかった。彼は私が、この種の精神――死人の口にカフスボタンを入れることを考えつく精神――を持った殺人犯を逮捕できる男だと本当に思っているのだろうか？　私は常に真っすぐな人間である。そして、真っすぐなことだけを処理するのがもっとも得意なのだ。

「ホテルに戻るべきだと思いますよ」ポアロが言った。今すぐに、という意味だ。

私は三つの部屋を思い出してぞっとした。「明日の朝一番で十分です」彼のピカッと光る目を見ないようにしながらそう言った。「言っておきますが、このジェニーなる人物のことを現場で持ち出して、笑い者になるつもりは毛頭ありません。みんなを混乱させるだけですから。あなたは彼女の言葉からある意味を汲み取り、私は別の意味を汲み取った。あなたのは私のより興味深いが、私のほうが二十倍正しそうです」

「そうではありません」否定された。

「意見が違うのはしかたないでしょう」私はきっぱりと言った。「百人にきいたとしても、全員があなたにではなく私に同意すると思います」

「私もそうではないかと思います」ポアロはため息をついた。「それでも何とかきみを説得したい。今きみはホテルの殺人事件についてこう言いました。『被害者である彼あるいは彼女の口にあるものが入っていた』と。そうですね？」

私は同意した。

「きみは『彼らの口』とは言わなかった。『彼あるいは彼女の』と言いました——なぜなら、きみは教養があるから、『それぞれの（each）』と整合するように複数形ではなく単数形、つまり、『彼あるいは彼女の（his or her）』と言ったのです——これは文法的に正しい。マドモワゼル・ジェニーはメイドだが、教養のある人の喋り方をする。語彙もそうです。自分の死、殺人について語っていたとき、『必然』という言葉を使いました。それからこうも言いました。『つまり、助けは得られないんです。たとえ得られたとしても、私にはその資格がありません』と。彼女は英語を正しく使う女性です。ですから、キャッチプール君……」ポアロは再び立ち上がった。「ですから、きみの言い分が正しくて、ジェニーは『どうか誰にも彼らの口を開けさせないでください』を『どうか誰にも警察に情報を与えさせないでください』という意味で言ったとしたら、どうして『どうか誰にも彼か彼女の口を開けさせないでください』と言わなかったのでしょうか？『誰にも（no one）』という言葉は複数形ではなく、単数形を要求します！」

私は首に痛みを感じながら彼を見上げた。めんくらって返事をする気力もなかった。ジェニーはひどいパニックに陥っていたと、ポアロみずからが言ったのではなかったか？　私の経験では、恐怖にかられた人間は文法などに構っていられないものだ。私は常々、ポアロはもっとも優れた知性の持ち主だと思っていた。だが、間違っていたのかもしれない。こういったたぐいのナンセンスをとうとうと弁じたがるのなら、そろそろ頭脳を休息させるべき頃合だと彼が判断したとしても別に驚くことではない。

「当然、きみは、ジェニーは悩んでいたから、文法などに構っていられなかったと言うでしょう」ポアロは続けた。「しかしながら、このひとつの例を除けば、彼女の文法は完璧に正しかった――ただし私が正しくきみが間違っているとしたらですが、ジェニーは文法的に何ひとつ間違いを犯さなかったのです！」

彼は拍手をし、自分の発言にすっかり満足しているようだった。私は思わず鋭い声で言った。「素晴らしいご意見です、ポアロさん。ひとりの男とふたりの女が殺された。私の仕事はその事件を解決することです。しかし、ジェニーという人物が、誰だか知りませんが、英語の使い方を誤らなかったことを非常に喜ばしく思っていますよ」

「ポアロも、また非常に喜ばしく思っています」なかなかへこたれない友人は言った。「なぜなら、わずかながら進展があったからです。小さな発見。いや違う《ノン》」微笑が消え、深刻な表情になった。「マドモワゼル・ジェニーは文法上の間違いを犯しませんでした。

彼女が言おうとしていたことは、『どうか誰にも殺された三人の口——彼らの口——を開けさせないでください』だったのです」

「どうしてもそう言い張るのでしたらそれでけっこうですが」私はぶつぶつと言った。

「明日の朝食後、きみは〈ブロクサム〉に戻る。私もそこに参ります。ジェニーの行方を探したあとで」

「あなたも？」私は少々動揺した。抗議の言葉が浮かんだが、そんなものにポアロは聞く耳を持たないことを知っていた。有名な探偵であろうと、今回の事件に関する彼の考えは、率直に言ってばかげていた。しかし、彼が一緒に行くと言うなら、断ろうとは思わなかった。彼は自分に自信を持ち、私は持っていなかった——詰まるところはそういうことなのだ。彼が事件に興味を持ってくれたおかげでこちらも元気がついた気がした。

「はい《ウィ》」彼は言った。「極めて異常な特徴を共有する三件の殺人事件が起きました。口の中にモノグラムの付いたカフスボタン。必ず〈ブロクサム〉に参ります」

「刺激を避けて脳を休めるはずじゃなかったのですか？」

「ええ《ウィ》、そのとおりです《プレシゼマン》」ポアロは私をじろりと見た。「一日中この椅子に座って、私がマドモワゼル・ジェニーに会ったこと、つまり、きわめて重要なこの事実をきみが誰にも話さずにいるのかと悶々としていては休息になりえません。ジェニーがロンドン中を逃げ回りながら、殺人者に彼女を殺し、口に四つ目のカフスボタンを入れるチャンスを与えてしまうと考えていては」

ポアロは椅子から乗り出した。「こういうアイディアは少なくともきみに考え直してみる余地を与えるでしょうか。つまり、カフスボタンはすべて対《つい》になっているのではないか？〈ブロクサム〉の死人の口には三つのカフスボタンが入っている。四つ目のカフスボタンは、まだ殺人者のポケットにあり、ジェニーが殺され、その後で口に入れられるのを待っているのでないとすれば、いったいどこにあるのか？」

私は笑いそうになった。「ポアロさん、そんな話、まったくばかげていますよ。カフスボタンは普通、対になっています。しかし、実は、これは極めて単純なことです。殺人者は三人の人間を殺したかった。だから三個のカフスボタンを使っただけなんです。空想上の四つ目のカフスボタンという考えを使っても、何かを証明することはできません——もちろん、ホテルの殺人事件をこのジェニーというご婦人と無理につなげることもできません」

ポアロの顔が頑固そうな表情を見せた。「もしきみが今回のようにカフスボタンを利用することを考えついた殺人者だとしたら、キャッチプール君、きみは人に対という考えを抱かせます。我々の前に四つ目のカフスボタン、四人目の被害者という考えを示したのは、その殺人者であり、エルキュール・ポアロではありません！」

「しかし……それならば、殺人者が被害者を六人、あるいは八人と考えていないと、どうしてわかるんです？　この殺人者がポケットにあと五つのＰＩＪというモノグラム付きのカフスボタンをしのばせていないとどうして言えます？」

驚いたことに、ポアロはうなずいて言った。「いい点をついています」

「いいえ、ポアロさん、別にいい点じゃありません」私はがっくりして言った。「ただの思いつきですよ。あなたなら私の空想の飛躍を楽しめるかもしれませんが。でも、保証しますが、スコットランドヤードの上司たちが好む意見ではないでしょう」

「その上司たちは、あなたが様々な可能性に思いをはせるのを好まないのですか？　もちろん、好まないでしょうね」ポアロは自分で応えた。「それなのに、彼らがこの捜査の指揮を執っている。上司たちときみのことです。だからこそ、エルキュール・ポアロは明日〈ブロクサム〉に行かなければならないのですよ」

第三章 〈ブロクサム・ホテル〉で

翌朝の〈ブロクサム・ホテル〉。私は、ポアロが今にも現れて、この三つの殺人事件の捜査において、我々単純な警察官がいかに愚かな取り組み方をしているかと話し始めるのではないかと、不安に駆られていた。彼の来訪を知っているのは私だけだった。それが私をピリピリさせていた。彼の存在は私の責任になるのだ。だから、彼が警察官たちの士気を損ねるのではないか、本当のことを言えば、私自身の士気をくじくかもしれないのではないかと恐れていた。いつになく明るい二月のその日の楽天的な光を浴びたからか、また、驚くほど満足に眠れた後だったからか、私はどういうわけか彼に〈ブロクサム〉に近づくことを禁じなかった。不思議なことに。

しかし、いずれにしても、私が禁じたとしても彼は聞く耳をもたなかっただろう。

ポアロが到着したとき、私は豪華なロビーにいて、ホテルの支配人ルカ・ラザリと話をしていた。ラザリは友好的で、有能で、驚くほど熱心な男だ。黒い巻き毛と、音楽のような話し振りと、ポアロとは比ぶべくもない程度の口ひげをたくわえていた。ラザリは、カネを払っている客――つまりは殺されないですんだ客――とまったく同じように、私や仲間の警察官にも〈ブロクサム〉でのひと時を楽しんでもらおうと決心しているようだった。

ラザリをポアロに紹介した。ポアロはそっけなくうなずいた。いつもの元気は見られなかったが、理由はすぐにわかった。「ジェニーは見つかりませんでした」彼は言った。「朝の半分を珈琲館で待っていたのに！　しかし、現れませんでした」

「『朝の半分』はないでしょう、ポアロさん」彼は誇張する傾向があったから、私はそう言った。

「マドモワゼル・フィーもいませんでした。他のウエイトレスたちからもたいした話がきけませんでした」

「運が悪い」私は驚いて言った。ジェニーが再び珈琲館を訪れるとはどうしたって考えられなかった。そして罪悪感を覚えた。たぶん、ポアロに分別を持つようもっと説得すべきだったのだ。彼女は、彼に秘密を打ち明けたことが間違いだったと宣言して、彼から、〈プレザント〉から逃げ出したのだ。それなのにどうしてまた翌日戻ってきて、彼の保護にわが身を任せようとするだろうか？

「さて！」ポアロが期待を込めて私を見た。「どんな話をしてくれますかな？」

「私もあなたが必要とする情報を提供するためにここにおります」ラザリが微笑みなが

ら言った。「ルカ・ラザリはどのようにでもあなた方のお望みどおりに動きます。ところで、〈ブロクサム〉にはお出でになったことがありますか、ムッシュー・ポアロ?」

「いや《ノン》」

「素晴らしいと思われませんか? ベル・エポックの宮殿のようでしょう? 壮麗です! 周りに飾ってある美術品の傑作にお気づきになり、鑑賞していただけることを願っています!」

「確かに《ウィ》。ミセス・ブランチ・アンズワースの下宿より上等です。しかし、あの家のほうが窓からの景色がいい」ポアロがぶっきらぼうに言った。憂鬱な気分がしっかりと腰を据えてしまったのだ。

「おお、この魅力的なホテルからの眺めときたら!」ラザリは喜んで拍手をした。「庭に面した部屋からは、非常に美しい景色が見られます。反対側からは、見事なロンドンの街並──もうひとつのこの上なく美しい景色──が見えます。のちほどご案内いたしましょう」

「殺人事件が起きた三つの部屋を見せていただくほうがいいですな」ポアロはそつなく言った。

一瞬、ラザリの微笑が凍った。「ムッシュー・ポアロ、どうぞご安心ください。このような恐ろしい犯罪が──一晩に三件の犯罪、私にはとうてい信じられません!──世界的な名声を誇る当ホテルで二度と起こることはありません」

ポアロと私は顔を見合わせた。問題は、それが二度と起こらないようにすることより、今回それが起きてしまったという事実にどう対処するかだった。

私は自分で主導権をとり、ラザリにしゃべるチャンスを与えないようにすべきだと思った。ポアロの口ひげが抑えた怒りですでにピクピクしていた。

「被害者の名前は、ミセス・ハリエット・シッペル、ミス・アイダ・グランズベリー、ミスター・リチャード・ニーガス」私はポアロに言った。「三人ともこのホテルの客で、それぞれが彼あるいは彼女の部屋にひとりで泊まっていました」

「それぞれが？　彼あるいは彼女の部屋でと言いましたか？」ポアロは自分の小さなジョークに微笑んだ。彼の気分が急速に回復したのはラザリの沈黙のおかげだった。「いえ、話の腰を折るつもりはありません。キャッチプール君、続けてください」

「三人の被害者は全員、水曜日、殺される前日にホテルに到着しています」

「一緒に到着したのですか？」

「いいえ」

「絶対に一緒ではありません」ラザリが言った。「ひとりずつ、別々に来ました。ひとりずつチェックインしました」

「そしてひとりずつ殺された」ポアロは言った。まさしく私が考えていたことだった。

「確かですか」ポアロはラザリにきいた。

「これ以上確かなことはありません。フロント係のミスター・ジョン・グッドがそう申していますから。私の知る限りもっとも信頼できる男です。あとでお会いするでしょう。〈ブロクサム〉で働いている者は誰もが非の打ちどころのない者ばかりです、ムッシュー・ポアロ。ですから、フロント係があることをこうだと言えば、それはそのとおりなのです。国中から、いや世界中から当ホテルで働きたいという人々がきますが、私はもっとも優れた人物しか採用しません」

おかしな話だが、そのときまで——ラザリがポアロの扱い方をぜんぜんわかっていないのを見るまで——自分がいかによくポアロのことを知っているかに気づかなかった。ラザリが大きな看板に「この男に殺人の嫌疑をかけよ」と書いてミスター・ジョン・グッドの首に掛けたら、ポアロは真っ先にラザリを疑うだろう。エルキュール・ポアロは自分の意見がどうあるべきか他人に指図させはしない。むしろ、反対のことを信じるだろう。へそ曲がりの老人。

「さて」ポアロは言った。「見事な偶然の一致じゃありませんか？　この三人の殺人の被害者——ミセス・ハリエット・シッペル、ミス・アイダ・グランズベリー、ミスター・リチャード・ニーガス——は、別々に到着し、互いに何の関係もなさそうに見えますが、三人全員が同じ昨日に死んだだけでなく、ホテルに到着した日、つまり水曜日、まで同じです」

「どこが見事なんですか？」私はきいた。「これだけの規模のホテルですから、他にも多くの客が水曜日に到着しているはずです。殺されなかった客のことですけど」

ポアロの目が顔から飛び出すかに見えた。私は特別ショッキングなことを言ったつもりはなかったから、彼の驚きには気づかないふりをして、事実を語り続けた。

「被害者はそれぞれ、彼あるいは彼女の鍵のかかったベッドルームで発見されました」〝彼あるいは彼女の〟の部分をいくぶん意識しながら言った。「殺人者は三つのドアすべてをロックし、鍵とともに逃亡し――」

「待ってください《アタンデ》」ポアロがさえぎった。「鍵が見当たらないという意味ですね。殺人者が鍵を持っていったのか、今でも持っているのかは、きみにわかるはずがありません」

私は深く息を吸った。「我々は殺人者が鍵を持っていったと疑っています。完全な捜査を行いましたが、部屋の中はもちろんのこと、ホテルのどこにもありません」

「私の優れたスタッフがチェックし、そのとおりだと確認しました」ラザリが口を出した。

ポアロは自分で三つの部屋の完璧な捜索をしたいと言った。ラザリは、あたかもポアロがダンス付きのティーパーティを提案したかのように、喜んで同意した。

「お好きなようにチェックしてください。でも、三つの部屋の鍵は見つかりませんよ」私は言った。「言っておきますけど、殺人者が持っていったのです。どう処分したかは知りません。しかし――」

「たぶん、コートのポケットに入れたんでしょう。一個か三個か五個のモノグラム付きカフスボタンと一緒に」ポアロが落ち着き払って言った。

「おお、今こそなぜあなたがもっとも優れた探偵と呼ばれているのかわかりました、ムッシュー・ポアロ！」ラザリが叫んだ。もっとも、ポアロの言葉を理解できたはずはない。「あなたの頭脳はとびきり素晴らしい、みんなそう言ってます！」

「死因は毒の投与に見えます」私は言った。いつまでもポアロの明晰さを話題にしたくなかった。「我々はシアン化合物だと思っています。量が十分であれば、即効性があります。はっきりしたことは検死審問が教えてくれるでしょう。しかし……飲み物に毒が入れられていたことはほぼ確実です。ハリエット・シッペルとアイダ・グランズベリーの場合は、一杯のお茶。リチャード・ニーガスの場合はシェリーでした」

「どうしてわかるのです？」ポアロがきいた。「飲み物はまだ部屋にあるのですか？」

「カップはあります。それから、ニーガスのシェリー・グラスも。飲み物自体はわずか数滴残っているだけですが、お茶とコーヒーを見分けるぐらいは簡単です。その数滴の中にシアン化合物が見つかるでしょう。賭けてもいいです」

「それで死亡時間は？」

「警察医によると、三人とも午後四時から夜八時半のあいだに殺されています。幸いにも、我々は何とかその時間をもっと狭めました。七時十五分すぎから八時十分すぎのどこかです」

「思いもかけない幸運でした！」ラザリが同意した。「あの……ええ……亡くなられたお客様は、どの方も最後に生きていらっしゃるところを見られたのは七時十五分すぎでした。目撃したのは信頼性に疑う余地のない三人のこのホテルのスタッフです。ですから、これが真実であることは確実です！　私自身が亡くなられた方を発見したんです。八時十五分から二十分のあいだに——あまりにも恐ろしい、この悲劇は！」

「しかし、八時十分すぎまでに死亡しているはずです」私はポアロに言った。「殺人を告知する書き付けがフロントデスクで発見されたのがその時間なんです」

「待ってください」ポアロが言った。「その書き付けについてはのちほど検討しましょう。ムッシュー・ラザリ、三人の被害者が最後に生きているところをそれぞれ七時十五分ちょうどにスタッフに見られたというのは、あり得ないのではありませんか？」

「あり得るのです」ラザリはあまりにも激しくうなずいた。頭が首からもげてしまいそうなほどに。「本当に本当なんです。三人とも七時十五分に部屋にディナーを持って来るようにオーダーを出しました。そして、三つのディナーは迅速に届けられました。当ホテルの方針に従って」

ポアロは私のほうを向いた。「またもや偶然の一致です。驚くべきことだ《エノルム》」彼は言った。「ハリエット・シッペル、アイダ・グランズベリー、リチャード・ニーガスは全員同じ日、殺される前日にホテルに到着している。そして、殺害の日に全員が七時十五分ちょうどにディナーを部屋に届けるように頼んでいるんですね、そうですね？　とてもありそうに思えませんな」

「ポアロさん、実際に起きたとわかっていることを、起こりそうかどうか議論しても意味がありません」

「いや《ノン》。本当の事実が我々の聞いたとおりなのか、確かめることに意味はあります。ムッシュー・ラザリ、このホテルには少なくともひとつは非常に大きな部屋があるはずです。その部屋にここの従業員をすべて集めてください。全員の――そしてあなたの――都合がつきしだい、皆さんに話をききたい。そうしていただいている間に、キャッチプール君と私は、三人の被害者の部屋を調べます」

「そうですね。死体を引き取りに来る前に、急いでやってしまいましょう」私は言った。

「通常だったら、今頃死体は運び出されているはずですが」今回の遅れは私の職務怠慢によるものだとは言わずにいた。私と〈ブロクサム〉のあいだに距離を置き、何でもいいから三件の殺人より楽しい何かを考えようとしたあまり、必要な処置を取らずにいたのだ。

ラザリは私たちふたりを残して去った。ポアロの気持ちがいくらか和《なご》むかと思ったが、その厳しい表情に変わりはなかった。おそらく〝仕事中〟のときは、ポアロはいつもこんなふうなのだろう——やはり風変わりだ。これは彼のではなく、私の仕事なのだ。それなのに、彼は私の気持ちを高揚させるようなことは何もしてくれない。

マスター・キーを手に、私たちは三つの部屋を順々に訪れた。エレベーターの精巧な金のドアが開くのを待っていたとき、ポアロが言った。「私たちには同意できることがひとつはあると思います。ムッシュー・ラザリがホテルの従業員について言ったことは信用できません。彼は従業員のことを、まったく潔白であるかのように話していますが、殺人事件のあった昨日ここにいたのであれば、そんなことはありえません。ムッシュー・ラザリのホテルへの忠誠心はおみごとですが、〈ブロクサム〉のスタッフ全員が天使《アンジュ》だと本当に信じているのなら、愚か者ですな」

私はさきほどから気にかかっていたことを打ち明けた。「私も愚か者だと思っておられなければいいのですが。水曜日に到着している他の多くの客について先ほど言ったことと……あれはばかげていました。水曜日に到着して木曜日に殺されなかった客は、みな事件とは無関係ということですね？　つまり、三人の、あるいはどんな人数でもいいのですが、互いに関連性がないと思われる客が同じ日に到着し、たとえ同じ夜に殺されたとしても、それは注目すべき偶然の一致にすぎないのです」

「そうです《ウイ》」エレベーターに乗り込みながら、ポアロは本物の温かい微笑を私に向けた。「きみの鋭敏な才知への私の信頼を回復しましたね。きみが言った『互いに関連性がないと思われる』という言葉は、核心をついています。やがて三人の殺人被害者には関連があることがわかるでしょう。誓ってもいいです。被害者はホテルの客の中から無作為に選ばれたのではありません。三人はひとつの理由――ＰＩＪというイニシャルに関係する理由――で殺されたのです。みな同じ日にホテルに来たというのも同じ理由からです」

「みずからを殺人の生贄《いけにえ》に供するご招待を受けたんですね」

私は騎士を気取って言った。「招待状いわく、『どうぞ前日にお越しを。そうしていただければ木曜日を丸々貴殿の殺害に費そう云々』」

こういう冗談を言うのは不謹慎だったかもしれない。だが、私は意気消沈しているときに冗談を言いがちだ。ときにはそれで、自分の気分を騙せることもあるが、今回はうまくいかなかった。

「……木曜日を丸々……」ポアロはつぶやいた。「ひとつの狙いはそれだ、キャッチプール君。きみは真面目に言ったのではない。わかっています。しかしながら、きみは非常に興味深い指摘をしました」

私はそうは思わなかった。浅はかな冗談以外のなにものでもなかった。ポアロは、私のもっともばかげた思いつきを褒めることが好きなのだ。

「一、二、三」上りのエレベーターの中でポアロは言った。「ハリエット・シッペル、三一七号室。このホテルには四階も五階もあるが、三人の殺人被害者は一、二、三と続きの階にいる。整然としていますな」

ポアロはいつも物事が整然としていることをよしとする。しかし、今回は不安を感じているようだった。

私たちは三つの部屋を調べた。あらゆる点で同じだった。どの部屋にもベッドと、クローゼット、隅にコップをひっくり返して置いてある洗面台、肘掛け椅子が数脚、テーブル、机、タイルの暖炉、ラジエーター、窓際の大きいテーブル、スーツケース、服、身の回り品、そして死体があった。

各部屋のドアがバタンと閉じられた。私を中に閉じ込めて……

〝彼の手を握りなさい、エドワード〟

私はどうしても死体をしっかりと見ることができなかった。三つの死体はすべて仰向けに横たわっていた。真っすぐな姿勢で、両腕が両脇に平らに置かれ、足はドアを指していた。正式に整えられた死体。

（こういう言葉、遺体の様子を説明する言葉を書くことだけでも、私の中に耐え難い苦痛が生じる。一度に数秒以上、三人の被害者の顔を見つめていられなかったのはおかしなことだろうか？　青ざめた皮膚、ものを言わない重い舌、しぼんだ唇を？　もっとも、つぶさに見ることができていたなら、生命のない手よりも顔を詳細に調べただろう。考えずにはいられないこと、たとえば、ハリエット・シッペル、アイダ・グランズベリー、そしてリチャード・ニーガスは、死んだあと、誰かに手を握ってほしいと思っただろうかとか、あるいは、その考え自体が彼らをぞっとさせただろうかとかなどと考えただろう。悲しいかな、人間の頭脳はひねくれた制御不能の器官で、こういうことを深く考えるのは、たいへんな苦痛だった）。

正式に整えられた死体……

ある考えが強い衝撃を伴ってひらめいた。それは三つの殺人現場に関する非常にグロテスクなひらめきだった。つまり、死体は、何カ月も診てきた患者が亡くなったときに医者がするように、儀式ばって整えられていたのだ。ハリエット・シッペル、アイダ・グランズベリー、そしてリチャード・ニーガスの死体は細心の注意をはらって寝かされた――少なくとも私にはそう見えた。殺人者は遺体に奉仕したのだ。その事実が冷酷な殺害をいっそう恐ろしいものにした。

しかしすぐに、自分は間違っていると思った。ここで起こったことは遺体への奉仕ではない。かけ離れている。私は現在と過去を混同し、〈ブロクサム〉の事件と私の不幸な子ども時代の記憶をごちゃ混ぜにしていた。目の前にあることだけを考え、他のことは一切考えないようにしよう。私の経験から生じた歪曲を離れ、ねじれた考えを追い払い、ポアロの目ですべてを見よう。

どの被害者も肘掛け椅子と小さなテーブルのあいだに横たわっていた。三つのテーブルには受け皿付きのティーカップがふたつ（ハリエット・シッペルとアイダ・グランズベリーのもの）とシェリー・グラスがひとつ（リチャード・ニーガスのもの）のっていた。アイダ・グランズベリーの部屋、三一七号室では、窓際の大きいほうのテーブルに空《から》の皿が何枚かともう一組ティーカップと受け皿が。このティーカップも空《から》だった。皿にはパン屑しか残っていなかった。

「わかりました」ポアロが言った。「この部屋にはティーカップがふたつと数多くの皿がある。ミス・アイダ・グランズベリーは夕食に客があった。間違いありません。おそらく、客は殺人者でしょう。しかし、ハリエット・シッペルとリチャード・ニーガスの部屋からは盆が片付けられているのに、なぜここにはまだあるのでしょう？」

「ふたりは食べ物を注文しなかったのかもしれません」私は言った。「たぶん、飲み物だけが欲しかった――お茶とシェリーです。だから、最初から部屋に盆がなかったのです。それから、アイダ・グランズベリーは他のふたりの倍くらい服を持ってきています」私はクローゼットを指し示した。そこにはドレスが見事に並んでいた。「見てくださいよ――ペチコート一枚すら押し込む余裕がありません。彼女が持ってきた服の数ときたら。着飾りたかったのは確実ですね」

「きみの言うとおりです」ポアロは言った。「ラザリは彼らがみなディナーを注文したと言いましたが、各部屋に具体的に何が届けられたのか確認しましょう。ポアロのこの心に重くのしかかっているジェニー、どこにいるのかわからないジェニー、ここの三人と年齢がさほど変わらない――四十から四十五歳の――ジェニーが存在しないと仮定するような過ちを私は犯しませんよ、実際にジェニーはいるのですから」

ポアロが被害者それぞれの口とカフスボタンを調べているあいだ、私は顔を背《そむ》けていた。ポアロが私の仕事に手出しをして、さまざまな感嘆の声を発している一方、私は暖炉の中や窓の外を凝視し、二度と握ってもらえることのない手について考えないようにした。そして、私のクロスワード・パズルについて考えた。新聞に採用してもらえるような良いパズルを作ろうと数週間頑張った。が、うまくできなかったパズル。

三つの部屋をすべて見た後で、ポアロは二階の部屋――リチャード・ニーガスの二三八号室に戻ろうと主張した。今度はさきほどより容易に部屋に入れるだろうか？　今のところ、答えはノーだ。ニーガスの部屋にもう一度入ることは、危険な山に無理やり登らされるような感じだった。頂上にたどり着いたらそこにひとり取り残されることがはっきりわかっているにもかかわらずにだ。

ポアロは——上手に隠していた私の苦悩に気づかずに——部屋の真ん中に立って言った。「よし《ボン》。ここは他の二部屋とは非常に異なっています。そうでしょう？《ネスパ》　アイダ・グランズベリーの部屋には盆と追加のティーカップがあった。確かに。しかし、ここにはティーカップのかわりにシェリー・グラスがある。それに、他のふたつの部屋では窓は閉まっていたのに、ここでは、窓のひとつが全開にしてある。ミスター・ニーガスの部屋は耐えられないほど寒い」

「ムッシュー・ラザリが入ってきてニーガスが死んでいるのを発見したときの状況のままです」私は言った。「なにも変わっていません」

ポアロは開け放たれた窓まで歩いて行った。「この部屋からムッシュー・ラザリが私に見せたいと言っていた美しい光景——ホテルの庭——が見えます。ハリエット・シッペルとアイダ・グランズベリーの部屋はホテルの反対側ですから、『見事なロンドンの街並』が眺められる。あの木々が見えますか、キャッチプール君？」

私は見えると答えた。愚か者と見下されているのではないかと疑いながら。窓のすぐ外にある木を見損なうはずがない。

「もうひとつの違いは、カフスボタンの位置です」ポアロは言った。「気づいていましたか？　ハリエット・シッペルとアイダ・グランズベリーの場合は、カフスボタンは唇のあいだからかすかに突き出ています。一方で、リチャード・ニーガスのカフスボタンはもっと奥、ほとんど喉の入口まできています」

私は反論しようと口を開けたが、気が変わった。しかし遅すぎた。ポアロは私の目の中に異議を見てとった。「何でしょう？」

「あなたは細かいことに少しこだわりすぎではないでしょうか」私は言った。「三人の被害者はすべて口の中にモノグラム付きのカフスボタンが入っていた——みな同じイニシャルのＰＩＪ。これは三人に共通しています。違いはありません。しかしどの歯の隣にカフスボタンがあるかなんてさして重要ではないのでは」

「だが、それは非常に大きな違いです！　唇と喉の入口——このふたつは全然同じ場所ではありません」彼は歩いて来て、私の真ん前に立った。「キャッチプール君、これから私が言うことをよく覚えておいてください。三つの殺人事件がほとんど同一であるとき、異なるもっとも小さい細部がもっとも重要なのです」

彼の考えに同意できなくても、この知恵の言葉とでも言うべきものを覚えておけということなのか？　いずれにせよ、ポアロが心配する必要はない。私は彼が言った言葉はほぼすべて覚えている。とくに私をもっとも怒らせた言葉をこそもっともよく覚えている。

「この三個のカフスボタンはすべて被害者の口の中に入っていた」私はあくまでも頑固に繰り返した。「それだけで私には十分です」

「そうですか」ポアロは落胆したようだ。「きみにとって十分であり、きみが尋ねる百人もの人々にとっても十分。そして、私は確信していますが、スコットランドヤードのきみのボスにとっても十分でしょう。しかし、エルキュール・ポアロには十分ではないのです！」

私は、彼が類似と相違の定義について話しているのであり、私個人のことを話しているのではないと、自分に念を押さなければならなかった。

「開いていた窓についてはどうですか、他の二部屋の窓は閉まっていましたが？」彼はきいた。「これは注目すべき相違ですかな？」

「関連性がありそうには思えません」私は言った。「リチャード・ニーガスが自分でその窓を開けたのかもしれません。殺人犯がそれを閉める理由はないでしょう。あなたご自身が何度もおっしゃったじゃないですか、ポアロさん——私たちイギリス人は、冬のさなかに窓を開ける。なぜなら、そうすることが我々の性格づくりに役立つと信じているからだと」

「キャッチプール君」ポアロは辛抱強く言った。「考えてごらんなさい。この三人は毒を飲み、肘掛け椅子から落ち、ごく自然に仰向けになり、両手を脇に、足をドアに向けて倒れたわけではありません。それは不可能です。なぜ部屋をよろよろと歩かなかったのでしょうか？　なぜ椅子から横ざまに落ちなかったのでしょうか？　つまり、殺人犯が、どの死体も同じ姿勢で、椅子と小さなテーブルから同じ距離になるように死体を整えたのです。さて《エ・ビヤン》、三件の殺人現場がまったく同じに見えるようにあれほどの注意を払ったのであれば、なぜ殺人犯は、ミスター・リチャード・ニーガスが開けたかもしれない窓を閉めなかったのでしょうか？　さもないと、他の二部屋の窓と見た目が一致しないのに？」

私は考えねばならなかった。ポアロの言うとおりだ。死体は意図してこのように陳列されたのだ。死体をすべて同じように見せるために。

正式に整えられた死体……

「それは犯行現場のどこに枠を描くかによります」私は急いで言った。私の心が、子ども時代のもっとも暗い部屋に私を引きずり込もうとしていた。「窓まで枠を広げるかどうかによると」

「枠？」

「ええ。現実の枠ではありません。理論上の枠です。おそらく、自分の創作物に対する殺人犯の枠はこのくらいの四角より大きくはないでしょう」私はリチャード・ニーガスの死体のまわりを、必要に応じて角をとりながら歩いた。「いいですか？　私はニーガスのまわりを小さな枠を描いて歩きました。窓は枠の外です」

ポアロは微笑し、口ひげでそれを隠そうとしていた。「殺人現場の理論的な枠。なるほど。犯行現場はどこで始まりどこで終わるか？ それが問題だ。枠が枠を含む部屋より小さいことがありえようか？ これは哲学者の興味をそそる問題ですな」

「ありがとう」

「どういたしまして《パ・デュ・トゥ》。キャッチプール君、この〈ブロクサム・ホテル〉で昨晩何が起きたと思いますか？ しばらく動機は脇に置いておきましょう。殺人犯がしたと思うことを話してください。最初に何をし、次に何を、その次は何をというように」

「わかりません」

「考えるんです、キャッチプール君」

「ええと……殺人犯はポケットにカフスボタンを入れてホテルに来て、例の三部屋に一部屋ずつ順番に行った。おそらく私たちと同じようにアイダ・グランズベリーの三一七号室から始めて階を降りて行った。そうすれば最後の被害者――一階にある一二一号室のハリエット・シッペルを殺害したあと、素早くホテルから出て行くことができる。階をひとつ降りるだけで逃走できますから」（英国のホテルの一階は日本の二階にあたる）

「それで、その三つの部屋で殺人犯は何をするのですか？」

私はため息をついた。「答えはご存知でしょう。殺人を犯し、死体を真っすぐにする。

ロにカフスボタンを入れる。それからドアを閉め、鍵をかけて立ち去る」

「それでは、殺人犯は何の疑問ももたれずにそれぞれの部屋に入れてもらえたのですか？　部屋では被害者が毒薬を滴らせるのに好都合な飲み物——七時十五分きっかりにホテルのスタッフによって届けられた飲み物——を持って待っているのですか？　殺人犯は被害者の傍に立ち、飲み物が飲まれるのを見ているのですか？　その後しばらく立っていて、それぞれの被害者が死ぬのを待つのですか？　そして、被害者のひとり、犯人のためにもお茶を注文したアイダ・グランズベリーの部屋では一緒に夕食をとったのですか？　このような部屋への訪問のすべて、このような殺人のすべて、そしてロにカフスボタンを入れ、非常に正式なやり方で死体を真っすぐに整え、足をドアに向けて置くこと、これらすべてを七時十五分から八時十分のあいだにできるのですか？　とてもありそうにないことです。本当にとてもありそうにないことです」

「ええ、おっしゃるとおりです。しかし、他に何かいいアイディアがありますか、ポアロさん？　そのために——私よりいいアイディアを考えていただくために——ここにいらっしゃるのですから。どうぞいつでも気が向いたときに始めてください」私はしゃべり終わらないうちに、感情の爆発を後悔していた。

「とっくの昔に始めています」ポアロは言った。ありがたいことに怒ってはいないようだ。「きみは殺人犯がフロントデスクに、この犯罪を知らせる書き付けを置いていったと言いましたね。見せてください」

私はポケットから書き付けを取り出して渡した。ラザリの考えでは完璧なフロント係のジョン・グッドが、フロントデスクに置いてあるのを八時十分すぎに発見したものだ。そこには〝彼らの魂が決して永遠の安らぎを得ませんように。一二一。二三八。三一七〟と書いてあった。

「では、殺人犯または共犯者は、ずうずうしくも、置いていくのを見られたら犯罪者にされてしまう書き付けを持ってフロントデスク――ホテルのロビーにある一番大きなデスク――に近づいたのですな」ポアロは言った。「大胆不敵だ。自信たっぷり。裏口を使って闇に消えたりはしなかった」

「ラザリは書き付けを読んだあと、その三つの部屋をチェックし、死体を発見しました。それから、ホテルの他の部屋をくまなくチェックし、非常に誇らしげに私に言いました。幸いにも、他に亡くなったお客様はいらっしゃいませんでしたと」

悪趣味なことは言うべきではないとわかっていた。しかし、なぜかそれは私の気分を良くするのだ。ポアロがイギリス人ならば、私はもっと自分を抑制する努力をしていただろう。

「ムッシュー・ラザリには、まだ《ノン》生きている客の中に殺人犯がいるという考えは浮かばなかったのでしょうか？　そう。浮かびませんでした。〈ブロクサム〉を選ぶ客は、最高の徳と誠実さを持っているに決まっているからです！」

私は咳払いをし、頭をドアのほうに傾けた。ポアロが振り返った。ラザリが部屋の入口に立っていた。これ以上ないほど嬉しそうに見えた。「まさにそのとおりです。ムッシュー・ポアロ」

「木曜日にこのホテルにいた者はひとり残らずミスター・キャッチプールと話をし、自分の行動を説明しなければなりません」ポアロは厳しい声で言った。「すべての客。ここで働いているすべての従業員。ひとりも欠かさず」

「喜んで。誰とでもお好きなようにお話しください、ミスター・キャッチプール」ラザリは恭《うやうや》しくお辞儀をした。「朝食と――何といいましたっけ？――こまごました備品《パラファネィリア》――を片付け、全員を集めましたら、すぐにでもダイニングルームを空けましょう」

「ありがとう《メルシ》。それまでは例の三部屋を徹底的に調べます」ポアロは言った。これには驚いた。たった今やったばかりではないか。「キャッチプール君、ハリエット・シッペル、アイダ・グランズベリー、およびリチャード・ニーガスの住所を調べてください。ホテルの誰が三人の予約を受け付けたのか、三人がそれぞれどんな食べ物と飲み物を部屋に届けるように頼んだのか、そして、それはいつかを調べてください。それから誰に頼んだのかも……」

ポアロがこのリストに付け加えるべき仕事を際限なく思いついたら大変だ。私はドアに向かってじりじりと進み始めた。

彼が私の背中に呼びかけた。「ジェニーという名前の人物がこのホテルに滞在しているか、あるいは働いているかも調べてください」

「〈ブロクサム〉にはジェニーという従業員はおりません、ポアロさん」ラザリが言った。「キャッチプールさんではなく、私にきくべきですね。ここにいる者なら全員よく知っています。当ホテルは幸せな大家族なのです!」

第四章　枠は広がる

ある人が何ヵ月も、あるいは何年も前に言ったことを思い出し、思わず笑いたくなることがある。私にとっては、その日の遅く、ある時点でポアロが言ったことがそれに当たる。「もっとも頭のいい探偵でも、セニョール・ラザリから自由になる方法を見つけるのは難しい。彼のホテルを十分に褒めないと、彼は傍から離れず自分の褒め方でそれを補う。たっぷり褒めれば褒めたで、じっと耳を傾けて去らないのです」

結局は、ポアロの努力が実を結び、二三八号室で邪魔されずに仕事ができるよう何とかラザリを追い払うことができた。ポアロはドアまで行くと、ホテルの支配人が開けっぱなしにしていったドアを閉め、安堵のため息をついた。ガヤガヤという声が聞こえないと、はっきり考えることが何と容易になることか。

彼は真っすぐ窓に向かった。開け放たれた窓。彼は窓の外を凝視しながらこう考えた。殺人犯はリチャード・ニーガスを殺した後、逃走のために窓を開けたに違いない。木を伝って下に降りて行けただろう。

なぜこのように逃走したのか？　普通なら、廊下を使って逃げるのではないか？　殺人犯はニーガスの部屋の外で誰かの声がしたので、姿を見られる危険を冒したくなかったのかもしれない。そう、それはひとつの可能性だ。だが、フロントデスクに近づき、三件の殺人を宣言した書き付けをわざわざ残していけば、目撃される可能性は高くなったはずだ。それ以上に――犯罪の証拠を残していくことで、逮捕される可能性はさらに高まったのだ。

ポアロは床の死体を見下ろした。唇のあいだに金属の輝きはない。三人の被害者の中で、リチャード・ニーガスだけが口の奥までカフスボタンが押し込まれていた。確かにこれは変則だ。この部屋ではあまりにも多くのことが変則的だ。そういうわけで、ポアロは二三八号室を最初に調べようと決めたのだ。彼は……そう、それを否定したところで利点はない――彼はこの部屋を不審に思ったのだ。三部屋の中でここが一番気に入らなかった。どこか整理されてないところ、どこかルールに合わないところがある。

ポアロはニーガスの死体の傍に立ち、眉根を寄せた。彼の几帳面な基準から見ても、窓がひとつ開いているだけでは部屋が反ルール状態だと見なすことはできない。では、彼にこのような印象を与えているものは何なのだろう？　彼は小さな円を描きながらあたりを見回した。ポアロは何か勘違いしているのか？　エルキュール・ポアロは間違えることはあまりないが、それでもたまにはある。きっと、これはたまたまその一例にあたるのだ。なぜなら、二三八号室は否定すべくもなく整然としている。乱雑なところは何もなかった。ハリエット・シッペルやアイダ・グランズベリーの部屋と同じように整然としていたのだ。

「窓を閉めれば何か変わるだろうか」ポアロは独り言をいい、実際にそうすると、新しい目でまた見回した。まだ何かおかしい。二三八号室は気に入らない。客として〈ブロクサム〉に着き、この部屋に案内されたとしたら……居心地が良いとは感じないだろう。

不意に問題が目の前に現れ、瞑想がぱっと途切れた。暖炉だ！ タイルのひとつがきちんと並んでいない。平らではなく、出っ張っていた。緩んだタイル。ポアロはそんなものがある部屋では眠れない。彼はリチャード・ニーガスの死体に目をやった。「私がきみの置かれている立場にいれば、眠れるだろう《ウィ》、だが、そうではない」

ポアロは腰をかがめてタイルに触れ、それを真っすぐにし、他のタイルと同じ平面に押し戻そうと考えた。この部屋はどこかがおかしいが、それが何だかわからないという苦痛を今後の客に与えないためだ――何と素晴らしい奉仕だろう！ セニョール・ラザリのためにも！

だがポアロが触れるや、タイルはきれいに外れた。そしてタイルと一緒に何かが落ちた。番号付きの鍵。二三八。「何たることだ《サクレ・トーネル》」ポアロはつぶやいた。「なるほど、これが徹底的な調査ですか」

ポアロは鍵を見つけたところに戻してから、部屋の残りの部分を一インチずつ調べ始めた。他に興味を引くものはなかった。それから三一七号室へ、一二一号室へと進んだ。使い走りを命じられ素晴らしいニュースを持って戻ってきた私は、そこで彼を見つけた。

ポアロのことだから、最初に自分のニュース、つまり鍵の発見について話をすると言い張った。私に言えるのは、さも自慢げにほくそ笑むことは、ベルギーでは無作法だと見なされないということだけだ。彼は得意満面だった。「これがどういう意味を持つかわかりますか、キャッチプール君？ 開いていた窓はリチャード・ニーガスが開けたのではなく、彼の死後に開けられたのです！ 殺人犯は二三八号室のドアを中からロックしたあとで、逃走する必要があった。彼は緩んでいた暖炉のタイルの下に鍵を隠してから、窓の外にある木を利用して逃走したんです。タイルは自分で緩めたのかもしれません」

「なぜ鍵を自分の衣服に隠して持ち出し、部屋をいつもどおりにしておかなかったのでしょうか？」

「それこそ、私がずっと自分に問いかけてきた疑問です――今のところ、それに答えることはできません。この一二一号室には鍵が隠されてないと私はすでに確認ずみです。三一七号室にも鍵はありませんでした。殺人者は〈ブロクサム〉を出る際に、ふたつの鍵を持ち去ったに違いありません。それなら、どうして三番目の鍵は持ち去らなかったのでしょう？　なぜリチャード・ニーガスの扱いは異なっているのでしょうか？」

「皆目わかりません」私は言った。「ちょっと聞いてください、ジョン・グッドと話をしていたのですが、フロント係の……」

「もっとも信頼の置けるフロント係だ」ポアロが目をキラッとさせて訂正した。

「そうです。まあ……信頼できる、できないはともかく、彼は確実に情報の最前線で成果を挙げていました。住所を調べました。あなたのおっしゃるとおりでした。三人の被害者にはつながりがありますす。ハリエット・シッペルとアイダ・グランズベリーは、ふたりともカルヴァー・ヴァレーにあるグレート・ホリングというところに住んでいました」

「よし。で、リチャード・ニーガスは？」

「デヴォンに住んでいます――ビーワーシーというところです。でも、彼もつながりがあります。彼が三部屋――アイダとハリエットと自分の部屋――すべてを予約し、前金で払っていました」

「本当ですか？　これは非常に面白い……」ポアロはあごひげを撫でながらつぶやいた。

「ちょっとした謎です、私に言わせれば」私は言った。「主たる謎は、もし同じ日に同じ村から来たのであれば、なぜハリエット・シッペルとアイダ・グランズベリーは一緒に来なかったのか？　なぜ一緒に着かなかったのか？　これについては、ジョン・グッドと一緒に数回確認しましたが、彼は断固としてこう主張しています。水曜日、ハリエットはアイダより二時間は早く着いたと——たっぷり二時間です」

「で、リチャード・ニーガスは？」

ポアロが「で、リチャード・ニーガスは？」と言うのを何度も聞かないですませたいものだった。これからは、できるだけ早い機会にニーガスに関するすべての情報を伝えようと決心した。

「彼はハリエット・シッペルより一時間早く来ました。三人の中で一番早かったが、受付をしたのはジョン・グッドではありません。フロント見習いのトーマス・ブリッグネルです。また、三人の被害者は全員、車ではなく汽車でロンドンに来たこともわかりました。そのことをあなたが知りたいと思われたかどうかはわかりません。しかし——」

「私はあらゆることを知る必要があります」

ポアロが指揮官になって、自分流に捜査をしたいという露骨な要求は、私をいらつかせると同時に、安心もさせた。「このホテルは駅まで客を迎えに行く車を用意しています。安くはありませんが、手配は簡単です。三週間前、リチャード・ニーガスはジョン・グッドに言って、彼とハリエット・シッペルとアイダ・グランズベリーのためにホテルの車を迎えによこすよう手配しました。別々にです。それぞれに車一台。その代金はすべて——三部屋と三台の車——事前にニーガスが支払っています」

「金持ちなんでしょうか」ポアロが考えを声に出した。「金がらみの殺人というのは、よくあることです。情報がいくらか増えましたが、きみはどう考えますか、キャッチプール君？」

「そうですね……」彼にきかれたからには、全力で考える他ない。ポアロの教本では、何が可能か想像することは良いことだ。だから、とりあえず、今ある事実にもとづいて、あえて理論をでっちあげてみた。「リチャード・ニーガスは三人が来ることになるのを知っていたはずです。なぜなら、部屋の予約をし、支払いをすませているからです。しかし、ハリエット・シッペルはアイダ・グランズベリーが〈ブロクサム〉に来ることは知らなかった。そして、おそらくアイダ・グランズベリーもハリエットが来ることを知らなかった」

「そう《ウィ》、その可能性《セ・ポシブル》はありますね」

勇気を得て、続けた。「おそらく、殺人者の計画ではアイダとハリエットが互いの来訪を知らないことが必須の条件だった。しかし、もしそうなら、そして、リチャード・ニーガスが自分とそのふたりの女性がこのホテルの客になることを知っていたなら……」そこまでで私のアイディアの泉は涸れてしまった。

ポアロが後を続ける。「私たちの思考の汽車は類似の線路を走っています。リチャード・ニーガスはそうとは知らずに彼自身の殺害の共犯者になったのか？　殺人者は、何か別の理由をつけて被害者を〈ブロクサム〉に呼び寄せるよう彼を説得したのかもしれない。もっとも、三人とも殺害する計画でいたのですが。問題はこういうことでしょう。アイダとハリエットがホテルへの来訪を互いに知らないことが、何らかの理由で決定的に重要だったのか？　そして、もしそうなら、それはリチャード・ニーガスにとって、あるいは殺人者にとって、または両者にとって、なぜ重要なことだったのか？」

「おそらくリチャード・ニーガスにはある計画が、殺人者には別の計画があったのでは？」

「まったくそのとおり」ポアロは言った。「次は、ハリエット・シッペル、リチャード・ニーガス、アイダ・グランズベリーについて調べうる限りのことを調べあげることです。生きていたときはどんな人物だったのか？　彼らの望み、悲しみ、秘密は何だったのか？　グレート・ホリングという村――その場所こそ、答えを探すところです。おそらく、そこでジェニーも見つかるでしょう。そして謎《ル・ミステリュー》のＰＩＪも」

「ここにはジェニーという客はいませんでした。今も昨夜も。私が自分で確認しました」

「そうでしょう、いるとは思っていませんでした。ウエイトレスのフィー・スプリングが、ジェニーは〈プレザント珈琲館〉からは町の反対側にある家に住んでいると言ってました。つまり、ロンドンにということです――デヴォンでもカルヴァー・ヴァレーでもなく。〝町の反対側〟に住んでいるのですから、このホテルに部屋をとる必要はありません」

「そう言えば、リチャードの弟のヘンリー・ニーガスが、デヴォンからここに来る途中です。リチャード・ニーガスは弟の家族と一緒に暮らしていました。また、ホテルの客から話をきくために、優秀な部下を揃えてあります」

「とても有能な働きぶりだ、キャッチプール君」ポアロが私の腕を軽くたたいた。

しかし、失敗がひとつあったことも、ポアロに白状しなければならなかった。「部屋にディナーを届けた件ですが、聞きとりが難しい状態です」私は言った。「誰が注文を受け、誰が届けたか、それに関わった人物を突き止めることができません。混乱があるようです」

「心配はいりません」ポアロは言った。「ダイニングルームに集まった時に、私が必要な特定作業をします。それまでホテルの庭を散歩でもしましょう。静かに巡回していると新しいアイディアが思考の表面に浮かび上がって来ることがありますから」

外に出るとすぐ、ポアロは天気について文句を言い始めた。確かに、雲行きが怪しくなっていた。「中に戻りましょうか？」

「いやいや、まだけっこうです。環境の変化は小さな灰色の脳細胞にとって良いことなのです。それに、たぶん、木々が風をいくらか防いでくれるでしょう。私は、寒さは厭《いと》わないのですが、寒さには良いのと悪いのがあります。今日のは悪いほうです」

私たちは庭園の入口で立ち止まった。枝の絡み合ったライムの並木や、私がロンドンで見てきた中でもっとも芸術的に刈り込まれた植木の数々を向こうの端に見て、ルカ・ラザリがこの庭園の美しさについて語った言葉は大げさではなかったと思った。これは人の手が加えられただけでなく、驚くべき服従を強制された自然だった。身を切るような寒風の中でさえ、ひときわ目に心地よく映った。

「さて」ポアロにきいた。「庭園に入りますか？」木々のあいだの小道をそぞろ歩くのは、さぞや満足感を与えてくれるだろう。ローマ街道のように真っすぐな道だった。

「どうしたものか」ポアロはしかめ面をした。「この天気は……」彼は身震いした。

「……間違いなく、庭園の中でも同じでしょう」私はいくぶんイライラしながら彼の言いかけた言葉を補った。「行けるところはふたつしかありませんよ、ポアロさん。ホテルの中か外です。どちらがお好みですか」

「もっといいアイディアが浮かびました！」彼は勝ち誇ったように宣言した。「バスに乗りましょう」

「バスですか？　どこへ？」

「どこへ行くわけでもありません。それとも、どこかへです！　そんなことはどうでもいい。すぐバスを降りて別のバスで戻ってきましょう。寒さなしに景色の変化が見られます！　窓から街を眺めましょう。何が観察できるかわからないでしょう？」彼は決然として歩き出した。

私は首を振りながら従った。「ジェニーのことを考えていらっしゃるんですね？　彼女を見かけることなど、とてもあり得ません――」

「ここに立って木の枝や草を見ているよりは、あり得ます！」ポアロは猛烈な勢いで言った。

十分後、私たちはがたごとと走るバスに乗っていた。窓はすっかり曇って、外は何も見えなかった。ハンカチーフで拭いても役立たなかった。

私は何とかポアロに道理をわからせたかった。「ジェニーのことですが……」

「はい《ウィ》？」

「彼女は危険な状態にあるかもしれません。しかし、実のところ、このブロクサム事件とは何の関係もありません。両者に関係があるという証拠はありません。まったく」

「同意できませんな」ポアロが悲しそうに言った。「私は関係があるとこれまで以上に確信しています」

「確信？　何てことです、ポアロさん――なぜですか？」

「もっとも異常な特徴が……その状況は両者に共通しています……ふたつあるからで

す」

「何ですか？」

「いずれわかりますよ、キャッチプール君。本当です、心を開き、自分の知っていることをよく考えれば、必ずひらめきます」

後ろの席では、年配の母親と中年の娘が、ただ美味しいだけの焼き菓子と素晴らしい焼き菓子はどこが違うか話していた。

「聞こえましたか、キャッチプール君？」ポアロがささやいた。「違いですよ！　私たちも類似点ではなく相違点に注目しましょう――それこそ殺人者を指し示すのです」

「どんなたぐいの相違点ですか？」

「ホテルの始めの二件の殺人と三件目との違いです。リチャード・ニーガスの場合、なぜ状況の細部があんなふうに異なるのか？　なぜ殺人犯は部屋の外ではなく内側から鍵をかけたのか？　なぜ鍵を持ち去らずに、暖炉の緩んだタイルの裏に隠したのか？　なぜ普通に廊下を通らず、木をたよりに窓から逃走したのか？　最初は、廊下で声がしたから、ミスター・ニーガスの部屋から出るところを見られる危険を避けた、と考えました」

「筋がとおっているように思います」

「いや、結局はそれが理由ではないのです」

「ほう、なぜですか？」

「リチャード・ニーガスの口に入っていたカフスボタンの位置ですよ。これもこの一件だけ違います。すっかり口の中に入っている。喉近くに。唇のあいだではなく」

私はうめき声をあげた。「またですか。本当に私は……」

「あっ！　すこし待って、キャッチプール君。さあ見てみましょう……」

バスは止まっていた。ポアロは首を伸ばし、乗り込んできた乗客を見ていたが、最後の乗客――ツイードのスーツを着た男で、頭より両耳のところに毛髪が多い――が乗り込むとため息をもらした。

「どの乗客もジェニーではなかったので、がっかりしたんですね」

「いや《ノン》、キャッチプール君。きみは感情については正しかったが、原因についてはそうではなかった。ロンドンのような巨大《エノルム》な都市では二度とジェニーに会えそうもない。そう考えたからこそ私は失望を感じたのです。それでも……私は望みをかけるのです」

「あれだけ科学的方法について語っていらっしゃるのに、少しばかり夢想がすぎませんか？」

「きみは希望を科学の駆動力ではなく、敵だと思うのですか？　もしそうなら同意できませんね。カフスボタンに関してあなたに同意できないのと同じように。リチャード・ニーガスの場合、他のふたりの女性とは重大な違いがあります。ミスター・ニーガスの口の中にあったカフスボタンの位置の違いは、犯人が廊下の声を聞き、人を避けたかったということでは説明できません。従って、別の説明が必要です。それがわかれば、開いていた窓や、部屋に隠された鍵や、内側からロックされたドアの説明ができるかもしれません」

私にはしばしば——ポアロが関与した場合はとくに——自分だけに語りかけ、外の世界とのコミュニケーションを断ったほうが、安らぎが得られ、しかも実際にはいつもどおりに効率的だと感じるときがある。

頭の中で、分別と理解力のある誰かに向かって、私は黙って次の点を指摘した。カフスボタンがリチャード・ニーガスの口の中のわずかに異なった場所に置かれていたのは、まったく重要ではない。口は口、それ以上の何ものでもない。殺人者の考えでは、三人の被害者に同じことをした。つまり、口を開け、モノグラムの付いたカフスボタンをそれぞれの口の中に入れただけなのだ。

緩んだ暖炉のタイルの裏に鍵を隠したことの説明は何も思い浮かばなかった。殺人者にとっては鍵を持ち帰るか、指紋を拭き消した後でカーペットの上に落として行ったほうが、早く簡単だったろう。

後ろでは、母親と娘は、焼き菓子の話題が尽きて牛脂《スエット》調理法に移っていた。

「ホテルに戻ることを考えなければなりませんな」ポアロは言った。

「しかし、バスに乗ったばかりですよ」

「ええ《ウィ》、そのとおりです《セ・ヴレ》。しかし、ホテルからあまり離れたくありません。いまにもダイニングルームに呼ばれるでしょう」

それなら、なぜさっきはホテルを出る必要があると思ったのか。聞いてもむだだとわかっていたので、私はゆっくりと息を吐いた。

「このバスから降りて別のバスに乗り換えなければなりません」彼は言った。「たぶん、次のバスからはもっといい景色が見られるでしょう」

確かに見られた。ポアロは、ジェニーの影すら見えず、いささかうろたえていたようだったが。しかし、私はなぜ自分がロンドンを愛しているのかを再確認するような面白い光景をいくつか見た。これまで見たこともないほど下手なジャグリングをしているピエロの衣装を着た男。それでも、通行人は彼の足元に置かれた帽子にコインを投げ入れていた。他に見ものとしては、有名な政治家にそっくりな顔をしたプードルや、路上に座って傍にスーツケースを広げ、まるで自分のための動く売店であるかのようにそこから食べ物をとって食べている浮浪者がいた。「見てくださいよ、ポアロさん」私は言った。「あの男は寒さなんかおかまいなしです——生クリームをもらった猫みたいに幸せそうだ。いや、ごちそう《クリーム》を手に入れた放浪者と言うべきでしょうか。ポアロさん、あのプードルを見てください——誰か思い出しませんか？ 有名な人。さあ、よく見てください。絶対にわかります」

「キャッチプール君」ポアロは厳しい声で言った。「もう立ってください。そうでないと降りるバス停を逃しますよ。あなたはいつもよそ見をして気晴しを探しています」

私は立ち上がった。バスを降りるとすぐにこう言った。「意味のないロンドン観光ツアーに誘ったのはあなたですよ。景色に興味を持ったとしても私を非難できません」

ポアロは立ち止まった。「教えてください。あなたはなぜホテルの三人の死体をちゃんと見ようとしないのですか？ 直視に耐えられないのはなぜですか？」

「別に。私はあなたと同じようによくあの死体を観察しました――実際、あなたがお出でになる前に充分すぎるほど見たのです」

「私と議論したくないのならば、ただそう言ってくれればすむことです、キャッチプール君」

「何も議論することはありません。死人を必要以上に見つめていたいと思う人を私は知りません。ただそれだけのことです」

「いや《ノン》」ポアロが静かに言った。「それだけではありません」

彼に話すべきだったとあえて言おう。未だになぜそうしなかったのかわからない。私が五歳のときに死んだ祖父のことだ。彼は私たちの家の一室で長いあいだ死の床にあった。毎日彼の部屋に見舞いに行くのは嫌だったが、両親は、そうすることが彼には大切なことだと主張した。だから、両親を喜ばせるために、そして祖父のためにそうした。彼の皮膚が徐々に黄色みを増していくのを見つめ、呼吸がしだいに浅くなるのを聞き、目の焦点が定まらなくなっていく様子を見ていた。そのときは恐いとは思わなかった。毎日、あの部屋で過ごさなければならない時間を一秒、二秒と数えていた。いつかはあの部屋を出てドアを閉める日、数えなくていい日が来ることを知りながら。

祖父が死んだとき、私は監獄から解放され、ふたたび生き生きと元気になれる気持ちがした。彼は運び去られ、もう家に死はなくなるだろう。そのとき母が、最後にもう一度祖父の部屋に行って会ってこなければならないと言った。一緒に行ってあげるからだいじょうぶと。

医者がすでに祖父の遺体を整えていた。母が死人の埋葬について説明してくれた。私は黙って一秒、二秒と数えていた。いつもより長い。少なくとも百三十秒間、母の傍に立って、祖父の動きのない縮んだ身体を見ていた。

「彼の手を握りなさい、エドワード」母が言った。握りたくないと言うと、母は泣き始め、永久に泣き続けそうに見えた。

だから、私は祖父の死んで骨張った手を握った。手を離して逃げ出したくてたまらなかったが、母が泣きやんで階下に戻ってもいいと言うまで、手を離さなかった。

〝彼の手を握りなさい、エドワード。手を握りなさい〟

第五章　百人に尋ねよ

ポアロと一緒に〈ブロクサム・ホテル〉のダイニングルームに入っていく。どうやら大勢の人が集まっているようだが、部屋そのものがあまりにも強烈で、その豪華さのほうに気を取られていた。入口で立ち止まり、たくさんの紋章や彫刻で贅沢に装飾が施された高い天井を見上げた。このような芸術品の下のテーブルでトーストやマーマレードといった普通のものを食べるのかと思うと奇妙な感じがした――ゆで卵のてっぺんを切り落としながら、おそらく見上げることすらせずに食べているのだ。

私はデザインの全体的な意味や、天井の別々の部分がいかに互いに関連し合っているのかを摑もうとしていた。そのとき、落胆した様子のルカ・ラザリが走ってきて、私が頭上の芸術的なシンメトリーを観賞しているのを嘆きの声をあげてさえぎった。「ミスター・キャッチプール、ムッシュー・ポアロ、衷心よりお詫びします！　おふたりの重要な仕事をお手伝いしたいと急ぐあまり、嘘を言ってしまいました。あの、単純なことなんです。たくさんの説明を聞き、それを照らし合わせる最初の試みに失敗したのです。

私の愚かさのせいです。他の誰も悪くありません。ああ――」

ラザリは急に話しやめ、肩越しに部屋にいる百人ほどの男女に目をやった。それから左に移りポアロの真正面に立って、奇妙な恰好で胸を突き出し両手を腰にあてた。ポアロのとがめるような目から彼のスタッフ全員を隠したいと思っているようだった。見えないかぎり非難できないだろうとでもいうのだろうか。

「過ちとはどのようなことですか、セニョール・ラザリ？」

「重大な過ちです！　あなたは絶対に不可能だと言いました。そしてそのとおりでした。しかし、理解していただきたいのです、あなたの目の前にいる私の優秀なスタッフは私に何が起こったか真実を語ってくれましたが、私がその真実をねじまげ、誤った方向に導いてしまったのです――でも、故意ではありません！」

「わかりました《ジュ・コンプランド》。さて、その過ちを正すときです」

〝優秀な〟スタッフは大きな丸テーブルに黙って座り、一言一言に注意深く耳を傾けていた。陰鬱な雰囲気だった。私はさっと顔を見回したが、ひとつの笑顔も見られなかった。

「私は、三人の亡くなったお客様が昨晩七時十五分にディナーを部屋に届けるようにおっしゃったと言いました――それぞれの部屋に」ラザリが言った。「これは真実ではありません！　三人はご一緒だったのです！　グループとしてお食事をなさいました。みなさん同じ部屋、アイダ・グランズベリー様の三一七号室で。三人ではなくひとりのウエイターが、七時十五分に皆様がお元気でいらっしゃるところを見ています。おわかりでしょうか、ムッシュー・ポアロ？　私があなたにお伝えしたのは偉大なる偶然の一致ではなく、三人のお客様がひとりのお部屋でご一緒にディナーを召し上がるというよくあることでした！」

「素晴らしい《ボン》」ポアロは満足げに言った。「それなら意味がとおる。で、そのウエイターは誰ですか？」

テーブルのひとつに座っていた禿げた丈夫そうな男が立ち上がった。見たところ五十歳ぐらい。バセットハウンドのような垂れ気味の顎の肉と悲しそうな目。「私です」彼が言った。

「名前は、ムッシュー？」

「ラファル・ボバクです」

「あなたは昨晩七時十五分、三一七号室でハリエット・シッペル、アイダ・グランズベリー、そしてリチャード・ニーガスにディナーを給仕しましたか？」

「ディナーではありません」ボバクは言った。「アフタヌーン・ティー——それをミスター・ニーガスは注文なさいました。ディナーの時間なのにアフタヌーン・ティーでした。彼は、それでもいいか、それとも、彼が言われるところの『ディナーらしいディナー』を食べなければならないのかとお尋ねになりました。自分も友人もディナーを食べる気がしないということで意見が一致しているとおっしゃいました。だからアフタヌーン・ティーのほうがいいと。私は、何でもお好きなものをご用命くださいと言いました。彼はサンドイッチ――ハム、チーズ、サーモン、キュウリの――と、ケーキを幾種類か注文なさいました。それから、ジャムとクリームを添えたスコーンを」

「飲み物は？」

「紅茶です。お三人とも」

「よろしい《ダコール》。それから、リチャード・ニーガスのシェリーは？」

ラファル・ボバクは首を振った。「いいえ、シェリーの注文はありませんでした。ミスター・ニーガスは私にシェリーをお頼みになりませんでした。私は三一七号室にシェリーも持っていっていません」

「確かですか？」

「確かですとも」

大勢の人の目に晒され、私はいくらかぎこちなく感じていた。まだひとつの質問もできていないことを痛いほど意識していた。ポアロにショーを任せてしまえば、すべてうまくいく。しかし、まるっきり参加しなければ、私は無能に見えるだろう。咳払いをし、部屋に集まった人たちに話しかけた。「いつでもいいのですが、誰かハリエット・シッペルの一二一号室へお茶を届けた人はいますか？　あるいは、リチャード・ニーガスの部屋へシェリーを運んだ人は？　昨日か一昨日の水曜日に？」

皆は首を振り始めた。誰かが嘘をついているのでなければ、三人の被害者に届けられたのは、木曜日の午後七時十五分、ラファル・ボバクによって三一七号室に運ばれたディナーのかわりのアフタヌーン・ティーだけだったことになる。

私は頭の中で整理しようとした。ハリエット・シッペルの部屋にあったティーカップは問題にならない。なぜなら、殺人の後でアイダ・グランズベリーの部屋で発見されたカップはふたつだけだったからだ。しかし、シェリー・グラスは、ウエイターが運んだのでなければ、なぜリチャード・ニーガスの部屋にあったのか？

殺人犯はハーヴェイ・ブリストル・クリーム（有名なシェリーのブランド）のグラスを手に、モノグラム付きのカフスボタンと毒薬でポケットをいっぱいにして〈ブロクサム〉に来たのだろうか？　これはありそうもない。

ポアロも同じ問題にこだわっているようだ。「間違いのないようもう一度尋ねます。誰もリチャード・ニーガスにシェリーの入ったグラスを渡しませんでしたか、彼の部屋か、このホテルのどこかで？」

皆は、もっと首を振っている。

「セニョール・ラザリ、教えていただけますかな、ミスター・ニーガスの部屋で見つかったグラスは〈ブロクサム〉のものですか？」

「そうです、ムッシュー・ポアロ。これは実に厄介なことです。今日お休みしているウエイターが木曜日か水曜日にミスター・ニーガスにシェリーを届けたかもしれません。しかし、あの事件のときホテルにいた者はひとり残らずこの部屋にいます」

「おっしゃるとおり、厄介ですな」ポアロは同意した。「ミスター・ボバク、アイダ・グランズベリーの部屋に夜のアフタヌーン・ティーを持っていったときの様子を話してもらえますか？」

「私はただテーブルにそれを並べ、後は皆様にお任せしました」

「三人とも部屋にいましたか？　ミセス・シッペル、ミス・グランズベリー、そしてミスター・ニーガスですが？」

「はい、いらっしゃいました」

「その場面を説明してください」

「場面ですか？」

ラファル・ボバクが当惑しているのを見て、私は助け舟を出した。「三人のうち誰がドアを開けましたか？」

「ミスター・ニーガスがお開けになりました」

「ふたりの女性はどこにいましたか？」

「ああ、暖炉の傍のふたつの椅子に腰掛けて、お話をなさっていました。私はおふたりのお相手はしませんでした。もっぱらミスター・ニーガスと話をしました。すべてのものを窓の傍のテーブルに並べてから部屋を出ました」

「ふたりのレディが何を話していたか思い出せますか？」ポアロがきいた。

ボバクは目を伏せた。「あのう……」

「重要なんですよ、ムッシュー。この三人に関するあなたの証言は何もかも重要なんです」

「あのう……あの方たちは、少し意地が悪かったです。あることについて笑っていらっしゃいました」

「悪意があるということですか？　どのように？」

「おひとりがそうでした。そして、ミスター・ニーガスはそれを面白がっていらっしゃるようでした。話は歳をとった婦人と若い男のことのようでしたが、私とは関係ありませんから聞こうとはしませんでした」

「正確にどんな言葉だったか覚えていますか？　その意地悪さは誰に向けられたものでしたか？」

「話せません。すみません。若い男の愛を取り戻そうとしている高齢の女性。そんな感じを受けましたが、私にはゴシップのたぐいに聞こえました」

「ムッシュー」ポアロが有無を言わせぬ声で言った。「他にもこの会話に関して何か思い出すことがあれば、ぐずぐずせずに話してください」

「はい。考えてみると、その若い男は年上の女を捨て、別の女と駆け落ちしたのかもしれません。くだらないゴシップ、それだけのことです」

「つまり……」ポアロは部屋の端から端まで歩き始めた。彼が行ったり来たりするのを、百以上の頭がゆっくりと向きを変えながら見つめていた。奇妙な光景だった。「三一七号室にリチャード・ニーガス、ハリエット・シッペル、そしてアイダ・グランズベリー──男ひとりと女ふたり──がいて、男ひとりと女ふたりに関する悪意ある話をしていたということですな！」

「しかし、そのどこが重要なんですか？」私はきいた。

「重要でないかもしれません。しかし、面白い。そして、くだらないゴシップ、笑い、ディナーがわりのアフタヌーン・ティー……これからわかることは、この三人の殺人被害者はあかの他人ではなく知り合いだった。そして、まもなく自分たちの身に降りかかる運命を知らなかったということです」

そこで、突然の動きが私を驚かせた。ポアロと私の目の前のテーブルで、黒髪で青白い顔の若い男が、下から突き上げられたみたいに椅子から跳び上がったのだ。彼は何か言いたくてたまらないのかもしれないが、その表情はどういうわけか恐怖で凍り付いていた。

「フロント見習いのミスター・トーマス・ブリッグネルです」ラザリは麗々しく手を振ってその男を紹介した。

「三人は単なる知り合い以上でした」ブリッグネルは長い沈黙の後で息をついて言った。あまりにも静かな声だった。後ろに座っていた人たちは誰も彼の言っていることが聞こえなかっただろう。「彼らは良き友人でした。お互いをよく知っていました」

「もちろん、良き友人でした！」ラザリがみんなに向かって宣言した。「食事を一緒にしたのですから」

「多くの人が大嫌いな人と毎日食事を共にしています」ポアロは言った。「どうぞ続けてください、ミスター・ブリッグネル」

「昨夜ミスター・ニーガスにお会いしたとき、おふたりのご婦人のことを本当に気遣っていらっしゃいました。良き友人にだけなさるように」

「あなたは彼に会ったのですか？　いつ？　どこで？」

「七時半です」彼は二重扉の方を指し示した。彼の腕は震えていた。「このすぐ外です。私はここを出て、彼がエレベーターに向かうところを見かけました。彼は私を見ると、立ち止まって呼び寄せました。おそらく彼は部屋にお戻りになるところなのだと思いました」

「それで何と言ったのですか？」ポアロはきいた。

「食事は必ず彼に請求し、どちらのご婦人にも請求しないようにとお命じになりました。自分にはそれだけの余裕があるが、ミセス・シッペルとミス・グランズベリーにはないからとおっしゃいました」

「彼が言ったのはそれだけですか、ムッシュー？」

「そうです」ブリッグネルはこれ以上一言でもしゃべらされたら気絶しかねないように見えた。

「ありがとう、ミスター・ブリッグネル」私はできるだけ優しく言った。「とても助かりました」言ったとたん、ラファル・ボバクに同じような感謝の言葉をかけなかったことに罪悪感を覚えた。それで言い足した。「あなたもです、ミスター・ボバク。皆さんも同様です」

「キャッチプール君」ポアロが小声で言った。「この部屋にいるほとんどの者は何もしゃべっていませんよ」

「熱心に耳を傾け、彼らの前に出された問題について一心に考えました。賞賛に値すると思います」

「彼らを信じているのですね？　たぶん、私たちの意見が割れたら、あなたは彼らの意見を頼みにするのでしょうね？　よろしい《ビャン》。ここの百人の意見をきこうというのなら…

…」ポアロは聴衆のほうに向き直った。「レディス・アンド・ジェントルメン、我々は、リチャード・ニーガス、ハリエット・シッペルそしてアイダ・グランズベリーは友人であり、彼らの食事は七時十五分すぎに三一七号室に届けられたと聞きました。しかし、七時半にミスター・ブリッグネルは、ホテルのこの階でエレベーターに向かって歩いて行くリチャード・ニーガスを見ています。ミスター・ニーガスは、自分の部屋の二三八号室か、友人と合流するために三一七号室に戻るところだったのでしょう。そうです《ネス》ね《パ》？　では、どこから戻ってきたのでしょうか？　彼のサンドイッチとケーキは十五分前に届けられたばかりです。それをすぐにあきらめてどこへ出かけたのでしょうか？　あるいは、出かける前のわずか三、四分のあいだに自分の分を食べたのでしょうか？　そしてどこへ出かけていったのでしょうか？　どんな重要な用事で三一七号室から出て行ったのでしょうか？　食事の代金がハリエット・シッペルかアイダ・グランズベリーに請求されないよう確認するため？　しかしそんなことのためなら、出かけるのを二十分か三十分、あるいは、一時間待てなかったのでしょうか？」

がっしりした体格の、茶の巻き毛といかめしい眉毛の女が部屋の後ろで勢いよく立ち上がった。「あなたは、私がいかにも答えを知っているかのように、また私たちみんなが答えを知っているかのように、次々と質問をし続けていらっしゃいます。けど、私たちは何も知らないんです！」話をしている間、言葉はポアロに向けられていたものの、彼女の目は室内の一人ひとりを順番に見ていた。「家に帰りたいんです、ミスター・ラザリ」泣き声だった。「子どもたちが安全か確かめたいんです！」

隣に座っていた年下の女性が片手を彼女の腕にのせ、なだめようとした。「座って、テッシー」彼女が言った。「あの方たちは、お務めを果たそうと一生懸命なのよ。お子さんたちに危険はないわ。〈ブロクサム〉の近くにいないならば、なおのことよ」

慰めのつもりで発せられたこの言葉をきいて、ルカ・ラザリもがっしりしたテッシーも苦悶の声をあげた。

「長くはかかりません、マダム」私は言った。「ミスター・ラザリは後でお子さんのところへ帰らせてくれると思いますよ。あなたがそうしたいのであれば」

ラザリが認めるというしぐさをし、テッシーはいくらか落ち着いた風に腰を下ろした。

私はポアロに向き合って言った。「リチャード・ニーガスは請求書の問題を片付けるために三一七号室から出て行ったのではありません。どこからか戻る途中でトーマス・ブリッグネルに出くわした。だから、その時点ですでに、やっておかなければならなかったことはやり終えていた。それから、たまたまミスター・ブリッグネルを見かけたので、請求書の件を片付けてしまおうと思った」私はこの小さなスピーチで、ここにいるすべての人に、我々が質問だけでなく答えも用意していると示せたのではないかと思った。すべての答えを用意しているわけではないが、少しは用意してあると。そして少しは無よりはましだ。

「ムッシュー・ブリッグネル、あなたは、ミスター・キャッチプールが言ったように、ミスター・ニーガスはたまたまあなたを見かけ、その機会を捉えたという印象を持ちましたか？　彼はあなたを探していたのではなかったのですね？　水曜日に彼が着いたとき応対したのはあなただったのでしょう？」

「そうです」ブリッグネルは座ったまま喋るのが好きなようだった。「彼は私を探していたのではありません。偶然私を見つけ、思ったのです。『あっ、あの男だ』と。私の言う意味がおわかりになればですが」

「もちろん、わかります。レディス・アンド・ジェントルメン」ポアロは声を張り上げた。「昨晩このホテルで三件の殺害をやってのけたあと、殺人犯、もしくは殺人犯を知っており彼と共謀した何者かは、フロントデスクに書き付けを残していきました。〝彼らの魂が決して永遠の安らぎを得ませんように。一二一。二三八。三一七〟と書いてあります。これから見ていただくこの書き付けを誰かが置いていくのを見た人はいませんか？」ポアロはポケットから小さい白いカードを取り出し、その手を上げた。「フロント係のミスター・ジョン・グッドが見つけました。八時十分すぎに。フロントデスクの傍で不審な行動をしている人を見かけた方はいませんか？　よく考えてください！　誰かが何かを見たはずです！」

丸っこいテッシーは目をきつく閉じて友だちに寄りかかっている。部屋はささやきとハッと息をのむ音で満たされた。それはひたすら、殺人犯手書きの書き付け——三人の死をぐっとリアルに見せるお土産——を見たことへのショックと興奮であった。

誰もそれ以上私たちに話せることはなかった。たとえ百人全員に質問をしても、失望が待っているだけだろう。

第六章　シェリーの謎

三十分後、ポアロと私は、ラザリが言うところの「秘密のラウンジ」の燃え盛る炎の前でコーヒーを飲んでいた。そこはダイニングルームの裏にあって一般通路からは入れない場所だった。壁一面に肖像画がかかっていたが、私はつとめて無視しようとした。どんなときでも、陽の降り注ぐ風景画のほうがいい。さもなければ曇り日の風景画でもかまわない。肖像画はとにかく目が気に障るのだ。どんな画家が描いていようとも。肖像画を見るたびに、絵の中の人物がひどい軽蔑の目で私を見くだしている気がする。

ポアロは、ダイニングルームでは司会者として元気よく役目を果たしていたのに、再び憂鬱な気分に陥っていた。「ジェニーの件でまたイライラしているのでしょう？」私はきいた。

彼はそうだと認めた。「彼女が発見され、口にPIJのモノグラムの付いたカフスボタンが入っていたなどと聞きたくないのです。そういうニュースを恐れています」

「当分、ジェニーに関してできることは何もないのですから、何か他のことを考えたらどうです？」

「きみは何とも現実的ですな、キャッチプール君。いいですね。ティーカップについて考えましょう」

「ティーカップ？」

「そうです。どう思いますか？」

しばらく考えた後で、私は言った。「ティーカップについては別段意見はありません」

ポアロはじれったそうな音を立てた。「ウエイターのラファル・ボバクがカップを三セット、アイダ・グランズベリーの部屋に持っていった。三人のために三個のカップ、普通ならそう考えるでしょう。しかし、三人の死体が発見されたとき、部屋にカップはふたつしかなかった」

「あとの一個はハリエット・シッペルの部屋にハリエット・シッペルの死体と共にあった」

「そのとおり《エグザクトゥマン》。これは非常に興味深くありませんか？　ミセス・シッペルは、毒物が入れられる前か後に、ティーカップとソーサーを自分の部屋まで持って帰ったのでしょうか？　どちらの筋書きにせよ、誰が紅茶のカップを手に持ってホテルの廊下を歩き、エレベーターに乗ったり階段を二階分降りたりするでしょうか？　紅茶がいっぱいに入っていてこぼす危険があるか、半分かほとんど空っぽでわざわざ運ぶ意味もないかなのに。普通は紅茶を淹れた部屋で紅茶を飲むものです、そうでしょう《ネスパ》？」

「普通はそうですね。しかし、どうもこの殺人犯は普通の人間とはかけ離れているという印象です」私はいくらかの熱意を込めて言った。

「では、被害者は？　普通の人でしょう？　彼らの行動はどうです？　ハリエット・シッペルが紅茶を自分の部屋まで運び、椅子に座って飲もうとしたとたん、殺人者がドアをノックし、彼女の飲み物にシアン化合物を入れるチャンスを見つけた。あなたは私にそう信じろと言うのですか？　そして、リチャード・ニーガス。覚えていますか、彼も何らかの理由でアイダ・グランズベリーの部屋から出て行った。しかし、その後すぐ、このホテルの誰もが彼に与えていないシェリーのグラスを持って自分の部屋に戻っている」

「その点で言えば……」

ポアロは、私が彼の言い分に譲歩しなかったかのように続けた。「そう、それにリチャード・ニーガスも、殺人犯が訪れたとき、飲み物を手にひとりで椅子に座っていた。そして彼も言うんです。『是非とも、あなたが持ってきた毒薬をこのシェリーに入れてください』その間、アイダ・グランズベリーは、三一七号室で辛抱強く待っているのですか？　ひとりで？　殺人者が訪ねて来るのを？　もちろん、彼女は非常にゆっくりと紅茶をするのでしょう。殺人者が到着する前に飲み終えてしまったら、どうやっても彼女を毒殺できない。どこにもシアン化合物を入れられない」

「いい加減にしてください、ポアロさん――私に何を言わせたいのですか？　あなた以上の推理はできません。しかし三人の被害者は何か口論をしたに違いありません。そうでなければ、なぜ一緒に食事をしようとしながら別れてしまったんです？」

「怒って部屋を飛び出す女が、飲みかけのティーカップを持っていくとは思えませんな」ポアロは言った。「いずれにせよ、一二一号室に着くころには、冷めていませんか？」

「私はよく冷たい紅茶を飲みます」私は言った。「結構好きですよ」

ポアロが眉毛をあげた。「あなたが正直な方だと知らなかったら、そんなこと信じられませんな。冷めた紅茶！　考えられません《デギュラス》」

「まあ、だんだん好きになったんですよ」私は自己弁護のために言い足した。「冷めた紅茶なら、急ぐことはありません。都合に合わせて飲めますし、時間がかかったからといって何も悪いことは起きません。時間の制約がないしプレッシャーもない。これは私からすると大きな価値です」

ドアにノックの音がした。「ラザリだ。私たちの重要な話し合いを、誰も邪魔をしなかったかチェックしに来たのでしょう」私は言った。

「どうぞ、入ってください」ポアロが応えた。

それはルカ・ラザリではなく、七時半にエレベーターの傍でリチャード・ニーガスを見たと発言したフロント見習いのトーマス・ブリッグネルだった。「ああ、ムッシュー・ブリッグネル」ポアロは言った。「ご一緒にどうぞ。昨晩のことについてのあなたのお話は非常に役立ちました。ミスター・キャッチプールも私も感謝しています」

「そうです、大変感謝しています」私は心からそう言った。ブリッグネルを悩ませていることを言いやすくするためなら、何でも言っただろう。何か気がかりなことがあるのは、目に見えていた。かわいそうに、この男はダイニングルームにいたときと同じように自信がなさそうだった。手のひらをこすりながら上げ下げしている。額には汗が見え、さきほどにも増して顔色が悪かった。

「私はあなたがたを失望させました」彼は言った。「ミスター・ラザリも失望させました。あんなに良くしてくださっているのに。私は……さきほどダイニングルームで、私は……」言葉が途切れ、彼は手のひらをさらにこすり合わせた。

「あなたが話してくれたことは真実ではなかったのですか？」ポアロが助け舟を出した。

「私が言った言葉はひとつ残らず真実です！」トーマス・ブリッグネルは憤然として言った。「これほど重要なことで警察に嘘を言ったとしたら、私は殺人者と変わらないでしょう」

「彼同様の罪になるとは思いませんよ、ムッシュー」

「お話ししなかったことがふたつあります。どんなに申し訳なく思っているか、言葉では言い尽くせません。人でいっぱいの部屋で話すことは私には簡単なことではないんです。これまでずっとそうでした。あそこで」――ダイニングルームのほうへ顎をしゃくった――「さらに困ったのは、以前ミスター・ニーガスが私に言ったもうひとつのことを言いたくなかったんです。私への褒め言葉でしたから」

「どんな褒め言葉でしたか？」

「褒めていただくことは何もしていません。絶対に。私は普通の人間です。注目に値することは何もありません。仕事をし、給料をもらいます。それからベストを尽くそうと努力しています。でも、誰にせよ、私を特別に褒める理由はありません」

「でもミスター・ニーガスはそうしたんでしょう？」ポアロがきいた。「あなたを特別に褒めたんですね？」

ブリッグネルはたじろいだ。「そうです。今お話ししたように。私から求めたわけではありません。私はそれに相応《ふさわ》しいことなんか何もしていません。でも、私があの方を見、あの方が私を見たとき、おっしゃったんです。『おお、ミスター・ブリッグネル、きみは実に有能そうだ。この件できみを信頼できることはわかっている』それから、前にご説明したこと――請求書やあの方がその支払いをしたいということ――を話しだしました」

「だから、みんなの前でその褒め言葉を繰り返したくなかった、そうですね？」私は言った。「自慢げに聞こえるかもしれないと思ったんですね？」

「ええ、そうなんです。本当にそうです。まだ他にもあります。請求書の件を承ると、ミスター・ニーガスはシェリーを持ってきてほしいと頼みました。持っていったのは私です。お部屋に届けると申しましたら、あの方はここで待っているとおっしゃいました。私はシェリーを持ってきて、あの方はそれを持ってエレベーターで上の階に行きました」

ポアロは椅子から身を乗り出した。「しかし、ダイニングルームで、誰かリチャード・ニーガスにシェリーを渡した人はいませんかときいたとき、あなたは何も言いませんでしたね？」

ブリッグネルは混乱し、焦っているように見えた――唇まで出かかった言葉がどこかへ逃げてしまったみたいに。「答えるべきだったと思います。あなたの質問に対して、一切を説明すべきでした。あなたへの、亡くなった三人の方々への私の義務を果たせなかったことを深く悔やんでいます。どうか彼らの魂が安らかならんことを。今、あなたのところへ来たことで少しは償いができたと願うばかりです」

「もちろんですとも。しかし、ムッシュー、私は、あなたがなぜダイニングルームで言い出さなかったのか知りたいんですよ。『ここに誰かリチャード・ニーガスにシェリーの入ったグラスを持っていった人はいませんか？』ときいたとき、あなたはなぜ黙っていたんですか？」

かわいそうに、フロント係は震え出した。「死んだ母親のお墓にかけて誓います、ミスター・ポアロ、昨晩ミスター・ニーガスに出会ったときのことはすべてこと細かに話しました。最後の最後まで。これ以上完璧に何が起こったかをお知りになることはできないでしょう――ご安心ください」

ポアロが次の質問をしようと口を開きかけたので、私は急いで言った。「ありがとうございました、ミスター・ブリッグネル。もっと早くに話してくださらなかったことはお気になさらず。大勢の人の前に立って話をするのがどんなに大変なことかはわかっています。私自身あまり好きではありませんから」

帰ってよいと言われると、ブリッグネルは猟犬から逃げる狐のように急いでドアに向かった。

「私は彼を信じます」彼が行ってしまうと私は言った。「知っていることは何もかも話しました」

「ホテルのエレベーターの傍でリチャード・ニーガスに会ったことについては、そのとおりです。彼がまだ隠しているのは、彼自身のことです。つまり、シェリーの件をダイニングルームで話さなかったのはなぜか？　私は二回、その質問をした。それでも彼は答えなかった。代わりに、深い後悔について詳細に語りました。それは心からの言葉だった。しかし彼は嘘をつかない代わりに、真実を語る気もなかった。ああ、何たる自制！　これは一種の嘘です――きわめて効果的な嘘だ。なぜなら、口に出していないから誰にも反論できないのです」

ポアロは突然含み笑いをした。「そして、キャッチプール君、きみは、情報を得るために何度もプレッシャーをかけるエルキュール・ポアロから彼を守ろうとしましたね？」

「もう限界だったように見えたんです。正直に言って、彼があることについて沈黙をまもり続けるとすれば、それは、私たちには重要でないけれど、彼には大いに恥ずかしいことなのでしょう。彼は気難しく誠実なタイプです。重要だと思えば義務感から私たちに話をするでしょう」

「そして、きみが彼を追い返してしまったから、彼の隠している情報が極めて重要かもしれないと説明するチャンスを失いました」ポアロは声を張り上げると、私が確実に彼の不快感に気づくように私をじろりと見た。「私、エルキュール・ポアロでさえ、何が重要で何が無関係か、まだわかりません。だからこそすべてを知らなければならないんです」彼は立ち上がった。「さて、私は〈プレザント〉に戻ります」出し抜けに言った。

「あそこのコーヒーはセニョール・ラザリのものよりずっと美味しい」

「ですが、リチャード・ニーガスの弟のヘンリーが来ます。彼の話も聞きたいのではありませんか？」

「私には景色の変化が必要です、キャッチプール君。小さな灰色の脳細胞を再活性化するために。どこかに連れて行って、沈滞しないようにしなくてはいけません」

「信じませんよ。ばったりジェニーに会えるのではと思っているのでしょう。あるいは、ジェニーについて何かわかるかと」私は言った。「ポアロさん、このジェニーの件では野生の雁《がん》を追いかけるように、できもしないことに夢中になっているのでは？　あなたもそれはわかっていらっしゃる。でなければ、彼女を見つけに〈プレザント〉に行くのだと認めるでしょうから」

「おそらくは。しかし、雁の殺し屋が野放しなら、他に何ができるでしょうか？　ミスター・ヘンリー・ニーガスを〈プレザント〉に連れてきてください。彼とはそこで話をします」

「えっ？　デヴォンからはるばるやって来るんですよ。着いたと思ったら、またすぐ出かけさせるなんて――」

「しかし、彼は死んだ雁を欲しがりますか？」ポアロは詰問した。「彼にきいてごらんなさい！」

私はヘンリー・ニーガスにはそんな説明はしないことにした。スコットランドヤードは頭がおかしくなった男に乗っ取られたと思って、きびすを返し、元いたところへ帰ってしまうかもしれないからだ。

第七章　ふたつの鍵

ポアロが着いたとき、珈琲館はとても混んでいた。煙草とパンケーキシロップのような甘い何かが入り混じった匂いがした。「テーブルにつきたいが、空きがないようですな」彼はフィー・スプリングに文句を言った。彼女自身たった今店に着いたばかりで、腕にコートを下げ、木製のコート掛けの傍に立っていた。帽子を脱ぐと、流れるような髪がはじけ、重力で下に落ちるまで数秒間、宙に漂っていた。なかなか乙《おつ》な光景ですな、とポアロは思った。

「それじゃ、お困りですね」彼女は元気よく言った。「それでもお金を払ってくださるお客様を通りに追い出すようなまねはできません。たとえ有名な探偵さんのためでも」彼女は声を低くしてささやいた。「まもなく、ミスター・アンド・ミセス・オーセシルがお帰りになるわ。そこにお座りになって」

「ミスター・アンド・ミセス・オーセシル？　珍しい名前ですね」

フィーは笑い、再びささやいた。「『オー、セシル』――彼女が一日中そう言うんです。奥さんがです。かわいそうに、旦那さんは、一言もしゃべらないうちに奥さんに訂正されちゃうの。彼がスクランブルエッグとトーストを注文したとするでしょう？　そのとたん彼女がちょっかいを出すの。『オー、セシル、タマゴとトーストはいけませんわ』でも彼は決して反論なんてしないの。『オー、セシル、このテーブルはだめですわ！』彼女が言うの。『オー、セシル、このテーブルはだめですわ！』もちろん、彼は欲しくないものを欲しいと、欲しいものは欲しくないと言えばいいだけなんですよ。私ならそうするわ。彼がそれに気づくのをずっと待っているんですけどね。はっきり言って、彼は年老いた、役立たずのでくの坊。脳はカビの生えたキャベツなのよ。彼女の『オー、セシル』が始まったのはそのためだと思うわ」

「彼がすぐ帰らなければ、私が『オー、セシル』と言ってみよう」ポアロは言った。彼の両脚は、立ち続けていることと、座りたいという欲求が満たされないこととで、すでに痛み始めていた。

「ポアロさんのコーヒーができるまでには、お帰りになりますよ」フィーは言った。

「奥さんは食べ終わったでしょう。すぐに旦那さんを『オー、セシル』しますよ。それはそうと、ランチタイムなのにここで何をしていらっしゃるんです？　あっ、そうか、何を企んでいるのかわかったわ！　ジェニーを探していらっしゃるんでしょう？　今朝も一番に探していらっしゃったそうね」

「どうやって聞いたのかね？」ポアロは尋ねた。「あなたはたった今着いたばかりだ、そうでしょう《ネスパ》」

「私、遠くへ行ったことないのよ」フィーが謎めかして言った。「誰もジェニーの影も形も見ていません。でも、おわかりでしょう、ミスター・ポアロ、ジェニーのことはあなたと同じように私の胸にも留めているわ」

「でも、あなたも心配しているのですな？」

「でも、彼女が危険に晒されているのを心配してるんじゃないわ。彼女を救う義務はないもの」

「そうですね《ノン》」

「あなたの義務でもない」

「おお、しかし、エルキュール・ポアロは数々の命を救ってきました。無実の人々を絞首刑から救いました」

「でも、その半分くらいは本当は有罪だったかも」彼女は楽しそうに言った。そのアイディアを面白がっているかのように。

「そんなことはない《ノン》、マドモワゼル。あなたは人間嫌いですな《ヴ・ゼット・ミザントロプ》」

「そうかもね。ただ、私にわかっているのは、ここに来る人で心配してもらう必要がある人をひとり残らず心配していたら、気の休まるときがなくなってしまうってこと。辛いことがいろいろあるとしても、ほとんどは自分の頭が勝手に創りだしているのよ。現実の問題じゃないわ」

「頭の中に何かがあれば、それは現実の問題ですよ」

「何もないところからひねり出したばかばかしいナンセンスなら、現実の問題じゃないわ。たいていはそんなものよ」フィーは言った。「でも、ジェニーについて言いたかったのは、私、昨日の夜、何かに気がついたんです……ただ、それが何だったか思い出せなくて。『ジェニーがあんなことをするなんて、とか、あんなことを言うなんておかしい……』と思ったことは覚えているんですけど。困ったことに、なぜそんな風に思ったのか――彼女が何をしたのか、それとも何と言ったのか――思い出せないの。一生懸命、頭がぐるぐる廻ってしまうほど思い出そうと頑張ったんだけど。あら、あの人たちお帰りだわ。ミスター・アンド・ミセス・オーセシルさん。さあ、行って座ってください。コーヒーをお持ちしますか?」

「ええ、お願いします。マドモワゼル、どうかジェニーが何をしたか、あるいは言ったか思い出す努力を続けてください。それは言葉では表せないほど重要です」

「真っすぐな棚よりも?」フィーはだしぬけに辛口になった。「テーブルの上にナイフやフォークを真四角に並べることよりも?」

「おや、そういうこともナンセンスな思いつきだと思っているんですね?」

フィーが顔を赤らめた。「軽率なことを言ったとしたら、ごめんなさい」彼女は言った。「ただ……テーブルの上のフォークの置き方についてあれこれ言うのをやめれば、もっと幸せな気分になれるんじゃない？」

ポアロはできるかぎり礼儀正しい微笑を浮かべた。「あなたの胸に留まったジェニーに関する何かを思い出してもらえれば、私はもっと幸せな気分になれるでしょう」そう言うと、威厳ある態度で会話を辞し、テーブルについた。

彼は一時間半待った。素晴らしいランチを食べたが、ジェニーの姿は影も形もなかった。

私があるひとりの男を連れて〈プレザント〉にたどり着いたときはもう二時近くになっていた。ポアロは最初その男をリチャードの弟のヘンリー・ニーガスと勘違いした。私は、スタンレー・ビア巡査を待たせ、ニーガスが到着したら連れてくるように言いおいてきた。しかし私の隣に立っている男のほうを先に連れてこなければならないと考えたからだが、その説明がちょっと不足したのだった。

私は彼――ボイラー係のミスター・サミュエル・キッド――を紹介し、ポアロが、ボタンが取れた泥まみれのシャツと、一部分にひげの剃り残しのある顔に尻込みするのを、面白がりながら見ていた。ミスター・キッドはあごひげとか口ひげとかのようなありがちなものは生やしていなかった。どう見てもカミソリをうまく使えないようだ。その形跡から、ひげを剃り始めたところ、ひどい傷を作ってしまったので、剃るのをあきらめたことが窺《うかが》われる。結果、顔の半分はスムーズで毛はないが傷だらけ、あとの半分に傷はないが、黒い剛毛で覆われていた。どちらの側がより悪く見えるかは、簡単に片づかない問題だった。「ミスター・キッドはとても興味深い話をしてくれます」私は言った。

「私が〈ブロクサム〉の外でヘンリー・ニーガスを待っていると――」

「あっ」ポアロは私の話をさえぎった。「きみとミスター・キッドは、〈ブロクサム〉から来たのですか？」

「ええ」私がいったいどこから来たと思ったのか？　アフリカのティンブクトゥから来たとでもいうのだろうか？

「どうやって来ましたか？」

「ラザリがホテルの車を使わせてくれました」

「時間はどのくらいかかりましたか？」

「三十分きっかりです」

「道路の情況は？　車でいっぱいでしたか？」

「いいえ。実を言うと、ほとんどがらがらでした」

「違う条件だったら、もっと早く来られると思いますか？」

「翼を生やさなければ無理です。三十分はすごくいい線だと思いますよ」

「わかりました《ボン》。ミスター・キッド、どうぞ座って、ポアロにあなたの非常に興味深い話をしてください」

　驚いたことに、サミュエル・キッドは座る代わりに、笑って、ポアロが喋った言葉をそのまま繰り返した。誇張したフランス訛《なま》りか、ベルギー訛りか、あるいはポアロ流で。

「ミースター・キーッド、どうぞ座ってポアロウにあなたの非常に興味深い話を聞かせてください」

　ポアロは自分の声音を真似され、腹を立てたように見えた。私は彼に同情したが、その同情も彼がこう言うまでだった。「ミスター・キッドは私の名前をきみよりうまく発音しますよ、キャッチプール君」

「ミースター・キーッド」身なりも髪も乱れた男は高笑いをした。「オー、私のことは気にしないでください。私は勝手に楽しんでいるだけです。ミースター・キーッド！」

「私たちは楽しむためにここにいるのではありません」私は言った。彼のふざけた行為にうんざりしていた。「ホテルの外で私に話してくれたことを繰り返してください」

　キッドの話は十分かかった。三分に縮められただろうが、価値はあった。前夜の八時少しすぎ、〈ブロクサム〉の前を通り過ぎようとしたとき、ひとりの女がホテルから出てきて、階段を下り、通りに向かって走って行くところを見かけた。彼女は喘ぎ、恐ろしい形相をしていた。助けが必要か尋ねようと思って彼女のほうへ行こうとした。が、彼女の動きは素早く、追いつく前にいなくなってしまった。走りながら、彼女は何かを地面に落とした。金色の鍵が二個。落としたことに気づいて振り返ると、急いで戻り、それを拾った。それから、手袋をはめた手でそれを握りしめ、夜の闇の中に消えた。

「俺は自分に言ったね。ありゃ、おかしいぞ。つまり、あの女があんなふうに逃げるのはさ」サミュエル・キッドは面白がっていた。「そして今朝だ。そこら中にお巡りがいた。で、そのひとりに聞いたんだ。この大騒ぎは何だってね。殺人事件だって知って思ったんだ。『お前が見たのは殺人犯だったかもしれないぞ、サミー』恐ろしい形相をしていたな。あのレディは確かに——恐ろしい顔をしていた！」

ポアロは男のシャツのたくさんの汚れのひとつを凝視していた。「恐ろしい、か」彼はつぶやいた。「あなたの話には非常に興味をそそられます、ミスター・キッド。鍵は二個、と言いましたね？」

「そう。金の鍵が二個」

「見えるほど近くにいた。ということですか？」

「ああ、そうだよ——〈ブロクサム〉の外の通りはいい具合に灯りがついてるからね。問題なく見えたよ」

「その鍵ですが、金色だったという他に何か気づいたことはないかね？」

「あるよ。数字がついていた」

「数字だって？」私は言った。これは、サミュエル・キッドがホテルの外で最初に話してくれたとき、そしてここに来る途中の車の中で話してくれたときにも、私に明かさなかったことだ。そして……畜生、自分で聞いておかなければいけなかったんだ。私はリチャード・ニーガスの鍵をすでに見ていた。ポアロが暖炉の緩んだタイルの後ろから見つけたものだ。それには二三八の数字がついていた。

「そうだよ、数字。わかるでしょう、一〇〇、二〇〇みたいな」

「数字がどんなものかぐらいは知ってますよ」私はぶっきらぼうに言った。

「それは実際にあなたが見た鍵についていた数字ですか、ミスター・キッド？　一〇〇と二〇〇ですが？」ポアロがきいた。

「いや、違う。ひとつは一〇〇幾つかな、俺が間違ってなければね。もうひとつは……」キッドは頭を乱暴にかきむしった。ポアロは目を背けた。「三〇〇と幾つかだったと思う。誓いを立てることはできませんがね、おわかりでしょ。でも、それが今心の目に見えているものですよ。一〇〇幾つと三〇〇幾つ」

一二一号室、ハリエット・シッペルの部屋。そして、アイダ・グランズベリーの部屋は三一七号室。

私は胃に空洞が開くのを感じた。その感覚には思い当たるものがあった。初めて三人の死体を見、警察医から金のモノグラム付きのカフスボタンが死体の口の中から発見されたと聞かされたときに感じたものだ。恐ろしい形相のレディ。私はサミュエル・キッドは昨晩、殺人犯の間近にいたようだ。「金髪で茶の帽子とコートを着ていは身震いした。

「あなたが見たという女性は」ポアロはきいた。「金髪で茶の帽子とコートを着ていましたか？」

もちろん、彼はジェニーのことを考えていた。私はまだ関連性があるとは思っていなかった。しかし、ポアロの推理は理解できた。ジェニーは昨夜ひどく動揺した状態でロンドン中を走り回っていた。そしてもうひとりのこの婦人も。そのふたりが同一人物だという可能性がないとは言えない。

「いや。帽子は被っていたけど薄い青色だったな。髪は黒かった。巻き毛で黒い」

「何歳ぐらいですか？」

「ご婦人の歳を言い当てるのはどうもね。若者と年寄りのあいだってとこかな」

「青い帽子の他には何を身につけていましたか？」

「わからんね。顔を見るのに忙しかったもんで」

「きれいな人でしたか？」私はきいた。

「ああ。でもそういう理由で見てたわけじゃないんだ。あの女を知っていたからだよ。一目見たとき思ったんだ。『サミー、あんたはあのレディを知ってるぜ』」

ポアロは椅子の中で身じろぎした。そして私を見て再びキッドを見た。「知っているなら、ミスター・キッド、誰だか教えてください」

「それができないんですよ。誰だったのか思い出そうとがんばったんだけどさ、彼女が走って行ってしまったときに。どうして彼女を知ってるのかわからない。彼女の名前とか、そういうことは一切わからない。ボイラーの仕事で知ったんじゃないな。それだけは言える。彼女はお上品だった。正統なレディだ。俺はそんな人間はひとりだって知らない。けど彼女を知っているんだ。あの顔――あれは昨日の晩初めて見た顔じゃない」サミュエル・キッドは首を振った。「謎だな。彼女が逃げ出さなかったら、きけてたかもしれないが」

私は思った、すべての逃亡者の中で、何人がその理由のせいで逃げ出したのだろうと。つまり、どんな質問にしても、尋ねられたくないという理由で。

サミュエル・キッドに、この謎めいた女の名前と、いつどこで彼女を知ったのか、その詳細を思い出すようにと指図して送り出すと、すぐにスタンレー・ビア巡査がヘンリー・ニーガスを〈プレザント〉に連れてきた。

ミスター・ニーガスはサミュエル・キッドよりかなり見栄えが良かった。五十歳ぐらいのハンサムな男で、髪は鉄灰色、賢そうな顔をしていた。身だしなみはスマートで、語り口はソフトだった。私はたちまち彼に好意を持った。兄を失ったことによる悲しみは明白だったが、話し合いのあいだはずっと自己抑制の模範だった。

「心からお悔やみ申し上げます、ミスター・ニーガス」ポアロが言った。「お気の毒です。兄弟のような近親を亡くすのは辛いことです」

ニーガスは感謝を込めてうなずいた。「お手伝いできることは何でも──何でも結構です──喜んでやらせていただきます。ミスター・キャッチプールのお話では、私に質問がおありだとか?」

「ええ、ムッシュー。ハリエット・シッペルとアイダ・グランズベリーという名前──この名前に心当たりはありますか?」

「その人たちは、あとのふたりの……」ヘンリー・ニーガスはそこで口をつぐんだ。頼んでおいたコーヒーをフィー・スプリングが持って近づいてきたからだ。

彼女が行ってしまうと、ポアロは言った。「そうです。ハリエット・シッペルとアイダ・グランズベリーも昨夜〈ブロクサム・ホテル〉で殺害されました」

「ハリエット・シッペルという名前には心当たりがありません。アイダ・グランズベリーは兄と何年も前に婚約していました」

「では、マドモワゼル・グランズベリーをご存知なんですね?」ポアロの声に興奮が沸き上がった。

「いえ、会ったことはありません」ヘンリー・ニーガスは言った。「もちろん、リチャードの手紙で彼女の名前は知っていました。彼がグレート・ホリングに住んでいたころは、滅多に会うことはありませんでしたが、その代わりに手紙のやり取りをしていました」

私はパズルの一片がピタッとはまるべき場所に収まったと感じた。「リチャードはグレート・ホリングに住んでいたのですか？」私は声を平静に保とうと努めながらきいた。ポアロは、同じようにこの発見に驚愕していたとしても、それを表には出さなかった。三人の被害者を結びつけるひとつの村。私は心の中で数回その名前を繰り返し言ってみた。グレート・ホリング、グレート・ホリング、グレート・ホリング。あらゆるものがその方向を指し示している。

「ええ。リチャードは一九一三年までそこに住んでいました」ニーガスは言った。「カルヴァー・ヴァレーで弁護士をしていました。そこで――シルスフォードで兄と私は育ったのです。それから一九一三年にデヴォンに来て私と一緒に住み始め、以来ずっとそこに住んでいます。いや……住んでいました」彼は訂正した。顔がにわかにげっそりして見えた。あたかも兄の死を知ったことが再び彼を激しく打ちのめし、押し潰したかのように。

「リチャードさんは、ジェニーという名前のカルヴァー・ヴァレーから来た人物について話したことはありませんか？」ポアロはきいた。「ジェニーという名前の人なら誰でもいい。グレート・ホリングの人かもしれないし、そうでないかもしれません」

一瞬の間《ま》。それが長引いた。それからヘンリー・ニーガスは言った。「ありません」

「PIJというイニシャルの人はどうですか？」

「ありません。あの村の人で彼が教えてくれたことがあるのは、フィアンセのアイダだけです」

「デリケートな質問をしてもよろしいでしょうか、ムッシュー。なぜ兄上の婚約は結婚にいたらなかったのでしょうか？」

「わかりません。リチャードと私は仲が良かった。しかし、何よりも思想についてよく語り合ったのです。哲学とか、政治とか、神学とか……お互いのプライベートな部分には立ち入りませんでした。アイダについて語ってくれたことは、婚約したことと、そして一九一三年にはもう婚約していなかったこと、それだけです」

「待ってください《アタンデ》。一九一三年にアイダ・グランズベリーとの婚約を解消し、同時にグレート・ホリングからデヴォンに引っ越してあなたと住むようになったということですか？」

「私の妻と子どもたちも一緒です」

「ミス・グランズベリーと距離を置くためにグレート・ホリングを離れたのですか？」

ヘンリー・ニーガスはその質問について考えた。「それもあると思います。しかし、それだけじゃない。リチャードはグレート・ホリングを離れたときには、もうあそこを嫌っていました。アイダ・グランズベリーのことだけじゃなかったはずです。あの土地のどこもかしこも嫌いだと言っていました。理由は言いませんでしたし、私もききませんでした。リチャードは言いたいことだけを言う男でしたから。思い起こせば、村に対する彼の裁定は、『もううんざりだ』の精神で下されていました。もっと知ろうと努力していれば――」彼は苦悩の表情を浮かべ絶句した。

「自分を責めてはいけません、ミスター・ニーガス」ポアロは言った。「あなたのせいで兄上が亡くなったわけではありません」

「どうしても考えてしまいます……つまり、兄はあの村で何か恐ろしい目に遭ったんではないかと。人はその種のことは、できれば話すことも考えることもしたくないものです」ヘンリー・ニーガスはため息をついた。「リチャードがそのことについて話したくないと思っているのは明らかでした。だから、私も話し合わないほうがいいと考えました。彼には権威がありました、おわかりですか――兄ですから。みんな彼に従っていました。才気にあふれていたんです」

「そうでしょうね」ポアロは優しく微笑んだ。

「零落する前は、リチャードほど細部に注意を向ける人はいませんでした。あなたも彼にならなんでも託すでしょう——誰でもそうします。だから、あんなにひどい状態に陥る前は、弁護士としてとても成功したんです。私は、彼がいつかは自力で自分を立て直すと信じていました。二、三カ月前、元気になったように見えたので、『兄さんもやっと生きる意欲を取り戻した』と思いました。彼のお金の最後の一ペニーが尽きる前に、再び働き始めるのかもしれないと期待していました——」

「ミスター・ニーガス、もう少しゆっくり話していただけますか」ポアロは言った。丁寧だが強引に。「兄上は、あなたの家に引っ越された当初は働いていなかったのですね？」

「ええ。グレート・ホリングとアイダ・グランズベリーを捨てたように、デヴォンに来たときは職業も捨てていました。弁護士をやるかわりに、部屋に閉じこもって深酒をやってました」

「ああ、さっきおっしゃっていた零落ですか？」

「そうです」ニーガスは言った。「私の家に来たときのリチャードは、最後に会ったときのリチャードとはまったく違っていました。内にこもって陰気で、まるで自分の周りに壁を築いてしまったようでした。家から決して出ることはなく——誰にも会わず、誰にも手紙を書かず受け取ることもありませんでした。彼のやっていることといったら、本を読むことと虚空を見詰めていることだけ。私たちと一緒に教会に行くのも拒み、心を開いて私の妻を喜ばせることさえしようとしなかった。一年ほど一緒に暮らした後のある日、私は彼の部屋のドアの外、踊り場の床に聖書を見つけました。彼に貸した寝室の引き出しに入っていたものです。そこに戻しておこうとしましたが、リチャードが部屋に聖書を置きたくないという意図ははっきりしていました。私は妻にききました……どこか別のところに家を探すように彼に頼もうかと。彼と一緒にいると落ち着かないのです。しかし、クララは——妻ですが——私の言うことを聞こうとしませんでした。『家族は家族でしょう』妻は言いました。『リチャードには私たちしかいないのよ。家族を通りに放り出すなんてできないわ』もちろん、彼女の言うとおりです」

「あなたはお兄さんがお金を使いすぎるとおっしゃいましたね？」私は言った。

「ええ。彼も私も、何不自由なく暮らせる遺産を受け取りました」ヘンリー・ニーガスは首を振った。「もともと責任感の強い兄のリチャードが、将来を考えることもなしに、財産を投げ捨てるなんて……でも、彼はそうしたんです。父が彼に遺してくれたものを酒に換え、喉に流し込むことに専念しているようでした。赤貧と深刻な病へと向かっていました。兄を待ち受けているかもしれない恐ろしい最期を心配して眠れない夜もありました。ですが、殺人とは思いもよりませんでしたが。リチャードが殺されるなんて一瞬たりとも考えませんでした。でも、たぶん、そう考えるべきだったのかもしれません」

ポアロはハッとして、顔をあげた。「どうしてそんなことを考えるんですか、ムッシュー？　大部分の人は、親族は殺されないと思い込んでいますし、ほとんどの場合、それは妥当なことです」

ヘンリー・ニーガスは答える前に考え込んだ。しばらくして言った。「リチャードは自分が殺されることを知っていたようだったと言ったら空想じみていますかね。そんなこと誰にもわかりませんから。しかし、私の家に引っ越してきた日から、命がすでに尽きてしまった男の、陰気で不吉な振る舞いをしていました。こんなふうにしか説明できません」

「しかし、死に先立つ何カ月かは元気になられたとおっしゃいましたね？」

「ええ。妻も気づき、理由を彼にきいてほしいと言いました――女はいつもそう言いますよね――しかし、私はリチャードをよく知っているので、私事に立ち入られるのを歓迎しないとわかっていました」

「以前より幸せそうでしたか？」

「はい、と言えればいいのですが、ムッシュー・ポアロ。亡くなった日に兄がそれ以前の何年間よりも幸せだったと信じることができれば、それは私にとって大きな慰めになります。しかし、違います。それは幸せではありませんでした。幸せと言うより、まるで何かを計画しているようでした。目的を持たない何年もの日々を過ごした後、再び目的を見つけたようでした。それが私の受けた印象です。もっとも、先ほど言いましたように、その目的が何であったかはわかりません」

「それでも、この変化があなたの想像でないことは確かなんですね？」

「ええ、確かです。それはさまざまな形で現れました。リチャードが早くに起きて朝食に下りて来ることが増えました。活気や気力がありました。衛生意識も改善しました。もっとも顕著なのは酒をやめたことです。それだけでもどんなにありがたかったか言い表せません。妻と私は、彼の冒険が何であれ、成功しますように――ついにグレート・ホリングの呪いから解き放たれ、実りある人生を楽しめますようにと祈りました」

「呪いですか、ムッシュー？　その村が呪われていると信じているのですか？」

ヘンリー・ニーガスの顔が赤くなった。「まさか、信じていません。そんなことありえませんよね。あれは妻のせりふです。面白い話がなかったものですから、リチャードのあの地からの逃亡、婚約破棄、そして、グレート・ホリングについて他にひとつだけ知っている事実をもとにして、呪いという考えを得たんです」

「他の事実とは？」私はきいた。

「おお」ヘンリー・ニーガスは驚いたように見えた。それから言った。「あなたがたはご存知ないと思います。当然ですよ。若い教区司祭とその妻の恐るべき悲劇を。リチャードがあの村を離れる二、三カ月前に手紙で教えてくれました」ヘンリーは言った。

「ふたりは数時間のうちに次々と亡くなったそうです」

「本当ですか？　死因は何ですか？」ポアロはきいた。

「知りません。リチャードは知っていたはずですが、手紙に詳細は書きませんでした。恐るべき悲劇とだけ書いていました。実は、後にそのことを尋ねてみたのですが、なんと彼は怒鳴り返してきました。だから依然としてわからないままでした。兄はきっと、自分の不幸にとらわれすぎて人と話したいと思わなかったんでしょう」

第八章　考えを組み立てる

「あるいは」三十分後、ポアロと私が下宿に向かってきびきびと歩いていると、彼が言った。「十六年前のあの不幸な出来事はすべてつながっています。教区司祭と妻の悲劇的な運命、リチャード・ニーガスが突如アイダ・グランズベリーとの婚約を解消したこと、リチャード・ニーガスがグレート・ホリングを嫌悪し、デヴォンに逃げようと決心したこと——怠け者の浪費家となって弟の家で死ぬほど飲んだくれたこと！」

「リチャード・ニーガスは教区司祭が死んだせいで、酒を飲むようになったということですか？」私は言った。「すべてを関連づけたいという誘惑はありますが、互いに関係ないという考えのほうが可能性が高いのでは？」

「私はそうは思いません」ポアロは私に鋭い視線を投げた。「このよく晴れた冬の日の新鮮な空気を吸いなさい、キャッチプール君。きみの小さな灰色の脳細胞に酸素を供給する助けになるでしょう。ほら、深呼吸をして」

私は言うとおりにして彼の機嫌をとった。もちろん、私はそもそも呼吸をしていたのだから、いくらか馬鹿げてはいたが。

「よろしい《ボン》。さあ、考えてごらんなさい。若い教区司祭が悲劇的な死を遂げただけではない。彼の死の数時間前にはその妻も死んでいるのです。とても異常なことです。リチャード・ニーガスはその出来事を弟への手紙に書いている。数カ月後にはアイダ・グランズベリーとの婚約を解消している。デヴォンに逃げ、そこで零落へと船出した。自分の部屋に聖書を置くことを拒み、教会へ行って弟の奥さんを喜ばせることさえしない」

「なぜそれが特別な意味を持つのです？」

「ああ！　酸素がきみの灰色の脳細胞に行き着くにはずいぶんと時間がかかるんですね！　ですが、気にすることはない。いずれ一番必要とされているところ、きみのあの針刺しのような脳にたどり着くでしょう。教会ですよ、キャッチプール君。教区司祭と妻がグレート・ホリングで悲劇的な死を遂げているんです。その後、間もなくして、リチャード・ニーガスはあの村と教会と聖書に嫌悪の情を募らせた」

「ああ、あなたの言わんとするところはわかります」

「よろしい《ボン》。それから《アロール》リチャード・ニーガスはデヴォンに赴き、そこで何年ものあいだ、零落に向かって突き進んだ。そのあいだ、弟は、自分自身に大損害を与えている兄を助けられたかもしれないのに、一切おせっかいな干渉はしなかった――」

「ヘンリー・ニーガスは怠慢だったと言うんですか？」

「彼のせいではありません」ポアロはそう言って手を振った。「彼はイギリス人です。あなたがたイギリス人は、避けることができるあらゆる種類の災厄が目の前で起きていても、干渉していると見られたくないばかりに、礼儀正しく黙って見守っているのです！」

「あまり公正な意見とは思えません」私は吹き荒れる風と賑やかなロンドンの街の人声に抗《あらが》うような大声で言った。

ポアロは私の抗議を無視した。「何年間も、ヘンリーは兄のことを心配していた。望みをかけ、たぶん、祈りもした。そして、ほとんど希望を捨てかけたとき、祈りが聞き届けられたように思えた。二、三カ月前リチャード・ニーガスは目に見えて元気を取り戻した。何かを計画しているようだった。おそらく、その計画には、自分自身とグレート・ホリング時代から知っているふたりの女性のためにロンドンの〈ブロクサム〉に部屋を三つ予約することが含まれていた。私たちは彼がそうしたことを知っています。それから、彼は、昨晩〈ブロクサム〉で死亡しているところを発見された。モノグラム付きのカフスボタンを口に入れ、昔の婚約者アイダ・グランズベリーと、同じ村に住むかつての隣人ハリエット・シッペルの近くで。ふたりの女性も同じように殺害されていた」

ポアロは立ち止まった。あまり速く歩きすぎて、息が切れたのだ。「キャッチプール君」喘ぎながら言うと、チョッキのポケットからきれいにたたんだハンカチを取り出し眉毛を拭いた。「今まできみに話してきた一連の出来事の中で何が最初の出来事だったか考えてみてください。教区司祭と妻の悲劇的な死ではありませんか？」

「まあ、そうですね。ただ、ふたりが三件のブロクサム殺人事件と関係があると認めればです。その証拠はありません、ポアロさん。私は依然として、この気の毒な教区司祭は重要ではないと主張します」

「気の毒な《ル・ポーヴル》ジェニーが重要でないのと同じように？」

「そのとおりです」

私たちは通りを歩き続けた。

「クロスワード・パズルをやったことがありますか、ポアロさん？ なぜなら……今、ひとつ作ろうとしているんです。自分のパズルを」

「私はあなたの近くに住んでいるんですよ。知らないなんて、あり得ないでしょう、キャッチプール君」

「そうですね。で、クロスワードのかぎを解こうとしているとき、あることに気づいたんです。とても面白いことです。例えば、〝台所器具、三文字〟というかぎがあったとします。そして、最初の文字は〝P〟だとわかっています。とても易しそうです。『きっと〝POT《ポット》〟だ。なぜなら三文字だし、〝P〟で始まっているし、ポットは台所器具だから』そこで、それが正しいと思い込んでしまう。ところが正解は『PAN《なべ》』だった――これも三文字でPから始まる台所器具――。おわかりですか？」

「その例はあまりよくないですな、キャッチプール君。あなたが言った状況では、〝POT〟も〝PAN〟も同じように正解の可能性があると思いますよ。両方が完全に当てはまるのに、片方だけしか考えないのは、愚か者だけです」

「いいでしょう、何かが同じように正しい可能性があるというのをお望みなら、こういう理論はどうでしょう。リチャード・ニーガスが教会に行くこと、あるいは部屋に聖書を置くことを拒んだのは、グレート・ホリングで彼を苦しめた何か他の不幸によって少しばかり信仰がゆらいだからだというのは？　これも完全に適合すると思えませんか？　しかも、教区司祭と妻の死とは一切係わりがないかもしれない。自分が苦境に陥ったとき、神が他の人々を愛するように自分を愛してくれているのだろうかと疑うのは、なにもリチャード・ニーガスが初めてではないでしょう！」意図していたよりも激しい口調になった。

「きみ自身、そう思ったことがあるのですか、キャッチプール君？」ポアロは私がどんどん歩いて行くのを止めるために、私の袖に手を置いた。私はときどき自分の脚がポアロの脚より長いことを忘れてしまう。

「実はあります。だからと言って教会に行かなくなることはありませんでした。しかし、行かなくなる人がいるのは理解できますよ」たとえば、自分の脳が針刺しのようだと言われれば、黙っていないで怒る人もいるだろう、と私は思った。ポアロに言った。「おそらく、自分の問題は自分に責任があるととらえるか、あるいは神にあるととらえるかによるのでしょう」

「きみの苦境は女性関係でしたか？」

「何人かの素晴らしい女性に会いました。その中の誰とでもいいから私が結婚するようにと両親は切望しました。しかし、私は断固として、その誰にも私を押し付けるようなまねはしませんでした」私は再びきびきびと歩き始めた。

ポアロは急いで私に追いついた。「すると、きみの見識に従えば、悲劇的な死を遂げた教区司祭と妻のことは忘れなければならないわけですね？　間違った結論に導かれてはいけないから、この出来事については知らなかったことにしなければならないんですね？そして、ジェニーについても同じ理由で忘れなければならないんです？」

「いや、それが正しい行動方針だとは言いません。何かを忘れるべきだと言っているのではないんです。ただ――」

「正しい行動を教えましょう！　きみはグレート・ホリングに行かなければなりません。ハリエット・シッペル、アイダ・グランズベリー、リチャード・ニーガス、この三人は単なるパズルの三つのピースではない。ある型に当てはめるために動かす単なるものではないのです。死ぬ前は、生活と感情を持った人間だった。愚かな傾向、あるいは偉大な知恵と洞察力を持った瞬間があったかもしれない。きみは、彼らが住んでいた村に行って、どんな人物だったか調べて来るんです、キャッチプール君」

「私が？ 私たちがということですか？」

「いや《ノン》、キャッチプール君。ポアロはロンドンに残ります。進展をはかるには、身体ではなく頭脳を移動させればそれで十分です。きみが行くのです。そして、旅の完全なる報告を持って帰ってきてください。それで十分事足りるでしょう。名前のリストをふたつ持っていくこと。水曜日と木曜日の〈ブロクサム〉の泊まり客、それとホテルの従業員のリストです。そしてその呪われた村の人間が、リストの名前の誰かを知っているか調べること。ジェニーとPIJについてもきいてください。それから、この教区司祭と妻について、そして一九一三年の悲劇的な死について、その背景がわかるまでは帰ってきてはいけません」

「ポアロさん、あなたも来てくれなければ困ります」私はいくらか絶望的になって言った。「私ひとりではお手上げです。あなたを頼りにしているんですから」

「これからもそうしてくれていいですよ、キャッチプール君。さて、ミセス・ブランチ・アンズワースの家に行って、考えをまとめることにしましょう。そうすれば準備なしにグレート・ホリングに行かないですみます」

彼はいつも「ミセス・ブランチ・アンズワースの家《ハウス》」と言った。彼がそう言うたびに、私もそこを「我が家《ホーム》」と呼び始める前は、同じ言葉を使っていたことを思い出すのだった。

〝考えをまとめる〟とは、実際には、ポアロがラベンダー色の房飾りがあふれた客間の暖炉の傍に立って口述し、私がその近くの椅子に座り、一言一句漏らさず書き留めることを意味した。私は、後にも先にも誰かがあれほど完璧に秩序だって話すのを聞いたことがない。すでに十分に承知している事柄を延々と書きたくないと抗議したが、〝手順の重要性〟という題目の長く熱心な講義を拝聴するはめになっただけだった。私の〝針刺し〟のようなふにゃふにゃな脳では、多くのことをきちんと整理して記憶しておくなんてできないだろうから、参照用の文書記録が必要なのは確かだった。

我々の知っていることとすべてのリストを口述し終えると、ポアロは、知らないが知りたいと思うことのすべてについて同じ手順を踏んだ。（このふたつのリストをここに再現することも考えたが、私自身が飽きて腹をたてていたから、読者を退屈させ怒らせたいとは思わない）

〝公平な目で見てみれば、確かに、すべてを書き出し、書いたものをもう一度読むと、物事が以前より明確に見えた。明確だが、それゆえに意気消沈させられた。私はペンを置き、ため息とともに言った。「私に答えられず、おそらく答えを見つけだせないような際限のない質問の一覧を持って歩きたいとは思いません」

「自信がないのですね、キャッチプール君」

「ええ。どうしたらいいでしょうね？」

「わかりませんな。私にはなじみのない問題ですから。解決できない問題にぶつかるかもなどと心配したりはしないのです」

「今回の事件の解決策も見つけられると？」

ポアロは微笑んだ。「きみは自信がもてないものだから、私に頼ろうと思っているのですか？　キャッチプール君、きみは自分が思っている以上に知っています。三人の被害者全員が事件の前日の水曜日に到着したことについて、ホテルできみが冗談を言ったのを覚えていますか？　きみはこう言ったのですよ。『みずからを殺人の生贄に供するご招待を受けたんですね。招待状いわく、〝どうぞ前日にお越しを。そうしていただければ木曜日を丸々貴殿の殺害に費そう云々〟』」

「それがどうかしましたか？」

「きみの冗談は、殺される――汽車で国を横断し、その同じ日に殺される――のは一日の仕事としては大変すぎる。それは誰にとっても行きすぎだという考えに基づいている！　そして、殺人犯は被害者に必要以上の努力をしてもらいたくないと思っている！

これは滑稽です！」

　ポアロは、笑ったことで形が崩れてしまったとでも思ったか、口ひげを滑らかにした。

「きみの言葉が私にこう考えさせたのですよ、キャッチプール君。被害者にとって、殺されることは、本当は何の努力も要しない。さらに、殺人者は毒殺しようとする者に対して何ら思いやりを持たない。だとしたら、なぜ殺人者は水曜日の夜に被害者を殺さなかったのか？」

「水曜日の夜は忙しかったのかもしれません」

「それなら、なぜ水曜日の朝や午後ではなく、木曜日の朝か午後にホテルに到着するように手配しなかったのか？　それでも、現実に事件が起きた日時に殺すことができたはずだ、そうでしょう《ネスパ》？　木曜日、七時十五分から八時十分のあいだに？」

　私はできる限り辛抱強く見せようとした。「あなたは物事を複雑にしています、ポアロさん。被害者が知り合いならば――私たちは知り合いだと知っていますが――たぶん、全員が二晩はロンドンに滞在しなければならない理由、殺人者とはまったく関わりのない何らかの理由があったのでしょう。殺人者は、そのほうが自分にとって都合が良かったから、二晩目に殺害した。被害者を〈ブロクサム〉に招くことはしなかった。ただ、彼らがそこにいること、そして、いついるかを知っていた。また……」私はそこで言葉を切った。「いや、気にしないでください。ばかげていますから」

「そのばかげていることを話してください」

「つまり、殺人者が生来、綿密に計画をたてる人物だったとしたら、被害者がロンドンまで旅して来るとわかっている日には、汽車が遅れるかもしれないから殺人を企てない、ということもあり得るのではないかと」

「たぶん、殺人犯もロンドンまで旅して来なければならなかったのかもしれない。グレート・ホリングまたは他のどこかから。彼――または彼女、女性かもしれませんから――は長く疲れる旅をしたその日に三つの殺人を犯したくなかった」

「たとえそうでも、被害者は木曜日に着いてもよかったのではないですか？」

「だが、木曜日には着かなかった」ポアロがさらりと言った。「彼らが前日の水曜日に着いたことはわかっています。そこで私は考えました。殺人が犯される前に、殺人者と三人の被害者全員を巻き込む何かが起きる必要があったのではないかと。もしそうなら、おそらく殺人者ははるばる遠くからやって来るのではなく、ロンドンに住んでいるのではないか」

「そうかもしれません」私は言った。「それはすべて、何が起きたのか、なぜ起きたのかについて私たちが何も知らないということを、長ったらしく言っているにすぎません。それこそ今の状況に対して私が下した最初の評価だった気がします。ああ、ポアロさん……？」

「何ですか、キャッチプール君？」

「今まであなたに話す勇気がありませんでした。それに、あなたが気に入らないこともわかっています。モノグラム付きのカフスボタン……」

「はい《ウィ》？」

「あなたは、ヘンリー・ニーガスに、PIJについて尋ねました。あれは、その男の、と言っても誰だかわかりませんが――カフスボタンの所有者の――イニシャルではないと思います。見てください」私は紙切れの裏にそのモノグラムを描いてみせた。思い出せる限り正確に、実際のカフスボタンのとおりに文字を再現した。「〝I〟が大きく、両側の〝P〟と〝J〟がかなり小さくなっているのがわかりますか？　これは一般的なモノグラムのスタイルです。大きいイニシャルは姓を表し、真ん中にあります」

ポアロは眉根を寄せ、首を振っていた。「モノグラムのイニシャルは故意に順序を変えてあるのですか？　そんなことをきいたことがありません。いったい誰が考えたんですか？　ばかげている！」

「慣行です、残念ながら。私を信じてください。同僚にもこの種のモノグラム付きのカフスボタンをしている者がいます」

「信じられない。イギリス人は適切な順序を守るセンスがないのですか」

「そうですね。それはさておき……私たちがグレート・ホリングに行ったときに、きいてまわる必要があるのはＰＪＩで、ＰＩＪではありません」

私の狙いは見え透いていた。ポアロはすぐに見抜いた。「我が友、キャッチプール君、あない、あなたがグレート・ホリングに行くのです。ポアロはロンドンに残ります」

第九章　グレート・ホリングの調査

次の月曜日の朝、私は言われたとおりグレート・ホリングへ向かった。到着したときの最初の印象は、これまで行った多くのイギリスの村とまったく変わりがない、ということだった。それ以上、付け加えられる説明はなかった。思うに、村よりも都市のほうがそれぞれ違いがあり、また都市のほうが言うべきことが多くある。ロンドンの複雑さなら延々としゃべっていられる。あるいは、単に私がグレート・ホリングのような場所に不慣れなのかもしれない。自分のテリトリーの外にあるような感じを受けるのだ――私にテリトリーがあればのことだが。あるとは確信できないでいる。

私はキングズ・ヘッド・インという宿に滞在予定だった。そのインを見つけられないはずはないと教えられてきたが、どうしても見つけられなかった。幸い、鼻柱にブーメラン形のそばかすが散り、メガネをかけ、脇の下に新聞を挟んだ若い男が助けてくれた。彼は背後から声をかけてきて、私を驚かせた。「迷子になったんだね？」

「そうなんです。キングズ・ヘッドを探しているんですが」

「ああ！」彼はにこっとした。「そう思ったよ。スーツケースなんか持ってるから。じゃあ、この辺の人じゃないんだね？　キングズ・ヘッドは通りから見ると普通の家のように見える。そこの小道を通って行かないと気がつかないんだ。そこを降りて行って、右に曲がると看板と入口が見えるよ」

私は礼を言い、アドバイスに従って行こうとすると、彼が呼び止めた。「それで、どこから来たんだい？」

教えると、彼は言った。「ロンドンには行ったことがないんだ。ところで、どうして俺たちの村に？」

「仕事です」私は言った。「あの、ぶしつけなお願いで申し訳ないのですが、のちほどあなたと少しお話しできませんか。私がひとまず宿に落ち着いた後で」

「じゃあ、引き止めないようにしなければ。どんな仕事ですか？　ああ——やってしまった。また質問だ。いや、あとできくよ」彼は手を振って、通りを歩いて行った。

私が再びキングズ・ヘッドに向かおうとしたとき、後ろから彼が叫んだ。「小道を降りたら右に曲がるんだよ！」そして、また陽気に手を振った。

彼は友好的で親切にしようと努めていた。私は感謝すべきだった。いつもならそうしただろう、ただ……

認めよう。私は田舎を好まない。出発する前、ポアロにそうは言わなかった。しかし、汽車で旅しているあいだ、何回も自分にそう言った。それから、可愛らしい小さな駅に降りたとき、またそう言った。自分が立っているこのチャーミングな狭い通りが好きではなかった。その通りは正確なS字形にカーブし、両側には人間よりも森林に住むひげのある動物のほうが似合っていそうな小さな田舎家が何軒かあった。

通りで、あかの他人におせっかいな質問をされるのも嫌だった。もっとも自分の偽善も十分に承知していた。私自身、他人を尋問するためにこのグレート・ホリングに来ているのだ。

メガネをかけた男が行ってしまうと、ときおり聞こえる鳥の声と自分の呼吸音以外、何ひとつ聞こえなくなった。家々のはるか彼方《かなた》に空虚な野と丘が見えた。それは静寂と相まってたちまち私に孤独を感じさせた。もちろん、都会も人を孤独にする。ロンドンでは、傍を通り過ぎる人の顔を見ても、心の中で何を考えているのかまるでわからない。誰もが心を完全に閉ざし謎めいて見える。田舎でも同じことが言える。ただし、どの人も心に同じ感情をかかえているのではないかと思うのだ。

キングズ・ヘッドのオーナーはミスター・ヴィクター・ミーキンという男だった。五十から六十歳がらみ。薄いグレーの髪の両端からはピンク色の耳が突き出ていた。彼もロンドンのことを話したがっていた。「うかがってもいいですかね、ミスター・キャッチプール、ロンドンでお生まれになったのですか？　今、何人ぐらいの人が住んでいますか？　つまり人口は？　汚いのですか？　叔母が一度行って、とても汚いと言ってました。それでも、私はいつか行きたいとずっと思ってました。叔母にはそう言いませんでしたけどね。もっとも――そう言ったら反対されたでしょう。彼女の魂が安らかでありますように。ロンドンではみんな自分の車を持っているんですか？」

途切れのないおしゃべりに答える暇もないことで私はほっとしていた。しかし、彼が本当に興味を持っている質問にたどり着くと、私の運は尽きた。「どうしてグレート・ホリングにいらっしゃったのですか、ミスター・キャッチプール？」

その時点で、彼は話を止めた。私は答えざるを得なかった。「警察官です。スコットランドヤードの」

「警察官？」彼は断固として微笑み続けた。しかし、今や彼の私を見る目つきは変わっていた。厳しく、探るように、侮蔑含みに――私のことをあれこれ憶測し、私に不利な結論を導き出そうとしているかのように。「警察官？」彼は私にというより自分に言った。「じゃあ、なぜ警察官がここに来るんです？　それもロンドンのお偉い警察官が」直接質問されたようでもなかったので、私は答えなかった。

私のスーツケースを持って、回り階段を登る途中で、彼はこれと言った理由もなく三度ほど立ち止まり、振り返って私をじっと見た。

私に割り当てられた部屋は、快適な広さがあり寒々としていた――ブランチ・アンズワースのフリルと房飾りいっぱいの贅沢さからはほど遠い。格好の気分転換になる。ありがたいことに、ここには手編みのカバーのついた私専用の湯たんぽが置かれてはいなかった。私はそういうものに耐えられない。見るだけでうんざりするのだ。それにどんなベッドでも一番暖かいのは人であるべきだ。

ミーキンは、言われなくてもわかるような部屋の調度品、ベッドとか大きな木製の戸棚とかを指し示した。私は驚きと喜びを適当に混ぜて応じることに努めた。それから、ある時点でそうしなければならないことがわかっていたから、グレート・ホリングでの私の仕事の内容について説明した。そうすれば彼の好奇心を満たし、私をそれほど突き刺すような目で見なくなるだろうと期待した。私は彼に〈ブロクサム・ホテル〉の殺人事件について語った。

話を聞いているあいだ、彼の口がピクピクしていた。笑いを堪《こら》えようとしているかに見えた。もっとも私の考え違いかもしれないが。「殺された、とおっしゃるんですか？　ロンドンの高級ホテルで？　これはショックだ！　ミセス・シッペルとミス・グランズベリーが殺された？　そしてミスター・ニーガスも？」

「それじゃ、彼らを知っているんですか？」私はコートを脱ぎ、戸棚に掛けながらきいた。

「もちろん知ってます」

「友だちではなかった。そう理解していいですか？」

「友だちではなかった、敵でもなかった」ミーキンは言った。「宿屋を経営するにはそれが一番です。友だちも敵もトラブルのもとですからね。ミセス・シッペルとミス・グランズベリーはトラブルに遭ったのですね。ミスター・ニーガスも」

彼の声音から聞き取れるもの——あの奇妙な語調——は何だ？　楽しんでいる？

「失礼ですが、ミスター・ミーキン、この三件の死を聞いて喜んでいるのですか？　それとも私の想像ですか？」

「そうですよ、ミスター・キャッチプール、もちろん想像です」彼は最上級の自信を持って否定した。

私たちは一瞬にらみ合った。私はまったく温かみのない、疑念をむき出しにした目を見た。

「あなたがニュースを語り、私が興味を持った、それだけのことです」ミーキンが言った。「どんなお客さんの話にも興味をもちます。それは宿屋を経営するには、まさに正しく、大切なことです。しかし、とんでもないことだ——殺人だって！」

私は彼に背を向け、きっぱりと言った。「部屋を案内してくれてありがとう。とても助かりました」

「あなたも当然私に質問したいのではありませんか？　一九一一年以来、私はキングズ

・ヘッドのオーナーをしています。質問相手に私ほど向いている人はいません」
「ああ——もちろんです。荷物をとき、食事をして、散歩をしたら」この男と長々と話すことになるのかと思うと嬉しくなかった。でも、しかたない。「もうひとつ、ミスター・ミーキン、とても重要なことです。あなたにお話ししたことを誰にも話さないでいただきたいのです」

「秘密なんですか？」

「いえ、ぜんぜん。ただ、私が自分で話したいのです」

「あなたはこれから質問して回るんですよね？　しかし、知るに値することを話してくれる者はグレート・ホリングにはひとりもいませんよ」

「そんなはずがない」私は言った。「そもそも、あなたがすでに話をしてくれるとおっしゃったのでは？」

ミーキンが首を振った。「そんなこと言わないですよ、ミスター・キャッチプール。あなたが私に質問したいはずだと言っただけで、私が答えたいんだとは言いませんよ。でも、これだけは言っておきます……」彼は骨張って関節のふくらんだ人差し指をこちらに向けた。「あなたがロンドンの高級ホテルで三件の殺人事件に遭遇したのなら、そしてあなたがロンドンの警察官であることをわきまえていらっしゃるのなら、ここではなくロンドンで質問をしたほうがいい」

「村から出て行ってほしいとほのめかしているのですか？」

「とんでもありません。あなたの旅程はあなたが決めることです。どうぞお好きなだけ滞在してください。私には関係のないことです」彼はそう言ってから出て行った。

私は困惑して首を振った。今のヴィクター・ミーキンと、私がキングズ・ヘッドに足を踏み入れたときに出迎えてくれ、ロンドンと埃嫌いな叔母について陽気にしゃべっていたヴィクター・ミーキンが同じ男とはとても思えなかった。

ベッドに座ったが、新鮮な空気を吸いたくなってすぐ立ち上がった。グレート・ホリングでここ以外に滞在できるところがあればいいのだが。
二、三分前に脱いだコートを着ると、部屋に鍵をかけて階段を降りた。ヴィクター・ミーキンはバーの後ろでビールのグラスを拭いていた。私が入ると、彼はお辞儀をした。隅《すみ》では、なみなみと注がれたグラスと空っぽのグラスでいっぱいのテーブルの両側に、ひたすらに酔っぱらうことに専念するふたりの男が座っていた。ふたりとも椅子の上で、芸術的なくらい巧みに身体を揺らしている。この断固として酔っぱらうつもりの飲んべえのひとりは、よぼよぼのノーム（地の精霊。老人の姿をしている小人）のような老人で、サンタクロースを思わせる白いあごひげを生やしていた。もうひとりは体格がよく、顎が張り、二十歳は出ていない若い男だった。彼は老人に話しかけようとしているが、酒で舌が回らず、自分を理解させることができない。幸い、酒の相手も聴けるような状態ではなかった。だから、ろれつの回らないくだらないおしゃべりや駄洒落がお互いにわからなくても、結構満足なのだろう。

若い男を見て私は困惑した。どうしてこんなひどい状態にまで堕ちてしまったのか？習慣を変えないかぎり、そのひどい表情は永遠に彼の顔にこびりつくのだ。

「酒はいかがですか、ミスター・キャッチプール？」ミーキンがきいた。

「たぶん、後で、ありがとう」私は温かい微笑を浮かべた。私は嫌いな人や信用していない人とも努めて仲良く付き合おうとしている。いつもうまくいくとは限らないが、ときには同じような反応を返してもらえる。「まずはこのいまいましい脚を伸ばさなければ」

酒に酔った若者がヨロヨロと立ち上がった。怒ったように突然、「ノー」で始まる何かを言った。あとは理解できなかった。私の脇をふらふらと通り抜けて通りに出て行った。老人が腕を上げ――このプロセスに十秒近くかかった――私を真っすぐに指差した。

「あんた」彼が言った。

私がグレート・ホリングに来てまだ一時間もたっていなかったのに、すでにふたりの男が無礼にも私の顔を真っすぐに指差した。この地方の人間には、これが歓迎の挨拶なのかもしれない。いや、そんなわけあるはずはないが。「何でしょうか？」私は言った。

サンタクロースが音を発した。翻訳するとこういうことらしい。「そう、お前だ、いいぼうやだな。ここに来て座れ。ここのこの椅子だ。俺の隣のここだ。何をやってもうまくいかないかわいそうな男がもう使わない椅子、ここだ」

通常だったら、「ここ」の繰り返しは耳障りだったろう。しかし、翻訳の練習に没頭していたので、むしろありがたかった。

「実は、村を散歩しようとしていたところで……」そう言いかけたが、老人はそんなことはすべきでないと決めてかかっていた。

「時間はあとでもたっぷりある！」彼は吠えた。「さあ、あんたはここに座るんだ。そして話をしよう」驚いたことに、彼は歌い始めた。

ここに来て座って、
ここに来て座って、
ロンドンのお巡りさん

私はミーキンを見た。彼はビールのグラスに目を注いだままだ。怒りが私を大胆にした。私は言った。「たった十分前に、私の仕事のことは誰にも話さないようにとお願いしたはずですが」

「一言もしゃべってませんよ」ミーキンは私の顔を見るという礼儀さえ示さなかった。

「ミスター・ミーキン、あなたが話さなかったというなら、なぜこの紳士は私がロンドンの警察官だと知っているんですか？　この村では私が何者か他に誰も知らないんですよ」

「結論に飛びついてはいけません、ミスター・キャッチプール。そんなことしていても結論にはけっしてたどりつけない。私は誰にも一言もしゃべっていません。一言も」

彼は嘘をついていた。それを私が知っていることを知っていた。そして気にもかけなかった。

私は根負けして、宿屋の片隅にノームのような老人と一緒に座った。周囲の黒ずんだ梁《はり》にはホップや真鍮製の馬飾りが掛かっていて、一瞬、その老人が、あまりに奇妙な巣に入っている奇妙な白い毛の生き物かなにかのような錯覚に陥った。

彼は、我々の会話がすでにたけなわであるかのように話し始めた。「……紳士じゃなくて何をやってもうまくいかないぼうやだ。やつの親も同じだ。字が読めないし、自分の名前も書けん。やつも然《しか》りだ。ラテン語は言うまでもない！　二十歳なのに、あいつを見てみろ。俺がやつの歳には——ああ、だが、ずっと昔のことだ。大昔だ！　俺は若いときは精一杯やった。だが、神が与えてくれた祝福を受け取りながらもすべて浪費してしまう者もいる。偉大さは誰にでも手に入るところにあると、気がつかないのだ。だから手に入れようと努力しない」

「ラテン語ですって？」そうとしか答えられなかった。偉大さ？　私のほうは、屈辱的な失敗を免れるたびに自分を幸運だと思うような人間だった。老人は、でこぼこの鼻が赤紫色になり、あごひげがエールでびっしょりになっているにもかかわらず、その声はいささかもしゃがれてなかった。酒でかすれることもなく、喜んで耳を傾けたくなるような声だ。

「それでは、あなたは偉大なことをなさったのですか？」私はきいた。

「俺は努力した。そして途方もない夢以上の成功を収めた」

「本当ですか？」

「ああ、だが、ずっと昔のことだ。夢は見ても何の得にもならん。そしてもっとも大事な夢は絶対に叶わないんだ。若い時分はそれを知らなかった。知らなくてよかったよ」彼はため息をついた。「あんたはどうだね？　何があんたの偉大な功績になるんだろう？　ハリエット・シッペル、アイダ・グランズベリー、そしてリチャード・ニーガスの殺人事件を解決することか？」

彼はそれが価値のない目的であるかのように言った。

「ニーガスは知らん。もっとも、一、二度は見たことがあるがね」彼は続けた。「俺がこの村に着いてしばらくして、彼は出て行った。ひとりが来て、ひとりが去る。両方とも全く同じ理由で。両方とも重苦しい心を抱えて」

「どんな理由ですか？」

この老いたノームは到底不可能と思える量のビールを一息に飲み干した。「彼女はどうしてもあれを乗り越えることができなかった！」

「誰が何を乗り越えられなかったんですか？　リチャード・ニーガスがグレート・ホリングを去ってしまったことをアイダ・グランズベリーが乗り越えられなかったという意味ですか？」

「夫を亡くしたことだ。みんなそう言ってる。ハリエット・シッペル。あんなに若くして夫に先立たれたことが、彼女をあんなふうにしてしまったと。俺に言わせれば、そんなのは下手な言い訳だ。あんたが座る前にあんたが座っているところに座っていたあの子どもより大して年長でもなかった。早過ぎる死だ。それに終わりはない」

「あなたは『彼女をあんなふうにしてしまった』とおっしゃいましたが――それはどういう意味ですかね、ミスター……ええと……？　説明していただけますか？」

「何？　ああ、いいよ。夢を見ても男も女も報われん。私が夢につまずいたときには幸い、もう老人だったがね」

「失礼ですが、正しく理解したか確かめさせてください」私は、彼が話から逸れないようにと願いながら言った。「ハリエット・シッペルは夫を若くして亡くした。そして未亡人になったことが彼女をあんなふうに……どんなふうなんですか？」

ぎょっとしたことに、老人は泣き出した。「なぜ彼女はここに来なければならなかったんだ？　夫や子どもたち、自分の家庭、幸せな生活が持てたはずなのに」

「誰がそういうものを持てたはずなんですか？」私は少し絶望的になってきいた。「ハリエット・シッペルですか？」

「彼女が許されない嘘をつかなかったら……あれがすべてのトラブルのもとだった」老人はしかめ面をして言った。あたかも目に見えない会話の参加者が突然彼に別の質問をしたかのように。「違う、違う。ハリエット・シッペルには夫がいた。ジョージだ。彼は死んだ。若かった。恐ろしい病気でな。今あんたが座っているところに座っていた子ども、何をやってもうまくいかないと大して変わらない歳だった。ストークリー」

「何をやってもうまくいかないの名前がストークリーなんですね？」

「いや。俺の名前がストークリーだ。ウォルター・ストークリー。やつの名前は知らん」老いたノームは、指であごひげを梳いた。「彼女は彼に人生を捧げた。俺はなぜだか知っている。ずっと理解していた。彼は、どんな罪を犯したにせよ、本物の男だった。彼女は彼のために何もかも犠牲にしたんだ」

「今までここにいた若い男……のために？」いや、それはあり得ない。何をやってもうまくいかないは本物の男には見えなかった。

私はポアロがこの会話に参加していなくて幸運だと思った。ウォルター・ストークリーの脈絡のないおしゃべりを聴いていたら卒倒してしまうはずだ。

「いや、いや、やつはたったの二十だよ」

「そうでした。話してくれたばかりですね」

「毎日飲んだくれてる放蕩者に人生を捧げても意味はない」

「そのとおりです。しかし――」

「彼女はそこらの子ども《サム・キッド》とは結婚できないさ。本物の男に恋したからには、できるわけがない。だから、彼女は彼と別れた」

そこで私にある考えが浮かんだ。ウエイターのラファル・ボバクが〈ブロクサム〉のダイニングルームで言ったことに触発されたのだ。「彼女は彼よりもずっと年上ですか？」

「誰が？」ストークリーは面食らったようだ。

「あなたが話していたご婦人ですよ。彼女は何歳ですか？」

「あんたより優に十は上だな。当てずっぽうで四十二、三か」

「なるほど」彼が正確に私の歳を言い当てたのには驚かざるを得なかった。こういうことができるなら、いずれ彼から筋のとおった話を何とか引き出せるかもしれない。

そしてまた、あちこちに話題が飛ぶ混乱の中に戻っていった。「それなら、あなたが話している女性は二、三分前この椅子に座っていた何をやってもうまくいかないより年上なんですね？」

ストークリーは顔をしかめた。「なんと、彼女は彼より二十歳以上年上だよ！　あんた方警察官は妙な質問をするんだな」

年上の女と若い男。ハリエット・シッペルとアイダ・グランズベリーとリチャード・ニーガスが〈ブロクサム〉で噂話をしていたのはまさにそのカップルだ。私は確実に前進している。「つまり、彼女は何をやってもうまくいかないと結婚するはずだったが、本物の男を選んだということですか？」

「いや、何をやってもうまくいかないじゃない」ストークリーがイライラと言った。「それから、まぶたがピクピクした。彼は微笑して言った。「ああ、だがパトリック！　彼は偉大さをしっかりその手に摑んでいた。彼女はそれを見て理解したんだ。女に恋してもらいたかったら、ミスター・キャッチプール、あんたが偉大さをその手にしっかり握っていることを見せるんだ」

「女に恋してもらいたくありません、ミスター・ストークリー」

「どうして？」

私は深く息を吸った。

「ミスター・ストークリー、あなたがお話ししていた女性の名前を教えていただけませんか――あなたがここに来なければよかったのにと思い、本物の男に恋をし、そして許されない嘘をついた女性の名前を?」

「ほんとうに許されない」

「パトリックって誰ですか? 彼の名前の他の部分は何といいます? 彼のイニシャルはＰＪＩですか? それから、グレート・ホリングにジェニーという名前の女性はいますか? あるいはいたことがありますか?」

「偉大さをしっかりその手に捉えている」ストークリーは悲しそうに言った。

「そう、そのとおりです。しかし――」

「彼女は彼のためにすべてを犠牲にした。いま彼女にきいても、後悔しているとは言わないと思う。他に何ができたろう? 彼女は彼を愛していたんだ。愛に逆らっても無駄だ」彼はシャツを摑んでひねった。「自分の心を引き裂いたほうがまだましだ」

その気持ちこそ、さらに三十分ウォルター・ストークリーから筋のとおった話を引き出そうと努力した末に私が感じたことだった。私は耐えられなくなるまで頑張り、あきらめた。

第十章　中傷の矛先《ほこさき》

私は大いにほっとしながら、キングズ・ヘッド・インの外に足を踏み出した。小雨が降り始めていた。私の目の前で、長いコートに帽子を被った男が急ぎ足になった。天候が悪化しないうちに、家に戻って中に入りたいと思っているに違いない。私は酒場の反対側、低い生け垣の向こうの野原をじっと見つめた。三方を並木に囲まれた緑の広がり。またもあの静寂。葉に落ちる雨音の他には何も聞こえない。緑の他には何も見えない。田舎の村は、自分の考えから気を逸らしたいと思う者が住むところではない。それは確かだ。ロンドンでは、常に車やバスや、人の顔や、犬がどんどん通り過ぎて、ある種の喧噪が生み出されている。あの喧噪が何とも恋しかった。この静寂にはもう耐えられない。

ふたりの女性が目の前を通り過ぎた。この人たちも明らかに急いでいる。彼女らは私の親しみを込めた挨拶を無視して、顔もあげずに走り去って行った。肩越しに「警察官」と「ハリエット」という言葉が聞こえた。それでようやく、自分が引き起こした現象を無実の雨のせいにしたのではないかと疑い始めた。この人たちは雨から逃げようとしているのか、それともロンドンの警察官からか？

私がポアロの言うところの小さな灰色の脳細胞をウォルター・ストークリーの支離滅裂な話に振り向けているあいだ、ヴィクター・ミーキンは裏のドアから出て行って、通りすがりの人を呼び止め、はっきり伝えた要請に逆らって私の存在を教えたのだろうか？　それが彼のような人間には気晴しになるのかもしれない。なんとへそ曲がりで不愉快な男なんだ。

私はS字形の道を歩き続けた。前方で、一軒の家から若い男が現れた。汽車を降りて最初に出会ったメガネとそばかすの男だとわかって嬉しくなった。彼のほうへ歩いて行く私を見て、彼は立ち止まった。接着剤で靴底が舗道にくっついてしまったかのように。

「ハロー！」私は呼びかけた。「きみのおかげでキングズ・ヘッドが見つかりました！」

私が近づくと、若い男の目が大きく見開かれた。逃げたがっているのは明らかだが、礼儀正しいせいでそれができないのだ。鼻にあの特徴的なブーメラン状のそばかすがなければ、前に会った男と同じ人物ではないと結論づけただろう。彼の態度はそれほど変わっていた——ヴィクター・ミーキンが変わったのと同じように。

「誰が彼らを殺したのか、私は何も知りません、旦那《サー》」私が質問をする機会をつかむ前に、彼が口ごもって言った。「私は何も知りません。お話ししたように、ロンドンには行ったこともありません」

　これで疑問の余地はなくなった。私の正体と、グレート・ホリングに滞在している理由は、村人の知るところとなっている。黙ってミーキンを呪った。「ここで調べているのはロンドンのことではありません」私は言った。「あなたはハリエット・シッペル、アイダ・グランズベリー、それからリチャード・ニーガスを知っていましたか？」

「ここで立ち止まっていられません、サー。使いに行かなきゃならないもんで」彼は私をやたら「サー」と呼んだ。まだ私が警察官だとは知らずに最初に話をしたときとは違って。

「そうですか」私は言った。「では、のちほど話ができますか？」

「ダメです、サー。時間がとれそうにないんで」

「明日はどうですか？」

「ダメです、サー」彼は下唇を噛んだ。

「なるほど。もし無理強いすれば、あなたは口を閉ざすか嘘をつくんでしょうね？」私はため息をついた。「とにかく、少しはこうして言葉を交わしてくれてありがとう。ほとんどの方は私が来るのを見ると、脱兎のごとく反対方向に逃げていきますからね」

「あなたを非難しているんじゃない。みんな怖がっているんです」

「何を?」

「三人が死んだ。そして誰も四人目にはなりたくないんです」

自分がどんな答えを期待していたにしろ、この答えではなかった。私が返答する前に、その若者はすばやく私の脇を抜け、通りを歩き去って行った。なぜ彼は〝次〟があるかもしれないと考えるのだろう? ポアロは四つ目のカフスボタンについて語っていた。殺人者のポケットの中で未来の被害者の口に入れられるのを待っているカフスボタン。自然と喉がこわばった。次なる整った死体の登場などもってのほかだ。手のひらを下向きにして……い、い、い、い。

いや。そんなことは絶対に起こるはずがない。そう自分に言明すると気分が良くなった。

他に誰かいないかと思いながら、しばらく通りを行ったり来たりしたが、誰も現れなかった。しかし、キングズ・ヘッドに戻る気にはなれなかったから、鉄道の駅がある村はずれまで歩いて行った。ロンドン行きのプラットフォームに立ったが、その汽車に乗ってすぐに家に帰れるはずもない。そして、思った。ブランチ・アンズワースは今晩のディナーにどんな料理を作るのだろう。ポアロはそれに満足するだろうか。それから、無理やり自分の思考をグレート・ホリングに戻した。

もし村中の人が私を避け、無視したら?

そうだ、教会か！　私は当然気づくべきなのに気づかずに——数時間のうちに次々と死んでいった教区司祭とその妻の悲劇的な話を思い出すこともなく——教会の墓地の前を何度か通り過ぎていた。なぜこんなにぼんやりしているのか？

私は村に戻り、真っすぐ教会に向かった。それはホーリー・セイントと呼ばれていた。鉄道の駅舎と同じ蜂蜜色の石造りのこぢんまりした建物だった。庭の芝生はよく手入れされている。ほとんどの墓には供えたばかりと思われる花が置かれていた。

教会の後ろ、門扉が取り付けてある低い塀《へい》の向こう側に家が二軒見えた。奥のほうの家は司祭館らしい。手前のずっと小さいほうは、長く平たい田舎家で、裏側は塀にほとんどくっついている。裏にドアはないが、何列もの墓石以外は何も見えないと思われる窓——田舎家にしては大きい窓——が四つ数えられた。気の強い人でなければそこにはとても住めないだろう。

鉄の門扉を開けて通りから教会の庭に入った。多くの墓石は古くて名前が読めない、そんなことを考えていると、新しく、かなりきれいな墓石が私の目を捉えた。花が供えられていない数少ない墓石のひとつだった。そこに彫られた名前を見てハッと息をのんだ。

こんなことはあり得ない……いや、そうでなければならない！

パトリック・ジェームズ・アイヴ、この教区の司祭、そしてフランシス・マリア・アイヴ、彼の愛する妻。

PJI。ポアロに説明したとおりだ。モノグラムの真ん中の大きなイニシャルは、姓の最初の文字。パトリック・アイヴ、かつてグレート・ホリングの司祭だった男。

確認のために、もう一度誕生日と死亡日を見た。間違いない。パトリックとフランシス・アイヴはふたりとも一九一三年に死亡している。彼は享年二十九、彼女は二十八。数時間のうちに次々と非業の死をとげた教区司祭と妻……〈ブロクサム・ホテル〉の三人の殺人被害者の口に入れられた三個のカフスボタンに付いていた彼のイニシャル……

くそ！　ポアロは正しかった。くやしいが認めよう。確かに関連はあった。ということは、ジェニーという女性についても彼は正しいのか？　彼女も関連しているのか？

墓石の名前と日付の下に詩が書かれていた。十四行詩《ソネット》だが私の知らないものだった。読み始めた。

　君が非難されるのは欠点があるからではない、
　むかしから中傷の矛先は美しいものに向けられた。

始めの二行を読み終えたとき、後ろから声がして中断された。「作者はシェイクスピアよ」

振り向くと五十歳ぐらいの女性がいた。長く、いくぶん骨張った顔、栗色の髪のところどころに見える白髪の筋、そして賢そうな用心深い灰緑色の目。黒っぽいコートを身体にきつく引きつけながら、彼女が言った。「ウィリアム・シェイクスピアの名前を入れるべきかずいぶん議論したわ」

「つまり？」

「ソネットの下によ。結局、決まったんです、墓石に入れる名前は……」彼女は最後まで言わず、さっと後ろを向いた。再び私のほうに向き直ったとき、その目は濡れていた。

「決まったんです……亡き夫のチャールズと私が決めたということですけど……本当は、私が決めました。でも、チャールズは、私がすることは何でも忠実に助けてくれましたわ。私たちはふたりとも、ウィリアム・シェイクスピアという名前は何かにつけ注意を引くから、そこに彫る必要はないという考えでした」彼女は墓石に向かってうなずいた。

「でも、あなたが見ているのを見て、こっそり近づいて誰がこの詩を書いたのか教えてあげなければと思ったの」

「私しかいないと思っていました」自分がきた通りのほうを向いていたのに、私はどうして彼女に気づかなかったのだろう。

「もうひとつの門から入ってきたのよ」彼女は親指で肩の後ろを指差した。「あの田舎家に住んでいるの。窓からあなたが見えたわ」

私の顔には、彼女の家は場所が悪いと書いてあったようだ。彼女は微笑して言った。

「私がこの景色を嫌がっているかって？　全然。あの田舎家を選んだのは、墓地を見張れるからなの」

彼女は、ごく普通のことのようにそう言った。私の心を読んでいたに違いない。と言うのは、さらにこう続けたのだ。「パトリック・アイヴの墓が掘り返されない理由はたったひとつしかないわ、ミスター・キャッチプール。それはこういうこと。つまり、私が見張っていることをみんなが知ってるからよ」彼女は、だしぬけに私の前に進み出て、手を差し伸べた。私は手を握った。「マーガレット・アーンストです」彼女は言った。

「マーガレットと呼んでくださって結構よ」

「ということは……パトリックとフランシス・アイヴの墓を暴きたい村人がいるとおっしゃっているのですか？」

「以前は花を供えていたものです。でも、すぐに意味がないと気づいた。花なんて簡単に荒らせます。石板より簡単にね。私が花を供えるのをやめたら、墓石ぐらいしか壊すものはなくなってしまいました。でも、そうなるころには私は田舎家にいて見張ってました」

「安息の場所にそんなことするなんて、なんておぞましいんだろう」

「実際、人はおぞましいものです、そうでしょう？　この詩を読みましたか？」

「読み始めたところへあなたが来ました」

「ぜひとも読んでください」

私は墓石に向き直り、ソネットを全部読んだ。

君が非難されるのは欠点があるからではない、
むかしから中傷の矛先は美しいものに向けられた。
世間の猜疑心《さいぎしん》は美の勲章のようなもの、
清らかな大空に飛ぶどす黒い鴉《からす》だ。
もし君が潔白なのであれば、中傷はかえって
世の誘惑を受けている君の価値を高めることになる。
けしからぬ花喰い虫は最も美しいつぼみにつきたがる、
そして君は純粋でけがれを知らぬ春の姿をしている。
君は、青春の日々に潜む待ち伏せのわなを避け、
襲われもせず、また襲われてもうち勝った。
しかしそう褒めてみても妬《ねた》みの口を塞《ふさ》ぐことはできない、
それはますます肥大してとめどがないのだから。

悪行の疑いで君の姿が曇ることがなければ、
君は独り、万民の心を支配する王者になれるはずだ。
『シェイクスピア詩集』（柴田稔彦訳／岩波文庫）

「どう思いますか、ミスター・キャッチプール？」

「墓石に書かれる詩としては一風変わっていますね？」

「そうですか？」

「中傷とは強い言葉です。この詩は――私が間違っていなければ――パトリックとフランシス・アイヴの人格に対する攻撃があったことを示唆しているのではありませんか？」

「実際にあったのです。だからこのソネットなの。私が選びました。この詩を全部彫ってもらうには費用がかかりすぎるから、最初の二行だけで我慢すべきだと言われましたわ。まるで費用が考慮すべきもっとも大切な問題だと言わんばかりに。人はそれほど野蛮なんです！」マーガレット・アーンストは不快げに鼻を鳴らした。そして手のひらを墓石にのせた。それがまるで墓ではなく愛する子どもの頭ででもあるかのように。「パトリックとフランシス・アイヴは、決して人を傷つけない親切な人たちでした。そう言える人はどのくらいいるでしょう、正直なところ？」

「あの――」

「私はふたりを直接は知りません――チャールズと私は、ふたりが死んだあと、この教区を引き継ぎましたから――でも、村のお医者さまがそう言ってます。ドクター・フラワーデイよ。聴く価値のある意見を持っているのは、グレート・ホリングで彼だけですわ」

彼女の言葉を誤解なくわかりたくて、私はきいた。「では、あなたのご主人は、パトリック・アイヴの次に、ここの教区司祭になったんですね？」

「三年前に亡くなるまでは。今は新しい司祭さんがいらっしゃいます。本好きな方で奥さんはなし。自分の殻《から》に閉じこもっているわ」

「で、このドクター・フラワーデイという方……？」

「彼のことは忘れて」マーガレット・アーンストがぴしゃりとそう言った。ドクター・フラワーデイの名前は見事に私の心に刻み込まれた。

「わかりました」私は言った。不正直に。マーガレット・アーンストと知り合ってまだ十五分も経っていなかったが、今はなんでも受け入れる従順さを示すことがもっとも有効な策に思えた。

「墓碑銘は、なぜあなたがなさることに？」私はきいた。「アイヴ夫妻にはご家族がいなかったのですか？」

「不幸にも、関心と能力のある方はいませんでした」

「ミセス・アーンスト」私は言った。「マーガレット、あのう……あなたほど私がこの村で歓迎されていると感じさせてくださった方はいません。私が何者だかご存知なのは、はっきりしています。だから、私がなぜここに来たのかもご存知のはずだ。誰も私と話そうとしません。わけのわからないことばかり言ってるキングズ・ヘッドの老人は別ですけど」

「歓迎するというつもりはありませんでしたわ、ミスター・キャッチプール」

「それでは、それほど嫌がられていないと。少なくとも、あなたは怪物から逃げるように私を避けたりなさらない」

彼女は笑った。「あなたが？　怪物？　あら、まあ」

私は何と答えたらいいかわからなかった。

「キングズ・ヘッドでわけのわからないことを言っていたその老人は、白いあごひげを生やしていましたか？」

「ええ」

「彼は怖がってないから、あなたとお話ししたんですわ」

「なぜなら、あまりにも酔っぱらいすぎて、何ひとつ怖くなかったからですか？」

「いいえ。なぜなら彼は……」マーガレットは言葉を切り、話し方を変えた。「彼はハリエットとアイダとリチャードを殺した者から襲われる危険がありません」

「あなたは？」

「どんな危険があっても、今までどおりあなたとお話ししますわ」

「そうですか。あなたは特別に勇敢なのでしょうか？」

「特別に頑固なだけです。言う必要があることは言いますし、する必要があることはします。他人から黙っていてほしいと忠告されれば、逆のことをします」

「それは感心なことなんでしょうね」

「はっきり言いすぎると思いますか、ミスター・キャッチプール？」

「そんなことありません。人生を生きやすくします、自分の思っていることを伝えるのは」

「あなたの人生が生きやすくなかった理由のひとつがそれですか？」マーガレット・アーンストが微笑んだ。「あら――自分のことはお話ししたくないんでしょうね。よろしいですわ。私の性格にどんな印象をもたれました？この質問がお嫌でなければ」

「お会いしたばかりですが」何てことだ！　この種の会話のやりとりには慣れていない。せいぜいこれくらいのことしか言えなかった。「おおむね、よい印象だと申し上げましょう」

「人を形容するにはかなり抽象的な言い方ですね？　かなりそっけないとも言えます。

それに、よいって何ですか？　道徳的な意味でしたら、私が今までやったことで一番よいことは、結局間違いでしたわ」

「そうですか」何と風変わりな女性なんだろう！　だが、その性格は利用できる。「人があなたにやってもらいたいことの反対をすると、先ほどおっしゃいましたね……ヴィクター・ミーキンは、私と話をしてくれる人はひとりもいないと言いました。雨に濡れずにゆっくりと話ができるように、あなたが田舎家でのお茶に私を招待しなかったら、ミーキンは大喜びするでしょうね。どう思いますか？」

マーガレット・アーンストは微笑んだ。期待どおり、私の大胆さを好ましく思ったようだ。しかし、彼女の目はより用心深くこちらに向けられてもいた。「ミスター・ミーキンは、あなたが大多数の村人の例に倣《なら》って、私の家の敷居をまたぐのを拒めば、同じように大喜びするでしょう。他人の不幸が大好物なのです。あなたに反抗的な傾向がおありなら、ふたつのことで彼を怒らせることができますわ」

「では、それで」私は言った。「一件落着のようですね」

「パトリックとフランシス・アイヴに何があったのか教えてください」お茶が淹れられ、ふたりが細長い客間の暖炉の傍に座ると、私はきいた。彼女は私たちがいる部屋を客間と呼んでいたが、本がたくさんあるので「図書室」と呼んでもよかったかもしれない。

壁に広い額とぼさぼさの眉毛の男の肖像が三つ掛かっていた。ふたつは絵で、あとひとつは写真だった。マーガレットの亡き夫チャールズだろう。三人の彼からじっと見られると気まずいので、私は窓のほうを向いた。私の椅子からはアイヴ夫妻の墓石がよく見えた。マーガレットが見張りのためにいつも座っているのはこの椅子に違いない。

この距離だと、ソネットは読めない。〝むかしから中傷の矛先は美しいものに向けられた〟という行の他はすべて忘れていた。それだけが心に留まっている。

「できません」マーガレット・アーンストは言った。

「できない？　パトリックとフランシス・アイヴのことを話していただけないのですか？」

「今日はだめです。たぶん、明日なら。他の質問ないのですか？」

「あります。しかし……今と明日では何が変わるのか尋ねてもかまいませんか？」

「考える時間が欲しいのです」

「問題は……」

「あなたは、殺人事件を捜査している警察官であり、知っていることをすべて話すのが私の義務だと言うのでしょう。でも、パトリックとフランシス・アイヴはあなたの事件とどんな関係があるのですか？」

私も余裕を持って自分自身の考えをまとめておくべきだったが、もう遅い。そこで、ヴィクター・ミーキンにはまだ話していない事実、そのため、彼女も知っているはずのない事実を教え、彼女の反応を見ることにした。

「三人の被害者は三人とも口の中に金のカフスボタンが入れられていました。どのカフスボタンにもパトリック・アイヴのイニシャル、PIJのモノグラムが印されていました」私は、ポアロにしたように、姓のイニシャルが真ん中に一番大きくあることを説明した。ベルギーの友人とは違って、マーガレット・アーンストは、文字のそのような配置は文明を危機に陥れるとは信じていないようだった。また、彼女は、私が語ったことにショックを受けたふうも驚いたふうもなかった、が、それはそれでおかしい。

「これで、なぜ私がパトリック・アイヴに興味を持ったかおわかりでしょう」

「ええ」

「それなら、彼について話していただけますね?」

「さっき言ったように、たぶん明日ね。もう少しお茶はいかが、ミスター・キャッチプール?」

私はいただきたいと言い、彼女は部屋を出て行った。客間にひとりきりになると、彼女にエドワードと呼んでくれと頼むには遅すぎたか、遅すぎないのであれば、そうすべきかどうかについて思いを巡らした。何も言わなければ、彼女がミスター・キャッチプールと呼び続けるだろうとわかっていながら、私はあれこれ考えた。これは私のあまり意味のない習慣のひとつだ。何をすべきかわかりきっているのに、何をしようかと考えるのは。

マーガレットがお茶をもって戻って来ると、私は感謝し、ハリエット・シッペル、アイダ・グランズベリー、それからリチャード・ニーガスの話をしてもらえるかときいた。信じられないほどの変化だった。彼女は何も隠そうとしなかった。そしてとても手際よく、三人の被害者のうちのふたりについて数頁を埋めるほど語ってくれた。しかし、私は自分に腹が立ってたまらなかったが、グレート・ホリングに持ってきたノートは、キングズ・ヘッド・インの部屋のスーツケースの中に置き忘れていた。左記は私の記憶力のテストである。

「村に残っているあふれるほどの伝説によれば、ハリエットは、昔は優しい性格の人でした」マーガレットは言った。「親切で、寛容で、いつも微笑みを浮かべ、常に笑い、友人や隣人に手を差し伸べ、自分のことはあとまわし――本当に聖人のような人でした。自分が出会うすべての人をよく思い、何についてもできる限りもっともよい面を見ようと決めていました。ナイーブで人を疑わなすぎる、と言う人もいました。私はその全部を必ずしも信じられません。誰も、変わる前のハリエットのように完璧にはなれませんから。変わった後の彼女と対比させるためではないかと……」マーガレットは眉をひそめた。「おそらく、彼女のように極端から極端に走ったケースは、厳密な意味では、対比ではないでしょう。でも、人はいつも、話をできるかぎりドラマチックにしたいと思うものですわ。それに、あれほど若くして夫を亡くすのは、もっとも明るい性格でさえ変えてしまうことがあると思うの。ハリエットは夫のジョージに夢中でした。ジョージも彼女に。彼は一九一一年に二十七歳で死にました——ある日、通りでばったり倒れたんです。いつも健康を絵に描いたような人だったのに。脳の中に血の塊ができて。ハリエットは二十五歳で未亡人になりました」

「彼女にとってはひどいショックだ」

「ええ。あれほどの喪失は、人に恐ろしい影響を与えるのかもしれません。何人かの人は彼女のことをナイーブだと言ってましたが、興味深いですわ」

「どうしてですか？」

「ナイーブさは、人生はバラ色だという誤った認識のもとに成り立つのよ。そして、もしこの世は完全に善だと信じている人に最悪の悲劇が襲ったとしたら、悲しみと同時に、まるで騙されたかのように怒りと恨みを感じるかもしれません。もちろん、人は大きな苦しみを感じると、簡単に他人を非難したり迫害したりするものですけど」

私には同意できそうにない意見だったが、そうは言わなかった。彼女はこう付け加えた。「人によっては、と言うべきですね。みんながみんなというわけではありません。あなたならご自身を迫害するほうが簡単だと思うでしょうね、ミスター・キャッチプール？」

「誰も迫害しないですめばいいと思います」私は困惑して言った。「で、夫を失ったことがハリエットの性格に不幸な影響を与えたと考えていいのですね？」

「ええ。私は優しく親切なハリエットを知りません。私が知っていたハリエット・シッペルは信心家ぶった意地悪な人間でした。世の中とそこに暮らすほとんどすべての人を、彼女の疑惑を受けてしかるべき敵であるかのように扱っていました。善だけを見る代わりに、あらゆるところに悪の脅威を見ました。そして、それを暴き打ち負かす義務を負っているかのように振る舞いました。村に新しい人が来れば、何かしら邪悪なところがあるはずだという信念をもって乗り出しました。耳を傾ける人がいればいるだけ、自分の疑念について語り、そのしるしを探すように仕向けました。彼女の前に人を置けば、その人の中に邪悪を探すでしょう。何も見つからなければ、でっち上げてしまうでしょう。ジョージを失ったあとの彼女の唯一の楽しみは、他人を邪悪だと非難することでした。そうすることが自分をより良い人間にするかのように。何か新しい悪行を嗅ぎ付けたときの目の光り方ときたら……」

マーガレットは身震いした。「夫を亡くした後、彼女は激情に火をつけることができる別の何かを発見し、それにしがみついているようでした。でも、それは愛ではなく、憎しみから湧き出た、暗く破壊的な激情でした。最悪だったのは、人々が彼女のまわりに集まり、彼女の不快な告発にためらいもせず同意したことです」

「なぜそうしたんです？」

「自分が次の標的になりたくなかったから。ハリエットが生贄なしではいられないことを知っていたからです。彼女は、正当な悪意を向ける対象がなければ一週間も生き延びられなかっただろうと思いますわ」

私は、「誰も四人目になりたくない」と言ったメガネの若者のことを思い出した。

マーガレットは言った。「彼女が狙いを定めたかわいそうな人が誰であれ、みんな、自分から彼女の注意が逸れているかぎり、喜んで非難しました。そういう人を、つまり、大なり小なり罪を犯していると彼女が思う人を一緒になって中傷してくれる人を、ハリエットは友人と考えていました」

「ハリエットは、こう言っては何ですが、最後には殺されてしまいそうな人物ですね」

「そうかしら？　ハリエット・シッペルのような人があまり殺されているとは思いませんけど」マーガレットは眉毛をあげた。「あなたにまたショックを与えてしまいました、ミスター・キャッチプール。教区司祭の妻がこんなことを言うべきじゃありませんね、おそらく。私は、善きクリスチャンであろうと努めています。でも、皆さんと同じように弱さを持っています。私の弱さは、許すことができないことを許すことができないことなのです。矛盾しているように聞こえますか？」

「早口言葉のように聞こえます。お尋ねしてもいいでしょうか、この前の木曜の晩、あなたはどこにいましたか？」

マーガレットはため息をつき、窓の外を見た。「いつもいるところにいました。あなたが今座っていらっしゃるところに座って、墓地を見張っていました」

「ひとりで？」

「ええ」

「ありがとう」

「アイダ・グランズベリーについても今、お話ししたほうがいいですか？」

私はいくぶん怖じ気づきながらもうなずいた。三人の被害者全員が、生前は復讐心に燃えた怪物だったと知ったら、どう感じるだろう。〝彼らの魂が決して永遠の安らぎを得ませんように〟という言葉が心をよぎった。続いてすぐにジェニーとの出会いに関するポアロの話が。死ねば、ついに、正当な処罰が下されたことになるでしょうという彼女の主張……

「アイダは恐ろしいほどの堅物《かたぶつ》でした」マーガレットは言った。「外向きはハリエットとまったく同じように信心家ぶっていました。けれど、迫害のスリルというよりかは、我々みんなが従うべきだとされている規範への恐怖と信仰によって突き動かされていました。他人の罪を糾弾することは、ハリエットと違って、アイダにとっては楽しみではありませんでした。善きクリスチャンとしての道徳的義務だと心得ていました」

「あなたがおっしゃる恐怖とは、天罰の恐怖という意味ですか？」

「もちろん、それもあったでしょう。でも、それだけではありません。人が違えば規範の理解も違います。それがどんな規範であったとしても。私のような反抗的な性格の者は、常に束縛を嫌います。たとえそれが本当に意味のあるものであっても。でも、規範の存在と実施を歓迎する人もいるのです。それがあると安全だと感じられるからです。保護されていると」

「それで、アイダ・グランズベリーは二番目のタイプだと？」

「ええ、そう思いますわ。彼女はそうは言わないでしょうけど。彼女は、強い信念以外の何ものにも突き動かされない女性だと思われるように、いつも注意を払っていました。アイダには恥ずべき人間的な弱さはないと！　生きていたころ、ひどい害をなすこともありましたけど、彼女が亡くなって残念です。ハリエットと違って、アイダは贖罪《しょくざい》を信じていました。ハリエットが罪人をののしり、比較をして自分が高められると感じたがっている一方で、アイダは罪人を救いたいと思っていました。はっきりと悔悛の意を示している罪人なら赦したと思います。標準的なクリスチャンの悔恨があれば安心したはずですから。それが彼女の世界観でした」

「アイダがなしたひどい害とは？」私はきいた。「誰に対するものですか？」

「その質問は明日にしてください」彼女の口調は寛大だが断固としていた。

「パトリックとフランシス・アイヴにですか？」

「明日です、ミスター・キャッチプール」

「リチャード・ニーガスについては？」

「話せることはほとんどありません。チャールズと私がグレート・ホリングに来てすぐに彼はここを去りましたから。この村の権威ある存在——村人が耳を傾けアドバイスを受けるような人——だったと思いますよ。みんな彼のことを尊敬の念を込めて話しています。アイダ・グランズベリーは別ですけど。彼が、彼女とこのグレート・ホリングを捨て去ってしまってから、彼のことは一切口にしなくなった」

「婚約の解消は彼が決めたのですか、それとも彼女が？」

「彼です」

「アイダが彼のことを一切口にしなかったとどうしてわかるのですか？　あなたに話さなくても他の人に話したかもしれない」

「アイダは私にはリチャード・ニーガスのことも他のことも一切話さなかったでしょう。私が知っていることは、村医のアンブローズ・フラワーディが教えてくれたことだけですわ。ただ、この村に彼より信用できる人はいません。待合室のドアをすこし開けておくだけで、アンブローズは村で進行中のほとんどすべてを知ることができるのですから」

「この方は、私が忘れなければならないドクター・フラワーディと同じ人ですね？　たぶん、彼の洗礼名も忘れたほうがいいんでしょうね」

マーガレットは私の冗談じみた言葉を無視した。「信頼できる筋から聞いたんです。リチャード・ニーガスがアイダを捨てた後、彼女は二度と彼のことを口にしたり考えたりしないと決心しました。心の動揺を表立ってみせることはありませんでした。村人は、そういう彼女を評して、何と強く、意志が固いんだろうと言い合いました。彼女は、以後自分の愛のすべてを神のためにとっておくと宣言しました。神のほうが人間の男より信用できると思ったのです」

「この前の木曜日の晩、リチャード・ニーガスとアイダ・グランズベリーがロンドンのホテルの彼女の部屋で一緒に午後のお茶を飲んだと聞いたら驚きますか？」

マーガレットの目が大きく見開かれた。「ふたりがふたりだけでお茶を飲んだと聞いたら——ええ、すごく驚きますわ。アイダはしっかりと線を引き、そこを越さないタイプの人でした。リチャード・ニーガスも同じでした。アイダを妻にしたくないと決めたからには、気が変わったという可能性は低い。それに、彼がひれ伏して悔悛の情を示し、新たな愛を宣言するのでなければ、アイダがふたりだけで会うことに同意したとは考えられません」

一息つくと、マーガレットは続けた。「でも、ハリエット・シッペルも同じロンドンのホテルにいたのでしたら、彼女も午後のお茶会に参加していたのでしょう？」

私はうなずいた。

「それでは、三人は明らかに、過去に引いた線よりも重要なことを話し合わなければならなかったんですわ」

「それが何だったのか、心当たりがあるのでしょう？」

マーガレットは窓から墓が並んでいるほうを見た。「たぶん、明日いらっしゃるまでには、何か考えつくでしょう」

第十一章　ふたつの記憶

私が、なかなかその気にならないマーガレット・アーンストに、パトリックとフランシス・アイヴの話をしてくれと空しい説得に努めているあいだ、エルキュール・ポアロはポアロでロンドンの〈プレザント〉で同じように無駄な努力をしていた。ウエイトレスのフィー・スプリングに、思い出せないことを話してくれと説得していたのだ。

「話せることは、もうみんな話したでしょ」彼女は何度もそう言った。うんざりしながら。「あの晩、ジェニーがどこかおかしいことには気づいたわ。後で考えようとひとまず置いておいたんですけど、今になると頭のどこかに埋もれてしまって出て来ないの。しつこくきかれても同じよ。どんなことをしても。たぶん、あなたが永遠の彼方に追い払っちゃったんじゃないかしら。ポアロさんて、ほんとに辛抱できない人だから」

「どうか記憶を呼び戻す努力を続けてください、マドモワゼル。重要なことかもしれません」

フィー・スプリングはポアロの肩越しにドアを見た。「もし、あなたが追いかけているのが〝記憶〟でしたら、まもなく記憶をもって来てくれる男が来るわ。一時間ほど前にここに来たのよ。警察官に案内されて——王族のように護衛されて。きっと重要な人物なんでしょうね。あなたはここにいなかったから、後で戻って来るようにと言っといたわ」彼女はたわんだ棚の上のふたつのティーポットに挟まった時計を見上げた。「あなたが今日少なくとも一回は戻って来るとわかってたの。ジェニーを探しにね。見つかりっこないのに」

「その紳士は自分の名前を言いましたか？」

「いいえ。でも丁寧だったわ。礼儀をわきまえているのね。汚くて、あなたの声音でしゃべっていたあの男とは大違い。どんなに上手でもあんなことをする権利はないわ」

「失礼ですが、マドモワゼル。あなたが話題にしている男——ミスター・サミュエル・キッド——は、私の声音で話したのではありません。再現しようとしたのです。しかし、誰も他人の声を再現することはできません」

フィーは笑った。「とっても上手だったわよ！　目をつぶっていたらどっちがどっちだかわからないくらい」

「では、人が話をしているとき、あなたは十分注意を払っていないことになる」ポアロはイライラしながら言った。「私たちは、誰もが唯一無二の話し声を持っています。その個人だけが持っている韻律です」自分の主張をわかりやすく説明するために、ポアロはコーヒーカップを持ち上げた。「この珈琲館の素晴らしいコーヒーのように唯一無二だ」

「飲み過ぎですよ」フィーは言った。「身体によくありません」

「そんな意見をどこで手に入れたのですか？」

「あなたはご自身の目を見ることができないでしょう、ポアロさん。私には見える。たまには紅茶を一杯飲んでみたらどう？　お茶はどろっとしてませんよ。それに飲み過ぎなんてこともない。お茶はいつだって人に優しいのよ」言葉を終えると、フィーはエプロンのしわを伸ばした。「それから、私は人の話はしっかり聞いておくわ――抑揚ではなく言葉をですけど。重要なのは何を言っているかです。ベルギー的に言ってるかイギリス的に言ってるかじゃありません」

そのとき、珈琲館のドアが開き、ひとりの男が入ってきた。バセットハウンドのような垂れ目だ。

フィーがポアロをそっとつついた。「ほら来たわ。警察官のお供はなしね」彼女はささやいた。

男は、殺人事件の夜七時十五分にハリエット・シッペル、アイダ・グランズベリー、そしてリチャード・ニーガスに午後のお茶を出した〈ブロクサム〉のウエイター、ラファル・ボバクだった。ボバクは邪魔をしたことを詫びてから、支配人のルカ・ラザリが、有名な探偵のエルキュール・ポアロに話したいことがあれば、セント・グレゴリー・アリーの〈プレザント〉に行けば会えるとスタッフ全員に言ったと説明した。

席に着くと、ポアロはきいた。「何を話したいのですか？　何か思い出したのですか？」

「思い出せそうなことはみな思い出しました。それで、まだ記憶に新しいうちにお話ししたほうがいいだろうと思いまして。いくつかはすでにお聞きのことかもしれませんが。何度も記憶をたどり、そのことに一生懸命になりますと、たくさんの記憶が本当に蘇ってきたんです」

「本当ですね、ムッシュー。ただじっと座って小さな灰色の脳細胞を働かせることが必要なのです」

「すでにお話ししましたように、運ばれた料理をミスター・ニーガスが受け取りました。ふたりのレディは、ホテルで申しましたように、男と女のことを話していました。女が歳をとりすぎたか、あるいは、何か他の理由で男が女に興味を失ったかで、男に捨てられたというように聞こえました。少なくとも、私はそう理解しました。しかし、ふたりが言ったことを少しだけですが何とか思い出せたので、ご自分で判断してください」

「おお！　大変助かります！」

「まず、最初に思い出したことですが、ミセス・ハリエット・シッペルがこう言いました。『彼女には他に手がなかった、そうでしょう？　もう彼が心を打ち明ける人ではなくなってしまったわ。今じゃ彼女にほとんど興味を持っていないんじゃないかしら――彼女はなりふりを構わなくなったし、彼の母親になれる歳よ。もし彼がどう考えているか知りたかったら、彼が心を打ち明ける女に会い、その人と話す他ないわね』ミセス・シッペルはそういい終わると笑い転げました。それは気持ちのいい笑いではありませんでした。ホテルでも申しましたように、意地の悪いものでした」

「どうぞ続けてください、ミスター・ボバク」

「彼女の話はミスター・ニーガスに聞こえていました。彼は彼女のほうを振り向いて――彼と私はそのときちょっとした挨拶をかわしていました――こう言ったからです。『ハリエット、それはとても公平とは言えないね。アイダは簡単にショックを受けてしまいますよ。手加減してください』すると、ミセス・シッペルかもうひとりのアイダ・グランズベリーが何か言いました。その言葉だけはどうしても思い出せないんです。すみません」

「謝る必要はありません」ポアロは言った。「あなたの記憶は不完全ではありますが、計り知れないほど貴重なものとなるでしょう」

「そうだといいのですが」ボバクは疑わしげに言った。「次に一語一語思い出せるのは、何分もあと、三人のお客様のためにテーブルにすべてを並べたときのことです。ミスター・ニーガスがミセス・シッペルに言いました。『彼がどう考えているか？　私は彼に知性はないと主張しますね。それから、彼の母親になれる歳というあなたの主張には反対だ。断固として反対だ』ミセス・シッペルは笑い飛ばして言いました。『私たちはどちらも自分が正しいと証明できないわ。だから、同意できないということで同意しましょう』それが部屋を出る直前に聞いた会話です」

「私は彼に知性はないと主張します、ですか」ポアロはつぶやいた。

「あの人たちの言葉は――どれひとつ優しくありませんでした。話題にしていた女性に対して、悪意以外何も抱いていませんでした」

「感謝しきれないほど感謝します、ミスター・ボバク」ポアロは心から言った。「あなたのお話は非常に役立ちました。実際に話された言葉、それをたくさん知れたことは、期待以上の成果です」

「あとの部分を思い出せればと願うばかりです」

ポアロはボバクに何か飲んで行くよう説得したが、ウエイターはできるだけ早くホテルに帰ると決めていた。ルカ・ラザリの好意に甘えたくないのだ。

ポアロはフィー・スプリングにコーヒーのおかわりを断られたため、ブランチ・アンズワースの下宿に帰ることにした。賑やかなロンドンの通りをブラブラ歩きながらも、頭は忙しく回転していた。ラファル・ボバクの話を頭の中で反芻《はんすう》していた。「今じゃ彼女にほとんど興味を持っていないんじゃないかしら……彼の母親になれる歳よ……彼がどう考えているか? 私は彼に知性はないと主張しますね……彼の母親になれる歳というあなたの主張には反対だ……私たちはどちらも自分が正しいと証明できないわ……」

仮の宿に着いてもまだポアロはこれらの言葉をつぶやいていた。中に入ると、ブランチ・アンズワースが彼のもとに走ってきた。「何を独りでぶつぶつ言ってらっしゃるの?」彼女は陽気に言った。「あなたがふたりいらっしゃるようですよ!」「サイズが二倍になるほど食べなければよかったと思います、マダム」

ポアロは自分の身体を見下ろした。太りすぎている。

「まあ、あなたがふたりいてしゃべっていらっしゃるという意味ですよ」ブランチ・アンズワースはささやくように声を低くし、近寄ってきた。ポアロは身体が接触しないように壁に身体を貼り付けなければならないと感じた。「男のお客さまです。声があなたそっくり。居間で待っています。きっとあなたのお国のベルギーの方ね。ぼろを着ていますけど中に入れました。悪臭はしなかったので。それに……あなたの親類を追い返したくなかったのよ、ミスター・ポアロ。服装に関する習慣は国ごとに違うので仕方ありませんわね。もちろん、お洒落が好きなのはフランス人ですわね?」

「彼は私の親類ではありません」ポアロはきつい声で言った。「名前はサミュエル・キッドで、あなたと同じイギリス人ですよ、マダム」

「顔中、傷だらけ」ブランチ・アンズワースは言った。「ひげ剃りで、と言ってました。きっと上手なひげの剃り方を知らないんですよ、かわいそうに。早く治るように何か塗り薬をあげましょうかと言いましたら、ただ笑っていました」

「顔中に？」ポアロは眉をひそめた。「金曜日に〈プレザント〉で会ったときは、ひげを剃ったあとに傷がひとつだけあったんだが。居間にいるその男はあごひげを生やしていますか？」

「いいえ。眉毛以外、顔には毛はありませんわ。皮膚ももっとあってよさそうなのに、ありません。切り傷をつけずにひげを剃る方法を教えてあげればよろしいのに、ミスター・ポアロ。あら、すみません」ブランチは口の前で手を叩いた。「ご親類ではないとおっしゃいましたね。どうしてもベルギー人という考えが抜けなくて。話し方があなたそっくりなんです。あなたの弟さんかもしれないと思いました。四十歳ぐらいかしら？」

ぼろを着たサミュエル・キッドを自分の親類と思う人間がいることに腹を立て、ポアロはブランチ・アンズワースとの会話をやや乱暴に打ち切り、居間に向かった。

居間には言われたとおり、ひとりの男がいた――この前の金曜日、〈プレザント〉で会った男――顔の毛をすべて取り除き、その過程で広い範囲に傷をつけた男が。

「こんにちは、ミスター・ポアロウ」サミュエル・キッドは立ち上がった。「俺を中に入れてくれたとは、うまく騙せたんだ、そうでしょ？　あんたの国の人だと思ってただろう？」

「こんにちは、ミスター・キッド。この前お会いしてから、ずいぶん不幸な目に遭ったようですね」

「不幸？」

「顔の傷です」

「ああ、そうだな。実は、目の間近に鋭い刃物が来ると思うとたまらないんだ。目玉を突き刺してしまうんじゃないかってさ。そうすると手が震えてしまうんだ。目が苦手なんだよ。自分に何か違うことを考えるように言い聞かせても、効き目がない。結局、いつもめちゃくちゃに切ってしまうんだ」

「そうですか。お尋ねしてもいいですか、どうやってここの住所がわかりましたか？」

「ホテルのミスター・ラザリが、ミスター・キャッチプールがここに住んでいて、あんたもここに住んでいるとスタンレー・ビア巡査から聞いたと教えてくれたよ。家に押し掛けてすまんね。しかし、いいニュースが手に入ったんだ。あんたがすぐにでも知りたいだろうと思ったんでね」

「そのニュースとは？」

「鍵を二個落としたレディ、俺が殺人事件の後ホテルから走ってくるのを見たレディだけど……誰だか思い出したんだ！　今朝新聞を開いたときひらめいた。あんまり新聞は読まないんだがね」

「あなたが見た女性は誰ですか、ムッシュー？　あなたの言うとおり、ポアロは彼女の名前をすぐにでも知りたい」

サミュエル・キッドは左頬の怒ったように赤く盛り上がったかさぶたの上を指先でなぞりながら、考え込んだ。「俺には、他人の生活について新聞で読みながら、同時に自分の生活を営むほどの余裕がないものでね。どちらか選ばなければならないとしたら、新聞よりも自分の生活を選ぶさ。けど、さっき言ったように、今朝は新聞を見てみたんだ。〈ブロクサム・ホテル〉の殺人事件について何か出ていないかとね」

「そう《ゥ》ですか《ィ》」ポアロは言った。何とかイライラを抑えながら。「それで、何を見たんです？」

「ああ、殺人事件についてはたくさんあった。ほとんどの記事には、警察の捜査は難航しているから、何か見た人は情報を提供してほしいと書いてあった。で、お分かりのようにそうしたっていうわけですよ、ミスター・ポアロ。情報を持ってきました。でも、この前言ったように、最初は顔を見ても名前がわからなかった。今はわかる！」

「素晴らしいニュースだ、ミスター・キッド。あなたが次にしゃべることの中にその名前を入れてくれれば、もっと素晴らしい。私は聞くことができますからね」

「そこで彼女を見たんだよ。新聞の写真でだ。だから新聞を見て彼女のことを思い出したんだ。有名なレディだ。名前はナンシー・デュケイン」

ポアロの目が大きく見開かれた。「画家のナンシー・デュケイン？」

「そう。彼女に間違いない。誓うよ。彼女は肖像画を描く。おまけに、自分自身の肖像画を描いてもいいほどの顔をしている。だから、たぶん、顔を覚えていたんだ。俺は自分に言ったよ。『サミー、お前が殺人事件の夜に〈ブロクサム・ホテル〉から走り出てくるところを見たのは、ナンシー・デュケインだ』そういうわけで、俺はここであんたに報告しているわけさ」

第十二章　耐え難い傷

私は翌日、朝食がすむとすぐにマーガレット・アーンストの田舎家に向かった。それはグレート・ホリングのホーリー・セイント教会の庭のとなりにある。ドアが少し開いていた。それ以上押し開けないように注意しながら、できるだけ軽くノックした。

返事がない。再びノックした。途切れなく。「ミセス・アーンスト？」声を大きくした。「マーガレット？」

沈黙。

なんとなく後ろで何かが動いた気がして振り返った。しかし、誰もいなかった。たぶん、木にそよぐただの風だろう。

静かにドアを押すと、ギーッという音をたてて開いた。最初に目についたものはキッチンの板石の床に落ちているスカーフだった。精巧な模様が施された青と緑のシルクだ。こんなところにどうして？　私は深呼吸をし、中に入る覚悟を固めようとした。そのとき突然声がして、私は跳び上がりそうになった。「お入りください、ミスター・キャッチプール」

マーガレット・アーンストがキッチンに現れた。「ああこれ、探してたのよ」彼女は腰を曲げてスカーフを取り上げながら、微笑して言った。「あなただとわかってたから、ドアを開けておいたの。実は、五分ほど前にいらっしゃるだろうと思ってたのよ。だけど、九時ぴったりだと熱心すぎるように思われるから嫌だった。そうでしょう？」彼女は、スカーフを首に巻きながら、私を中に招き入れた。

彼女のからかいの何かが――もっとも、私の気分を害するつもりでないことはわかっていた――私を大胆にし、普段よりも率直に話をさせた。「私は真実の発見に熱心ですし、そう見られても一向に構いません。ハリエット・シッペルとアイダ・グランズベリーとリチャード・ニーガスを殺す動機があった人は誰だったんですか？　それについて考えがおありですよね。ぜひとも知りたい」

「その紙は何です？」

「えっ？　ああ！」私は紙を握っていたのを忘れていた。「リストです。殺人が起こった時刻に〈ブロクサム〉にいた客とホテルで雇われている人たちのリストです。ざっと見てもらって、知ってる名前があったら教えていただきたくて――その前に、殺害の動機のある人について私の質問に答えていただいてからですが」

「ナンシー・デュケインよ」マーガレットはそう言うと、私の手からふたつのリストを取って、顔をしかめながらじっと見た。

私は、その前日にポアロがサミュエル・キッドに言ったのとまったく同じ言葉を返した。もっとも、その時点ではポアロがそう言ったとは知らなかったが。「画家のナンシー・デュケイン?」

「ちょっと待って」私はマーガレットがふたつのリストを読んでいるあいだ、黙って立っていた。「残念だけど、どの名前も知らないわ」

「ナンシー・デュケインが――私が思い浮かべている人と同じナンシー・デュケイン、上流社会の人間を描く肖像画家に――ハリエット・シッペルとアイダ・グランズベリーとリチャード・ニーガスを殺害する動機があるとおっしゃっているのですか?」

マーガレットは二枚の紙を畳むと私に返し、客間までついてくるようにと手招きした。我々が前の日と同じ椅子にゆったりと腰を落ち着けると、彼女は言った。「ええ。有名な画家のあのナンシー・デュケインよ。ハリエットとアイダとリチャードを殺したいという願望と、それをやり遂げ、逃げ去る能力がある人は、彼女しか思い浮かばない。そんなに驚かないでください、ミスター・キャッチプール。有名人も悪を免れることはできませんよ。もっとも、ナンシーがそんなことをするとは信じられないけれど。私が知っていたころのナンシーは、上品な文明人でした。でも、あれほど変わってしまった人はいないわ。勇敢な女性だった」

私は何も言わなかった。問題は、殺人者の中には、平時は文明人のように振る舞っているが、何かの折に日頃の文化的生活から離脱して殺人を犯してしまう者がいることなのだ。

マーガレットは言った。「昨夜は一晩中起きて考えていました。ウォルター・ストークリーならやったかもしれない、でも、不可能だ。手助けなしでは立ち上がることもできないし、ましてやロンドンに行くなんてとんでもない。三件の殺人を犯すのは彼の能力を超えている」

「ウォルター・ストークリー？」私は椅子から乗り出した。「キングズ・ヘッドにいたあの酔っぱらいのじいさん？　私が昨日話をした？　なぜ彼がハリエット・シッペルとアイダ・グランズベリーとリチャード・ニーガスを殺そうと思うのですか？」

「なぜなら、フランシス・アイヴは彼の娘だからよ」マーガレットは言った。そして振り返って窓の向こうのアイヴ家の墓を見た。再び、シェイクスピアのソネットの一行が思い出された。〝むかしから中傷の矛先は美しいものに向けられた〟

「ウォルターが殺したのなら、嬉しい。私、ひどいことを言ってますね？　ナンシーがやったのでなければ、ほっとするわ。ウォルターは年老いて、もう長くはないと思うの。ああ、ナンシーじゃありませんように！　ナンシーが画家としてロンドンで活躍していると新聞で読んだわ。ここを離れて、本当の名声を得た。それは私の慰めになっているの。彼女がロンドンで成功していると思うと幸せでした」

「ここを離れた、ですって？」私は言った。「では、ナンシー・デュケインも昔グレート・ホリングに住んでいたのですか？」

マーガレット・アーンストはまだ窓の外をじっと見つめていた。「ええ。一九一三年まで」

「パトリックとフランシス・アイヴが亡くなった年。リチャード・ニーガスが村を去った年」

「ええ」

「マーガレット……」私は、彼女の気持ちをアイヴ夫妻の墓から逸《そ》らそうと身を乗り出した。「あなたがパトリックとフランシス・アイヴの話をすると決心されることを心から願っています。お話を聞けば、今は謎のままの多くのことを理解できるようになります」

彼女は真面目な目を私に向けた。「あなたにお話しする決心はついています。ただひとつ条件があるの。村の誰にもその話をしないと約束してください。この部屋でお話しすることは、あなたがロンドンに着くまでは、あなたの胸に留めておくこと。ロンドンでなら、どなたにお話ししても構わないわ」

「その点についてはご心配なく」私は言った。「グレート・ホリングでの私の会話相手は限られています。みんな、私を見たとたん逃げ出しますから」その朝マーガレット・アーンストの田舎家に来るまでに、そんなことが二度あった。私を見て息をのんだ者のひとりは十歳になるかならない男の子だった。それでも私が誰だか知っており、目を伏せ、急いで私の傍を通り過ぎ安全な場所に逃げなければならないことを知っていた。私は、彼が私の洗礼名、姓、そしてグレート・ホリングでの仕事の内容を知っていると確信した。小さな村にはロンドンにない特質が少なくともひとつはある。彼らは、やっかいな人間だと思っていると相手にわからせるようなやり方で男を無視する方法を知っているのだ。

「私は厳粛な約束を求めているのよ、ミスター・キャッチプール――言い逃れなんてだめよ」

「なぜ秘密にする必要が？　村人はみんなアイヴのこと、そして彼らに起こったことを知っているのではありませんか？」

マーガレットの次の答えから、彼女の関心はあるひとりの村人に向けられているのだとわかった。「私の話を聞けば、あなたは間違いなくドクター・アンブローズ・フラワーデイと話をしたくなります」

「私に忘れるようにと迫りながら、何度も思い出させる方ですね？」

彼女の顔が赤くなった。「彼を探したりしないと、たまたま出会うことがあってもパトリックとフランシス・アイヴの話はしないと約束してくださらなければ、それを保証してくださらなければ、何もお話しできません」

「それはわかりません。スコットランドヤードのボスに何と言えばいいんです？　質問をさせるために私をここによこしたんですよ」

「それは困ったわ」マーガレット・アーンストは腕組みをした。

「仮に、私がこのドクター・フラワーディを見つけて、ただ話をしてくれるように頼むのも駄目でしょうか？　彼はアイヴ夫妻を知っていましたよね？　昨日、あなたは言われました、夫妻がまだ生きていたとき、あなたと違って、ドクター・フラワーディはグレート・ホリングに住んでいた」

「いけません！」彼女の目に浮かんだ恐怖は、見違えようがなかった。「お願いですからアンブローズと話をしないで！　あなたにはわからないのです。わかりようがないのです」

「何をそんなに怖がっているのですか、マーガレット？　私には、あなたは正直な女性に見えます。しかし……あなたは部分的にしか話してくださらないつもりのようだ」

「まあ、私の話は完全ですわ。何ひとつ欠けるものはありません」

どういうわけか、私は彼女を信じようと思った。「それでは、真実の一部を保留するつもりがないのなら、なぜパトリックとフランシス・アイヴの話を他の人としてはいけないのでしょうか？」

マーガレットは立ち上がって窓のところへ行き、額をガラスに付け、身体でアイヴ家の墓を私から隠すようにして立った。「一九一三年にここで起きた事件はこの村に耐え難い傷を与えました」彼女は静かに言った。「ここに住む者は誰もそのことから逃れられませんでした。その後、ナンシー・デュケインはロンドンへ、リチャード・ニーガスはデヴォンへ引っ越して行きましたが、ふたりでさえ逃れられませんでした。傷を負っているのです。皮膚にも身体のどこにも見えませんが、あるのです。見えない傷こそが最悪です。そして、アンブローズ・フラワーデイのように今でもここに留まっている人たち——彼らの傷もひどいものでした。グレート・ホリングが回復できるのか私にはわかりません。まだ回復していないのはわかっています」

彼女は振り返って私と向かい合った。「この悲劇は決して語られることがないのです、ミスター・キャッチプール。決して、ここの誰からも、率直に語られることはありません。ときには沈黙だけが唯一の手段です。沈黙と忘却が。忘れることさえできればですが」彼女は両手を握りしめたりひらいたりした。

「私の質問がドクター・フラワーデイに与える影響を心配していらっしゃるのですか？彼は忘れようとしているのですか？」

「今言ったように、忘れることは不可能なの」

「やはり……彼の心を苦しめる話題なんですね？」

「ええ。とても」

「あなたのよい友だちですか？」

「これは私とは何の関係もありません」彼女は激しく言い返した。「アンブローズはいい人です。彼に迷惑をかけたくないんです。どうして私の願いに同意していただけないのかしら？」

「わかりました。約束します」私はしぶしぶ言った。「村人の誰とも、あなたからきいた話はしません」私はグレート・ホリングの住人がこれまでどおり根気よく私を無視し続け、私を誘惑しようと企《たくら》まないよう願った。マーガレット・アーンストの田舎家を出たら、懐かしい昔話をしたがっているドクター・フラワーデイにばったり出会う。そんなことがあるかどうかは私の運しだいだろう。

壁に掛かった三枚の肖像画の中から、故人のチャールズ・アーンストは三度私に警告の目を向けた。「妻との約束を破ったら、後悔することになるぞ、このふらち者」彼の目はそう言っているように見えた。

「あなたの心の平安はどうなるんですか？」私はきいた。「あなたは、ドクター・フラワーデイを動揺させるといけないから、私に彼と話をさせたくない。しかし、私はあなたを動揺させるのではないかと心配です。あなたを苦しめたくないのです」

「よかった」マーガレットは安堵のため息をついた。「実は、私と同じよそ者にこの話をする機会があれば、私は大歓迎なの」

「では、ぜひそうしてください」

彼女はうなずくと、自分の椅子にもどり、パトリックとフランシス・アイヴの話を始めた。私はさえぎることなく耳を傾けた。ここに内容を記していく。

十六年前、すべてのトラブルのきっかけとなった噂は、グレート・ホリングの若き教区司祭パトリック・アイヴ師とその妻フランシスの家で働いていたメイドの少女から出たものでした。そうは言っても、そのメイドの少女は、結果として生じた悲劇の唯一の責任者、あるいは、主要な責任者ですらありません。ただ、悪意のある嘘はつきました。しかし話の相手はひとりだけで、村中に広くまき散らすことには加担しませんでした。実際、この不愉快な事態が始まると、彼女はほぼ完全に身を引いて、ほとんど見かけなくなりました。何人かの人たちは、自分が始めたことを、当然ながら、恥じているのだろうと推測しました。後に、その少女はその事件への関与を後悔し、その修復に全力を尽くしました。もっともそのころには遅すぎましたが。

もちろん、たったひとりに対してでも、あのように大きな嘘をつくのは意地の悪いことです。たぶん、司祭館で特別に辛い仕事があったせいで、欲求不満になっていたのかもしれません。あるいは、自分の立場にはそぐわない考えを持ったメイドの少女として、アイヴ夫妻に何らかの恨みを持っていたのかもしれない。ひょっとしたら、退屈な生活をちょっとした悪意あるゴシップで刺激したいと思い、深刻な害が及ぶとは想像できないほど世間知らずだったのかもしれません。

不幸にも、憎むべき嘘の聞き手として選んだ相手はハリエット・シッペルでした。たぶん、この場合も彼女の選択は簡単に理解できるでしょう。夫の死後、悲しみに苛《さいな》まれ復讐心に燃えているハリエットは、大喜びでその嘘を受け入れ信じるはずです。なぜなら、真実だと思いたかったからです。村の誰かが何か重大な過ちを犯している。その誰かが教区司祭ならば、なおのこと重大だ（ハリエットの目から見れば、なおのこと都合がいい）！　彼女の目がどんなにか歓喜の光を放ったことか。そうです、ハリエットはメイドの少女の悪意ある噂話の完璧な聞き手でした。むろん、そのために彼女が選ばれたのですが。

メイドの少女はハリエット・シッペルに、パトリック・アイヴはひどく無慈悲で冒瀆《ぼうとく》的な詐欺師だと言いました。彼女の話では、よくあるように、妻のフランシスが教区民を助けるために出かけて留守にするたびに、夜遅く村人を司祭館におびき寄せ、今は亡き愛する人からの伝言――この世を去った魂が彼、パトリック・アイヴに託したメッセージ――を伝える謝礼としてお金を取っているというのです。

ハリエット・シッペルは、耳を傾ける者なら誰にでも、パトリックが数人の村人にペテンを働いていると話しました。しかし、これは話をよりショッキングに仕立てあげるための誇張だったようです。このメイドの少女は後に、ハリエットにはひとりの名前、ナンシー・デュケインの名前しか口にしなかったと主張しています。

ナンシーは当時、有名な肖像画家ではなく、平凡な若い女性でした。夫のウィリアムが村の学校の校長の職を得た一九一〇年に、夫とともにグレート・ホリングに越してきました。ウィリアムはナンシーよりもはるかに年上でした。結婚したとき、彼女は十八歳で彼は五十に近かった。そして、一九一二年に彼は呼吸器の病気で亡くなりました。

雪に包まれた一九一三年一月、ナンシーは数回司祭館を出入りするところを目撃されていました。噂によれば、ナンシーは数回司祭館を出入りするところを目撃されていました。夕刻か夜、いつも暗くなってから、いつも人目を気にしているように、そしてフランシス・アイヴが家にいないときにだけ。

少しでも常識のある人だったら、こんな話は疑ってかかるでしょう。真っ暗闇の中で人目を気にするような表情を、あるいはどんな表情であっても、判別することは不可能です。真夜中に司祭館を出て行く女性が誰かを特定するのも、特に目立った歩き方をするのでなければ難しかったでしょう。ナンシー・デュケインはそんな歩き方はしませんでした。もちろん、そういう夜に彼女を見た人が、家までつけて行き、誰だかわかったというなら、あり得ることですけど。

自分より熱心な人の話は、受け入れるほうが異議を唱えるより簡単です。そして、グレート・ホリングのほとんどの人はそうしたのです。みんな満足していました。噂を信じ、ハリエットと一緒になって冒瀆とゆすりを理由にパトリック・アイヴを非難しました。ほとんどの村人は、パトリック・アイヴが秘密裏に生者と死者の魂の交流を仲介し、その報酬として騙されやすい村人から多額の金を取っていると信じました（あるいは、ハリエットの痛烈な嘲弄を避けるために信じるふりをしました）。村人は、ナンシー・デュケインが亡き夫ウィリアムからのメッセージを受け取る方法を提供されたら、それも教区の司祭から提供されたら、当然その誘惑に抵抗できないだろうと思いました。そして、彼女なら充分な報酬を支払えるだろうと。

村人はパトリック・アイヴをよく知っていて、好ましく思い、信頼していたことを忘れてしまいました。彼の品位や親切さについて知っていることを無視し、罪人を探り出し糾弾したいというハリエット・シッペルの強い欲求のことは考えないようにしました。彼女の悪意のキャンペーンに加担したのです。なぜなら、彼女の怒りを買うことが怖かったのです。でも、彼らを説き付けたのはそれだけではありません。それ以上に影響を受けたのは、ハリエットにふたりの強力な仲間がいたことでした。リチャード・ニーガスとアイダ・グランズベリー、あのふたりが彼女の大義を支持したのです。

アイダはグレート・ホリングでもっとも敬虔な女性として知られていました。彼女の信仰は揺るぎなく、口を開けば必ずと言っていいほど新約聖書からの引用が出てきました。愉快に過ごしたいときに探すタイプの人ではないけれど、みんなから賞賛され敬われていました。楽しい仲間とはとても言えませんでしたが、村が誇る聖人にもっとも近い存在でした。そして、素晴らしい頭脳の持ち主と言われる弁護士のリチャード・ニーガスと婚約していました。

リチャードの少なからぬ知性と物静かで威厳ある態度は、全村の尊敬を集めていました。ハリエットが嘘を披露したとき、彼がそれを信じたのは、自分の目で見た証拠と一致していたからです。彼もまたナンシー・デュケインが——またはナンシー・デュケインだったかもしれない女性が——司祭の妻が父親を訪ねるとか、あるいは教区民の家にいて留守だとかいうときに、真夜中に司祭館を後にするところを一度ならず見ていたからでした。

リチャード・ニーガスは噂を信じ、そのためアイダ・グランズベリーも信じました。彼女は聖職者のパトリック・アイヴがキリスト教徒らしからぬ振る舞いをしていることに心底ショックを受けました。彼女とハリエットとリチャードは、パトリック・アイヴがグレート・ホリングの司祭としての地位を剝奪され、教会から追放されるのを見届けることを宗教的使命としました。彼らは、パトリックが公衆の面前で罪深い行いを認めるよう要求しました。彼は拒否しました。噂は真実ではなかったからです。パトリック・アイヴに対する村人の憎しみは、やがて妻のフランシスにも及びました。夫の異端で詐欺的な行為を知っていたはずだと言うのです。彼女は知らないと誓いました。最初は、パトリックは決してそんなことをしないと反論していましたが、村人が次々とそうだと主張したので、口をつぐむようになっていきました。

グレート・ホリングでアイヴ夫妻の迫害に加担するのを拒否したのは、わずかにふたりだけでした。ナンシー・デュケイン（理由はわかりきっていると、何人かは言ってました）とドクター・アンブローズ・フラワーデイです。彼はことにフランシス・アイヴを強く弁護しました。もしフランシスが司祭館で行われている不快な行為について知っているなら、なぜそのような行為は彼女がいないあいだにだけ起きるのかと論じました。それは確実に、彼女が完全に無実であることを意味しているのではないか？　と。真っ暗闇の中で人の顔に罪悪感を見るのは不可能だとも指摘しました。悪行の否定しがたい証拠が提出されない限り、友人のパトリック・アイヴを信じるつもりだと宣言したのもドクター・フラワーデイでした。ハリエット・シッペルに（ある日、通りで、数人の目撃者の前で）、パトリック・アイヴが一生涯に行った邪悪よりもあなたのほうがもっと多くの邪悪をこの三十分の間になした可能性が非常に高い、とさえ言いました。

アンブローズ・フラワーデイはこのような見解を取っていたので、評判は良くありませんでしたが、世間に何と思われようと気にしない稀有な人物のひとりでした。教会当局に対してパトリック・アイヴを擁護し、彼の考えでは噂には一片の真実もないと言いました。当時、ほんとうに哀れな状態に陥っていたフランシスのことをものすごく心配していました。彼女は食べることをやめ、ほとんど眠らず、どんなに説得しても司祭館を出ようとしませんでした。パトリック・アイヴは半狂乱でした。司祭としての彼の地位や評判はもはや問題ではなく、彼の唯一の望みは妻が健康を取り戻すことでした。

一方、ナンシー・デュケインは何も言いませんでした。噂を肯定も否定もしませんでした。ハリエット・シッペルが責めれば責めるほど、さらに沈黙を守る決意を固めたようでした。ところが、ある日、考えを変えたのです。キングズ・ヘッドのヴィクター・ミーキンに、長いあいだ続いてきた愚かさに終止符を打つために重要なことを話したいと言いました。ヴィクター・ミーキンはほくそ笑み、両手をこすり合わせ、キングズ・ヘッドの裏のドアからこっそり出て行きました。その後すぐ、グレート・ホリングのすべての住民は、ナンシー・デュケインがみんなの前で話をするつもりでいることを知ったのです。

パトリックとフランシス・アイヴだけが、呼び出しに応じませんでした。それ以外の村人は全員――最初に噂を言い立て、何週間も姿を見せなかったメイドの少女でさえ――キングズ・ヘッドに集まり、舞台の次の場面が始まるのを熱心に待ちました。

アンブローズ・フラワーディに短く温かい微笑を送ったあと、ナンシー・デュケインが集まった村人に対し取った態度は冷静で率直でした。パトリック・アイヴが亡き人からの伝言と引き換えにお金を取ったという話にはひとかけらの真実もないと話しました。しかし、言われてきたことのすべてが必ずしも嘘ではない、パトリック・アイヴの妻が留守の夜、自分は一度ならず司祭館を訪れたと認めました。自分とパトリック・アイヴが愛し合っているからそうしたのだ、と。

村人たちはショックで息をのみました。ある者はささやき始め、ある者は手で口をおおい、ある者は隣の人の腕にしがみつきました。

ナンシーは騒ぎが鎮まるのを待って続けました。「密会を重ね、自分たちを誘惑の手に委ねたのは間違いでした。でも、私たちは離れていられなかったのです。司祭館で会っているとき、私たちがしたことは、ただ話すことだけでした——お互いに対する気持ちやそれがどんなに不可能なことか、を。私たちは、二度と再びふたりだけになってはいけないと決めました。でもフランシスがどこかに出かけると……私たちの愛はとても強く、抵抗できませんでした」

誰かが叫びました。「あんたたちがしたことは話すことだけだったと？　たわごとだ！」ナンシーは再び、自分とパトリックのあいだに肉体的な関係はなかったと断言しました。

「私は今、皆さんに真実を話しました」彼女は言いました。「こんな話はしたくなかったのですが、真実です。下劣な嘘に終止符を打つ唯一の手段だったのです。深く熱烈な愛を感じることがどういうことか知っている方は、私とパトリックを非難することはできないでしょう。心の中で非難している方は——そうした方は愛というものを知らないのです。そして私はその方を哀れみます」

それから、ナンシーはハリエット・シッペルを真っすぐに見て言いました。「私は、昔、あなたが真実の愛を知っていたと信じています。でもジョージを亡くしたあとで、知っていたものを忘れると決めたのです。あなたは愛の敵対者、憎しみの盟友となったのです」

ハリエット・シッペルが立ち上がりました。彼女は自分の正当性を証明しようと決心したかのように。彼女はナンシーを嘘つきの売女《ばいた》と言い捨てると、パトリック・アイヴを今まで以上に声高に糾弾し始めました。彼は死者の魂との欺瞞的な邂逅なるものを売ることによって利益を得たばかりでなく、妻がいないあいだに道徳観のない女性と交わった。異端者であり姦夫である！　私が思っていたよりも悪人だ！　これほど罪に染まった男が己《おのれ》をグレート・ホリングの司祭と呼ぶことを許されるとは、憤激ものである、と。

ナンシー・デュケインは耐えられずに、ハリエットの熱弁の半ばでキングズ・ヘッドを出て行きました。数秒後、アイヴ夫妻のメイドの少女もドアに向かって走っていきました。顔を赤くし、滝のような涙を流して。

ほとんどの村人は、どうしたらいいのかわかりませんでした。聞いたばかりのことに混乱していたのです。そのとき、アイダ・グランズベリーがハリエットを支持する発言をしました。何が噂で何が真実なのかはっきりしないが、パトリック・アイヴが何かしらの罪人であり、グレート・ホリングの司祭としての地位に留まれないことに議論の余地はないと言ったのです。

そうだ、とほとんどの村人は同意しました。そう、それは本当だと。

リチャード・ニーガスは黙っていました。フィアンセのアイダから話すようにと促《うなが》されたときでさえ。彼はその日、ドクター・アンブローズ・フラワーデイに事態の成り行きを心配していると話しました。「何かしらの罪人」は、アイダにとっては十分かもしれないが、自分にとっては十分ではないと言いました。パトリック・アイヴをひとつだけでなくふたつの罪を持った二倍に罪深い者として糾弾するハリエット・シッペルのご都合主義的な企てに嫌悪感すら持つと言い放ちました。彼女は証拠も正当な理由もなく、ナンシーの「これではなく、あれだ」を、「これとあれだ」に変えてしまったのでした。

アイダはキングズ・ヘッドで「議論の余地はない」という言葉を使いましたが、リチャード・ニーガスがそのとき議論の余地がないと感じていたことは、人々が（恥ずかしいことに彼自身も含めて）パトリック・アイヴについて嘘を語っていたことだ、とアンブローズ・フラワーデイに言いました。もしナンシー・デュケインまでも嘘をついていたとしたら？　彼女のパトリックに対する愛が報われず、パトリックが彼女の執拗な要求で夜こっそり会ったのは、自分に対してそのような感情を持つことを断念するように説得するためだけだったとしたら？

ドクター・フラワーデイも同じ考えでした。パトリック・アイヴが間違いを犯したとは誰にもはっきりわかっていない。これが、彼の事態に対する最初からの見解でした。その後、アイヴ夫妻が司祭館に入れたのは彼だけでした。そして次に司祭館を訪れたとき、パトリックにナンシー・デュケインのキングズ・ヘッドでの告白を伝えました。パトリックはただ首を振るだけでした。ナンシーの話が真実とも嘘とも言いませんでした。

一方でフランシス・アイヴは心身ともに衰えていきました。

リチャード・ニーガスはアイダ・グランズベリーに、事態に対し彼と同じ見方をするように説得することができず、ふたりの関係は緊張していきました。ハリエットに率いられた村人はパトリックとフランシス・アイヴへの迫害を続け、昼夜を分かたず司祭館の外で非難の叫び声をあげていました。アイダは、アイヴを司祭館、教会、そしてグレート・ホリングの村から追放するように教会に請願し続けました。

そして悲劇が襲いました。これ以上の恥辱に耐えられなくなったフランシス・アイヴが毒をのんで不幸せな生涯に幕を閉じたのです。彼女の夫が発見し、すぐに手遅れだと悟りました。ドクター・フラワーデイを呼んでも意味がない。もうフランシスを救うことはできない、と。パトリック・アイヴもまた、罪悪感と苦痛を抱えて生きていけないと知っていました。そして、みずからの命を絶ったのです。

アイダ・グランズベリーは、神が赦す可能性がどんなに低かったとしても、パトリックとフランシス・アイヴの罪深い魂に慈悲を賜《たまわ》るよう祈ることを村人に求めました。ハリエット・シッペルは、事態を神の裁量に委ねる必要はないと考えました。アイヴ夫妻は地獄で永遠の業火に焼かれるだろうと正義の迫害者の群れに語りました。そして、彼らが当然受ける報いは相応のものであると。

アイヴ夫妻の死後数カ月のうちに、リチャード・ニーガスはアイダ・グランズベリーとの婚約を破棄し、グレート・ホリングを去りました。ナンシー・デュケインはロンドンへ旅立ち、恐ろしい嘘をついたメイドの少女は二度と村で目にされませんでした。

そうこうするうちに、チャールズとマーガレット・アーンストが村に着き、司祭館を引き継ぎました。ふたりはすぐにアンブローズ・フラワーデイと友だちになりました。彼は勇気を奮い起こしてこの悲劇のすべてを話してくれました。パトリック・アイヴは、ナンシー・デュケインに秘密の感情を持つという過ちを犯したかどうかはさておき、彼が知るもっとも寛大で親切な男のひとりであり、中傷からはもっとも遠い男であると言いました。

墓石にあの詩を刻むというアイディアをマーガレット・アーンストに与えたのは、その"中傷"という言葉でした。チャールズ・アーンストは、村人を挑発したくなかったので、この考えに反対でしたが、マーガレットは一歩も引かず、ホーリー・セイント教会はパトリックとフランシス・アイヴへの支持を表明すべきだと決めていました。「私はハリエット・シッペルとアイダ・グランズベリーには挑発をはるかに超えることをしたいのです」と彼女は言いました。そうです、この言葉をつぶやいたとき、心に浮かんだのは殺人でした。もっとも、ただの空想で、犯罪を意図したわけではありません。

話し終えると、マーガレット・アーンストは黙り込んだ。どちらかが話し出すまでにしばらくの時間があった。

ついに私が口を切った。「動機のある人は誰かと尋ねたときに、ナンシー・デュケインの名前をあげてくださった理由がわかりました。しかし、彼女はリチャード・ニーガスを殺すでしょうか？　メイドの少女の嘘に疑いがかけられるとすぐに、彼はハリエット・シッペルとアイダ・グランズベリーへの支持を引っ込めています」

「言えるのは、ただ、私がナンシー・デュケインだったらどう思うだろうかということだけです」マーガレットは言った。「リチャード・ニーガスを許すでしょうか？　いいえ、許さないはずです。ハリエットとあの卑劣なメイドの少女がついた嘘を、あの人が最初支持しなければ、アイダ・グランズベリーはみんながまくしたてているナンセンスを信じなかったかもしれません。三人がグレート・ホリングでパトリック・アイヴへの敵意を煽り立てたんです。その三人は、ハリエット・シッペル、アイダ・グランズベリー、そしてリチャード・ニーガスなんですよ」

「メイドはどうなんですか？」

「アンブローズ・フラワーデイは、彼女が悪意を持ってやったとは信じていません。アイヴ夫妻への反感が村に根付いてしまうと、彼女は明らかに悲しんでいました」

私は納得できずに、顔をしかめた。「しかし、人殺しのナンシー・デュケインの目から見れば——純粋に議論のための議論ですが——後で自分の過ちを認めたリチャード・ニーガスを許せないのなら、なぜ最初に嘘をついた少女を許せるのでしょう？」

「たぶん、許していないと思います。彼女も殺しているかもしれない。私はメイドがどこに行ったのか知りませんけど、ナンシー・デュケインなら知っているかもしれない。彼女を追いつめて殺すこともできたはず。どうしたのですか？　顔が青ざめていますよ」

「何と……何というのでしょう、その嘘をついたメイドの少女の名前は？」その答えがわかっていると思うと舌が回らなくなった。いや、そんなことあり得ない、そう頭の中で声がした。しかし、どうしてあり得ないと言えるだろうか？

「ジェニー・ホッブズです。ミスター・キャッチプール、大丈夫ですか？　とても具合が悪そうだわ」

「彼は正しかった！　彼女に危険が迫っている」

「彼って誰ですの？」

「エルキュール・ポアロ。彼はいつだって正しいんだ。どうしてそんなことが可能なんだろう？」

「なぜそんなに不機嫌な言い方をなさるの？　彼が間違っていたほうがよかったのですか？」

「いやいや、そうではない、と思います」私はため息をついた。「もっとも、今ではジェニー・ホッブズの身を案じています。まだ生きていると仮定しての話ですが」

「なるほど。なんておかしいんでしょう」

「何がですか？」

マーガレットはため息をついた。「いろいろお話ししましたけれど、ナンシーが誰かを襲うとは考えられないんです。動機があろうとなかろうと、彼女が殺人を犯すとは考えられません。奇妙に聞こえるでしょうが……人は恐怖と不快に陥ってどうにもならないときでなければ、殺人は犯せません——そう思いませんか？」

私はうなずいた。

「ナンシーは、楽しみと美と喜びと愛が好きだったわ。幸せなことならすべてが好きだった。殺人のように醜いことには一切係わりたくないと思うはずよ」

「じゃあ、ナンシー・デュケインでなければ、誰です？」私はきいた。「酔っぱらいのじいさん、ウォルター・ストークリーはどうです？　フランシス・アイヴの父親として、強い動機があります。もし一日かそこら酒を止めれば、三人の人間を殺せなくはないでしょう」

「ウォルターが一時間でも酒を断つことはまったく不可能よ。保証します、ミスター・キャッチプール、ウォルター・ストークリーはあなたが探している男ではありません。ナンシー・デュケインと違って、フランシスの身に起こったことに対して、決してハリエットとアイダとリチャードを責めることはありませんでした。自分を責めたんです」

「それで酒を？」

「ええ。娘を亡くした後、ウォルター・ストークリーが殺そうと企てたのはウォルター・ストークリー自身だけです。まもなく成功すると思うわ」

「どうしてフランシスの自殺が彼のせいになるのですか？」

「ウォルターはずっとグレート・ホリングに住んでいたわけではありません。パトリックとフランシスの休息の地の近くに居たくて越してきたんです。今の彼を見れば信じがたいでしょうけど、フランシスが亡くなるまではウォルター・ストークリーは高名な古典学者で、ケンブリッジ大学セイヴィア・カレッジの学寮長でした。パトリック・アイヴはそこで聖職者になるための教育を受けました。パトリックには親がいませんでした。幼くして孤児になったので、ウォルターが彼の後見人のようなものでした。その当時まだ十七歳だったジェニー・ホッブズは、カレッジでベッドメイキングの仕事をしていました。セイヴィアで一番いい寝室係だったので、ウォルター・ストークリーはパトリック・アイヴの部屋の担当にしました。それから、パトリックはウォルターの娘のフランシス・ストークリーと結婚し、ふたりがグレート・ホリングのホーリー・セイント司祭館に越したとき、ジェニーもついてきました。ここまではおわかり？」

私はうなずいた。「ウォルター・ストークリーは、パトリック・アイヴとジェニー・ホッブズを一緒にしたことで自分を責めているんですね。もしパトリックとフランシスがジェニーをグレート・ホリングに連れて行かなければ、彼女はふたりの死に至るような恐ろしい嘘をつくことなどなかったでしょう」

「そして私も、墓石が冒瀆されないように見張りながら一生を過ごさなくてもよかったはずよ」

「誰が冒瀆するのですか？」私はきいた。「ハリエット・シッペルですか？　殺される前のこと？」

「いえ、いえ。ハリエットの武器は毒舌で、手ではありません。墓を穢《けが》すなど決してしないでしょう。そんなことをするのは村の若い乱暴者たちです。少しでも機会があればね。パトリックとフランシスが死んだとき、彼らはまだ子どもでした。でも親から話を聞いているんです。この辺りで私とアンブローズ・フラワーディ以外の人にきいてみてごらんなさい。みんなパトリック・アイヴは邪悪な男で、彼とその妻は黒魔術を行っていたと言うでしょう。ほとんどの人は、時が経つにつれ、ますます強くそれを信じるようになるの。そうしなければならない、そうでしょう？　そうするか、私が彼らを嫌悪するのと同じように心の底から自分自身を嫌悪するか、どちらかなんですから」

私ははっきりさせたいことがあった。「リチャード・ニーガスがアイダ・グランズベリーとの絆を絶ったのは、彼が正気を取り戻した後でも彼女がパトリック・アイヴを非難し続けたせいですか？　彼が婚約を破棄したのは、キングズ・ヘッドでナンシーが発言した後のことですか？」

奇妙な表情がマーガレットの顔をよぎった。彼女は「キングズ・ヘッドでのあの日が……始まり……」と言いかけてやめた。「ええ。彼女が、自分とハリエットの大義の高潔さを根拠なく主張するのが、あまりにも苛立たしく耐えられなかったからでしょうね」

マーガレットの顔が、突然それについては終了という表情を見せた。何か重要なことがあるが、私には話すつもりはないという印象だ。

「フランシス・アイヴが毒を飲んだとおっしゃいましたが」私は言った。「どのようにして？　どこで手に入れたのですか？　それから、パトリック・アイヴはどのようにして死んだのですか？」

「同じです。毒です。アブリンのことはお聞きになったことがないと思いますが？」

「聞いたことがあるとは言えませんね」

「熱帯でよく見られるトウアズキという植物からとれます。フランシス・アイヴはそれの入ったガラス瓶をどこからか数個手に入れました」

「失礼ですが、もしふたりが同じ毒を飲んで一緒に発見されたのなら、フランシスが最初に自殺し、パトリックが後追いしたと、どうやって立証できたのでしょうか？」

マーガレットは用心しているように見えた。「私が言うことはグレート・ホリングの誰にも話さないでしょうね？　ロンドンのスコットランドヤードだけですよ？」

「はい」私は当面の目的達成のために、エルキュール・ポアロはスコットランドヤードの一員とみなすことにした。

「実はフランシス・アイヴは自殺する前に夫に短い手紙を書いていたんです」マーガレットが言った。「明らかに夫が生きのびると思っていました。パトリックもまた短い手紙を残していました。それには……」

私は待った。

やがて彼女は言った。「ふたつの手紙が事の順序を語っているわ」

「その手紙はどうなりました？」

「破棄しました。アンブローズ・フラワーデイが私にくれたのですが、火に投げ込みました」

これは私の好奇心をかきたてた。「いったいなぜ？」

「私は……」マーガレットは洟《はな》をすするとむこうを向いた。「わかりません」

もちろん彼女はわかっている、と私は思った。しかし、貝のように閉じた口もとを見れば、この件に関し、これ以上話す意志がないことは明らかだった。さらに質問すれば、彼女の決意を強めるだけだろう。

私は立って、こわばった脚を伸ばした。「あなたはひとつ正しいことをおっしゃった」私は言った。「パトリックとフランシス・アイヴの話を知った今、アンブローズ・フラワーデイの話をどうしてもききたくなりました。事件のすべてが起こっていたときに、彼はこの村にいたのですから。あなたの話がどんなに正確であっても――」

「いけません。約束したでしょう」

「たとえば、ジェニー・ホッブズについてぜひとも彼の話をききたい」

「ジェニーについてなら私が話してあげられます。何を知りたいのですか？　パトリックとフランシス・アイヴはふたりともどうしても彼女を必要だと思っていたようです。

彼女のことがとても好きでした。他の人はみんな彼女のことを静かで礼儀正しく——無害だと思っていました。危険な嘘をつくまでは。私個人としては、何もないところからあのような嘘を創りだせる人物が、他の場合でも無害でいられるとは思いませんけど。その上、彼女は身の程知らずの考えを持っていました。話し方が変わったんです」

「どのように?」

「アンブローズの話だと、突然だったそうです。いかにもメイドらしいしゃべり方をしていたのに、ある日いきなり洗練された声で、とても上品に話したそうです」

そして正しい文法を用いて、と私は思った。どうか誰にも彼らの口を開けさせないで、ください。三つの口、その一つひとつにモノグラムの付いたカフスボタンが入っている。文法的に申し分ない。ちくしょう、それについても、おそらくポアロは正しかった。

「アンブローズは言ってました。ジェニーはパトリックとフランシス・アイヴを真似て発声法を変えたのだと。ふたりとも教育があり、正しい話し方をしていた」

「マーガレット、どうか本当のことを言ってください。なぜ私がアンブローズ・フラワーディと話すべきではないと、決めてかかるのですか?　私に知ってほしくないことを、彼が話すのではないかと心配しているのですか?」

「アンブローズと話をしてもあなたの役にはたたず、彼には害となるわ」マーガレットはきっぱりと言った。「他の村人なら誰でも死ぬほど怖がらせてもかまわない」微笑んでいるが、目つきは厳しい。「みんなすでに怖がっていますもの——罪を犯した者が一人ひとり狙い撃ちをされていますし、きっとみんな心の底では自分たちが罪を犯しているとわかっている——でも、あなたが専門家の意見として、殺人者はパトリックとフランシス・アイヴの死に手を貸したすべての者が地獄の火の海に送られるまでは満足しないだろうと言えば、もっと怖がるでしょう」

「それはちょっと過激ですね」

「私のユーモアのセンスは正統じゃありません。亡き夫のチャールズにはよく不平を言われました。彼には言ったことがありませんけど、私は天国も地獄も信じていません。もちろん、神は信じています。でも私たちがよく聞かされるような神ではありません」

私はきっとそわそわしているように見えただろう。神学を議論したいとは思わなかった。できるだけ早くロンドンに帰り、ポアロに報告したかった。

マーガレットは続けた。「もちろん、神はひとりしかいません。でも、神が私たちに盲目的にルールに従えとか、あるいは、期待に応えられない者には不親切であれと要求するとは一瞬たりとも信じていません」彼女はさらに優しく微笑んで言った。「神は私と同じようにこの世を見ています。アイダ・グランズベリーの見方とはまるで違います。同意なさいますか？」

私は曖昧にうなった。

「教会は、神のみが裁くことができると教えています」マーガレットは言った。「なぜ敬虔なアイダ・グランズベリーは、ハリエット・シッペルと彼女に続いて糾弾の叫びをあげている人々の群れにそれを指摘しなかったのでしょう? なぜパトリック・アイヴに対し自分も糾弾を続けたのでしょうか? 自分がキリスト教徒の模範だと言いたいのなら、基本の教えをきちんと理解するように努力すべきなんです」

「あなたはまだ怒っていらっしゃる」

「死ぬ日まで怒っていますわ、ミスター・キャッチプール。道徳の名を借りて罪の重い者が罪の軽い者を迫害している——これは怒るに値します」

「偽善は醜い」

「それに、本当に愛している人と一緒になることが、間違いであるはずはない」

「それはどうでしょうか。もし結婚していれば……」

「結婚なんてくだらない!」マーガレットは客間の壁の肖像画を見上げ、直接話しかけた。「ごめんなさい、チャールズ、でも、もしふたりが愛し合っていたら、いかに教会にとって都合が悪かろうと、どんなにルールに反していようと……愛は愛でしょう? こう言うとあなたが気に入らないのはわかっています」

私も気に入るとは言えない。「愛は山ほどのトラブルの原因になりえますからね」もしナンシー・デュケインがパトリック・アイヴを愛さなければ、私はこの三件の殺人事件を捜査してはいないだろう。

「まあ、何てばかげたことをおっしゃるの」マーガレットは私に向かって鼻にしわを寄せた。「人に殺人を犯させるのは憎しみです、ミスター・キャッチプール、愛ではありません。絶対に愛ではありません。どうか冷静になって」

「私は常に、もっとも厳しいルールこそが性格を知る最良のテストだと信じてきました」

「そうですわ。でも、我々の性格のどの側面をテストするの？　私たちの簡単に信じ込んでしまう性質ね、おそらく。そしてその愚かさも。聖書は、そこに書かれているすべてのルールも含めて、ひとりの人、あるいは人々によって書かれた本にすぎません。はっきりと表示した但し書きを載せるべきですわ。〝人間によってゆがめられ、誤って伝えられた神の言葉〟と」

「もう失礼しなければ」会話の流れに居心地が悪くなって私は言った。「ロンドンに帰らなければなりません。時間をさいて助けてくださって感謝します。計り知れないほど貴重なご意見でした」

「許してくださいね」マーガレットは私を玄関まで送って来ながらそう言った。「いつもならこんなにぶしつけに自分の考えを話すことはありません。アンブローズと壁のチャールズ以外には」

「それならば、光栄に思うべきですね」

「私は埃っぽい古い聖書のほとんどのルールに従って生きてきました、ミスター・キャッチプール。だからそれが愚かなことだと知っているのです。会うべきでない恋人たちが思い切って会うときはいつも……私はその人たちを賞賛します。そして、ハリエット・シッペルを殺した人が誰であっても、その人を賞賛します。しないではいられないのです。だからといって殺人を容認しているという意味ではありません。容認していませんよ。さあ、私がこれ以上ずけずけ言わないうちにお帰りください」

キングズ・ヘッドへ戻る道中、会話とは人をどこにでも連れて行く不思議なものだと思った。しばしば、出発した地点から何マイルも離れたところに取り残され、帰り方がわからなくなることがある。歩いているとマーガレット・アーンストの言葉が耳の中で鳴った。どんなにルールに反していようと……愛は愛でしょう？

キングズ・ヘッドに戻ると、私は鼾《いびき》をかいているウォルター・ストークリーと、いやらしい目をじっとむけているヴィクター・ミーキンの前をずかずかと通り過ぎ、荷物をまとめるために二階に上がった。

ロンドン行きの次の汽車に間に合い、汽車が駅舎を離れるとグレート・ホリングに喜んで別れを告げた。村から去れるのは嬉しかったが、ドクター・アンブローズ・フラワーデイとは話がしたかった。マーガレット・アーンストとの約束について話したら、ポアロは何と言うだろう？　絶対に認めず、イギリス人とイギリス人の愚かなユーモアのセンスについて何やら言うだろう。そして、私は間違いなく頭を垂れ、謝罪の言葉をぶつぶつと言い、自分の本当の意見を表明することを控えるだろう。私の意見では、人々の希望を尊重すれば、最後にはより多くの情報を引き出せるのだ。知っていることを話すよう強制する意志はないと思ってもらえれば、人々はやがてこちらが探している答えを持ってみずから近づいて来る。そういう場合がどんなに多いかは驚くほどだ。

ポアロに認められないのはわかっているが、気にしないことにした。マーガレット・アーンストが神と意見を異にすることができるなら、私がたまにエルキュール・ポアロと意見を異にしてもまったく問題ないはずだ。ドクター・アンブローズの話を聞きたければ、ポアロは自分でグレート・ホリングに来て彼と話をすればいい。

その必要はないだろうと思った。ナンシー・デュケインこそ我々が集中すべき人物だからだ。それと、まだ間に合うとしたらジェニーの命を救うこと。彼女に危険が及ぶ可能性を信じなかったことで私は自責の念でいっぱいだった。彼女を救うことができれば、その功績はすべてポアロのものだ。〈ブロクサム・ホテル〉の三件の殺人事件を無事解決できれば、それもポアロのおかげだろう。スコットランドヤードでは、表向きは私の功績とされるだろうが、私ではなくポアロの勝利だということはみんなの知るところとなる。もちろん、上司が甘んじて私のやり方――というより私のベルギーの友人のやり方――に任せてくれたのは、この事件にポアロが関与していることを知ったからだ。上司が好きなようにやらせてもいいと思ったのは有名なエルキュール・ポアロにであって、私にではない。

私は、ポアロの関与があって初めて成功するよりも、完全に独力でやって失敗するほうがいいのではないかと考え始め、結論に達しないうちに眠ってしまった。

夢を見た――汽車の中で初めて見た夢――やってないことで知人すべてから非難される夢。その中で、私は自分の墓石をはっきりと見た。そこにはパトリックとフランシス・アイヴのかわりに私の名前が刻まれている。そしてその下に〝中傷の矛先〟のソネットが。墓の傍の地面では金属が光っている。どういうわけか、少し地面に埋もれたそれが私のイニシャル付きのカフスボタンであると私は知っている。汽車がロンドンに着くと、目を覚ました。汗をびっしょりかき、心臓が今にも破裂しそうに鼓動していた。

第十三章　ナンシー・デュケイン

もちろん私は、ナンシー・デュケインが三つの殺人事件に関与している可能性に、ポアロがすでに気づいているとは知らなかった。私が汽車でグレート・ホリングから逃れようとしていたころ、ポアロはスコットランドヤードの助けを借りて、ロンドンのミセス・デュケインの自宅を訪ねる準備に忙しかった。

その日遅く、ポアロはスタンレー・ビア巡査をお供に何とかその訪問を果たした。糊の利いたエプロン姿の若いメイドがベルグレーヴィアにある大きな白い化粧漆喰《しっくい》のタウンハウスのドアを開けた。ポアロは、趣味の良い客間に案内されて待つことになると思っていたが、ナンシー・デュケイン自身が入口そばの階段の下に立っているのを見て驚いた。

「ポアロさんですか？　ようこそ。あら、警察官とご一緒なんですか。普通じゃありませんね」

スタンレー・ビアは喉で奇妙な音を出すと真っ赤になった。ナンシー・デュケインは稀《まれ》に見る美しい女性だった。血色のよい艶《つや》やかな肌、輝く黒髪、深く青い目に長い睫毛《まつげ》。四十歳代だろうか、ピーコックブルーと深い緑の服を粋に着こなしていた。今回ばかりは、もっとも優雅な装いをしているのはポアロではなかった。

「お目にかかれて嬉しく思います、マダム・デュケイン」彼はお辞儀をした。「あなたの芸術的才能に畏敬の念を抱いております。近年展覧会であなたの絵を一、二点拝見する幸運に恵まれました。たぐい稀な才能をお持ちだ」

「ありがとうございます。ご親切に。さあ、オーバーコートと帽子をこのタビサに渡してくだされば、どこかくつろげるところに座ってお話しできますわ。お茶かコーヒーはいかが？」

「結構です《ノン》。ありがとう《メルシ》」

「わかりました。どうぞこちらへ」

彼らは小さな居間へ行った。私は、その居間の話を聞くだけで実際にそこに座らずにすんで嬉しく思った。ポアロの報告によれば、部屋は肖像画だらけだったそうだ。壁に掛かっているたくさんの用心深い目……

ポアロは、その肖像画はすべてナンシー・デュケインが描いたものかときいた。

「まあ、違いますわ。私のものはほとんどありません。売るのと同じくらい買いますの。そうあるべきだと思いますから。芸術は私の情熱なんです」

「私の情熱のひとつでもあります」

「自分の絵ばかり見ていたら、耐えられないほど寂しいでしょう。他の芸術家の絵を飾るとき、いつも思うんですよ、我が家の壁によいお友だちがいるようだって」

「同感《ダコール》です。そのものずばりです」

みんなが腰を落ち着けると、ナンシーが言った。「単刀直入にお聞きしますが、なぜいらしたのですか？ お電話では家を捜索したいとおっしゃっていました。どうぞそうしてください。でもなぜその必要があるの？」

「新聞でお読みになったかもしれませんが、マダム、この前の木曜日の夜、〈ブロクサム・ホテル〉で三人の客が殺されたのです」

「〈ブロクサム〉で？」ナンシーは笑った。それから顔つきが暗くなった。「まあ――本当なんですか？ 三人？ 確かに？ 〈ブロクサム〉は最高級のホテルだといつも思っていました。殺人事件が起こるなんて想像できませんわ」

「では、あのホテルをご存知なんですね？」

「ええ、知ってますわ。午後のお茶をいただきによく行きますから。支配人のラザリー――すてきな方。ご存知かしら、あそこのスコーンは有名ですわよ――ロンドンで最高。ごめんなさい……」彼女は言葉を切った。「三人の方が本当に殺されたのに、スコーンのことをべらべらしゃべるつもりはないんです。恐ろしいことですわ。でも、それが私とどう関係しているのかしら」

「それでは、この殺人事件について新聞で読んでいないのですね？」

「ええ」ナンシー・デュケインの口が一文字に結ばれた。「私は新聞を読みませんし、家に置いておきませんの。みじめなことだらけですもの。できれば、みじめなことは避けたいんです」

「では、三人の殺人の被害者の名前はご存知ない？」

「ええ。知りませんし、知りたくもありません」ナンシーは身を震わせた。

「あなたがお知りになりたくても、なりたくなくても、お知らせしなければなりません。被害者の名前はハリエット・シッペル、アイダ・グランズベリー、そしてリチャード・ニーガスです」

「まあ、そんな。ああ、ムッシュー・ポアロ」ナンシーは手を口に押し当て、ほぼ一分近く話すことができなかった。やがて口を開いた。「冗談か何かですよね？　どうかそうだとおっしゃって」

「冗談ではありません。すみません、マダム。あなたを動揺させてしまいました」

「その人たちの名前を聞くと私は動揺するんです。亡くなっていようと生きていようと関係ありません。考えないですむならそれに越したことはない。人は自分の心を動揺させるものを避けようとしますでしょう。でも必ずしもうまくいくとはかぎりません。それに……私はたいていの人よりも不幸が嫌いなんです」

「非常に苦しんだ経験がおありなんですか？」

「個人的なことはお話ししたくありません」ナンシーはそっぽを向いた。

この点に関して、ポアロの要望は彼女の要望とは正反対だと言っても、何の役にもたたなかったろう。今後二度と会いそうもない他人の個人的な感情くらいポアロを魅了するものはないのだ。

その代わりに、彼はこう言った。「それでは、私がここに来ることになった捜査の話に戻りましょう。あなたは三人の殺人被害者の名前に心当たりがありますか？」

ナンシーはうなずいた。「昔カルヴァー・ヴァレーのグレート・ホリングという村に住んでいました。ご存知ないでしょう。誰も知りませんわ。ハリエットとアイダとリチャードは私の隣人でした。でも、何年もあの人たちに会ったこともなければ、話を聞いたこともありません。ロンドンに引っ越してきた一九一三年から後は。本当に殺されたのですか？」

「ええ《ウィ》、マダム」

「〈ブロクサム〉でですか？　でも、あそこで何をしていたの？　なぜロンドンに来たのかしら？」

「それはまだ答えが見つかっていない数多くの疑問のひとつです」

「わけがわかりませんわ、あの人たちが殺されるなんて」ナンシーは椅子から跳び上がり、ドアと向こうの壁のあいだを行ったり来たりし始めた。「ただひとりだけのやりそうな人は、やらなかったわ！」

「その人は誰です？」

「まあ、私のことは気になさらないで」ナンシーは自分の椅子に戻って、再び座った。

「すみません。おわかりのように、今のニュースにショックを受けました。しかたありません。あの……失礼なことを言うつもりはないのですが、もうお帰りになっていただきたいのですが」

「あなたはもしやご自分のことを、三件の殺人を犯そうとした唯一の人物だとおっしゃったのですか？　でもやらなかったと？」

「私はやっていません……」ナンシーはゆっくりと言った。目は部屋中をせわしなく見ている。「ああ、でも、今あなたが何をなさっているかわかりました。どこかで話を聞いて、殺したのは私だと思われた。だから、この家を捜索なさりたいのね。私は誰も殺していません。満足の行くまで捜索なさって、ムッシュー・ポアロ。タビサに部屋を全部案内してもらってください。たくさんありますから、彼女をガイドになさらなければ、見落とす部屋がでてきますわ」

「ありがとう、マダム」

「有罪の証拠となるようなものは何も見つかりませんわよ、見つかるものがないのですから。帰っていただきたいわ！　あなたがどんなに私を動揺させたか、とても言葉に表せません」

スタンレー・ビアが立ち上がった。「私が始めます。ご協力ありがとうございました、ミセス・デュケイン」彼は部屋を出てドアを閉めた。

「あなたは頭が良くていらっしゃる、そうでしょう？」ナンシーは、これでポアロが一点滅点されるかのように言った。「皆さんが言っているとおり頭が良くていらっしゃる。あなたの目を見ればわかります」

「ええ《ウイ》。人より優れた頭脳を持っていると思われています」

「ずいぶんご自慢のようですこと。私の考えでは、優れた頭脳は優れた心が伴わなければ意味がありませんわ」

「当然です《ナチュレルマン》。偉大な芸術の愛好家として、私たちは信じなければなりません。芸術は頭脳によりも心と魂に訴えると」

「同意しますわ」ナンシーは静かに言った。「ご存知かしら、ムッシュー・ポアロ、あなたの目は……頭の良さ以上のものを見せています。賢さです。あなたの目ははるか昔まで見通せます。これでは何を言っているのかおわかりになりませんね。でも、本当です。絵に描いたら、素晴らしいものになるでしょう。もっとも、決して私にはあなたを描けませんけれど。この家にあの三つの恐ろしい名前を持ちこんだのですから」

「それは残念です」

「あなたのせいですわ」ナンシーはずけずけと言った。両手を握りしめて。「ああ、これもお話ししておいたほうがいいでしょう。さきほどは、確かに私自身のことを話していました。誰かがハリエットとアイダとリチャードを殺すとするなら、私こそその人物です。でも、先ほどお聞きになったように、私はやっていません。だから、何が起こったのか、私には理解できないのです」

「あの人たちがお嫌いですか？」

「大嫌いです。何度も死んでくれればいいと思いました。あら、まあ！」ナンシーはぱっと両手で頬を叩いた。「ほんとに死んだのですか？　私はわくわくするか、ほっとするはずです。幸せな気分にひたりたい。でも、ハリエットとリチャードとアイダのことを考えているあいだは、幸せな気分にはなれません。これって素晴らしい皮肉じゃありませんこと」

「なぜ、そんなに嫌いなのですか？」

「そのことは、あまりお話ししたくありません」

「マダム、必要だと思わなければ、お尋ねしませんよ」

「それでも答えたくないんです」

ポアロはため息をついた。「先週の木曜日の晩、七時十五分から八時のあいだ、どこにいらっしゃいましたか？」

ナンシーは眉根を寄せた。「わかりません。今週しなければならないことを覚えているだけでも大変なのに。あ、ちょっと待って。木曜日、そうだったわ。お向かいのお友だちルイーザの家にいました。ルイーザ・ウォレスです。彼女の肖像画を描き終えたので、届けに行ってディナーまでいました。六時頃から十時近くまでいたと思います。ルイーザのご主人のセント・ジョンがいなければ、もっと長居していたかもしれません。彼はものすごい俗物《スノッブ》だけれど、ルイーザはとても可愛い人で、誰の欠点にも気がつきません。――きっとそういうタイプの人をご存知ですわね。彼女は、セント・ジョンと私はふたりとも芸術家だから、お互いが大好きだと信じたがっています。でも、私は彼に我慢できません。彼は、自分の絵のほうが私のよりも優れていると確信していて、あらゆる機会を捉えて、私にそう言います。植物と魚――彼が描くものです。つまらない古い葉っぱや冷たい目のタラやコダラですよ！」

「動物と植物の画家ですかな？」

「人間の顔を描いたことがない画家には興味ありません」ナンシーはきっぱりと言った。

「すみません、でも、私の本当の気持ちを言わせてもらえば、セント・ジョンは、物語を語らなければ顔は描けない、そしていったん物語を描き始めると必然的に視覚情報を歪めることになるとか、そういうくだらない主張をするんです。物語を語ってどこがいけないんです？」

「セント・ジョン・ウォレスは、先週の木曜日の晩についてあなたが話してくださったのと同じ物語を語ってくれますかな？」ポアロはきいた。「あなたが六時から十時近くまで彼の家にいらっしゃったことを確認してくれますか？」

「もちろんです。こういうことって、ばかばかしいですわ、ムッシュー・ポアロ。あなたは殺人犯に尋問するようなことばかりきいてますけど、私は殺人犯じゃありません。誰がその殺人を私がやったに違いないと言ったんですか？」

「あなたは八時少し過ぎに動揺した状態で〈ブロクサム〉から走ってきたところを目撃されています。走っている途中、地面に鍵を二個落としました。腰を折って拾い上げ、走り去りました。目撃者は、新聞であなたの顔を見て思い出し、有名な画家ナンシー・デュケインだと特定したのです」

「そんなことは不可能ですわ。その目撃者は間違っています。セント・ジョンとルイーザにきいてください」

「ええ、ききます、マダム。それでは《ボン》、もうひとつ質問があります。PIJというイニシャルは知っていますか、あるいは、PJIかもしれませんが？ グレート・ホリングの人間の可能性があります」

ナンシーの顔から血の気が失せた。「ええ」彼女はささやくように言った。「パトリック・ジェームズ・アイヴ。教区司祭でした」

「何と！　その教区司祭は悲劇的な死をとげたのではありませんか？　彼の妻も？」

「ええ」

「彼らに何があったのですか？」

「それについてはお話しいたしません。頼みます、話してください」

「もっとも重要なことなのです。絶対に！」

「話しません！」ナンシーは叫んだ。「たとえ話そうと思ってもできません。あなたにはわからないんです。私は、あまりにも長いあいだその話をしてきませんでした。私は……」数秒間彼女の口が開いたり閉じたりした。が、言葉は一言も出て来なかった。それから、彼女の顔が苦痛に歪んだ。「ハリエットとアイダとリチャードに何があったのですか？」彼女はきいた。「どのように殺されたのですか？」

「毒で」

「まあ、何て恐ろしい！　でもぴったりだわ」

「どうしてですか、マダム？　パトリック・アイヴと妻は毒の摂取で死んだのですか？」

「あの人たちのことを話すつもりはありません。まだおわかりいただけませんか？」

「グレート・ホリングにはジェニーという人もいませんでしたか？」ナンシーは息をのみ、喉に手を当てた。「ジェニー・ホッブズ。彼女について話すことはありません。何もありません。これ以上質問しないでください！」彼女は瞬《まばた》きをして涙を払った。「なぜ人はあれほど残酷にならなければならないのでしょうか、ムッシュー・ポアロ？ 理解できますか？ いえ、答えないで。何か他のことを話しましょう、もっと心が軽くなるようなことを。ふたりとも芸術が好きなんですから、その話をしなければいけませんわ」ナンシーは立ちあがると、窓の左側に掛かっている大きな肖像画のほうへ歩いて行った。ぼさぼさの黒髪で大きな口をした顎に割れ目のある男の絵だった。男は微笑している。声を出して笑っているのかもしれない。

「父です」ナンシーは言った。「アルビーナス・ジョンソン。名前を知っていらっしゃるかもしれません」

「聞いたことがありますが、すぐには誰だかわかりません」

「二年前に亡くなりました。最後に会ったのは、私が十九歳の時でした。今は四十二です」

「お悔やみ申し上げます」

「私が描いたものではありません。誰が描いたか、いつ描かれたのかも知りません。署名も日付もないので、この画家のことは――アマチュアかしら――あまり考えません。

でも……この父は微笑んでいます。だから、壁に掛かっているのですわ。実人生でももっと微笑んでいれば……」ナンシーは言葉を切ると、ポアロに顔を向けた。「おわかりでしょう?」彼女は言った。「セント・ジョン・ウォレスは間違っています！　不幸な実話を幸せな創作と置き換えるのが芸術の仕事なのです」

ドアに大きなノックの音がし、続いてスタンレー・ビア巡査が現れた。ポアロは、ビアが自分だけを見てナンシーの目を避けている様子から、何があったのかわかった。

「あるものを見つけました」

「何を?」

「鍵を二個。コートのポケットに入っていました。袖口に毛皮のついたダークブルーのコートです。メイドはミセス・デュケインのコートだと言っています」

「ふたつの鍵ってどれですか?」ナンシーはきいた。「見せてください。コートに鍵を入れておくことはありません。鍵用の引き出しがあるのですから」

ビアは依然として彼女を見なかった。代わりにポアロの椅子に近づき、彼の脇に立って、握っていたこぶしを開いた。

「何を持ってるの?」ナンシーはいらいらと言った。

「部屋番号が彫ってある鍵が二個。〈ブロクサム・ホテル〉のものです」ポアロは重々しい声で言った。「一二一号室と三一七号室」

「その番号は私と関係があるのですか？」

「三件のうち二件の殺人がその二部屋で行われたのです、マダム。一二一号室と三二七号室。殺人の夜あなたがホテルから走ってきたところを見た目撃者は、あなたが落とした鍵には番号がついていたと言っています。百幾つと三百幾つ」

「まあ、何て途方もない偶然の一致かしら！　ああ、ムッシュー・ポアロ！」ナンシーは笑った。「あなた、本当に頭が切れるのですか？　あなたの鼻先にあるものが見えないの？　あなたのその巨大な口ひげが視野をさえぎっているのではありませんか？　誰かが出しゃばって私を殺人の罠にはめたのです。興味をそそられるほどだわ！　誰がそんなことをしたのか謎解きを楽しめるかもしれない――私が刑務所に行かないということで同意していただければすぐにでも」

「木曜の夜と今までのあいだに、あなたのポケットに鍵を入れる機会があった人は誰ですか？」

「どうしてそんなこと私にわかります？　あえて言わせていただけば、道で私の傍を通り掛かった人なら誰でもですわ。その青いコートはよく着ますから。そもそも、ちょっと理屈にあわないでしょう」

「何がですか？」

しばらく彼女は夢想にふけっているように見えた。それから、正気にかえって言った。

「ハリエットとアイダとリチャードを殺したいほど憎んでいる人なら……私に好意を持っているはずです。なのに、今私を殺人の罠にはめようとしている」

「彼女を逮捕しましょうか?」スタンレー・ビアがポアロにきいた。「連行しますか?」

「まあ、ばかげたことを言わないでください」ナンシーはうんざりしたように言った。「『私を殺人の罠にはめた』と言っただけで、あなたはすぐに逮捕? あなたは警察官ですか、それともオウムなの? 誰かを逮捕したいなら、目撃者を逮捕なさい。彼が嘘つきなばかりでなく、殺人者だったらどうするんです? その可能性を考えたことがありますか? すぐに通りを横切って、セント・ジョンとルイーザ・ウォレスから真実をきくことね。それがこのばかげた話に終止符を打つただひとつの方法よ」

ポアロは少してこずりながら、何とか椅子から立ち上がった。彼のようなサイズと体型の人がてこずるような椅子だった。

それから、スタンレー・ビアに言った。「今は誰も逮捕しません、巡査。あなたが本当に〈ブロクサム〉の一二一号室と三一七号室で人を殺したのなら、マダム、そのふたつの鍵をあなたが持っているとは思えません。当然処分するでしょう」

「たしかに。最初の機会に処分したでしょうね」

「これからすぐミスター・ウォレス夫妻を訪ねます」

「実は」ナンシーが言った。「あなたが訪問されるのはウォレス卿夫妻《ロード・アンド・レディ》です。ルイーザは気にしませんが、セント・ジョンは、その称号を省略したら許しませんよ」

ほどなく、ポアロはルイーザ・ウォレスの傍に立っていた。彼女は居間の壁に掛かっているナンシー・デュケインが描いた自分の肖像画にうっとりと見とれていた。「完璧じゃありませんこと?」彼女は息をついた。「実物よりよいわけでも、侮辱的でもない。私のように血色がよく丸顔ですと、農夫の妻のように見えてしまう危険があるのよ。でも、そうじゃないわ。心を奪われるほど美しくないけれど、とてもすてきに見える。セント・ジョンは『なまめかしい』と、私には一度も使ったことのない言葉を使いましたわ——でも、この絵が彼にそう思わせたんです」彼女は笑った。「この世にナンシーのような才能のある人がいるって素晴らしくありませんこと?」

ポアロはなかなか絵に集中できないでいた。ナンシー・デュケインの、糊が利いたエプロン姿のこぎれいなメイド、タビサに相当するウォレス家のメイドは、ドーカスという名の不器用な少女だった。すでにポアロのコートを二度落とし、一度は帽子を落としてそれを踏んづけた。

ウォレス家は、所有者が違ってさえいれば、もっと美しくなっていたかもしれない。ポアロが見たところでは、かなり改善の余地があった。賢明にも壁にそって置かれている重厚な家具を除けば、家の中のあらゆるものが、強い風に吹かれた末、不都合な場所に乱雑に落下したように配置されていた。ポアロには無秩序が我慢できなかった。明晰な思考を妨害するからだ。

ようやく彼のコートと踏まれた帽子を拾い上げて、メイドのドーカスは引き下がり、ポアロはルイーザ・ウォレスとふたりきりになった。スタンレー・ビアは部屋の捜索を完了するためにナンシー・デュケインの家に残っていた。そして、ウォレス卿は家にいなかった。その朝、一家の田舎の屋敷に出かけたらしい。ポアロは、壁にナンシーが言っていた「つまらない古い葉っぱや冷たい目のタラやコダラ」の絵を二、三枚見つけ、セント・ジョン・ウォレスの作品かもしれないと思った。

「ドーカスのことはすみません」ルイーザは言った。「ここに来たばかりなの。私たちに迷惑をかけるまったくどうしようもない子。でも、私は敗北を認めません。まだわずか三日ですもの。時間と忍耐があれば、あの子も学ぶでしょう。ただ、あんなにいろいろなことを心配しなければと思うんですよ。そのせいなんですもの。あの子は重要な紳士の帽子とコートは絶対に落としてはいけないと自分に言い聞かせているんです。すると、落としてしまうという怖れが心に浮かんで、実際に落としてしまうんです。腹立たしいかぎりですわ！」

「おっしゃるとおりですな」ポアロは同意した。「レディ・ウォレス、この前の木曜日のことですが……」

「ああ、そう、その話をするところでした――それなのに、肖像画をお見せするためにここにお連れしてしまった。ええ、ナンシーはあの晩ここにいました」

「何時から何時まででしたか、マダム？」

「はっきりと思い出せませんの。肖像画を持って六時に来るという約束をしたことはわかっていますし、彼女が遅れた記憶はありません。残念ですが、いつ帰られたかも覚えていませんわ。あえて言えば、十時かその少し後ぐらいかしら」

「彼女はずっとここにいましたか――つまり、帰るまで？　例えば、一度帰ってまた戻ってくることはありませんでした？」

「ええ」ルイーザ・ウォレスは戸惑ったように見えた。「彼女は絵を持って六時に来ました。帰るまでずっと一緒で、帰ってからは戻ってきませんでした。それがどうかしまして？」

「ミセス・デュケインがここを出たのは八時半より早くはなかったと確認できますか？」

「まあ、もちろんです。彼女が帰ったのはずっと後ですわ。八時半だと、私たちはまだ食卓についていました」

「〝私たち〟とは誰ですか？」

「ナンシーとセント・ジョンと私です」

「ご主人も、私がお話をすることになれば、確認してくださいますか？」

「ええ。でも、私が真実をお話ししていないと、暗にほのめかしているわけではないでしょうね」

「いいえ、いいえ、決してそんなことはありません《パ・デュ・トゥ》」

「それならいいわ」ルイーザ・ウォレスは決然として言った。それから振り返って壁の彼女自身の絵に向かった。「彼女は色に特別な才能を持っています。そう、顔に人格を与えることもできますけれど、彼女の最大の強みは色の使い方ですわね。私の緑のドレスに落ちる光の具合をよく見て」

ポアロは彼女の言いたいことがわかった。その緑はある一瞬明るく、次の瞬間には暗く見えた。一貫した色調はなかった。絵を見ていると光が変化するように見えた。ナンシー・デュケインの腕はそれほどすごかった。肖像画はルイーザ・ウォレスが襟ぐりの開いた緑のドレスを着て椅子に腰掛けているところを描いている。後ろの木製のテーブルには青く塗られた水差しとボウルのセットが載っている。ポアロは部屋を移動してさまざまな角度と位置から絵を観察した。

「ナンシーには彼女の肖像画の通常の画料を払いたかったのですが、受け取ろうとしません」ルイーザ・ウォレスは言った。「こんなに気前のいいお友だちを持って、とても幸運ですわ。実は、夫はそれに――その絵のことですけど――ちょっと嫉妬しているようですの。この家は主人の絵で溢れかえっています――空いている壁はほとんどありませんの。この絵が届くまでは彼の絵だけでした。主人とナンシーはお互いにばかげたライバル意識を持っているんですよ。私は無視しています。ふたりはそれぞれ違った素晴らしさを持っているのですから」

なるほど、ナンシー・デュケインはルイーザ・ウォレスにその絵を贈物としてあげたのだ。本当に何の見返りも望まなかったのか、それとも、おそらくはアリバイが欲しかったのか？　忠実な友の中には、あのような豪勢な贈物をもらった後で小さな害のない嘘をつくように頼まれたら、抵抗できない者もいるだろう。ポアロは殺人事件の関連でここに来ていると、ルイーザ・ウォレスに言うべきか迷った。まだ、そうしてなかった。

突然メイドのドーカスが現れると、彼は一連の思考に集中できなくなった。彼女は緊急事態に直面して不安にかられているように見えた。「すみません、お客様」

「どうしたんだね」彼の帽子とコートにうっかり火をつけてしまったと言われるのではないかと半ば思った。

「紅茶かコーヒーはいかがですか？」

「それをきくために来たのかね？」

「はい」

「他に何もないのかな？　何事も起こらなかったんだね？」

「はい、そうです」ドーカスは混乱しているようだった。

「よろしい《ボン》。それでは、お願いしよう、コーヒーを頼みます。ありがとう」

「かしこまりました」

「ごらんになりました？」メイドがのろのろと出て行くと、ルイーザ・ウォレスがぼやいた。「信じられます？　母親の死の床へ今にも駆けつけなければならないと言うのかと思いましたよ。もうドーカスにはほんとうに我慢できません。さっさとやめさせるべきなんです。でも、何の助けにもならない助けでもないよりはましですの。最近ではまともな少女を見つけるのは不可能なんです」

　ポアロは適当に関心のあるふりをした。メイドのことを議論したくなかったのだ。それよりも自分自身の思考にはるかに興味を持っていた。特に、ルイーザ・ウォレスがドーカスについて不平をもらすあいだ、彼が青く塗られた水差しとボウルの絵をじっと見ているときにひらめいたことに。

「マダム、もう少しお時間をください……ここの壁に掛かっている他の絵もすべてご主人の作品ですか？」

「ええ」

「おっしゃるとおり、ご主人も優れた芸術家でいらっしゃる。あなたの美しいお屋敷を案内していただければ、マダム、光栄です。ご主人の絵をぜひとも拝見したいのです。壁という壁に掛かっているとおっしゃいましたね？」

「ええ。喜んで。セント・ジョン・ウォレス・アート・ツアーにご案内しますわ。私が誇張していなかったことがおわかりになるでしょう」ルイーザは顔を輝かせ、両手を打ち合わせた。「何て楽しいの！　セント・ジョンがここにいてくれたらと思います――絵のことなら私よりはるかにたくさん話すことができますもの。でも、私、精一杯やってみますわ。この屋敷に来て、絵も見なければ質問もしない人の数をきいたら、びっくりなさるでしょうね。ドーカスがその典型ですわ。仮に額に入った五百枚のふきんが壁に掛かっていたとしても、変わったことに気がつかないと思います。玄関ホールから始めましょうか？」

屋敷のツアー中、ポアロは、何種類もの蜘蛛や植物、魚などの説明を受けながら、自分が芸術の理解者であることを幸運だと思った。セント・ジョン・ウォレスとナンシー・デュケインのライバル意識に関する限り、自分の考えはわかっていた。ウォレスの絵は緻密で立派だ。しかし、人に感動を与えない。ナンシー・デュケインの絵はもっと才気に溢れている。ルイーザ・ウォレスの本質を凝縮させ、キャンバス上で実生活と同じように生き生きとさせている。ポアロは、屋敷を去る前にもう一度あの肖像画を見たかった。彼が気づいた重要な細部について確認するためだけではなく。

ドーカスが二階の踊り場に現れた。「コーヒーをお持ちしました」セント・ジョン・ウォレスの書斎にいたポアロは、彼女の手からカップを取ろうと進み出た。彼女は、彼が近づいて来るとは思わなかったのか、後ろによろめき、白いエプロンにコーヒーをほとんどこぼしてしまった。「あっ、大変！　すみません。私、本当にそそっかしいのです。淹れ直してきます」

「いや、いいんだ。そんな必要はありません」ポアロは残ったコーヒーを取って、これ以上こぼれないように一口に飲み込んだ。

「これが私のお気に入りですの」まだ書斎にいたルイーザ・ウォレスが言った。ポアロには見えない場所の絵を指差していた。「サンシキヒルガオ……ズルカマラ。去年の八月四日でしょ？　セント・ジョンからの結婚記念プレゼントなの。三十年よ。美しいでしょう？」

「本当にコーヒーを淹れ直さないでよろしいですか？」ドーカスが言った。

「四日……くそ《サクレ・トネール》」ポアロはつぶやいた。身の内に興奮が沸き起こるのを感じながら、彼は書斎に戻り、サンシキヒルガオの絵を見た。

「その質問にはもうお返事をなさいましたよ。コーヒーはご所望じゃありません」

「別に面倒ではございません、奥様、本当です。お客様はコーヒーをご所望で、コーヒーを手にされたときには、カップには何も残っていませんでした」

「何もなければ、何も見えない、か」ポアロはひそかに考えこんだ。「何も思いつかない。ないものに気づくこと――それは、そこにあるはずだったものをどこか他で見るまでは、ポアロでさえ難しい」彼はドーカスの手を取りキスをした。「お嬢さん、あなたが持ってきてくれたものは、コーヒーよりも価値がありますぞ！」

「まあ」ドーカスは首を傾げて目を丸くした。「あなたの目はおかしな緑色になっています」

「いったいどういうことですの、ムッシュー・ポアロ？」ルイーザ・ウォレスは尋ねた。

「ドーカス、下がって何か仕事をなさい」

「はい、マダム」メイドは急ぎ足で去って行った。

「私はドーカスとあなたのおふたりに恩義を感じています、マダム」ポアロは言った。「私がわずか――どのくらいでしたかな？――三十分前にここに来たときは、はっきりと見えていませんでした。見えたのは混乱と謎だけでした。今、考えがまとまり始めています……これは非常に重要なことなので、邪魔をされずに考えなければなりません」

「まあ」ルイーザはがっかりしたように見えた。「お急ぎならば――」

「いや、そうではありません。誤解なさっています。許してください、マダム。私が悪かった。はっきり言いませんでした。もちろん、このアート・ツアーは最後まで行かなければなりません。まだまだ探検する場所がたくさん残っています！　その後、失礼して考え事をします」

「本当によろしいの？」ルイーザは警戒するように彼を見た。「それでは、あまり退屈でないようでしたら、続けましょう」彼女は部屋から部屋へと移動しながら、再び夫の絵に熱心な註釈をつけた。

来客用の寝室のひとつ、二階の最後の部屋に赤と緑と白の紋章がついた白い水差しとボウルのセットがあった。木製のテーブルと椅子もあった。ポアロは、ナンシー・デュケインが描いたルイーザの絵からその水差しとボウルに見覚えがあった。彼は言った。

「失礼ですが、マダム、肖像画に描かれていた青い水差しとボウルはどこにありますか？」

「青い水差しとボウル？」ルイーザは混乱した様子で繰り返した。

「あなたはこの部屋でナンシー・デュケインのためにポーズをとった、そうですね《ネスパ》？」

「ええ、そうです。そして……ちょっと待って！　ここの水差しとボウルは他の来客用の寝室のものですわ！」

「だが、そこにはなくて、ここにある」

「そうですわね。でも……それでは、青い水差しとボウルはどこかしら？」

「私にはわかりません、マダム」

「そうね、きっと他の部屋にあるのでしょう。たぶん、私の部屋に。ドーカスがあちこち取り違えたのでしょう」彼女は消えた物を探しにさっさと歩き出した。ポアロはその後についてまわった。「どこの寝室にも他に水差しとボウルのセットはありませんでしたな」

隅から隅までチェックした後で、ルイーザ・ウォレスは歯を食いしばって言った。

「あの役立たずの子は！　何があったのかわかりますわ、ムッシュー・ポアロ。ドーカスはあれを割ってしまい、怖くて私に言えないのです。さあ、彼女を問いつめてみましょう。もちろん、否定するでしょう。でも、それだけが唯一の説明ですわ。水差しとボウルは勝手に消えたり、部屋から部屋へ移動したりしませんもの」

「青い水差しとボウルを最後に見たのは、いつですか？」

「さあ、わかりません。ずっと気づきませんでした。来客用の寝室にはほとんど行きませんから」

「木曜日の夜ナンシー・デュケインがここから帰るときにその青い水差しとボウルを持っていった可能性はありますか？」

「いいえ。なぜ彼女がそんなことを？　ばかばかしい！　玄関でさようならを言いましたけど、彼女は家の鍵の他には何も持っていませんでした。それに、ナンシーは泥棒ではありませんわ。ドーカスはその点……そうだわ！　彼女は割ったのでなくて、盗んだのよ、絶対に——でも、どうやって証明できるかしら？　彼女は否定するに決まっていますもの」

「マダム、ひとつお願いがあります。ドーカスを盗みや何かで責めないでください。彼女がやったとは思いません」

「それなら、青い水差しとボウルはどこにいったのでしょう？」

「それこそ私が考えなければならないところです」ポアロは言った。「すぐにおいとまします。その前にナンシー・デュケインの見事な肖像画をもう一度拝見してよろしいでしょうか？」

「ええ、喜んで」

ルイーザ・ウォレスとエルキュール・ポアロは一緒に階下の客間に戻り、肖像画の前に立った。「しゃくにさわる子」ルイーザはつぶやいた。「今、これを眺めていて私に見えるのは青い水差しとボウルだけですわ」

「そう《ウ》です《イ》。目立ちますね」

「ずっと我が家にあったのに、今はありません。それなのに、私はただじっと絵を見て、どうなったのかしらと思うだけ！　今日は本当に気が動転しましたわ！」

ブランチ・アンズワースは、いつものように、ポアロが下宿に帰ってくるや、何か欲しいものはないかときいた。

「実はあるんです」彼は言った。「紙を一枚と鉛筆を何本か。色鉛筆を」

ブランチは沈んだ顔をした。「紙は持ってこられますけど、色鉛筆となると難しいですわ。普通の鉛筆の芯に興味がおありなら別ですけど」

「ああ、灰色。一番いいですな」

「私をからかっていらっしゃるの、ミスター・ポアロ？　灰色ですって？」

「そうです《ウィ》」ポアロは側頭を軽く叩いた。「小さな灰色の脳細胞の色」

「あらまあ。私はいつでもすてきなソフトピンクかライラックがいいわ」

「色は問題ではありません――緑のドレス、青い水差しとボウルのセット、白のセット」

「何をおっしゃっているのかわかりませんわ、ミスター・ポアロ」

「私を理解してくださるようにとは頼んでおりません、ミセス・アンズワース――ただ普通の鉛筆と紙を持ってきてください。急いで。それから封筒を。今日は芸術について長々と話をしてきました。これから、エルキュール・ポアロは自分の芸術作品の創造に挑んでみようと思います」

二十分後、ダイニングルームのテーブルに腰掛けていたポアロは、再びブランチ・アンズワースを呼んだ。彼女が現れると、封をしてある封筒を手渡した。「スコットランドヤードに電話してください」彼は言った。「即刻誰かをここによこして、これを受け取り、スタンレー・ビア巡査に届けるように頼んでください。封筒に彼の名前を書いておきました。これは重要なことだと説明してください。ブロクサム・ホテル殺人事件と関連しています」

「絵を描いていらっしゃったのだと思ってましたわ」

「私の絵は、手紙と一緒に封筒に入れて封をしてあります」

「あら、それでは、絵は見られないのですか?」

ポアロは微笑した。「スコットランドヤードで働いているのでなければ、ご覧になる必要はありません――私の知る限り、マダムはそこで働いていらっしゃいませんね」

「まあ」ブランチ・アンズワースは怒ったようだった。「そういうことなら、電話をかけに行ったほうがよさそう」

「ありがとう《メルシ》、マダム」

五分後に戻ってきたとき、彼女は手で口を覆い、頬はピンク色になっていた。「なんということでしょう、ミスター・ポアロ。悪いニュースです! 私にはわかりません、みんなどうなってしまったのかしら。本当にわからないわ」

「何があったのですか?」

「頼まれたように、スコットランドヤードに電話をしました――あなたの封筒を取りに誰かをよこしてくれると言ってました。ところが、電話器を置くとすぐに、また電話が鳴ったのです。ミスター・ポアロ、恐ろしいことです！」

「落ち着いてください、マダム。どうぞ、説明してください」

「〈ブロクサム〉でまた殺人があったのです！　私にはもうわかりません、あんな高級ホテルなのに、いったいどうしちゃったのかしら、本当にわかりません」

第十四章　鏡の中の考え

ロンドンに着くと、ポアロがいるかもしれないと思ってすぐ〈プレザント〉に向かった。しかし、珈琲館で見つけた馴染《なじ》みの顔はただひとつ、ポアロが「フライアウェイ・ヘア」と呼んでいるウエイトレスの顔だった。私はいつも彼女のことを活力源と思っていたから、〈プレザント〉では他のことと同様、彼女の存在を楽しんでいた。名前は何だったろう？　ポアロが以前教えてくれたはず。ああ、そうだ、ユーフィーミアを短くした呼び名、フィー・スプリング。

彼女を好きなわけは、私を見るたびにいつも同じことをふたつ言う心和む習慣があるからだ。その日も彼女は言った。最初は、コーヒーと紅茶というふたつの飲み物の優劣を考慮して、〈プレザント〉の名前を「珈琲館」から「ティールーム」に変えるという長年にわたる野心についてだった。二番目はこうだ。「スコットランドヤードの待遇はどう？　私、そこで働いてみたいの——ただ、下っ端じゃだめよ、いいこと」

「もちろん、きみならすぐにでも捜査班のリーダーになるだろう。ある日ここに来てみたら、看板が〈プレザント・ティールーム〉になっているようにね」

「そちらの可能性なさそう。それだけは変えさせてくれないもの。ミスター・ポアロも気に食わないでしょうね」

「肝をつぶすでしょう」

「彼には言わないでよ、他の誰にも」フィーは職場の名称変更の提案は、私以外の誰にも話していないと告白した。

「言いませんよ」私は確約した。「そうだ、こうしたらどうです。きみは私と一緒にスコットランドヤードで犯罪の解決にいそしむ。それから、私はボスに組織の名前をスコットランドヤード・ティールームに変えるよう掛け合ってみよう。そうして、そこでお茶を飲む。それならあまり具合悪くないだろう」

「ふむ」フィーは感心しなかった。「女性の警察官は結婚したら辞めなきゃならないって聞いたことがあるけど、まあ、それはいいわ。面倒をみなきゃならない夫を持つよりあなたと犯罪を解決するほうがいいから」

「よく言った！」

「だから、私にプロポーズなんかしないでね」

「心配ご無用」

「あなたってすてきね、そうでしょう？」

私は窮地から抜け出すために言った。「私は誰にもプロポーズはしないつもりだ。しかし、親が私の頭に銃を突きつけたら、真っ先にきみにきくよ――どうかな?」

「たしかに私のほうがロマンスのことばかり考えているどこかの夢見る乙女よりいい選択肢ね。その乙女は絶対あなたに失望するでしょうから」

私はロマンスについて議論したくなかったから言った。「我々犯罪解決チームに関して言えば……ポアロは来ないのだろうか?　ここでジェニー・ホッブズが現れるのを待っているんじゃないかと思ったんだが」

「ジェニー・ホッブズ?　じゃ、彼女の姓がわかったのね。ミスター・ポアロは、誰のことでやきもきしていたのかがわかって喜ぶわ。もう私につきまとわなくなるかもしれない。私が振り向くたびに、前とまったく同じ質問を繰り返して邪魔するのよ。私は彼女がどこにいたかなんて一度もきかないのにね――一度もよ!」

私は彼女の最後の言葉に当惑した。「きいたらいい」

「きこうと思わないし、ききませんよ。質問好きにはどんな質問をするか気をつけなければ。ジェニーについて他に何かわかったことは?」

「悪いけど、きみに言えることは何も」

「じゃ、代わりにいいことを教えてあげる　ミスター・ポアロが知りたがるわ」フィーは私を空いている席へ押し込んだ。私たちは座り、彼女は言った。「あの晩、ここに来たとき、ジェニーは取り乱していたわ——この前の木曜日のことよ。私はミスター・ポアロに言ったの。何かに気づいたんだけど、それが思い出せないって。でも思い出したの。この店の中は暗かったけれど、カーテンは引かなかった。一度も引いたことがないの。路地のライトアップになるって、いつもそう思ってるから。それに中を覗き込めれば、お客さんも入りやすいでしょう」

「特に、窓からきみが見えたらね」

彼女の目が大きく見開かれた。「そこなのよ」

「どういう意味？」

「私がドアを閉めさせると、彼女は窓に走りよって外をじっと見ていた。誰かがそこまで彼女を追ってきたみたいに演技していたの。そうやってずっと見続けていたけど、彼女に見えたのは、自分自身とこの部屋と私だけ——つまり、そこに映った私の姿よ。そして、私も彼女が見えたわ。それで彼女がジェニーだとわかったの。『ああ、ミスター・ポアロはよく知ってるはず。だから彼女が振り返る前に私は言ったの。『ああ、あなただったのね』中は明るく照らされ、外は暗かったから、窓は鏡のようだったわ。よく見えないけど何とか外を見ようとしていたんだと、あなたは言うかもしれない。でも、違うの」

「どういうこと？」

「彼女はつけてきた人を探していたんじゃなかったのよ。私が彼女を見つめていたように、彼女も私を見つめていたの。私の目はそこに映った彼女の目を見ることができたし、彼女の目も私の目を見ることができた――鏡みたいにね。どういうことか分かるでしょう?」

私はうなずいた。「鏡の中で誰かを見ることができれば、その人も必ずこちらを見ることができる」

「そのとおりよ。で、ジェニーは私をじっと見ていた。誓うわ。彼女がすっかり取り乱して飛び込んできたことに対して私が何と言うか、どうするか見ていた。おかしいと思うでしょうけど、ミスター・キャッチプール、私には彼女の目以上のものが見えた感じがしたわ。彼女の考えが見えたのよ、突拍子もない話に聞こえなければね。誓って言うけど、彼女は私がその場を仕切るのを待っていたわ」

「良識のある者なら誰だってきみが仕切るのを待つよ」私は微笑した。

「チッチッ」フィーはイライラしているらしい。「どうして忘れちゃったのかわからないわ。今まで思い出さなかったなんて、しっかりしなさいって自分をゆさぶってみたいほど。決して想像じゃないわ。彼女の窓に映った目がまっすぐ私の目を見ていた。まるで……」フィーは顔をしかめた。「まるで通りにいる誰かではなく、この私が危険みたいに。でも、どうしてあんなふうに私を見たのかしら? わかる? 私にはわからない」

スコットランドヤードに立ち寄ってから下宿に帰ると、ポアロが外出しようとしていた。帽子を被りコートを着て開け放した玄関の戸口に立っている。顔を上気させ、自分をじっとさせているのが難しいような落ち着かない雰囲気を漂わせている。これは彼らしくない様子だ。いつもと違って、ブランチ・アンズワースも私の帰りに興味を示さず、車が遅いとやきもきしていた。彼女も頬を染めていた。

「すぐに〈ブロクサム・ホテル〉に向かわなければならない、キャッチプール君」ポアロが手袋をはめた手で口ひげを整えながら言った。「車が来たらすぐに」

「十分前には着いているはずなんですよ」ブランチは言った。「車は遅れたけれど、そのかわりミスター・キャッチプールを一緒に連れて行けることになって良かったですね」

「そんなに慌ててどうしたんですか？」私はきいた。

「またもや殺人だ」ポアロが言った。「〈ブロクサム〉で」

「何てことだ」数秒間、絶望的なパニックが私の血管を通り抜けた。殺人の連鎖。整えられた死体。一体、二体、三体、四体……

生命を失った八本の手、手のひらを下に向けて……

〝彼の手を握りなさい、エドワード……〟

「ジェニー・ホッブズですか？」私はポアロにきいた。耳の中で血が脈打っている。

その可能性については、もっと彼の話に耳を傾けるべきだった。どうしてもっと真剣にきかなかったのか？

「わかりません。おお！　きみも彼女の名前を知っているのですな。セニョール・ラザリが電話で呼び出しをかけてきましたが、それ以来彼と連絡がとれません。よし《ボン》、やっと車が来ました」

車に向かおうとすると、後ろから引っ張られた。ブランチ・アンズワースが私のコートの袖を強く引いていた。「あのホテルでは気をつけてください、ミスター・キャッチプール。あなたに何かあったら、私、耐えられませんわ」

「もちろん、気をつけます」

彼女の顔が恐怖にゆがんだ。「私に言わせれば、あなたはあそこに行く必要はないですよ。とにかく、その人はあそこで何をしていたのかしら、今度殺された人ですけど？　もう三人があそこで殺されているというのに。それもほんの先週！　同じことが自分に起こってもらいたくなかったら、どうして他のところに泊まらなかったのかしら？　危険のしるしを無視して、あなたをこんな面倒に巻き込むなんて、正しいことじゃないわ」

「彼の死体にはっきりそう言いましょう」私は、微笑しながら正しいことを言えば、すぐにもっと落ち着いた気持ちになれるかもしれないと自分に言い聞かせた。

「じゃあ、泊まり客に何か言ってあげてくださいね」ブランチは言った。「この下宿に空き室が二部屋ありますって教えてあげたらどうですか。〈ブロクサム〉ほど豪華じゃないけれど、朝目が覚めたとき、みんな生きてますって」

「キャッチプール君、急いでください」ポアロが車から呼んだ。

急いでスーツケースをブランチに渡すと、言われたとおりにした。

車が出発すると、ポアロは言った。「私は四番目の殺人を阻止したいと本当に願っていました。でも失敗したのです」

「私はそういう見方をしません」

「しない《ノン》？」

「あなたはできる限りのことをしました。殺人者が成功したからといって、あなたが失敗したことにはなりません」

ポアロの顔は侮蔑の仮面となった。「それがきみの意見なら、きっとすべての殺人者のお気に入りの警察官になるでしょう。私はもちろん失敗したのです！」彼は手を上げて、話そうとする私をさえぎった。「これ以上ばかげたことを言わないで、グレート・ホリング滞在の話をしてください。ジェニーの姓の他に何を発見しましたか？」

私は旅の一部始終を話した。ポアロのような完璧な男が、必要があると思いそうな細部をひとつ残らず話そうと気をつけながら、私は徐々に普段の自分に戻って行くように感じていた。話の途中、私はとても奇妙なことに気づいた。彼の目が次第に緑色を濃くしていくのだ。まるで誰かが彼の目を明るく光らせるために、頭の中から小さな光を照射しているかのように。

話し終えると、ポアロは言った。「すると、ジェニーはケンブリッジ大学のセイヴィア・カレッジでパトリックのベッドメイキングをしていたんですな。非常に面白い」

「なぜですか？」

答えはなく、次の質問が来た。「きみはマーガレット・アーンストの田舎家を初めて訪問したあと、彼女を待ち伏せして、後をつけなかったのですか？」

「後をつける？ いいえ、彼女がどこかに行くと考える理由がありませんでしたから。窓からアイヴ夫妻の墓石をずっと見張っているように見えました」

「彼女がどこかに出掛けるか、あるいは誰かが彼女を訪ねて来るかもしれないあらゆる理由がありました」ポアロは厳しく言った。「考えるんだ、キャッチプール君。彼女と初めて話をした日、パトリックとフランシス・アイヴについて彼女は何も話そうとしなかった、そうだね《ネスパ》？ そして『明日また来て』と言った。きみがそうすると、全部話してくれた。この延期の理由は、彼女が誰かと相談したかったからだという考えは思い浮かばなかったのかね？」

「ええ。実のところ、浮かびませんでした。彼女は注意深く考え、重要な結論に飛びつくことは好まない女性という印象でした。それから、すべてのことは自分で決め、助言を求めて友だちのところに駆けつけるような女性ではないという印象でした。ですから、何も疑いませんでした」

「ところが、私はこう考える」ポアロは言った。「マーガレット・アーンストは何を話すべきかドクター・アンブローズ・フラワーディと話し合いたかったはずだ、と」

「誰かと話し合いたかったとすれば、彼でしょうね」私は譲歩した。「たしかに何度も会話の中に彼の名前が出てきました。明らかに彼を敬っています」

「それでもきみはドクター・フラワーディを探しに行かなかった」ポアロが小さく鼻を鳴らした。「そんなことすらできないほどきみは高潔なのだ、沈黙を誓ったんですからね。それから、〝愛する〟という言葉を〝敬う〟という言葉に置き換えるのは、イギリス流の礼節ですかな？　マーガレット・アーンストはアンブローズ・フラワーディを愛しています――これはきみが話してくれたことから、はっきりわかります！　彼女は一度も会ったことのない教区司祭と妻の話をしながら、情熱に満たされている。いや、彼女の情熱はドクター・フラワーディに対してだ――彼女は悲劇的な死をとげたアイヴ師とその妻に対する彼の感情を共有しているのです――ふたりは彼のかけがえのない友人だった――わかりますか、キャッチプール君？」

私は曖昧なうなり声をあげた。私には、マーガレット・アーンストは、他のことはさておき、原理原則に係わること――つまり、アイヴ夫妻に対して行われた不正について情熱的であるように思えた――しかし、そんなことを言うのは愚かな真似だ。ポアロに恋愛感情を悟らなかった私の無能について講義されるだけだろう。私の無数の過ちと無能は置いておいて、他に話を逸らすために、私は〈プレザント珈琲館〉に行ったことと、フィー・スプリングからの伝言を伝えた。「どういうことだと思いますか？」車が道路に置いてあったらしいかさばった物を乗り越えた。

またもやポアロは私の質問を無視し、報告はすべて終わったのかときいた。

「はい、グレート・ホリングで起きたことはすべて話しました。他にはニュースがひとつだけ、検死審問です。今日行われました。三人の被害者は毒殺。シアン化合物。我々が思っていたとおりです。ところが奇妙な謎があります。胃の内容物に最近摂取された食物が発見されませんでした。ハリエット・シッペル、アイダ・グランズベリー、そしてリチャード・ニーガスは、殺害される前の数時間、何も食べていません。ということは、消えてしまった三人分の午後のお茶の説明が必要となります」

「ああ、それでひとつ謎が解けました」

「解けた？　謎が生まれたのでは？　違いますか？」

「ああ、キャッチプール君」ポアロは悲しそうに言った。「答えを教えてしまったら、きみに情けをかけたら、きみは自分で考えるという能力を磨かないことになります——しかし、磨かねばならないのです！　私にはきみに話したことのないとても良い友人がいます。名前はヘイスティングズ。私はよく彼に小さな灰色の脳細胞を使うように懇願しますが、彼の細胞は決して私の細胞に匹敵するようにはなりません」

彼は私を褒める準備をしているのだと思った。「一方、きみは……」彼は言った。「きみの細胞もまた私の細胞に決してかなわないでしょう。きみに欠けているのは知性ではない。感受性でも、独創性でもない。単なる自信の欠如です。きみは答えを探すかわりに、答えを探し出して教えてくれる人を探しまわっている——おや、きみはエルキュール・ポアロを見つけましたね！　しかし、ポアロは単なる謎の解決者ではありません、キャッチプール君。ガイドであり教師でもあるんです。彼がやるように、自分で考えることを学んでほしいと思っています。きみが話してくれた女性、マーガレット・アーンストが聖書ではなく自分の判断を信じるように」

「はい。でも、私はそれを彼女の傲慢さと考えましたけどね」私はあてつけるように言った。もっと丁寧に説明したかったが、車は〈ブロクサム〉に到着していた。

第十五章　四つ目のカフスボタン

〈ブロクサム〉のロビーを歩いていて、我々は危うくリチャード・ニーガスの弟ヘンリー・ニーガスと正面衝突するところだった。彼は小さなブリーフケースを片手に持っていた。もう一方の手でとても大きなスーツケースを運んでいたが、我々と話すために下ろした。「もう少し若くて力があったらと思いますよ」彼は息を切らして言った。「事件の進捗具合をおききしてもよろしいですか？」

私は、彼の表情と声の調子から、四件目の殺人があったことは知らないと推測した。ポアロがどうするか興味があったので黙っていた。

「解決に自信があります」ポアロはわざと曖昧に言った。「ここで一晩過ごしたのですか、ムッシュー？」

「一晩？　ああ、スーツケースですね。いいえ、〈ランガム〉に泊まりました。ミスター・ラザリが親切にも部屋の提供を申し出てくれましたが、この場所は耐えられませんでした。今日はリチャードの持ち物を取りに来ただけです」ヘンリー・ニーガスは頭をスーツケースのほうに傾げたが、自分は見たくないとでも言うように目は逸《そ》らしたままだった。私はスーツケースの取っ手に付いている名札を見た。ミスター・R・ニーガス。

「さて、急いで行かないと」ニーガスは言った。「何かあれば連絡をください」

「そうします」私は言った。「さようなら、ミスター・ニーガス。兄上のことは本当に残念でした」

「ありがとう、ミスター・キャッチプール。ムッシュー・ポアロ」ニーガスは当惑しているように見えた。むしろ、怒ってさえいた。私にはその理由がわかる。悲劇に直面する中で、彼は事務的であろうと決意していた。そして、実務に専念しようと努力しているのに、悲しみを思い出させるようなことを言われたくなかったのだ。

彼が通りへ出て行くと、ルカ・ラザリが髪の毛をいじりながらこちらにやってきた。汗で顔中が光っている。「ああ、ムッシュー・ポアロ、ミスター・キャッチプール。ようやく来ていただけました！　悲惨なニュースをおききになりましたか？〈ブロクサム・ホテル〉に不幸な日々が！　ああ、不幸な日々が！」

これは想像かもしれないが、ラザリはポアロの口ひげに似るように自分の口ひげを整えたようだった。真似だとしたら、うまくなかった。それにしても、このホテルの四度目の殺人事件が彼をこれほど悲しませたのは、なかなか興味深かった。三人が殺された時点では、彼はまだ快活でいられたのだ。そうか。たぶん、今回は、被害者はホテルの客ではなく従業員なのだ。私は誰が殺されたのかきいた。

「彼女が誰なのか、今どこにいるのかもわかりません」ラザリは言った。「私についてきてくだされば、ご理解いただけるでしょう」

「彼女がどこにいるかわからない？」ポアロが強い調子で尋ねた。我々は支配人の後をエレベーターへと向かっていた。「どういうことですか？　ここにいないのですか、ホテルの中に？」

「でも、ホテルのどこに？　どこにいてもおかしくないんです！」ラザリは泣き声をあげた。

ラファル・ボバクが、洗濯が必要なシーツらしきものでいっぱいの、車付きの大きなカートを押しながら我々のほうに向かって来ると、首を傾げて挨拶をした。「ムッシュー・ポアロ」我々を見ると、立ち止まって言った。「殺人の夜三一七号室であの人たちが言っていたことをもっと思い出せないかと何度も頭の中で検討しました」

「それで《ウイ》？」ポアロの声は期待に満ちていた。

「何も思い出せませんでした。すみません」

「気になさらず。頑張ってくれてありがとう、ミスター・ボバク」

「あの」ラザリが言った。「エレベーターが来ます。でも中に入るのが怖いんです！　自分のホテルなのに！　何が見つかるのか、見つからないのか、もうわかりません。角を曲がるのが、ドアを開けるのが怖いのです……廊下の陰、床板のきしむ音が恐ろしい……」

上がって行くエレベーターの中で、ポアロは取り乱したホテル支配人から何とか情報を得ようとしたが、無駄だった。ラザリは一度に六つ以上の単語を操ることができないようだった。「ミス・ジェニー・ホッブズが部屋を予約しました……何ですか？　ええ、金髪……しかし、彼女はどこに行ったのでしょう？……ええ、茶色の帽子……彼女がいなくなってしまったんです！　スーツケースは持っていませんでした……はい、私がこの目で見ました……私が部屋に行くのが遅すぎたんです！……何ですって？　ええ、コート。薄茶……」

四階で降りると、我々の前を急ぎ足で行くラザリに続いて廊下を進んだ。「ハリエット・シッペルは一階でした。覚えていますか？」私はポアロに言った。「リチャード・ニーガスは二階、アイダ・グランズベリーは三階。これに何か意味があるのでしょうかね」

ラザリに追いついたとき、彼は四〇二号室のドアの鍵を開けていた。「よろしいですか、これから美しい〈ブロクサム・ホテル〉にはそぐわない、極めて異常かつ醜悪な光景をごらんにいれます。どうぞ覚悟してください」そう警告すると、彼はドアをパッと開いた。ドアが部屋の内部の壁にバタンとぶつかった。

「……死体はどこです?」私はきいた。他の死体のように部屋の中に整えて置かれてはいないようだ。計り知れない安堵感が私を満たした。

「誰も知らないんです、キャッチプール君」ポアロの声は静かだったが、怒りが込められていた。あるいはそれは、恐怖だったかもしれない。

椅子と小さな予備のテーブルのあいだ――一二一号室、二三八号室、三一七号室で死体が置かれていた場所とまったく同じ位置――の床が一面血の海になっていた。片側には長い擦った跡のようなしみ。ちょうど何かが血の海の中を引きずられたようだ。ジェニー・ホッブズの死体だろうか? しみの形状からしておそらく腕だろう。赤い血を分割するような細い線が幾つかあるのは、指の跡かもしれない……

その光景に気分が悪くなり、私は顔を背けた。

「ポアロさん、見てください」部屋の片隅にひっくりかえった濃茶の帽子があった。中に何かがある。小さな金属製の物。もしかして……

「ジェニーの帽子」ポアロは言った。声が震えている。「私の最悪の恐れ、それが現実となった、キャッチプール君。そして、帽子の中には……」彼はきわめてゆっくりと歩いていった。「そう、思っていたとおりです。カフスボタン。またもＰＩＪのモノグラムが付いている四つ目のカフスボタン」

彼の口ひげがさっと動いた。私は彼のひげに隠された険しい表情が想像できた。「ポアロはばか者だった――見下げ果てたばか者だ――こんなことが起こるのを許してしまうとは」

「ポアロさん、誰もあなたを責めることはできません……」

「いや、そうじゃない！　慰めはいりません！　きみはいつも痛みと苦痛から目を背けたがる。しかし、私はきみとは違う、キャッチプール君！　私はそのような……臆病を是認できません。きみに邪魔されずに、後悔することを後悔したいのです。それは必要なことなんです！」

私は銅像のように立ち尽くした。彼は私を黙らせたかった。そして成功した。「キャッチプール君」彼が突然私の名前を呼んだ。まるで私の注意が当面の問題から遠く離れてしまったかのように。「血が作ったここの跡をよく見なさい。死体はその中を引きずられてこの……跡を残した。それは理解できますか？」

「あの……ええ、わかると思います」

「引きずった方向を見なさい。窓のほうではなく、窓から離れていっています」

「つまりどういうことですか？」

「ジェニーの死体がここにないのだから、部屋から取り除かれたに違いありません。血の跡は窓にではなく、廊下にむかっている。だから……」ポアロは期待を込めて私を見た。

「だから？」私はとりあえず言った。するとはっきり見え始めた。「ああ、あなたのおっしゃっていることがわかりました。つまり、跡、しみは、殺人者がジェニー・ホッブズの死体を血の海からドアの方へ引きずったときにできたんですね？」

「いや。出入口の幅を見なさい、キャッチプール君。よく見てください。広いでしょう。これは何を語っていますか？」

「よくわかりません」私は率直であることが一番だと思って言った。「ホテルの部屋から被害者の死体を取り除きたいと思っている殺人者は、その部屋の出入口が広いか狭いかは、まず気にしないでしょう」

ポアロは落胆したように首を振り、小声で何やらつぶやいた。

彼はラザリのほうを向いた。「セニョール、あなたが知っていることを初めから話してください」

「かしこまりました」ラザリは咳払いをした。「部屋はジェニー・ホッブズというご婦人が使っておられました。ムッシュー・ポアロ、彼女は何かの災難が降り掛かったかのようにホテルに飛び込んでくると、フロントにお金を投げ出し、部屋を要求しました。まるで、追いかけて来る悪魔から逃れるようにです！　私みずから部屋までご案内し、考えるためにそこを離れました。どうすべきか？　ジェニーという名前の女性がホテルに来たと警察に通報すべきか？　ムッシュー・ポアロ、あなたは特別にその名前について私にお尋ねになったことがありました。しかし、ジェニーという名前の女性はロンドンに大勢いますし、そのジェニーのうちの何人かは、殺人事件とはまったく関係なく大きな不幸の種を抱えているはずです。そう考えると……」

「それでどうか、セニョール、要点を言ってください」ポアロは彼の話をさえぎった。「それであなたはどうしましたか?」

「三十分ほど待ってから四階まで来てドアをノックしました。だが返事がない! そこで、鍵を取りに階下に戻りました」

ラザリが話している一方で、私は窓まで歩いて行き、外を見た。血と帽子とあの不愉快なカフスボタンに比べれば、すべてが好ましかった。リチャード・ニーガスの二三八号室と同様、四〇二号室はホテルの庭に面していた。枝が編まれたライムの木をじっと見つめたが、すぐに目を背けた。木でさえ悪意を持っているように思えた。動かない物体の列が、まるであまりにも長いあいだ手をつないでいたかのように融合していた。

ポアロとラザリのところへ戻ろうとしたとき、窓の下の庭にふたりの人間が見えた。ふたりは茶色の手押し車の傍に立っていた。私には彼らの頭のてっぺんしか見えなかった。ひとりは男、もうひとりは女で固く抱擁を交わしていた。女は、頭が片側に傾いて、よろめき倒れそうだった。相手は彼女をさらにしっかりと抱いた。私は後ずさったが、素早くはなかった。男が顔を上げ私を見た。フロント見習いのトーマス・ブリッグネルだった。彼の顔がたちまち真っ赤になった。私は、庭がまったく見えなくなるようにもう一歩下がった。気の毒なブリッグネル。やっとの思いで人々の前でしゃべったことを思えば、抱き合っているところを見られてどれほど動揺したか、想像に難くなかった。

ラザリは話を続けていた。「マスター・キーを持って戻って来ると、若いご婦人のプライバシーを侵害するのではないことを確認するために、もう一度ノックしました。それでも、彼女はドアを開けませんでした！　それで、私はドアの鍵を開け……そしてこれを発見したのです！」

「ジェニー・ホッブズは特に四階の部屋を希望したのですか？」私はきいた。

「いいえ、そうではありません。私がお手伝いしました。信頼できるフロント係のジョン・グッドは他のお客さまのお世話で忙しかったもので……ミス・ホッブズは言いました。『どの部屋でもいいからすぐに入れてください。でも急いで！　お願いだから急いで』」

「四件目の殺人を宣言する書き付けのたぐいはフロントデスクに置かれていませんでしたか？」ポアロがきいた。

「いいえ、今回はありませんでした」

「食べ物か飲み物がこの部屋で給仕された、あるいは注文されたことはなかったですか？」

「いいえ、何も」

「このホテルの従業員すべてに確かめたのですね？」

「はい、ひとり残らず。ムッシュー・ポアロ、私たちはあらゆる場所を探しました……」

「セニョール、少し前、ジェニー・ホッブズのことを若い女性と言いましたね。何歳だと思いましたか？」

「ええと……すみません。若くはありませんでした。でも、歳をとってもいません」

「たぶん、三十歳？」

「四十歳にはなっていたかもしれません。しかし、女性の年齢は推し量るのが難しい」

ポアロはうなずいた。「茶の帽子と薄茶のコート。金髪。パニックと嘆き。そして歳は四十歳ぐらい。あなたが言うジェニー・ホッブズは私がこの前の木曜日の夜、〈プレザント〉で出会ったジェニー・ホッブズと同じ人物らしい。しかし、たしかに彼女だったと言えるでしょうか？　ふたりの異なった人物によるふたつの目撃……」そこで彼は沈黙した。もっとも口は動き続けていた。

「ポアロさん？」私は言った。

彼の目は——まさにその瞬間は強烈な緑色の目だった——ラザリだけを見ていた。

「セニョール、あの非常に観察力のあるウエイター、ミスター・ラファル・ボバクと話をしなければなりません。それから、トーマス・ブリッグネルとジョン・グッドとも。

実は、あなたのスタッフの一人ひとりとできるだけ早く話をし、ハリエット・シッペル、リチャード・ニーガスそしてアイダ・グランズベリーをそれぞれが何回見たか——その生死にかかわらず——尋ねなければなりません」

明らかに彼は何か重要なことに気づいたのだ。こう結論したとき、私もまた知的な飛躍を経験し、自分がはっと息をのむのを聞いた。「ポアロさん」私はつぶやいた。「何ですか？　パズルのピースが幾つかつながりましたか？　ポアロは、これまで考えもつかなかったことを理解しました。しかし、まだ疑問は残り、ぴったり合わせることができないピースが残っています」

「私は……」私は咳払いをした。しゃべるのが、どういうわけか難しくなっていた。「たった今ホテルの庭で女を見ました」そのとき、女がトーマス・ブリッグネルの腕の中にいたと言う気にも、あるいは、女が奇妙に頭を傾げてくずれるように倒れていったと語る気にもなれなかった。それはただあまりにも……おかしな光景だった。頭の中を駆け抜けた疑惑は、声に出して言えば恥ずかしいものだったろう。

しかし、ありがたいことに、たったひとつだけは重要な事実を伝えられるのだ。「彼女は薄茶のコートを着ていました」

第十六章　嘘には嘘

数時間後、ポアロがホテルから下宿に戻って来たとき、私は自分のクロスワード・パズルに夢中になっていた。「キャッチプール君」彼は厳しい声で言った。「なぜ暗闇に座っているのですか？　それでは書こうにも書けないでしょう」

「火が十分な灯りをくれます。それに今は書き物をしていません――考えているんです。もっとも、いい考えが浮かんだわけではありませんが。あの人たちはどうやっているんでしょうね。新聞用にクロスワードを作っている人たちのことですけど。私はこれに何カ月も費していますが、まだぴったり合わせられません。あなたになら、助けてもらえるかもしれない。死という意味の六個の文字からなる言葉を考えつきますか？」

「キャッチプール君」ポアロの声はいっそう厳しくなった。

「えっ？」

「きみは私をあほうだと思っているのですか、それともきみ自身があほうなのですか？　六文字の死を表す言葉はｍｕｒｄｅｒ《マーダー》です」

「そうです、それはすぐわかります。私も最初そう考えました」

「それを聞いて安心しました、キャッチプール君」

「murder《マーダー》がDで始まるなら、完璧なんです。ところが、そうではないし、別の言葉のこのDを動かせないので……」私は困惑して首を振った。

「クロスワード・パズルのことは忘れなさい。話し合うことがたくさんあります」

「トーマス・ブリッグネルがジェニー・ホッブズを殺したとは信じていませんし、これからも信じません」私はきっぱりと言った。

「彼に同情しているのですね」

「ええ、同情していません。それに彼が殺人者でないことに最後の一ペニーを賭けてもいいですよ。彼に薄茶のコートを着たガールフレンドがいないと誰が言えますか？　茶はコートによくある色です！」

「彼はフロント見習いです」ポアロは言った。「なぜ庭の手押し車の傍に立っているのです？」

「たぶん、たまたまそこにあったのです！」

「そして、ミスター・ブリッグネルは女友だちとその傍に立っているのですね？」

「それじゃいけませんか？」私はひどくいらついて言った。「手押し車に乗せてどこかに運び出すというつもりで、ブリッグネルがジェニー・ホッブズの死体を庭に運び出した。ところが私が窓から外を眺めているのを見て彼女を抱擁しているふりをした。そんな考えより、よっぽどあり得そうじゃありませんか。もっとも……」私は話をやめ激しく息を吸った。「ああ、あなたが次に何を言うかわかりました」

「何をですか、キャッチプール君？　ポアロが何を言うと思ったのですか？」

「ラファル・ボバクはウエイターなのに、なぜ洗濯用のカートを押していたのか？」

「まさしくそのとおりです。それに、なぜ優雅なロビーを通って正面ドアのほうへそのカートを押していったのか？　洗濯はホテルの中でされるのではないですか？　セニョール・ラザリは、消えた四人目の被害者のことをあれほど心配しているのでなければ、確実に気づいたはずです。もちろん、ミスター・ボバクを疑ってはいなかったでしょう――彼のスタッフは全員、彼の目から見れば、非難の余地はないのですから」

「ちょっと待ってください」私はやっと横のテーブルにクロスワード・パズルを置いた。「出入口の幅についてあなたがおっしゃっていたことは、それだったのですね？　あのカートなら簡単に四〇二号室に入れることができたでしょう。それなら、なぜずっと中まで入れないのでしょう？　なぜ死体を引きずるのでしょう、そのほうがずっと手間がかかるのに？」

ポアロは満足そうにうなずいた。「もちろんです、キャッチプール君。こういう疑問はきみ自身で気づいてもらいたかったですな」

「しかし……本当に、ラファル・ボバクがジェニー・ホッブズを殺し、死体をカートに投げ込み、それを押して、何と私たちの前を通って道路に出て行ったとおっしゃるのですか？　事もあろうに、立ち止まって私たちに話しかけたんですよ！」

「そうです……彼には何も言うべきことがなかったのに。きみは何を考えてるんです？　私には慈悲の心がなく、我々をあれほど助けてくれた人たちを疑っていると思っているのでしょう？」

「まあ……」

「すべての人に〝疑わしきは罰せず〟の原則を当てはめるのは賞賛に値します。しかし、殺人犯の逮捕となればそうはいきません。きみは私に不信感を抱いているが、きみの頭にあとひとつヒントを入れさせてください。ミスター・ヘンリー・ニーガスだが、彼は非常に大きなスーツケースを持っていましたね？　ほっそりした女性の死体なら入るほどの」

　私は両手で顔を覆った。「もうこれ以上耐えられません」私は言った。「ヘンリー・ニーガスが？　違います。残念ですが、違います。殺人事件のあった夜、彼はデヴォンにいました。完全に信頼できる人物だと思います」

「彼と妻のふたりともが、彼はデヴォンにいたと言ったという意味ですね」彼はきびきびと私の言ったことを訂正した。「死体がドアまで引きずられたということを示唆している血の痕跡の問題に戻るのですが……もちろん、空《から》のスーツケースが部屋の真ん中まで運び込まれ、そこで死体がその中に入れられるのを待っていたということもあり得ます。そこで、私たちはまたも考えなければならない。なぜジェニー・ホッブズの死体をドアの方向に引きずるのか？」

「お願いです、ポアロさん。この話をしなければならないのでしたら、別のときにしましょう。今ではなく」

彼は私の不快感に気分を害したようだ。「よろしい」彼はぶっきらぼうに言った。

「さまざまな可能性について話す気分でないなら、きみがグレート・ホリングに行っているあいだ、このロンドンで何があったかを話しましょう。おそらく、事実についてならもっと気分がいいはずですから」

「ええ、ずっといいです」

ポアロは口ひげに若干の調整を加えると、肘掛け椅子に身を沈め、私がグレート・ホリングに行っているあいだに、ラファル・ボバク、サミュエル・キッド、ナンシー・デュケイン、そしてルイーザ・ウォレスと交わした会話の説明を始めた。彼が話し終えたときには、頭がくらくらしていた。私はもっと話してもらうために、「かなり重要なことをまだおっしゃってないんじゃないですか？」と敢えてけしかけてみた。

「例えば何を？」

「そうですね、ルイーザ・ウォレス家の不器用で役立たずのメイド――ドーカスのことです。あなたと彼女が二階の階段の踊り場で一緒に立っていたとき、あなたは何か重要なことに気づいたと示唆しましたが、具体的には話してくれませんでした」

「そのとおり。話しませんでした」

「それから、あなたが描き、スコットランドヤードに渡したあの謎めいた絵――あれはいったい何ですか？　何の絵なんですか？　スタンレー・ビア巡査はあれをどうすればいいのですか？」

「それも話しませんでしたね」ポアロはあつかましくもすまなそうな顔をした。この件に関しては他に選択肢がなかったかのように。

愚かにも、私はしつこく言った。「なぜ、〈ブロクサム〉の従業員の一人ひとりが、ハリエット・シッペルとアイダ・グランズベリーとリチャード・ニーガスを、生死にかかわらず、何回見たか知りたいのですか？　それは何に関係があるのですか？　それもまた説明してくれませんでした」

「ポアロはあらゆるところに空白を残すのです！」

「以前に省略したことを忘れないためにですね。たとえば、ブロクサム殺人事件と、〈プレザント〉でジェニー・ホッブズが感情を爆発させたことに共通するふたつのもっとも異常な特徴とは何だったのでしょう？　それらに共通する異常がふたつあるとおっしゃいました」

「たしかに言いました。キャッチプール君、私が説明をしないのは、あなたを一人前の刑事にしたいからですよ」

「この事件は、私を誰の役にも立たない、みじめな見下げ果てた男にするだけです」私は自分の本当の気持ちを今回だけは表した。「腹立たしいにもほどがある」

客間のドアでノックのような音がした。「誰かそこにいるのですか？」私は声を上げた。

「はい」玄関からブランチ・アンズワースの心配そうな声がした。「こんな時間にお邪魔してすみませんが、ミスター・ポアロにお会いしたいというご婦人がいらしてます。急用だそうです」

「お通ししてください、マダム」

数秒後、私は画家のナンシー・デュケインと顔を合わせていた。ほとんどの男は彼女を驚くほどの美人だと思うだろう。

ポアロは彼女と私とを完璧に礼儀正しく紹介した。

「会ってくださってありがとうございます」ナンシー・デュケインの腫れた目は、かなり泣いたことを示していた。高価そうな暗緑色のコートを着ている。「こんなふうに押し掛けて本当にごめんなさい。お邪魔しましたことお許しください。こんなことはしないように自分に言い聞かせたのですが……ご覧のように失敗しました」

「どうぞお座りください、ミセス・デュケイン」ポアロが言った。「どのようにして私たちを探し出しましたか？」

「スコットランドヤードの助けを借りて。しかるべき本物の探偵のように」ナンシーは笑みを浮かべようとした。

「何ですと！　誰にも見つけられない家をポアロは選んだはずなのに、警察が何人《なんぴと》かをその戸口に送り込むとは！　構いませんよ、マダム。少しばかり驚きましたが、とにかくお会いできて嬉しいです」

「十六年前にグレート・ホリングで何があったのかお話ししたくて」ナンシーは言った。「もっと前にそうすべきでしたが、二度と聞きたくないと思っていた名前を聞かされて、ものすごいショックだったもので」

彼女はコートのボタンを外して脱いだ。私は肘掛け椅子を指し示した。

彼女は座った。「楽しいお話ではございませんの」

ナンシー・デュケインは、目に苦悩の表情を浮かべながら静かな声で語った。マーガレット・アーンストがグレート・ホリングで私に話してくれたことと同じ話、パトリック・アイヴ師に対する残酷で中傷に満ちた迫害について話した。ジェニー・ホッブズのことを話したとき、彼女の声は震えた。「彼女が一番悪かったのです。お分かりでしょう、パトリックに恋していたのです。証明はできませんが、私はこれからもずっとそう信じています。彼を愛したからこそ、あのようなことをしたのです。嫉妬ゆえに許されざる嘘をついたのです。彼は私のほうを愛したのですけど。だから彼女は、彼を傷つけたかったのです。罰したかったのです。そしてハリエット・シッペルがその嘘を利用し、人々を傷つけるのを見て嫌気がさしたけれども——自分をひどく恥じたと思いますし、自分を憎んだに違いないけれども——自分が始めたことを正そうとはしなかった。何ひとつしなかったのです！　こそこそと陰に隠れ、気づかれないようにと願っていました。ハリエットをどんなに恐れていても、自分を奮い立たせて立ち上がり言うべきでした。『私はひどい嘘をつきました。ごめんなさい』と」

「失礼ですが、マダム。先ほどおっしゃいましたね、ジェニーがパトリック・アイヴを愛していたとは証明できないと。お尋ねしてもいいですか、彼女が愛していたとどうしてわかるのです？　あなたが示唆しておられるように彼を愛するのならば、あれほどの害をなす噂を流すでしょうか」

「私の心の中ではジェニーがパトリックを愛していたことに疑いはありません」彼女は頑固に言い張った。「パトリックとフランシスが一緒にグレート・ホリングに越して来たとき、ジェニーはケンブリッジに恋人を置き去りにしてきたのです——ご存知でしたか？」

私たちは首を振った。

「ふたりは結婚するはずでした。日取りも決まっていたと思います。ジェニーはパトリックが行ってしまうことに耐えられませんでした。だから、婚約を解消して彼と一緒に行ったのです」

「彼女がそれほど愛着を感じていたのは妻のほう、フランシス・アイヴだという可能性はありませんか？」ポアロはきいた。「あるいはアイヴ夫妻のおふたりに？　彼女が感じたのは忠誠心で恋愛ではなかったかもしれません」

「多くの女性が、自分の結婚より雇い主への忠誠心を優先させるとは思えませんけど？」

「たしかにそうですね、マダム。しかし、あなたが話してくださったことは必ずしもぴったりと来ません。ジェニーに嫉妬の傾向があるとしたら、なぜパトリックがあなたに恋したときだけこの恐ろしい嘘をつく気になったのでしょう？　それよりずっと前のフランシスとの結婚は、なぜ彼女のねたみを引き起こさなかったのでしょう？」

「引き起こさなかったとどうしてわかります？　パトリックはフランシスと出会って結婚した当時、ケンブリッジに住んでいました。ジェニー・ホッブズはそのときも彼のメイドでした。彼について何か意地の悪いことを友人の耳にささやいたかもしれません。

でもその友人はハリエット・シッペルではなかったから、それ以上に悪意は広まらなかった」

ポアロはうなずいた。「おっしゃるとおり。それもひとつの可能性です」

「たいていの人は悪意を広めようとは思いません、ありがたいことに」ナンシーは言った。「おそらくケンブリッジには、人が変わってしまった後のハリエット・シッペルほど悪意ある人物はいなかったのでしょう。また、アイダ・グランズベリーほど熱心に敬虔な道徳擁護の運動を主導する人物もいなかったのでしょう」

「リチャード・ニーガスのことは、お話しになりませんね」

ナンシーは困ったように見えた。「リチャードはいい人でした。あの恐ろしい事件への関与を後悔するようになりました。ああ、ジェニーが卑劣な嘘をついたことを悟り、アイダが情け容赦もないことを知ると、心から後悔しました。数年前にデヴォンから手紙をくれたの。そこには、あの事件が彼の心をずっと苦しめてきたと書いてありました。パトリックと私があのようなことをしたのは本当に間違っている。それについて考えを改めることはない――結婚の誓いは結婚の誓いだから――しかし、戒律違反があったとわかったときでさえ、罰を与えることが必ずしも最良の道ではないと信じるようになったと」

「彼があなたにそう書いてきたのですか?」ポアロは眉毛をつり上げた。

「ええ。そうは思われないでしょうけど」

「こういう問題は複雑ですな、マダム」

「道ならぬ恋をしてしまった罪で誰かを罰することで、この世にもっと大きな罪をもたらしてしまったとしたら、どうなります？　そしてもっと多くの悪、つまりふたつの死を――そのうちのひとつは罪を犯さなかった人の死です――もたらしたら」

「そうです《ウイ》。これこそまさに事態を複雑にするたぐいのジレンマです」

「私への手紙でリチャードは書いていました。自分はクリスチャンだけれども、神がパトリックのような優しい性格の男を迫害するのをお望みだとはとうてい信じる気になれないと」

「罰と迫害は別物です」ポアロは言った。「もうひとつ疑問があります。ルールか法律が破られたのでしょうか？　恋に落ちる……要するに《アンファン》、どのように感じるかは自分で思いどおりにできるものではない。しかし、その感情のままに行動するか否かは選択できます。もし犯罪が行われたなら、犯罪者は確実に法律に則《のっと》り適切な方法で断罪されなければなりません。そして常に個人的な恨みや悪意なしに――常に復讐への欲望なしに、断罪されなければなりません。復讐はすべてを汚染します。悪そのものだからです」

「復讐への欲望」ナンシー・デュケインは身を震わせながら繰り返した。「まさにそのとおりですわ。ハリエット・シッペルは復讐心でいっぱいでした。吐き気がするほどに」

「それでも、この会話の中で、あなたはハリエット・シッペルに対して一度も怒っていませんでした」私は言った。「彼女の行動について吐き気がするという言い方をしました、それがあなたを悲しませたかのように。しかし、ジェニー・ホッブズに対するのと同じようには、怒っていないように思えます」

「そうかもしれません」ナンシーはため息をついた。「私は、昔はハリエットに忠実だったのです。夫のウィリアムとともにふたりでグレート・ホリングに引っ越して来た頃は、ハリエットとご主人のジョージ・シッペルはいちばん親しい友人でした。その後、ジョージが死んで、ハリエットは怪物になりました。でも、いったん好きになってしまった人は、非難しづらくなる、そうは思いませんか？」

「不可能か、あるいは喜んで非難するか、どちらかですな」ポアロは言った。

「私には不可能、でした。おそらくあの人たちの悪意に満ちた行動は病気のなせる業で、真の姿ではないのです。私は、パトリックに対してハリエットがやったことが許せませんでした。許す努力をするように自分を説き伏せることもできませんでした。同時に、他の人と同じように彼女にとっても恐ろしいことだったに違いないと感じました――あんなふうになってしまったことですけど」

「あなたは彼女を被害者と見ているのですか？」

「ええ、愛する夫を亡くした悲劇の——それもあんなに若くして！　人は被害者にも悪人にもなれる」

「それはあなたとハリエットが共有しているものでした」ポアロは言った。「若すぎるほど若いときに夫を亡くしたことです」

「これは薄情に聞こえるかもしれませんが、実は比べようも何もないのです」ナンシーは言った。「ジョージ・シッペルはハリエットにとってすべてでした。彼女の全世界でした。私がウィリアムと結婚したのは、彼が賢く安全な人だったからです。それに私は父の家から逃げる必要もありました」

「ああ、そうだ。アルビーナス・ジョンソン」ポアロは言った。「あなたの家を辞した後で、この名前を思い出しました。あなたのお父上は、前世紀末、ロンドンにおけるイギリス人とロシア人の扇動家グループの一員で、一時期、刑務所に入っておられた」

「父は危険な男でした」ナンシーは言った。「私は父の……その思想について父と話すことに耐えられませんでした。彼は、この世界をよりよい場所に——その定義は彼の定義に限ります！——するという大義を否定する人がいれば何人だろうと殺害しても構わないと信じていました。いったいどうやったら流血と大量殺人によって何かをよりよくすることができるでしょう？　粉砕と破壊だけを望む人、憎しみと怒りで顔を歪めずには希望と夢とを語ることができない人が、どうやって改善をもたらすことができるでしょう?」

「まったく同感です、マダム。怒りと恨みに突き動かされる運動は、私たちの生活をよいほうに変えはしません。不可能です《ス・ネ・パ・ポシーブル》。源が堕落しているのですから」

私も同意見だと言いそうになったがやめた。誰も私の考えなどに関心を持っていなかった。

ナンシーは言った。「ウィリアム・デュケインに出会ったとき、彼と恋に落ちたわけではありませんでした。でも好きでした。尊敬していました。彼は静かで礼儀正しかった。乱暴な行動をしたり、乱暴な言葉を吐くことは一度もありませんでした。返却日に図書館に本を返せないと、自責の念にかられるような人でした」

「良心の人ですね」

「ええ、それからバランス感覚と謙遜の人でもありました。何かが彼の行く手を塞《ふさ》いだら、その障害物を取り除こうとするのではなく自分が動くことをまず考えました。私には、彼が、暴力行為でこの世界を醜くしようとする男たちで我が家をいっぱいにすることはないとわかっていました。ウィリアムは芸術と美しいものを賞賛しました。その点は私と同じでした」

「わかります、マダム。しかし、あなたはハリエット・シッペルが夫を愛したようにはウィリアム・デュケインを情熱的に愛することはなかった?」

「ええ。情熱的に愛したのはパトリック・アイヴだけです。初めて会った瞬間から私の心は彼だけのものでした。彼のためなら命を投げ出したでしょう。彼を亡くして初めて、ハリエットが夫のジョージを亡くしたときの気持ちがわかりました。私たちは人の気持ちを想像できると思いがちですが、できないものですよ。ジョージの葬儀の後、ハリエットから早くジョージと再会できるように彼女の死を祈ってくれと懇願され、気味が悪いと思ったことを覚えています。彼女の願いを私は拒みました。時間が経てば苦痛は和らぐと彼女に言いました。そして、いつか生き甲斐を見つけるでしょうと」

ナンシーは心を落ち着かせるため言葉を切った。「残念なことに、彼女は見つけました。他人の苦痛の中に自分の喜びを見つけたのです。未亡人ハリエットはわびしい意地悪ばあさんでした。それが最近ロンドンのホテルで殺された女なのです。私がかつて知って愛していたハリエットは夫のジョージと一緒に死んでしまったのです」彼女はふっと私を見た。「あなたは私がジェニーのことを怒っているとおっしゃいました。私にそんな権利はありません。私も彼女と同じようにパトリックを裏切った罪があります」ナンシーは泣き出し両手で顔を覆った。

「さあ、さあ、マダム、どうぞ」ポアロは彼女にハンカチーフを手渡した。「どのようにパトリック・アイヴを裏切ったのですか？　あなたは彼のためなら命を捧げただろうとおっしゃったのに」

「私はジェニーと同じように悪いのです。むかつくほどの卑怯者！ キングズ・ヘッド・インで立ち上がり、パトリックと私は愛し合い、こっそり会っていたと告白したとき、真実を語りませんでした。ああ、秘密で会っていたことは本当です。そしてパトリックと私は死ぬほど愛し合っていた――それも真実です。でも……」ナンシーは苦痛で続けられそうもなかった。ハンカチーフに顔を埋めて泣きながら肩を震わせた。

「私にはわかります、マダム。あの日キングズ・ヘッド・インであなたは村人たちにパトリック・アイヴとの関係は純潔だと言いました。それは嘘だった。ポアロの推察は正しいですか？」

ナンシーは絶望の叫びを上げた。「噂に耐えられなかったんです」彼女は泣きじゃくった。「みんながお金と交換に死者の魂と出会えるという気味悪い話をささやいていました。小さな子どもたちでさえ、通りで神への冒瀆についてわめき立てていました……私はぞっとしました。あれほど多くの告発と非難の声がひとりの男、それも善良な男を攻撃するのがどんなに恐ろしいか。あなた方に想像できるはずがありません！」

私には想像できた。あまりにも鮮やかに想像できたから、話をやめてほしかった。

「私は何かしなければならなかった、ムッシュー・ポアロ。そこで思ったのです。『何か純粋で善良なもので、つまり真実でこの嘘と闘おう』と。真実は私のパトリックへの愛であり、彼の私への愛でした。でも怖かった。だから真実をねじまげて汚してしまった！　それは間違いでした。取り乱して、はっきりと考えられなかったのです。私たちの関係は純潔で、パトリックへの私の愛の美しさを、臆病な不正直さで傷つけたのです。嘘をつく以外に選択肢はないと思いました。私に意気地がないからでした。卑劣でした！」

「あなたは自分に厳しい」ポアロは言った。「必要以上に厳しい」

ナンシーは目を押さえた。「あなたを信じられたらどんなにいいでしょうか」彼女は言った。「なぜ私はすべての真実を話さなかったのでしょう？　あのような恐ろしい告発からパトリックを守ることこそ高潔なはずだったのに、私は台なしにしてしまった。そのために、毎日自分を呪っています。キングズ・ヘッドのあの人たち、大声でわめいて顔に点々と唾を飛ばしたあの罪人狩りの人たちは、みんな、結局私を認めなかった――私を堕落した女と思った。そしてパトリックは悪魔そのものだと。あの人たちが認めないことがもう少し増えたとしても、何が問題だったでしょう？　現実には、彼らにあれ以上ひどい非難ができたとは思いません」

「それなら、なぜ真実を話さなかったのですか？」ポアロはきいた。

「フランシスのために、この試練を耐えやすいものにしたかったのだと思います。もっと大きなスキャンダルを避けたかったのだと。でもフランシスとパトリックはみずからの命を絶ってしまった。そして何かをよりよくしようというすべての希望は失われました。誰が何と言おうと、私にはわかっています。ふたりは自殺したんです」ナンシーは後から思いついたように言い足した。

「それがずっと論争の的《まと》になっている事実ですか？」ポアロはきいた。

「医者とすべての公式記録によれば、ふたりの死は事故となっています。でも、グレート・ホリングでは誰も信じていません。自殺は教会から見れば罪です。しかし村のあのお医者さんはパトリックとフランシスの評判をこれ以上傷つけたくなかったのだと思います。ふたりのことがとても好きだったのです。他の誰も手を差しのべないときに、あの人がふたりのために立ち上がったのです。彼、ドクター・フラワーディは信頼できる人です――ああいう人はグレート・ホリングでは滅多に見られません。彼は悪意のある嘘を聞くと、そうと見抜きました」ナンシーは涙を浮かべて笑った。「嘘には嘘を、そして歯には歯をですね」

「あるいは、真実には真実を」ポアロは言った。

「まあ、そうですね、本当に」ナンシーは驚いたように見えた。「あらあら、あなたのハンカチーフを台なしにしてしまったわ」

「そんなことは重要ではありません。他のを持っています。もうひとつおききしたいことがあります、マダム。サミュエル・キッドという名前に聞き覚えがありますか？」

「いいえ。聞き覚えがあるはずなのですか？」

「あなたがグレート・ホリングにいた頃、彼もそこに住んでいませんでしたか？」

「いいえ。住んでいませんでした。それが誰にせよ、幸運な人ね」

第十七章　年上の女と若い男

「そういうわけで」客人が帰り、ふたりだけになると、ポアロは言った。「ナンシー・デュケインとマーガレット・アーンストの話は、アイヴ夫妻が自殺したという点で一致しています。しかし、公の記録では二件の事故死となっている。あの医師アンブローズ・フラワーデイが、パトリックとフランシス・アイヴの評判がこれ以上傷つかないように嘘をついたのですな」

「何と奇妙な」私は言った。「マーガレット・アーンストはそのことについては何も言いませんでした」

「それなら、なぜ彼女はきみに医者と話をしないと約束させたのかを考えてみれば、その理由がわかったのではないかと思いますよ。もしアンブローズ・フラワーデイが自分の書いた嘘の診断書を誇りに思っていたとしたら――きかれたら告白するかもしれないほど誇りに思っていたとしたら――どうなります？　もしマーガレット・アーンストが彼を守りたいと思っていたら……」

「そうですね」私は同意した。「私を彼から遠ざけたかったのは、それが理由だったかもしれません」

「守りたいという欲求──わかりすぎるほどわかります！」ポアロの声が感情で熱を帯びた。

「ジェニーのことで自分を責めてはいけません、ポアロさん。彼女を守ろうとしても守ることはできなかったでしょう」

「その点、きみには知恵があります、キャッチプール君。ジェニーを守ることは誰にとってても、エルキュール・ポアロにでさえ、不可能だったでしょう。彼女と出会う前でさえ彼女を救うには遅すぎました──今ならそれが理解できます。しかし、あまりにも遅すぎました」彼はため息をついた。「前回は毒薬があって血はなかった。ですが、今回は血があったことは興味深いと思いませんか？」

「ずっと考え続けてきました。ジェニーの死体はどこにあるのか？〈ブロクサム〉を上から下まで捜索しましたが、何もなかった！」

「〝どこ〟と自分自身に問いかけるのはやめなさい、キャッチプール君。〝どこ〟は問題ではない。〝なぜ〟ときなさい。死体がホテルから洗濯用カートで運び出されたのか、あるいはスーツケースか手押し車か、いずれにしても、なぜ運び出されたのか？他の三体のようになぜホテルの客室に残されなかったのか？」

「さて？　答えは何ですか？　あなたには答えがわかっています。ですから教えてください」

「もちろん」ポアロは言った。「これはすべて説明がつきます。しかし、楽しい説明ではない」

「楽しかろうとそうでなかろうと、聞きたいです」

「時が来れば、何もかもを聞くことになります。今はこれだけを話しておきましょう。〈ブロクサム〉の従業員は、ひとりを除いて誰もハリエット・シッペル、アイダ・グランズベリー、そしてリチャード・ニーガスを二度以上見ていない。トーマス・ブリッグネルはリチャード・ニーガスを二度見ている。一度はニーガスが水曜日にホテルに着き、ブリッグネルが世話をしたとき。二度目は木曜日の夜、廊下でミスター・ニーガスと鉢合わせをし、ミスター・ニーガスがシェリーを頼んだとき」ポアロが自己満足の小さな含み笑いを洩らした。「そこをよく考えてみてください、キャッチプール君。その事実が何を示唆しているか。そろそろわかり始めましたか？」

「いいえ」

「おや」

「お願いです、ポアロさん！」たった一語──おや──がこれほど人を憤慨させるように発音されたことはなかった。

「前にも言いましたよ、いつでも答えが与えられると思ってはいけないと」

「完全にお手上げです！　ナンシー・デュケインが殺人犯に違いないように思える点が幾つかあります。しかし、レディ・ルイーザ・ウォレスのアリバイ証言がある。とすると、他に誰がハリエット・シッペル、アイダ・グランズベリー、リチャード・ニーガス、そして今またジェニー・ホッブズを殺したいと思うでしょうか？」私は、苦境から抜け出す方法がわからない自分自身に怒りを感じながら、客間を行ったり来たりした。「それに、もし殺人犯が、ヘンリー・ニーガスか、ラファル・ボバクか、トーマス・ブリッグネルだったとしたら――彼らを疑うとはあなたも気が変なのではないかと未だに思っていますけど――いったいどんな動機があるんですか？　この人たちはグレート・ホリングで起きた十六年前の悲劇とどんな関係があるんですか？」

「ヘンリー・ニーガスには世界でもっとも古くもっともありがちな動機がある。カネです。兄のリチャードが彼の財産を食いつぶしていると話していませんでしたか？　また、彼の妻が決してリチャードを家から追い出そうとはしないと言ってました。リチャード・ニーガスが死ねば、ヘンリー・ニーガスは彼の扶養費を出さずにすむ。死ななければ、兄のためにちょっとした財産を使い切ってしまうことになる」

「それでは、ハリエット・シッペルとアイダ・グランズベリーは？　ジェニー・ホッブズは？　なぜヘンリー・ニーガスは彼らも殺すのでしょう？」

「わかりません。もっとも推測することはできますよ」ポアロは言った。「ラファル・ボバクとトーマス・ブリッグネルについては——ふたりとも可能性のある動機は思いつきません。ふたりのうちのどちらかが自分のことを偽っていれば別ですが」

「ちょっと調べてみましょう」私は言った。

「今、私たちは容疑者候補のリストを作っていますが、マーガレット・アーンストとドクター・アンブローズ・フラワーデイはどうでしょう？」ポアロは言った。「彼らはパトリック・アイヴに恋をしていたわけじゃないが、それでも彼の仇を討ちたいという欲望が動機になりえる。マーガレット・アーンストは、彼女の話によれば、殺人の夜ひとりで家にいた。そして、ドクター・フラワーデイがどこにいたかはわからない。きみが彼を捜し出さないと約束したからです。そして——ああ——きみは約束を守った。ポアロはみずからグレート・ホリングに行かなければならないでしょうな」

「最初に、一緒に行くべきだと言ったではありませんか」私は彼に思い出させた。「しかし、行っていたら、ナンシー・デュケインやラファル・ボバクやその他の人たちと話すことはできなかったでしょう。ちなみに、ボバクがハリエットとアイダとリチャード・ニーガスが話しているのを偶然聞いてしまったその若い男と年上の女について、仮にこの話を信じることにして、私はずっと考えていました。そして恋愛関係にある男女のリストまで作ってしまいました」私はポケットからリストを取り出した（ポアロが感心してくれるだろうと期待していたことを認めよう。しかし、感心してくれなかったか、したとしても、うまく隠していた）。

「ジョージとハリエット・シッペル」私は声を出して読み上げた。「パトリックとフランシス・アイヴ。パトリック・アイヴとナンシー・デュケイン。ウィリアム・デュケインとナンシー・デュケイン。チャールズとマーガレット・アーンスト。リチャード・ニーガスとアイダ・グランズベリー。この中には女性が年上のカップルはありません。もちろん『彼の母親になれる歳』と言われるほどの女性はいません」

「チッチッ」ポアロはいらいらと言った。「あなたはまだ十分に考えていませんよ。だいいちこの年上の女と若い男のカップルなるものが実在するとどうしてきめこむのですか？」

私は、彼が理性を失ったのではないかと思いながら彼をじっと見た。「ウォルター・ストークリーがキングズ・ヘッド・インで彼らのことを話していたし、ラファル・ボバクも偶然耳にして――」

「違う、違う」ポアロは無作法にも話をさえぎった。「あなたは細かなことに注意を払っていない。キングズ・ヘッド・インで、ウォルター・ストークリーが語ったのは、男との恋愛関係に終止符を打った女のことだったでしょう？　一方でラファル・ボバクが三人の殺人被害者の話を偶然耳にしたのは、まだ男の愛を切望している女にもう恋愛感情を持たなくなってしまった男のことだった。これが同じ人たち、同じ男女だとどうして言えますか？　正反対が真実に違いないのです。彼らは同じ人たちではありえません！」

「おっしゃるとおりです」私はがっくりして言った。「それは思いつきませんでした」

「きみは自分の思考様式に酔ってしまった──それが理由です。ここにずっと年上の女とずっと年下の男がいて、そこにまたずっと年上の女とずっと年下の男がいる。ほら《ヴォワラ》、きみは彼らが同じ人物に違いないと思ってしまった！」

「ええ、そうでした。たぶん、私は自分に向いてない仕事についているんです」

「そうじゃない《ノン》。きみの知覚には力があります、キャッチプール君。いつもではないが、ときには。きみは私が混乱のトンネルを通り抜けるのを助けてくれた。覚えていますか？　きみは、トーマス・ブリッグネルがどんな情報を伏せていたにせよ、個人的な気恥ずかしさがその理由だと言ったのですよ。その言葉は非常に役立ちました──本当に役に立ちました！」

「でも、私は未だにトンネルのただ中にいて、どっちの端にも光がちらりとも見えません」

「約束します」ポアロは言った。「明日、朝食がすんだらすぐに、ちょっとした訪問をしましょう。きみと私で。その後なら、きみは今よりももっと理解できるでしょう。そうなることを願ってます」

「誰を訪問するのかきいてはいけないのでしょうね？」

「きいてもいいですよ、キャッチプール君」ポアロが微笑した。「スコットランドヤードに電話して住所をききました。私がそれを教えれば、誰だかわかりますよ」

言うまでもないが、彼は教えるつもりはなかった。

第十八章　ノックせよ、誰が戸口に現れるか

翌朝、謎の訪問をするために街の反対側まで行く道すがら、ポアロのムードは、晴れにするか曇りにするか決めかねているロンドンの天気のように変わりやすかった。ある瞬間、自分に満足してくつろいでいるかと思うと、次の瞬間は、何かを考えぬいているかのように眉をひそめていた。

しばらくして、狭い道路に面した、質素な家に着いた。「ヤーマウス・コテージの三番」家の外に立ってポアロが言った。「この住所がどこだかわかりますか、キャッチプール君？　聞き覚えがありませんか？」

「ええ。ちょっと待ってください。すぐ思い出しますから。そうだ――サミュエル・キッドの住所ですね？」

「そのとおり。ナンシー・デュケインが〈ブロクサム〉から走り出て鍵を二個落とすところを見て、おおいに我々の役に立ってくれた目撃者ですよ。もっともナンシー・デュケインは、事件の夜の八時ごろ、〈ブロクサム〉にいたはずはなかった」

「ルイーザ・ウォレスの家にいたからですね」私は同意した。「だから、ここに来たのは、ミスター・キッドを脅して、誰が彼に嘘をつかせたか突き止めるためですね」

「いや。ミスター・キッドは、今日は家にいません。仕事に出かけたと思います」

「それじゃあ……」

「ちょっとゲームをしましょう、〈ノックせよ、誰が戸口に現れるか〉というゲームです」ポアロは不可解な微笑を浮かべて言った。「さあ、どうぞ。手袋をはめていなければ、私がノックするのだが。汚したくないのでね」

私はドアをノックして待った。唯一の住人が留守なのに、なぜポアロは誰かが戸口に現れると思ったのか不思議だった。きこうと思って口を開きかけたが閉じた。もちろん、そんなことをしても無意味だ。答えを知っている人には単刀直入に質問すべきだと信じていた頃（まだ二週間も経っていない）をせつなく思い出した。

ヤーマウス・コテージの三番のドアが開き、私はサミュエル・キッドではない人物の大きな目を見つめた。最初は当惑した。知っている顔ではなかったからだ。それから、恐怖が顔を歪めるのを見て、誰なのかわかった。

「お早うございます。マドモワゼル・ジェニー」ポアロは言った。「キャッチプール君、こちらはジェニー・ホッブズさん。そして、こちらは、マドモワゼル、私の友人のミスター・エドワード・キャッチプールです。あなたが生きていらっしゃって心の底から安堵いたしました」

そのとき、私は自分が何も知らないことをはっきりと悟った。確実なものとして当てにしていたわずかなつまらない断片は、それ自体信頼のおけないことがわかった。いったいどうやってポアロはここにジェニー・ホッブズがいることを知ったのだろう？　不可能の一語に尽きる！　しかし、私たちはここにこうしている。

ジェニーは気を取り直し、前よりもみじめっぽくなく、もっと用心深い表情を浮かべると、私たちを中に招き入れ、みすぼらしい家具のある薄暗い小部屋で待つようにと言った。それから、すぐに戻ると言って部屋を出ていった。

「彼女を救うには手遅れだとおっしゃったじゃないですか」私は怒って言った。「嘘をつきましたね」

彼は首を振った。「彼女がここにいるとどうしてわかったのか？　きみのおかげです、キャッチプール君。またもやきみはポアロを助けてくれた」

「どうやって？」

「きみがキングズ・ヘッド・インでウォルター・ストークリーと交わした会話を振り返ってください。夫と子どもと家と幸せな生活を持てたはずの女について彼が語ったことを考えてください。覚えていますか？」

「それがどうしたんです？」

「本物の男に人生を捧げた女について？　彼のためにすべてをなげうった女について？　それから、後に、ミスター・ストークリーは言いました。『彼女はそこらの子ども《サム・キッド》とは結婚できないさ。本物の男に恋したからには、できるわけがない。だから、彼女は彼と別れた』私にこう話してくれたことを覚えていますか、キャッチプール君？」

「もちろん、覚えています！　馬鹿ではありませんから」

「きみは年上の女とずっと若い男を見つけたと思った、そうですね《ネスパ》？　ラファル・ボバクは〈ブロクサム〉で彼らのことを話題にした——つまり、彼は、三人の被害者がそのカップルについて話をしていたと言ったんです——そこできみはウォルター・ストークリーも同じカップルのことを考えていると思ってしまった。だからミスター・ストークリーに、男の愛を一蹴したこの女は男より何歳ぐらい年上かと尋ねた。なぜなら、きみはストークリーが『彼女はそこらの子どもとは結婚できない』と言ったと思ったからだ。しかし、キャッチプール君、きみが聞いたのは違う言葉だったのです！」

「いいえ——現実にそう聞きましたよ」

「いや、そうではありません。きみが聞いたのは『彼女はサム・キッド、つまりサミュエル・キッドとは結婚できない』だった」

「しかし……しかし……くそっ！」

「きみは誤った結論に飛びついた。なぜなら、ウォルター・ストークリーはすでに一度ならず〝キッド〟という言葉を使っていたからです。一緒に飲んでいた若い男のこともぼうや《キッド》と呼んでいたくらいだ。まあ、きみのあやまち《エ・ビヤン》はきみと同じ立場にいれば多くの者がやったことでしょう。自分を厳しく責めすぎないように」

「それで、誤解をした私はストークリーに、結婚できたかもしれないのに結婚しなかった女と、私が来る前から一緒に飲んでいた何をやってもうまくいかないとの歳の差をきいた。ジェニー・ホッブズと彼は何の関係もないのになぜきくのか、彼は不思議に思ったでしょう」

「そうですね《ウィ》。酒でぼうっとしていなければ、なぜそんなことをきくのか尋ねたかもしれません。ま、いいでしょう」ポアロは肩をすくめた。

「じゃあ、ジェニーはサミュエル・キッドと婚約していたんですね」私はすべてを理解しようとしながら言った。「そして……パトリック・アイヴと一緒にグレート・ホリングに行くために彼を残していった？」

ポアロはうなずいた。「〈プレザント〉のウエイトレスのフィー・スプリング——彼女は、ジェニー・ホッブズが昔、大失恋したと言っていました。あれは何を指すのでしょうね」

「たった今、その質問に答えたのではなかったですか？」私は言った。「サミュエル・キッドを残して行ったことに違いありません」

「ジェニーが本当に愛した男、パトリック・アイヴの死だった可能性のほうが高いと思いますね。ちなみに、だからこそ彼女は話し方を変えたんですよ。彼の階級の人たちと同じような話し方をするように。そうすれば彼が、単なるメイドではなく、同等と見なしてくれるかもしれないと思って」

「また彼女に逃げられる心配をしないのですか？」私は居間の閉じられたドアを見ながらきいた。「こんなに時間がかかるなんて、何をしているんでしょうか？　彼女をこのまま病院に連れて行くべきでしょうね、まだ行ってないとすれば」

「病院？」ポアロは驚いたように言った。

「そうです。あのホテルの部屋で大量の血を失ったはずですから」

「きみはものごとを決めてかかり過ぎる」ポアロは言った。もっとたくさん言いたそうだったが、そのときジェニーがドアを開けた。

「どうぞ許してください、ムッシュー・ポアロ」

「何をですか、マドモワゼル？」

不愉快な沈黙が部屋を満たした。言葉を口にしてその重苦しさを破りたかったが、自分にそうした能力があるかどうか自信がなかった。

「ナンシー・デュケインのことですが」ポアロがとてもゆっくりと慎重に言った。

「〈プレザント〉に逃げて来たとき、彼女から逃げていたのですか？　彼女を恐れていたのですか？」

「彼女がハリエット、アイダ、そしてリチャードを殺したことは知っています」彼女は消え入りそうな声で言った。「新聞で読みました」

「我々はあなたを、昔の婚約者、サミュエル・キッドの家で発見したわけですから、ミスター・キッドは殺人の夜に目撃したことをあなたに話したと考えてもよろしいですね？」

ジェニーはうなずいた。「ナンシーが〈ブロクサム〉から走ってきて、舗道に鍵を二個落とした、と言いました」

「信じがたい《アンクロワイヤブル》偶然の一致ですな、マドモワゼル。ナンシー・デュケイン、すでに三人を殺し、あなたをも殺したいと思っている人物が、犯行現場から逃走するところを、よりにもよってあなたがかつて結婚しようと思っていた男に目撃されているとは！」

ジェニーはほとんど消え入りそうな声で言った。「ええ」

「ポアロはこれほど大きな偶然には疑いを持ちます。あなたは今、嘘をついている。そしてこの前会ったときも嘘をついていた！」

「いいえ！　誓って――」

「ハリエット・シッペル、アイダ・グランズベリー、そしてリチャード・ニーガスが最期を迎えた場所だと知りながら、なぜ〈ブロクサム〉に部屋を取ったのですか？　答えはないでしょうな、当然！」

「話させてください。そうすれば答えますわ。私はもう逃げるのに疲れていたのよ。もう終わりにしたほうが楽だと思って」

「本当に？　あなたを待ち受けている運命を静かに受け止めたのですか？　それを抱きとめ、それに立ち向かおうとしたのですか？」

「そうです」

「それなら、なぜ――ホテルの支配人ミスター・ラザリに――なぜまだ追っ手から逃げているかのように〝大急ぎで〟部屋に入れてくれるよう頼んだのですか？　それから、傷を負っているようにはお見受けしませんが、それでは四〇二号室の血はいったい誰のものだったのですか？」

　ジェニーは泣き始めた。立ったままかすかに揺れている。ポアロは立って彼女を椅子に座らせた。「お座りなさい、マドモワゼル。今度は私が立ち上がり、なぜ今まであなたが話してくれたことは何ひとつ真実ではないとわかったか、それを話す番です」

「落ち着いてください、ポアロさん」私は注意した。ジェニーは気を失いそうだった。

ポアロは気にするふうもなかった。「ハリエット・シッペル、アイダ・グランズベリー、そしてリチャード・ニーガスの殺人は、一枚の書き付けの中で宣言されました」彼は言った。「〝彼らの魂が決して永遠の安らぎを得ませんように。一二一。二三八。三一七〟ここで、私は考えました。厚かましいほど冷静な状態でホテルのフロントデスクに来て三件の殺人を宣伝する書き付けを置いていく殺人犯――このような殺人犯が、それからパニックに陥り、喘ぎながらホテルを飛び出し、目撃者の前で二個の部屋の鍵を落とすような人物だろうか？　殺人犯のナンシー・デュケインのパニックは、フロントデスクに書き付けを残してから初めて始まったと信じるべきだろうか？　そして、もしナンシー・デュケインが八時ごろに〈ブロクサム〉を出たとしたら、どうやってまったく同じ時刻に友人のレディ・ルイーザ・ウォレスと食事ができるだろうか？」

「ポアロさん、彼女には手加減すべきだと思いませんか？」

「思いませんね。お尋ねします、マドモワゼル・ジェニー。いったいなぜナンシー・デュケインは書き付けを置いたのですか？　なぜ三人の遺体はあの晩八時すぎに発見される必要があったのですか？　いずれホテルのメイドが発見したでしょうに。急いだのはなぜだったのでしょう？　もし、マダム・デュケインが、怪しまれずにフロントデスクに近づき、書き付けを置いて来るほど沈着冷静であるならば、どう行動すべきか思慮深く考えることができたはずです。もしそうなら、なぜホテルを出る前に、あの時点でコートのポケットの奥深く安全なところに鍵をしまわなかったのでしょうか？　愚かにも彼女は鍵を手に持っていて、ミスター・キッドの目の前で落としています。彼は鍵についている番号を見ることができました。『百幾つ』と『三百幾つ』彼はまた、幸運なる偶然により、この謎の女の顔に見覚えがありました。しばらく彼女の名前を思い出せないふりをした後、極めて好都合にナンシー・デュケインの名前を私たちに教えてくれました。私の話はみんなあり得そうなことに聞こえますか、ミス・ホッブズ？　エルキュール・ポアロにはまったくそうは聞こえません――あなたをここ、ミスター・キッドの家で発見したからには、そうは行きません。そしてポアロはナンシー・デュケインにアリバイがあることを知っているのです！」

ジェニーは袖に顔を埋めてすすり泣いていた。

ポアロは私のほうに振り返った。「サミュエル・キッドの証言は、始めから終わりまで嘘でした、キャッチプール君。彼とジェニーは、ナンシー・デュケインをハリエット・シッペル、アイダ・グランズベリー、そしてリチャード・ニーガスを殺害した罪に陥れるために共謀したんです」

「あなたは自分がどんなに間違っているかご存知ないんです！」ジェニーが叫んだ。

「私は、あなたが嘘つきだということを知っていますよ、マドモワゼル。〈プレザント〉であなたと出会った事実は、ブロクサム・ホテル殺人事件と関係があるのではないかとずっと考えていました。ふたつの出来事は――三件の殺人事件をひとつの出来事と分類できればですが――きわめて重要で異常な特徴を共有しています」

それを聞いて私は背筋を伸ばした。この類似性をずっと前から聞きたいと思っていた。

ポアロは続けた。「ひとつは心理的な類似性です。両者とも、被害者は殺人者よりも罪が重いという暗示があります。〈ブロクサム〉のフロントに置かれた書き付け――〝彼らの魂が決して永遠の安らぎを得ませんように〟――は、ハリエット・シッペル、アイダ・グランズベリー、そしてリチャード・ニーガスは死に値し、殺人者は彼らに裁きを下したと示唆しています。そして、珈琲館で、マドモワゼル・ジェニー、あなたは、自分は死んで当然であり、殺されて初めて正当な処罰が下されたことになると言いました」

彼の言うとおりだ。どうしてそれを見逃したのか？

「次に、二番目の類似性があります。これは心理的ではなく、情況的なものです。ブロクサム・ホテル殺人事件と、珈琲館での恐怖に駆られたジェニーと私との会話には、あまりにも多くの手掛かりがありました――あまりにも多くの情報があまりにも早く手に入りました！　あまりにも多くの手掛かりが一度に現れ、まるで何者かが警察に援助の手を差し伸べたがっているようでした。珈琲館での短い出会いから、私は驚くほど多くの事実を集めることができました。このジェニーという女は罪悪感を抱いている。何か恐ろしいことをしたのだ。自分を殺す者が罰せられないことを願っている。彼女は私に確実にこう言いました。『ああ、どうか誰にも彼らの口を開けさせないでください』そう言っておけば、口の中にカフスボタンを入れた〈ブロクサム・ホテル〉の三人の死体のことを耳にしたとき、私はおそらく彼女が言ったことを思い出し、おやと思うでしょう。あるいは私の潜在意識が関連づけるでしょう」

「私はそんな人間ではありません、ムッシュー・ポアロ」ジェニーは抗議した。

ポアロは無視して話を続けた。「さて、今度は〈ブロクサム〉の殺人について考えてみましょう。ここでもまた、たくさんの情報を与えられました。疑いを抱くほどすぐに。リチャード・ニーガスが三部屋の代金すべてと、鉄道の駅からホテルまでの車代を支払った。三人の被害者は全員グレート・ホリングの村に住んでいたか、昔住んでいたことがあった。加えて、カフスボタンに付いていたイニシャルPIJという有効な手掛かりがあった。これはこの三人が罰せられなければならない理由——パトリック・アイヴ師への無情な仕打ち——へと我々を導いてくれました。さらに、フロントデスクに置かれていた書き付けから、動機は復讐、あるいは正当な処罰への渇望だとはっきりわかりました。殺人犯が自分の動機を書き、それをあれほど我々の役に立つように目立つ場所に残していくのは、珍しいことではありませんか？」

「現実には、動機を知ってもらいたいと思う殺人犯もいますよ」私は言った。

「キャッチプール君」ポアロは我慢強さを強調するように言った。「もしナンシー・デュケインがハリエット・シッペル、アイダ・グランズベリー、そしてリチャード・ニーガスを殺したいと思ったら、これほどはっきり自分だとわかってしまうやり方で殺しただろうか？　そんなに刑務所に行きたいだろうか？　それに、なぜリチャード・ニーガスは——彼の弟によれば窮乏の瀬戸際にいるのに——すべての代金を支払ったのか？　一方、ナンシー・デュケインは金持ちです。もし彼女が被害者を殺すために三人をロンドンにおびき寄せたのなら、なぜホテルの部屋代と交通費を彼女が払わなかったのか？　どれひとつ取ってもつじつまが合いません」

「どうか私に話させてください、ムッシュー・ポアロ！　本当のことをお話しします」

「しばらくは、私があなたに本当のことを話したいのです、マドモワゼル。失礼ですが、私のほうがあなたより信頼できると思いますよ。あなたは私と話をする前に、私が退職しているかとききましたね？　私がこの国で誰かを逮捕する権限も法を執行する権限も持たないことを確かめるという一大ショーを行いました。私がこの点を確認すると、初めてあなたは私に打ち明けたのです。しかし、私はすでにスコットランドヤードに友人がいると話してありました。あなたが私に話をしたのは、私が殺人犯を逮捕する権限をもたないと思ったからではなく、私が警察に影響力を持っていることをよく知っていたからです——なぜならナンシー・デュケインが罠にはまり殺人の罪で絞首刑にされるのを見たかったからです！」

「そんなこと望んでいません！」ジェニーは涙のつたう顔を私に向けた。「お願いですから、話をやめさせてください」

「その気になったらやめます」ポアロは言った。「あなたは珈琲館の常連客でしたね、マドモワゼル。ウエイトレスがそう言ってました。彼らは客のことをその人がいないときに大いに噂しています。あなたも私の噂を聞いたことがあるでしょう。口ひげを生やした小うるさいヨーロッパ人の紳士。以前は大陸で警察官をしていた——そしてここにいる私の友人キャッチプールはスコットランドヤードに勤務していると。毎週木曜日の夜七時半きっかりに私が〈プレザント〉で食事することも聞いていたでしょう。そうです、マドモワゼル、あなたはどこへ行けば私が見つかるか知っていた。そして、あなたの誤った目的を達成するのに、エルキュール・ポアロはうってつけの存在であることも知っていた。あなたは、見かけ上は恐怖に駆られた状態で珈琲館に着きましたが、それはすべて嘘、演技でした！　あなたは追っ手を恐れているかのように、長いあいだ窓から外をじっと見つめていました。ところが、その窓からは、あなたがいた部屋にいる人物の像以外何も見えなかったはずです。そして、ウエイトレスのひとりはあなたの目が映っているのを見て、あなたが通りではなく彼女をじっと見ているとわかったのです。あなたは推し量っていた、そうじゃありませんか？　〝私が苦しんでいるふりをしていると疑っている人がいるのではないか？　あの鋭い目をしたウエイトレスは真実を推測して、私の計画を邪魔するのではないか？〟と」

私は立ち上がった。「ポアロさん、あなたが正しいことを疑ってはいません。しかし、この気の毒な女性に弁解の一言も言わせずに攻撃し続けていいはずはありません」

「黙りなさい、キャッチプール君。ミス・ホッブズは大きな不幸に見舞われているふりをするのが得意です。一方その裏で、本当の彼女は冷静で計算高いことをたった今説明したばかりじゃないですか？」

「あなたは心の冷たい人です！」ジェニーは泣き叫んだ。

「反対《オ・コントレール》ですよ、マドモワゼル。そのうちあなたがしゃべる番になります、安心してください。しかし、その前にもうひとつ質問があります。あなたは言いました。『ああ、どうか誰にも彼らの口を開けさせないでください』と。どうしてあなたは、ナンシー・デュケインが三人の被害者を殺した後で、彼らの口にカフスボタンを入れたことを知ったのですか？　あなたが知っているのは、私にはおかしく思えますね。ミセス・デュケインは、そういうことが起こると脅したのですか？　殺人犯が怖がらせるために暴力で──『お前を捕まえたら、喉をかき切ってやるぞ』といったたぐいのものですが──脅すのは想像できます。しかし、殺人犯が『お前を殺した後で、モノグラムのついたカフスボタンを口に入れるつもりだぞ』と言うのは想像できません。どんな人であれ、そんなことを言うのは想像できません。しかも私はかなり想像力のある男なんですよ！それから──悪いですが！──最後にひとつ言わせてください、マドモワゼル。パトリックとフランシス・アイヴの悲劇的な運命に対するあなたの罪が何であれ、ハリエット・シッペル、アイダ・グランズベリー、そしてリチャード・ニーガスは三人とも、あなたより罪深くはなかったとしても、あなたと同等の罪はあった。彼らはあなたの嘘を信じ、村をあげてアイヴ師と妻に敵対するように仕向けました。さて、〈プレザント〉であなたは言いました。『私さえ死ねば、ようやく正当な処罰が下されたことになる』と。そして、〝私〟という言葉を強調しました。〝私さえ死ねば〟と。これは、ハリエット・シッペル、アイダ・グランズベリー、そしてリチャード・ニーガスがすでに死んでいることをあなたが知っていたことを示唆しています。ところが、私に提示されたすべての証拠を見れば、〈ブロクサム〉の三件の殺人はまだ犯されていなかった可能性があります」

「やめて、どうかやめてください」ジェニーは涙を流した。

「すぐにやめます、喜んで。ただこれだけは言わせてください。あなたがこういう言葉――『私さえ死ねば、ようやく正当な処罰が下されたことになる』――を私の前で口にしたのはおよそ八時十五分前でした。ところが、〈ブロクサム〉の三件の殺人はホテルの従業員によって八時十分すぎに発見されたのです。しかし、どういうわけか、あなた、ジェニー・ホッブズはこれらの殺人を前もって知っていた。どうしてですか？」

「私への非難をやめてさえくだされば、すべてをお話しします！　私は必死でした。すべてを秘密にし、絶えず嘘をついている——苦痛でした。もう耐えられません！」

「よろしい」ポアロ《ボン》は静かに言った。突然優しい口調になった。「今日あなたは大変なショックを受けました。そうではありませんか？　おそらく、もう、ポアロを騙すことはできないとわかったでしょう？」

「よくわかりました。初めから話をさせてください。ようやく真実を話せるのは、何という安堵感でしょう」

それからジェニーは長々と話した。私もポアロも、彼女が話し終えたと示唆するまで話をさえぎらなかった。次の章は彼女の言葉で書いてあるが、忠実かつ完全な報告だと思う。

第十九章　ついに真実が

　私はこれまで愛した唯一の男の人生を破滅に追いやりました。そして、それとともに私の人生も破滅させせました。

　事態がこのように展開するとは思ってもいませんでした。私が口にした愚かで残酷な幾つかの言葉がこんなにひどい災厄を引き起こすとは想像もしませんでした。よく考え、口を閉ざしているべきでした。でも、傷つけられたと感じて、ひとときの心の弱さのために、悪意に負けたのです。

　私は全身全霊でパトリック・アイヴを愛しました。そうしないように努めたのですが。最初にパトリックのところで働き始めたとき――彼が研究生活を送っていたケンブリッジのセイヴィア・カレッジで彼の寝室係として――私はもうすでにサム・キッドと婚約していました。サムのことが好きでしたが、パトリックと出会ってから数週間もしないうちに私の心は彼のものになっていました。パトリックはあらゆる点で善そのものでした。彼は私を好ましく思っていました。でも彼にとって私はただのメイドにすぎません。

ケンブリッジ・カレッジの学寮長の娘のような——フランシス・アイヴのような——話し方を覚えた後でも、パトリックの目には、忠実なメイド以上の存在ではありませんでした。

もちろん、彼とナンシー・デュケインのことも知っていました。聞いてはならない彼と彼女の会話を漏れ聞いたことがあります。彼がどれほど彼女を愛しているかを知り、耐えられませんでした。ずっと、彼が私ではなくフランシスのものであることは受け入れていました。でも、彼が妻でない女と恋に落ち、その女が私でないと知るのは我慢できませんでした。

ほんの数秒間——それ以上ではありません——私は彼を懲らしめたいと思いました。彼が私に与えたような悲嘆の痛みを彼にも与えたいと。それで、彼について意地の悪い嘘をでっちあげ、ああ、神さまお赦しを、その嘘をハリエット・シッペルに話したのです。嘘の話をしているあいだだけは、慰めが得られました。その嘘は、パトリックのナンシーへの愛の囁き——一度ならず盗み聞きをした言葉——は、パトリックの言葉ではなく、墓の向こうから伝えられたナンシーの亡夫ウィリアム・デュケインの言葉だという思いつきから生まれました。それがナンセンスであることはわかっていました。が、ハリエット・シッペルに話していたときは、つかの間、真実だと感じました。

それから、ハリエットが活動を始めました。パトリックについての恐ろしい、許しがたい嘘を村中に言いふらしたのです――そして、アイダとリチャードが彼女の味方をしましたが、私にはそれがどうしても理解できませんでした。ふたりは彼女がどんなに毒のある人間になってしまったか知っていたはずです。村中の人が知っていました。どうしてあの人たちはパトリックへの攻撃に転じ、彼女と手を組んだのでしょう？　ああ、答えはわかっています。私が悪いのです。リチャードとアイダは、そもそもの噂がハリエットからでなく、常にパトリックに忠実で、嘘をつく理由など見当たらないメイドの少女から出たものだと知っていたのです。

私はすぐに、嫉妬のせいでひどく恥ずべきことをしてしまったと悟りました。パトリックの苦悩を目にして、何とか彼とフランシスを助けたいと思いました――でも、どうしたらいいかわかりませんでした！　ハリエットは、ナンシーが夜、司祭館に出入りするのを目撃していました。リチャード・ニーガスも。もし私が嘘を認めたとしても、ナンシーが夜パトリックに会いに来る別の理由を説明しなければならなかったでしょう。そうしたとしても、ハリエットが、自分自身の推理によって真実にたどり着くのに長くはかからなかったでしょう。

恥ずかしいことですが、真実は、私がどうしようもない臆病者だということです。リチャード・ニーガスやアイダ・グランズベリーのような人たち――彼らは、自分が正しいと信じられれば、人がどう思おうと意に介しません。でも、私は違うのです。いつも人によい印象を与えるように気を配ってきました。もし嘘をついたと告白していたら、村中から嫌われていたでしょう。そうなって当然なのですが。私は強い人間ではありません、ムッシュー・ポアロ。結局、何もせず、何も言いませんでした。怖かったのです。それから、ナンシーが、嘘と、村人がそれを信じていることに恐れをなして、みずから真実を語りました。彼女とパトリックは恋に落ち秘密の逢瀬を重ねているけれど、ふたりに肉体関係は一切ないと。

パトリックを思うナンシーの努力は、事態をさらに悪化させました。「教区民からカネを騙しとり教会をあざ笑うペテン師であるばかりでなく、姦夫である」――村人たちはそう言い始めました。フランシスは耐えきれず、その命を絶ちました。パトリックは彼女の死を見ると、罪の意識をもったまま生き続けることはできないと悟りました――結局、このトラブルのきっかけとなったのは、彼のナンシーへの愛でしたから。フランシスへの義務を果たせなかったのです。彼もまた、みずからの命を絶ちました。

村の医者は、ふたりの死は事故だったと言いました。でも、それは真実ではありません。ふたりとも自殺だったのです――それは、アイダ・グランズベリーを始めとする信心深い人たちやハリエット・シッペルのように人を罰したくてうずうずしている人たちの目から見れば、さらなる罪でした。パトリックとフランシスはふたりとも書き置きを残しました。私はそれを見つけ、医者のアンブローズ・フラワーディに渡しました。彼はきっと燃やしてしまったでしょう。これ以上パトリックとフランシスを非難する口実を誰にも与えないと言ってましたから。ドクター・フラワーディは、村中がふたりを攻撃するやり方に嫌気がさしていたのです。

パトリックの死は私の心を引き裂きました。あの日以来、心は引き裂かれたままです、ムッシュー・ポアロ。死にたいと思いました。でもパトリックが逝ってしまうと、彼を愛し彼を深く思いながら生き続ける必要があると感じました――あたかも、そうすれば、彼のことを悪魔か何かのように信じていたグレート・ホリングの人たちの行いの埋め合わせができるかのように。

私の唯一の慰めは、苦悩しているのは私ひとりではないことでした。リチャード・ニーガスは自分が過去に演じた役割を恥じていました。パトリックを中傷した人たちの中で考えを変えたのは彼ひとりでした。彼はナンシーの話をきいて、私の突拍子もない嘘が真実ではないとすぐ見抜きました。

デヴォンの弟さんのところに引っ越しをする前に、リチャードは私を探し出し、単刀直入にききました。私は、自分が始めた噂には一片の真実もないと言いたかった。でも、その勇気がなく、黙っていました。舌が切り取られてしまったように黙って座っていたのです。リチャードは、私の沈黙を罪の黙認と受け取りました。

彼がグレート・ホリングを去ってまもなく、私も去りました。最初は助けを求めてサミーのところに行きました。でも、ケンブリッジに留まることはできませんでした——パトリックの思い出がありすぎたのです——それでロンドンに来ました。サミーの考えでした。彼はここで仕事を見つけました。そして、彼から紹介された人たちのおかげで私にも仕事が見つかりました。私がパトリックにしたように、サミーは私に献身的に尽くしてくれました。それは彼に感謝しなければなりません。彼はもう一度結婚を申し込んでくれましたが、私には受け入れることはできませんでした。とても大切な友だちとは思っていますけど。

ロンドンへの移住とともに私の人生の第二章が始まりました。私はそれを楽しむことができず、パトリックのことや、もう二度と彼と会えない苦痛を一日たりとも思わずにいられませんでした。そうこうするうちに、この前の九月、リチャード・ニーガスから一通の手紙を受け取りました。十五年が過ぎ去っていました。しかし、過去が私に追いついたかのようには感じませんでした——なぜなら、私は決して過去を置き去りにはしていなかったからです。

リチャードは、ドクター・アンブローズ・フラワーディから、私の住所を手に入れました。ドクターはグレート・ホリングで私のロンドンの住所を知る唯一の人でした。なぜかわかりませんが、村の誰かに私がどこに行ったか知っていてほしかったのです。あのとき、何の痕跡もなく完全に消えてしまいたくはないと思ったことを覚えています。

私は……そうなんです、完全に消えてしまいたいわけではないのです。リチャード・ニーガスがもう一度私を探し出して、昔の悪を正すために私の助けを求めるという未来のビジョンを持っていたのではありません。そうではなく、言葉では言い表せませんが、強い予感があったのだと思います。グレート・ホリングの村は永遠に私と関係を絶たないし、私もそうだ、とわかっていました。だからこそ、自分のロンドンの住所をドクター・フラワーデイに送っていたのです。

リチャードの手紙には私に会う必要があると書いてあり、私はそれを拒否するなんて思いもよりませんでした。彼は翌週ロンドンに来ました。いきなり彼はきいたのです。何年も前に私たちがした許されざる罪の償いをするために手助けしてくれるかと。

私は、償いなど不可能だと言いました。パトリックは死んでしまった。それをもとに戻すことはできないと。リチャードは言いました。「そうです。パトリックとフランシスは死んだ。そして、あなたと私は、二度と再び幸せを知ることはない。しかし、私たちが相応の犠牲を払えばどうだろうか？」

私は理解できませんでした。どういう意味かとききました。

彼は言いました。「我々がパトリックとフランシスを殺したのだ。私はそう信じている。ならば、我々自身の命で償うのがふさわしいのではないか？　人生というものが他の人々に与える喜びを我々は享受できないと知っているではないか？　なぜそうなのか？　なぜ癒してくれるはずの時間さえ、我々の傷を癒してくれないのか？　それは、かわいそうなパトリックとフランシスが地下に眠っているのに、我々が生きていていいはずがないからではないのか？」話しているうちにリチャードの目がいつもの茶から黒に近い色へと暗くなりました。「国の法律は無実の人の命を奪った者を、死をもって罰している」彼は言いました。「我々はその法律を欺《あざむ》いた」

彼も私も武器を取ってパトリックとフランシスを殺しはしなかった、と言うことはできたでしょう。それはたしかな事実でしたから。でも、彼の言葉があまりにも強く心に響いたので、彼が正しいとわかりました。もっとも、彼は間違っているという人も大勢いたでしょう。彼の話を聞いて、私の心は十五年ぶりに何か希望に似たもので満たされました。そうです、パトリックを連れ戻すことはできません。でも、私が自分のしたことに対する報いから逃げられないようにすることはできる。

「私に自分の命を捨てるようにとおっしゃっているのですか？」私はリチャードがはっきり口にしないものですから、尋ねました。

「いや。私も自分の命を捨てようとは思わない。私が考えているのは自殺ではなく、処刑だ——私たちはみずからその犠牲となるのだよ。少なくとも私はそうするつもりだ。きみに無理強いするつもりはないがね」

「罪があるのは、あなたと私だけではありません」

「そう、我々だけではない」彼は同意しました。そして次に彼が言ったことは、私の心臓を止めそうになりました。「ハリエット・シッペルとアイダ・グランズベリーが、ずっと私と同じ考え方をするようになったと知ったら、とても驚くだろうか、ジェニー？」

私は信じられないと言いました。ハリエットとアイダは、残酷で許されない行いをしたとは絶対に認めないだろうと思ったのです。リチャードも、一時は当然そう思っていたと言いました。「私は説得した。人々は私の話を聞くんだ、ジェニー。これまでもいつもそうだった。私はハリエットとアイダに働きかけたよ。厳しい非難ではなく、私の深い後悔の念と、自分がなした害の償いをしたいという希望を絶えず口にして。何年も──最後にきみと話をしたときから過ぎ去った年月と同じだけ──かかった。やがてハリエットとアイダは私と同じ見方をするようになった。ふたりとも心底不幸な女性だ。ハリエットは夫が死んでから。アイダは、私がもう彼女と結婚したくないと言ってからずっとね」

ありえないと言おうと私は口を開きかけましたが、リチャードは話を続けました。そして、ハリエットとアイダは、パトリックとフランシス・アイヴの死に対し責任があることを受け入れ、自分たちが犯した過ちを正したいと思っていると断言したのです。

「人の心理は面白い」と彼は言いました。「ハリエットは、罰することのできる者がいれば満足なのだ。今やその人物が彼女自身だ。彼女は天国で再び夫と結ばれることを熱望している。それを忘れてはいけない。彼女は、死後に、夫とは違う場所に行ってしまう可能性を残したくないのだ」

私はショックで言葉もありませんでした。絶対に信じないと言いました。リチャードは、私がハリエットとアイダと話をしさえすれば、ふたりはすぐに認めるだろうと言いました。そして、ふたりが変わったことを自分の目で確かめられるから、ふたりに会うべきだと。

私はハリエットとアイダが変わるなんて想像もできないうえ、ふたりのどちらかと同じ部屋にいることになれば、殺してしまうかもしれないという恐怖にかられました。リチャードは言いました。「理解しようと努めなければいけないよ、ジェニー。私はふたりに苦しみから抜け出す方法を提供した――保証するよ、ふたりとも苦しんでいたんだ。他人にあれほどの危害を加えながら、その過程で自分の魂を傷つけないで済むなどありえんのだよ。何年ものあいだ、ハリエットとアイダは、ふたりが固守すべきはパトリックに対する彼らの仕打ちは正義だったという確信だと信じていた。しかし、時間がたつにつれ、私がもっと善きもの、つまり、神の真の赦しの話をしているとわかってきた。罪深い魂は贖罪《しょくざい》を切望するんだよ、ジェニー。その魂に贖罪の方法を見つける機会を与えなければ、さらに切望は強くなる。私の決然たる努力によって、ハリエットとアイダは、心の内で日ごとにつのる極度の不快感は、みずからの行為に対する嫌悪感、あれほど懸命に徳の衣で覆い隠そうとした邪悪な行為に対する嫌悪感であって、パトリック・アイヴの犯してもいない罪とは一切関係がないことを理解するようになったのだよ」

リチャードの話を聞くうちに、私はもっとも妥協から遠い人でさえ――ハリエット・シッペルのような人でさえ――彼に説得されるのかもしれないと思い始めました。彼は世の中を違った角度から見るように仕向ける方法を知っていました。

彼は、次に会うときに、ハリエットとアイダを連れてきてもいいかとききました。私は心の中で疑いと恐怖を感じながらも、承諾しました。

リチャードが帰る頃には、彼の言ったことをすべて信じていましたが、それでも、二日後、ハリエット・シッペルとアイダ・グランズベリーと同じ部屋にいて、リチャードが報告したようにふたりが変わっているのをこの目で見たときはショックで動揺しました。いえ、変わったというか、むしろ今までと同じでした。ただ今ではふたりの無慈悲な厳格さは自分自身に向けられていました。ふたりが「かわいそうな、優しいパトリック」とか「かわいそうな、純真なフランシス」とか言うたびに、ふたりに対する新たな激しい憎しみでいっぱいになりました。あの人たちにはそのような言葉を口にする権利はありません。

私たち四人は、過ちを正すために何かしなければならないということで一致しました。私たちは、法律ではなく真理に照らせば殺人者であり、殺人者は自分自身の命で償いをしなければなりません。私たちが死んだ後、初めて神は私たちを赦してくださいます。「我々四人は裁判官で、陪審員で、死刑執行人です」リチャードが言いました。「我々はお互いの死刑執行人となるのです」

「どうやってやるのかしら?」アイダがうっとりと彼を見つめながら言いました。

「私に考えがある」彼が言いました。「方法は私が検討しよう」

このようにして騒ぎも文句もなく、私たちは自分の死刑執行令状に署名しました。私は大きな安堵のほか何も感じませんでした。そのとき、私に殺される人が死を恐れない限り、私もその人を殺すことを恐れないと思ったことを覚えています。被害者という言葉は間違っています。何が正しい言葉かはわかりません。

するとハリエットが言いました。「待って。ナンシー・デュケインはどうするの?」

説明する前から彼女が何を言いたいのかわかりました。「ああ、やっぱり」私は内心思いました。「昔と同じハリエット・シッペルだわ」四人の死だけでは、彼女の大義にとっては十分でないのです。彼女は五人目の死を切望しました。

リチャードとアイダがどういう意味かとききました。

「ナンシー・デュケインも死ななければならないわ」ハリエットは言いました。目が石のように固くなっていました。「彼女がかわいそうなパトリックを誘惑したのよ。自分たちの恥を村中に発表して、かわいそうなフランシスの心を打ち砕いてしまったわ」「まあ、なんてことを」私はあわてて言いました。「ナンシーは自分の人生を決してあきらめません。それに……パトリックは彼女を愛していました！」

「彼女は私たちと同じように罪深い」ハリエットは言い張りました。「彼女は死ななければならないわ。私たち罪ある者はみな死ななければならないのよ。そうでなければ無駄死にになってしまう。やるからには、正しくやらなければならない。覚えているでしょう、フランシス・アイヴが自分の命を絶つきっかけを作ったのはナンシーの自白だったのよ。それに、私はあなたたちが知らないことを知っているわ」

リチャードは直ちに説明を求めました。ハリエットは目に陰険な光を浮かべて言いました。「ナンシーはフランシスに、夫のパトリックの心は彼女のものだと知ってもらいたかった。嫉妬と悪意からあの話をしたのよ。私にそう白状したわ。彼女は私たちと同じくらい罪深い――私に言わせれば、もっと罪深いわ。もし彼女が死ぬことに同意しなければ……そのときは！」

リチャードは長いあいだ両手に頭を埋めたままでした。ハリエットとアイダと私は黙って待ちました。そのとき、私は悟りました。リチャードが私たちのリーダーなのだと。

最終的に彼が何と言おうと、私たちはそれに従うことになると。

私はナンシーのために祈りました。パトリックの死の責任が彼女にあるとは思えませんでした。それまでも思ったことはなかったし、これからもないでしょう。

「いいでしょう」リチャードは言いましたが、嬉しそうには見えませんでした。「認めるのは悲しいことだが、イエスだ。ナンシー・デュケインは他の女の夫と関係をもってはいけなかった。村人の前でパトリックとの関係をあのように表明するべきではなかった。あんなことがなければ、フランシス・アイヴがみずからの命を絶たなかったと言えなくもない。残念だが、ナンシー・デュケインも死ななければならない」

「いけません」私は叫びました。パトリックがこれを聞いたらどんな思いをするか、ただそれだけしか考えられませんでした。

「残念だが、ジェニー、ハリエットは正しい」リチャードは言いました。「我々がしようとしていることは大胆かつ困難なことだ。我々自身にこれほどの犠牲を強いながら、起こったことに対して同じように責任のあるひとりを生かしておくことはできない。ナンシーの罪を免除することはできないのだよ」

私は泣き叫び、部屋から走り出て行きたかった。でも、無理やり自分を椅子に座らせていました。私はハリエットが嘘をついていると確信していました。

キングズ・ヘッドでみなに告白を行った理由について、ナンシーが嫉妬とフランシス

・アイヴを傷つけたいという欲望にかられたと白状したなんて信じられません。でも、ハリエットの前では、怖くてそうは言えませんでした。それに、私には証拠がなかった。リチャードは、計画をどのように実行に移すか、しばらくのあいだ考える必要があると告げました。

二週間後、彼は再び私に会いに来ました。彼と私だけがすべての真実を知ることになると――そして、いか決めたと言いました。彼と私だけがすべての真実を知ることになると――そして、もちろん、サミーも。彼には何もかも話していました。

リチャードは、みなで同意したように互いに殺しあい、その殺人の罪をナンシー・デュケインにきせる計画だと、ハリエットとアイダに話すつもりだと言いました。ナンシーはロンドンに住んでいるので、これはロンドンでやる必要がある――しかもホテルでと提案しました。費用はすべて彼がもつ。

ホテルに入ってしまえば、後は簡単だ。アイダがハリエットを殺し、リチャードがアイダを殺し、私がリチャードを殺す。殺人者はそれぞれ自分の番が来たら、パトリック・アイヴのイニシャル付きのカフスボタンを被害者の口に入れ、犯行現場を他のふたつの現場と同じように整える。そうすれば、警察は当然同じ殺人犯が三件の…… 〝死〟をもたらしたと考える。私は〝殺人〟と言おうとしましたが、そうではありません。これは処刑です。私たちは、人が処刑された後にはきちんとした手続きがあるに違いないと考えました。そうじゃありませんか？　刑務所の職員は処刑されたすべての罪人の遺体に同じことをするに違いありません。遺体をあのように——丁重で威厳に満ちて——整えたのはリチャードの考えでした。儀式のように——それがリチャードの言葉でした。

被害者のうちアイダとハリエットのふたりは、住所はグレート・ホリングだとホテルに教えたはずだから、警察が村に行って聞き回り、ナンシーを疑い始めるまでに長くはかからないことはわかっていました。他にあれほど容疑者だとはっきりわかる人はいたでしょうか？　サミーは、彼女が三件目の殺人の後、ホテルから飛び出してきて地面に二個の部屋の鍵を落とすのを見たと装います。そうです。二個の部屋の鍵。リチャードの鍵も計画の一部でした。アイダはハリエットを殺し、ハリエットの部屋のドアをロックしたらハリエットの鍵を自分の部屋に持っていくことになっていました。リチャードも同じことをする。つまり、アイダを殺した後、アイダの部屋を出てロックしたら、ハリエットとアイダの部屋の鍵を持っていく。それから、私がリチャードを殺し、彼の部屋のドアをロックし、三つの鍵すべてを持って、〈ブロクサム〉の外でサミーに会い、鍵をわたす。サミーはナンシー・デュケインを犯罪者に仕立てるために、なんとかして彼女の家の中に鍵を忍び込ませるか、あるいは、結局そうなったように、いつか通りで彼女のコートのポケットに忍び込ませる。

これは重大なことではないと思いますが、パトリック・アイヴは一度もモノグラムの付いたカフスボタンをしたことがありません。カフスボタンすら持っていなかったはずです。リチャード・ニーガスが、警察を誘導するために、あのカフスボタンを特注したのです。ホテルの四番目の部屋に血と私の帽子を残すことも、あの部屋で私が殺されたと――ナンシー・デュケインが私たち四人を全員殺すことによって亡き恋人の仇を討ったと――あなた方に信じ込ませるために作られた計画の一部でした。リチャードは血の調達を喜んでサミーに任せました。殺人の夜にホテルのフロントデスクに書き付けを置いてくるのもサミーの仕事でした。〝彼らの魂が決して永遠の安らぎを得ませんように〟と三つの部屋番号。彼は、八時少しすぎの誰も見ていない時間にそれをフロントデスクに置くことになっていました。一方、私の役割は、生き残り、ナンシー・デュケインが三件の殺人で、警察が私も死んだと信じれば四件の殺人で、確実に絞首刑になるように見届けることでした。

私はどうやってこれをやり遂げようとしたのでしょうか？ ナンシーが殺したいと思う四番目の人間として――パトリックの身に起きたことに責任のある四番目の人間として――命を脅かされていると警察に知らせることでした。私はこれを〈プレザント珈琲館〉でやり、あなたは私の観客でした、ムッシュー・ポアロ。あなたのおっしゃることはほんとに正しい。私はあなた方を騙していました。あなたは次の点でも正しかった。〈プレザント〉のウエイトレスたちが、大陸から来た探偵が毎週木曜日の夜七時半きっかりに来て、ときどきスコットランドヤードのずっと若い友人と一緒に食事をするとしゃべっているのを私が聞いていたことです。ウエイトレスたちがあなたの話をしているのを聞いてすぐに、あなたが完璧な相手だとわかりました。

でも、ムッシュー・ポアロ、あなたが引き出した結論のひとつは間違いですわ。あなたはおっしゃいました。私が言ったこと、「私さえ死ねば、ようやく正当な処罰が下されたことになる」は、三人がすでに死んでいることを私が知っていたことを意味すると。でも、リチャードとハリエットとアイダが死んでいるか生きているか全然知りませんでした。なぜなら、その時点までに、私はすべてをぶちこわしていたからです。あの言葉を口にしたとき、リチャードと私のたてた計画に従えば、私は彼らより長生きすることになるんだとただ考えていたのです。だから、おわかりでしょう、私があの言葉をつぶやいたとき、あの人たちはまだ生きていたかもしれないのです。

もっとはっきりさせるべきですね。計画はふたつありました。ハリエットとアイダが同意したものと、リチャードと私だけが知っているまったく別のもの。ハリエットとアイダに関する限り、計画はこうなります。アイダがハリエットを殺し、リチャードがアイダを殺し、私がリチャードを殺す。それから私は自分の殺人をでっちあげる。〈ブロクサム〉で、サミーが手に入れる血を使って。それから、ナンシー・デュケインが絞首刑になるのを見届けるまで生き、それから自分の命を絶つ。何かの拍子でナンシーが絞首刑になららなければ、彼女を殺し、それから自分の命を絶つ。演技が絡むおかげで、私は最後に死ぬことになっていました。私はなりたいと思えばいい役者になれるのです。珈琲館であなたと出会うよう画策をしたとき……ハリエット・シッペルだったらあのような演技はできなかったでしょう。アイダもリチャードもできなかったでしょう。だから、おわかりでしょう、生き延びるのは私でなければならなかったのです。

ハリエットとアイダが加わっていた計画は、リチャードの本当の計画ではありませんでした。ロンドンでハリエットとアイダに最初に会ったときから二週間後、彼が私にひとりで会いに来て、ナンシーが死ぬべきかという問題は彼を大いに悩ましていると言いました。私と同じように、ナンシーのキングズ・ヘッドでの告白にパトリックを嘘から守る以外の理由があったというハリエットの言葉は信じられなかったのです。

一方で、リチャードはハリエットの言い分も理解できました。パトリックとフランシス・アイヴの死は、何人かの誤った判断によって引き起こされたもので、ナンシー・デュケインも責めを負うべき人間として数えないわけにはいかない。

リチャードはナンシーの問題については結論を出すことができない。だから、それを私に任せることにしたと言いました。このときほど、驚きと恐怖を感じたことはありません。彼とハリエットとアイダが死んだ後、私が自由に決定していいと言うのです。ナンシーが確実に絞首刑に処せられるように最善を尽くしてもいいし、自分の命を絶ち、ホテルのスタッフが見つけてくれるように別の書き付け――〝彼らの魂が決して永遠の安らぎを得ませんように〟ではなく、私たちの死に関する真相を語る書き付け――を残しておいてもいいと。

私ひとりに決めさせないでとリチャードに懇願しました。なぜ私が？　理由が知りたかった。

「なぜなら、ジェニー」彼は言いました――私は決してこの言葉を忘れません――「なぜなら、きみが我々の中で一番善良だからだ。自分には徳があると感じて慢心することが決してなかった。もちろん、きみは嘘をついた。しかし、言葉が口から出るやいなや、自分の過ちに気づいた。私は、証拠もないのにきみの嘘を許しがたいほど長く信じ、善良で無実な男の追放運動の支持者集めに手を貸した。もちろん、欠点のある男ではあった。聖人ではない。しかし、我々の中に完璧な者がいるだろうか？」

「わかりました」私はリチャードに言いました。「私に委ねられたことをしましょう」

あんなに褒められて私は得意になったのだと思います。

こうして、私たちの計画は立てられました。次に、それがどうしてうまくいかなかったのかお話ししましょうか？

第二十章　どうしてうまくいかなかったのか

「もちろん」ポアロが言った。「話してください。キャッチプール君と私はうずうずしています」

「私のせいなのです」ジェニーが言った。彼女の声は今ではしゃがれていた。「私は臆病者なんです。死ぬのが怖かったのです。パトリックがいなくなって孤独でしたが、不幸の中でもしだいに安らぎを得るようになり、自分の人生を終わらせるのが嫌になりました。どんな人生でも、たとえ苦痛に満ちたものでも、ないよりはましです！　そう言ったからといって、どうぞ、キリスト教徒らしからぬと責めないでください。あの世があると信じているのか自分でもわかりません。決められた処刑の日が近づくにつれて——人を殺さなければならないことが——ますます怖くなってきました。どういうことになるのだろうかと考え、鍵のかかった部屋に立ち、リチャードが毒を飲むのを見守っているところを想像しました。そして、そうしなければならないことが嫌でした。でも、私は同意したのです！　約束したのです」

「何カ月か前は簡単そうに見えた計画が、不可能に思えてきたのですね」ポアロは言った。「それでも、あなたは自分の恐怖をリチャードに伝えられなかった。あなたをあんなに高く買っていたのですから。深刻な不安を告白したら、あなたの評価は下がってしまうかもしれなかった。それに、あなたの同意の有無にかかわらず、彼があなたを処刑しようとするだろうとおそらく心配したのでしょう」

「そうです！　彼に殺されるのではないかと恐怖にかられました。この計画を話し合ううちに、四人全員が死ぬことに彼がいかにこだわっているか理解していたのです。あるとき、彼は私に言いました。もしハリエットとアイダを説得することができなかったら、『彼らの同意がなくても、する必要があることはしただろう』と。そういう言い方をしたのです。それを知っていて、どうして彼のもとへ行き、気が変わったと、死ぬ覚悟も殺す覚悟もできていないと言えるでしょうか？」

「あなたは気が変わったご自分を責めたはずですよ、マドモワゼル。この殺すことと死ぬことを、正しく名誉なことだと信じていたのでしょう？」

「理性的には、そう、信じていました」ジェニーは言った。「これをやり抜くために、私の中に特別の勇気が見つかりますようにと願い祈りました」

「ナンシーについてはどうするつもりでしたか？」私はきいた。

「わかりません。初めてあなたと会った夜の私のパニックは本物でした、ムッシュー・

ポアロ。何事もどうしたらいいのか決めかねていました！　鍵に関する話をでっちあげること、ナンシーが何者だか警察に通報することなどは、サミーに任せました。すべて起こるに任せ、自分には、いつでも警察に行き真実を話し、彼女を救うことができると言い聞かせました。でも……そうはしませんでした。リチャードは、私のことを彼女よりも善良な人間だと思っていましたが、間違っています——あまりにも間違っています！　私の一部はまだ、パトリックに愛されていた彼女を妬んでいます。グレート・ホリングであのようなトラブルを引き起こしたのと同じような悪の部分です。それから……もし私が無実の女に殺人の罪を着せる計画を企てたと認めたら、確実に刑務所行きだとわかっていました。怖かったのです」

「話してください、マドモワゼル。あなたは何をしたのですか？　〈ブロクサム〉で行われたこれらの……処刑の日に何があったのですか？」

「私は六時にそこに着くことになっていました。私たちはその時間に会うことになっていたのです」

「四人の共謀者が？」

「ええ、そしてサミーです。私は一日中時計の針が恐ろしい瞬間に向かってチクタクと進んで行くのを見つめていました。五時近くなると、とにかく私にはできないとわかったのです。どうしてもできない！　私はホテルに行きませんでした。代わりに、恐怖で泣き叫びながらロンドンの通りを走り回っていました。どこに行くべきか、何をすべきか、何も考えていませんでした。だから、ただ走りに走っていました。リチャード・ニーガスは、私が彼や他の人たちを裏切ったことに激怒して、探し回わったに違いありません。私は、たとえリチャードを殺す義務は果たせなくても、少なくとも約束の一部は守れると思いながら、〈プレゼント〉に約束の時間に行きました。

　珈琲館に着いたときは、自分の命がどうなるかと心配していました。あなたのご覧になったのは演技ではありません。ナンシーではなくリチャードが私を殺すかもしれない――私は、もし彼がそうするなら、正しいことをしているのだと確信していました。私は死んで当然だったのです！　私は真実でないことは何も言っていません、ムッシュー・ポアロ。どうか私が言ったことを思い出してください。

私は殺されるのを恐れていたのでしょうか？　恐れていました――リチャードによって殺されるのを。私は過去に何か恐ろしいことをしたのでしょうか？　しました。そして、もしリチャードが私を見つけ殺したら、いつかそうなると信じていますが、そのために彼が罰せられることは本当に望んでいませんでした。彼を裏切ったのですから。理解できますか？　リチャードは死にたかったかもしれませんが、私は彼に生きてほしかったのです。パトリックを傷つけたけれど、善良な人でした」

「そうですね《ウィ》、マドモワゼル」

「あの夜、あなたに真実をお話ししたかった、ムッシュー・ポアロ。でも勇気がなかった」

「つまり、あなたがリチャード・ニーガスを殺すために〈ブロクサム〉に行かなかったから、彼があなたを探し出して殺すと思ったわけですね？」

「ええ。私が計画に背いてホテルに行かなかった理由を知らずに、彼は満足して死ねないだろうと思いました」

「しかし、彼は満足していた」私は賢明に考えながら言った。

ジェニーがうなずいた。

やっと、すべてが意味をなすことがわかった。ひとつは三つの死体がまったく同じように配置――真っすぐに、足をドアの方向に向け、小テーブルと椅子の間に横たえる――されていた意味。ポアロが言ったように、ハリエット・シッペルとアイダ・グランズベリーとリチャード・ニーガスが全員あの正確な位置に倒れることはありえない。

三件の殺人現場には疑念を生じさせるのに十分な類似点がある。ついに私はその理由がわかった。共謀者たちは、警察に殺人犯はひとりだけだと思わせる必要があった。実際、給料に見合う働きのある刑事でさえ、口の中のカフスボタンと、三人の死体が同じ夜同じホテルで見つかったという事実からだけで、そう推理しただろう。しかし、殺人犯たちは偏執症《パラノイア》にかかっていた。もちろん彼ら自身は、殺人者が複数であることを知っている。だから、犯罪者が考えがちなように、彼らも真実はすぐにわかってしまうと考えた。それで、わざわざ苦労して必要以上に類似性のある三つの殺人現場を作ったのだ。また、三つの死体を真っすぐにまったく同じように横たえることは、〈ブロクサム〉の殺しは殺人ではなく処刑だという考えと一致する。〝処刑〟後には、人が従うべき手続き、形式と儀式がある。そこらの殺人犯がするように、死体を倒れたままにほうっておくのではなく、何かをすることが重要だと感じたのだろう。

ずっと若い頃のジェニー・ホッブズのイメージが頭に浮かんだ。ケンブリッジ大学セイヴィア・カレッジで、部屋から部屋へと移動しながら、ベッドを整えている。どのベッドも決まった型に従いまったく同じように整えていただろう……私は身震いした。なぜこんなにも、カレッジで若い女性が無心にベッドを整えているイメージが私に寒気を与えるのか。

ベッドと、死の床《デスベッド》……

型と、型の崩壊……

「リチャード・ニーガスは自殺したんです」気がつくと私はそう宣言していた。「そうに違いありません。彼は殺人に見せかけようとしたんです――他のふたつと同じ型。そうなれば、我々は同じ殺人犯だろうと思う――しかし、彼は内側からドアをロックしなければならなかった。それで、殺人犯が持っていったように見せかけるために鍵を暖炉のタイルの後ろに隠し、窓をいっぱいに開けた。鍵が発見されたとしても、我々は——実際にそうしたように——なぜ殺人犯は内側からドアをロックし、部屋に鍵を隠し、窓から逃走することにしたのかと不思議に思ったでしょう。しかし、それでも、殺人犯がいたとは信じたでしょう。ニーガスにとって重要なのはそれだけだったのです。一方、もし窓が閉まっていて、何かの拍子に鍵が発見されれば、我々は唯一の結論を導き出す。つまり、リチャード・ニーガスは自殺したと。彼は我々がその結論に達する危険をどうしても避けたかった——おわかりですよね？　もしそうなれば、ナンシー・デュケインに三人の殺害のぬれぎぬを着せることができなくなる。ハリエット・シッペルとアイダ・グランズベリーを殺した後でニーガスが自殺したと我々が推論する可能性が高くなります」

「ええ」ジェニーは言った。「正しいと思います」

「カフスボタンの位置が異なっていたのは……」ポアロはそうつぶやいてから、私に向かって眉毛を上げ、話を続けるように促した。

私は言った。「カフスボタンがニーガスの喉の近くにあったのは、毒薬による死の痙《けい》攣《れん》で口が開いてしまったからです。彼は注意深く床の上に真っすぐ身を横たえ、唇のあいだにカフスボタンを置いた。しかし、口の奥に落ちてしまった。ハリエット・シッペルとアイダ・グランズベリーと違って、彼が死んだときは殺人犯がその場にいなかった。

だからカフスボタンが決められた場所に注意深く置かれることは不可能だった」

「マドモワゼル・ジェニー、ミスター・ニーガスは、あなたがホテルに現れなかった理由を調べもせずに、毒を飲んで横たわって死ぬと思いますか？」ポアロはきいた。

「そうは思いませんでした。新聞で彼の死亡記事を読むまでは」

「おお」ポアロは読み取りづらい表情を見せた。

「ずっとリチャードはあの木曜日の夜に死ねると思っていました。多くの歳月が流れた末にようやく彼の罪と苦痛に終止符が打たれることを望んでいたのです」ジェニーは言った。「彼が望んだのは、〈ブロクサム〉に着いてみれば、罪と苦痛から解放されることだけだったのでしょう。ですから、計画に反して、私が彼を殺しに来なかったとき、みずからの手でそれをやったのです」

「ありがとう、マドモワゼル」ポアロは立ち上がった。あまりにも長いこと座っていたので、バランスをとるのに少しよろめいた。

「私はどうなるのでしょう、ムッシュー・ポアロ？」

「私とミスター・キャッチプールがもう少し捜査をして帰って来るまで、この家にいてください。二度も逃げるという過ちを犯せば、事態はあなたにとって非常に悪くなりますよ」

「じっとしていても、悪くなるでしょう」ジェニーは言った。その目には、空虚で遥か彼方を見るような様子があった。「大丈夫です、ミスター・キャッチプール、私のことを気の毒に思う必要はありません。覚悟はできています」

彼女の言葉は、こちらを安心させようと意図していたが、むしろ私を恐怖でいっぱいにした。彼女には未来を見据え、そこに含まれる恐ろしい結末を見てしまった者が持つたたずまいがあった。それが何であれ、私にはその覚悟ができていないことがわかっていたし、覚悟したいとも思わなかった。

第二十一章　すべての悪魔はここ地上に来ている

すぐにでもグレート・ホリングに行かねばならない、と二度ほど言ったことを除けば、ポアロは家に帰るあいだずっと黙っていた。何かに心を奪われているようだったが、その話をしたくないのは明らかだった。

下宿には、若いスタンレー・ビア巡査が待っていた。「何かあったのかね？」ポアロがきいた。

「えっ？　ああ、あなたの紋章ですね？　いえ、あれはまったく大丈夫でした。ええと……」ビアはポケットに手を伸ばし、封筒を取り出した。「そこに答えが書いてあります」

「ありがとう、巡査。しかし、それでは何か別の問題があるんですね？　何かが心配なんでしょう、違いますか？」

「そうなんです。グレート・ホリングの医者、アンブローズ・フラワーデイからスコットランドヤードに連絡があったのです。今すぐミスター・キャッチプールに来てほしいとのことでした。とにかくキャッチプールさんが必要だと」

ポアロは私を見た。それから振り返ってスタンレー・ビアを見た。「私たちはすぐにもそこに行くつもりでした。なぜ、ドクター・フラワーデイがキャッチプール君の来訪を求めたのか知ってますか？」

「ええ。いい話ではありません。マーガレット・アーンストという名の女性が襲われたそうです。死ぬかもしれないとの――」

「ああ、何ということだ」私はつぶやいた。

「――そして、彼女は死ぬ前にミスター・キャッチプールに会う必要があると言っています。ドクター・フラワーデイの口ぶりからすると、お急ぎになったほうがよいかと。駅までお連れするための車を外に待たせています」

「準備をするために三十分待ってもらえるだろうか？」私は言った。ポアロの几帳面な性格と慌ただしい行動への嫌悪感を考えて。

ビアは腕時計を見た。「五分、長くても十分。次の汽車にお乗りになりたければそれ以上はだめです」

結果的には、恥ずかしながら、私より先にポアロがスーツケースを持って階下に下りていた。「急いで、キャッチプール君」彼はせき立てた。

車中、私は話さなければならないと決心した。たとえポアロが話す気分でなかったにしても。「私があの地獄のような村に近寄らなければ、マーガレット・アーンストは襲われなかったでしょう」私は険しい顔をして言った。「私が彼女の家に行って長時間滞在したのに誰かが気づいたのでしょう」

「きみは彼女がすべてを、いや、ほとんどすべてを話してくれるのに十分なほど長く滞在しました。それならば、警察に知っていることをすでに話してしまった彼女を殺してどんな得があるのでしょうか?」

「復讐。罰……。けれど正直、理由は分かりません。もしナンシー・デュケインが無実で、ジェニー・ホッブズとサミュエル・キッドがあらゆることの背後にいるとしたら――つまり、まだ生きているそのふたりが、あらゆることの背後にいるとしたら――なぜジェニーとキッドは、マーガレット・アーンストを殺したいと思うのでしょうか? 彼女はふたりのどちらかでも罪に陥れるようなことは何ひとつ言いませんでした。それに、彼女はパトリックとフランシス・アイヴを害することは何もしていません」

「私もそう思いますな。私の見る限り、ジェニー・ホッブズとサミュエル・キッドにはマーガレット・アーンストを殺す動機がありません」

雨が車の窓に激しく打ちつけ、聞くことも集中することも困難にしていた。「では、誰が殺そうとしたんでしょう?」私はきいた。「あのときすべての答えがそろったと思い――」

「まさかそんなことは考えなかったでしょうね、キャッチプール君？」

「いえ、考えました。私が間違っているとおっしゃるのでしょうが、すべてがわかったように思えました。違いますか？　すべてが単純でした。マーガレット・アーンストが襲われたと聞くまでは」

「すべてが単純だなんて」ポアロは雨が打ちつける車の窓に向かって薄ら笑いを浮かべた。

「私には十分簡単そうに思えました。殺人犯は全員死にました。アイダがハリエットの同意を得てハリエットを殺し、次にリチャード・ニーガスによって殺される——ここでも彼女の完全な同意を得て。それから、ニーガスは、ジェニーが計画通りに彼を殺しに来なかったので、自分で自分の命を絶った。ジェニー・ホッブズとサミュエル・キッドは誰も殺していない。もちろん、彼らは共謀して三件の死をもたらした。しかし、これらの死は、私の見るところ、殺人ではありません。それは——」

「同意による処刑？」

「そのとおりです」

「彼らの立てた計画はきわめて整然としていますね？　ハリエット・シッペル、アイダ・グランズベリー、リチャード・ニーガス、ジェニー・ホッブズ。仮に彼らをA、B、C、Dと呼んでみよう。そうすれば、計画の整然さがよりはっきりする」

「なぜ名前で呼ばないのです？」

ポアロは私を無視した。「Ａ、Ｂ、Ｃ、Ｄ──みな罪悪感に苦しめられ魂の救いを求めていた。彼らは過去の罪をみずからの命で償わなければならないという考えで一致し、互いに殺す計画をたてる。つまりＢがＡを殺し、ＣがＢを殺し、それからＤがＣを殺す」

「ただＤはＣを殺さなかったのですね？　Ｄはジェニー・ホッブズで、リチャード・ニーガスを殺さなかった」

「たぶん。しかし、彼女は殺すはずだった。それが計画だった。また、そのＤは生き続けてＥ──ナンシー・デュケイン──がＡ、Ｂ、Ｃを殺した罪で絞首刑にされるのを見届ける。そこで初めてＤは……」ポアロは言葉を切った。「Ｄは」彼は繰り返した。

「Ｄｅｍｉｓｅ《死亡》。これが正解です」

「えっ？」

「きみのクロスワード・パズルですよ。死を意味し六つの文字からなる言葉。思い出せませんか？　私が〝ｍｕｒｄｅｒ《殺人》〟と言ったら、きみは正解になるには、ｍｕｒｄｅｒが……」彼は首を振って黙ってしまった。

「ｍｕｒｄｅｒがＤで始まるなら。ええ、思い出しました。ポアロさん、大丈夫ですか？」彼の目が時々そうなるように、あの不思議な緑の輝きを放っていた。

「え。いや、きみの言うとおりだ《コマンメ・ヴィヤン・エヴィダマン》。murderがDで始まるなら！　もちろん！　それですよ。キャッチプール君、きみにはどんなに助けられたか、わからないでしょうな。今考えてみると……やはり、そうです。そうに違いない。若い男と年上の女——ああ、しかし、今はこんなにはっきりわかります！」

「説明してください」

「ええ、ええ。その準備ができたら」

「なぜ今その準備ができてないのですか？　何を待っているのです？」

「考えをまとめるために二十秒以上はくれなければいけません、キャッチプール君。何ひとつわかっていないきみに説明するとなれば、そのくらいは必要です。きみの言葉はどれひとつ取っても何も理解していないことを示しています。答えはすべて揃ったと言うが、今朝ジェニー・ホッブズから聞いた話は嘘で作った精巧な刺繍《ししゅう》です！　それがわかりますか？」

「あの……つまり……ええと」

「リチャード・ニーガスは、はたしてハリエット・シッペルと同じように、ナンシー・デュケインがやってもいない三件の殺人罪で絞首刑にされるべきだという意見を持つだろうか？　彼は進んでナンシーの運命をジェニー・ホッブズの手にゆだねるだろうか？　リーダーであり、尊敬するに足る権威者のリチャード・ニーガス——不当にパトリック

・アイヴを非難したことで十六年間もひどい罪悪感をいだいていた同じリチャード・ニーガスが？　無理からぬ人間的弱さを持ったからといってひとりの人間を非難し迫害することは過ちだとあまりにも遅く気づいたリチャード・ニーガスが？　アイダ・グランズベリーがあらゆる破戒は最高の厳しさで罰せられなければならないと教条的に主張したために、彼女との婚約を破棄した――このリチャード・ニーガスが、罪と言えば決して自分のものにはならない男を愛してしまっただけのナンシー・デュケインが法によって有罪とされ、犯してもいない三件の殺人で絞首刑になるのを許すだろうか？　ふん！　ナンセンスです！　首尾一貫しません。我々をまたもや誤った方向に導こうとするジェニー・ホッブズのでっちあげです」

私はこの話をほとんど口をぽかんと開けて聞いていた。「確かですか？　私は彼女を信じていました」

「もちろん、確かですよ。ヘンリー・ニーガスは言いませんでしたか？　兄のリチャードは十六年間、彼の家で隠遁者のような生活をし、誰にも会わず、誰とも話をしなかったと……それなのに、ジェニー・ホッブズの話では、彼は同じ年月、ハリエット・シッペルとアイダ・グランズベリーはパトリックとフランシス・アイヴの死に責任があるのだから、その代償を支払わなければならないと、ふたりを説得して過ごしていたことになる。リチャード・ニーガスは、弟のヘンリーに気づかれずに、どういう方法でグレート・ホリングのふたりの女性と定期的にやりとりし、説得を行ったのでしょう？」

「確かにそうかもしれません。その点は考えつきませんでした」

「それは小さなことです。ジェニーの話のもっと本質的な過ちにはきっと気づいたでしょうね？」

「無実の人に殺人の罪を着せるのは、決定的に誤っています」

「キャッチプール君、私は道徳的な過ちについて話しているのではなく、彼女の話は事実上不可能だと言っているんです。きみはこうやって、私の準備ができる前に、私をイライラさせてむりやり説明させるつもりですか？ よろしい《ビャン》、ひとつ教えてあげましょう。それできみは他のことにも気づくかもしれない。ジェニー・ホッブズの話では、〈ブロクサム〉の一二一号室と三一七号室の鍵はどのようにしてナンシー・デュケインのコートのポケットに収まったか？」

「サミュエル・キッドがそこに入れました。ナンシーに罪を着せるために」

「街の通りのどこかで彼女のポケットに滑り込ませたのですか？」

「簡単だと思いますが」

「それはそうです。しかし、ミスター・キッドはどうやってそのふたつの鍵を手に入れたのか？ ジェニーは、リチャード・ニーガスを殺すために二三八号室に行くときに、リチャード・ニーガスの鍵とそのふたつの鍵を見つけることになっていた。二三八号室を出て鍵をかけたら、三個の鍵すべてをキッドに渡す手はずだった。ところが、彼女の話によれば、殺人の夜、リチャード・ニーガスの部屋もしくは、ホテル自体に行かなかったことになっている。ミスター・ニーガスは内側からドアに鍵をかけ、暖炉の緩んだタイルの後ろに鍵を隠し、自殺をした。となるとサミュエル・キッドはどうやって他のふたつの鍵を手に入れたのか？」

私は答えを思いつくかと思ってしばらく待った。が、出なかった。「わかりません」

「おそらくジェニー・ホッブズが現れなかったとき、サミュエル・キッドとリチャード・ニーガスは、即席で筋書きを作ったのです。前者が後者を殺したあと、ハリエット・シッペルとアイダ・グランズベリーの鍵をミスター・ニーガスの部屋から持ち去る。その場合、なぜミスター・ニーガスの鍵も持っていかなかったのか？　なぜ暖炉の緩んだタイルの後ろに隠したのか？　ただひとつ筋の通った説明は、リチャード・ニーガスが自殺を他殺のように見せたかったということだ。しかし、キャッチプール君、これはサミュエル・キッドに鍵を部屋から持ち去ってもらうことで容易に達成される。そうなれば、窓を開け放しておいて殺人者がそこから逃走したという印象を与える必要もなかった」

私は彼の論理の強固さを見て取った。「リチャード・ニーガスが内側からドアをロックした以上、サミュエル・キッドは一二一号室と三一七号室の鍵を持ち去るためにどのようにして二三八号室に入ったのでしょうか？」

「そのとおり《プレシゼマン》」

「まず木を登って開いた窓から侵入したとしたら？」

「キャッチプール君、考えてごらんなさい。ジェニー・ホッブズはあの晩〈ブロクサム〉に行かなかったと言っている。そうなると、彼女なしで計画を実行に移すために、サミュエル・キッドはリチャード・ニーガスと協力したか、あるいはふたりの男は協力しなかったか、どちらかになる。協力しなかったとすると、なぜミスター・キッドは招かれてもいないのに、開いた窓から、ふたつの鍵を取り去るためにミスター・ニーガスの部屋に入ったのか？ どんな理由があってそうしたのか？ もしふたりが協力したのなら、もちろんサミュエル・キッドは二個ではなく三個の鍵を手に入れナンシー・デュケインのポケットに入れたはずです。さらに……きみが今信じているように、リチャード・ニーガスが自殺をし、そのためにカフスボタンが口の奥に落ちてしまったとしても、誰が彼の身体を一直線に整えたのか？ きみは、毒薬を飲んだ人があれほど端正な姿勢で死ぬことができると思いますか？ できません《ノン》！ 不可能です《ス・ネ・パ・ポシーブル》」

「そのことについてはまたゆっくり考えましょう」私は言った。「あなたの話で頭がぐるぐる回ってしまった。以前にはなかった雑多な疑問で溢れかえっています」

「たとえば？」

「なぜ三人の殺人被害者はサンドイッチとケーキとスコーンを注文しながら何ひとつ食べなかったのでしょうか？　そして、食べなかったのなら、なぜアイダ・グランズベリーの部屋の皿に残っていないのか？　いったいどこに行ってしまったのか？」

「おう！　やっとまともな探偵のように考えていますね。エルキュール・ポアロは小さな灰色の脳細胞をいかに使うべきか、きみを教育しているのです」

「あなたもその点について考えましたか――食べ物の矛盾について？」

「もちろん《ビャン・シュル》。他の矛盾点についてはいろいろきいたのに、なぜ私はその点についてジェニー・ホッブズに説明を求めなかったのか？　私がそうしなかったのは、我々が彼女の話を信じたと思わせたかったからですよ。だから、彼女に答えられない質問はしなかったのです」

「ああそうだ！　ポアロさん！　サミュエル・キッドの顔！」

「どこに、キャッチプール君？」

「違います。彼の顔が見えるということではありません。あのう……覚えていますか、あなたが〈プレザント〉で初めて会ったとき、彼はひげ剃りで顔を切っていたでしょう？　頬ひげが剃られた小さな部分に切り傷がある一方で、他の部分はひげに覆われていましたね？」

　ポアロがうなずいた。

「それがひげ剃りによる切り傷ではなく、鋭い木の枝で切ったものだとしたら？　二三八号室の開いた窓から中に入ろうとしたときか、そこから出ようとしたときにつけた傷だとしたら？　彼は、ナンシー・デュケインがホテルから走り出て来たところを見たという嘘をつくつもりで我々に近づこうとしていたから、顔の不可思議な引っ掻き傷とリチャード・ニーガスの開いた窓の外の木とを我々が結びつけることは避けたかった。だから、少しだけひげを剃ったのです」

「ひげを剃り始めたところ、ひどく切ってしまったからひげ剃りはやめてしまったと我々が思いこむことがわかっていたのです」ポアロは言った。「それから、下宿に私を訪ねて来たときは、ひげは消えていたが、顔は切り傷だらけだった。ひげを剃ると必ず顔を傷だらけにしてしまうと私に思い出させるために。しめしめ《エ・ビャン》、私がこれを信じれば、彼の顔の傷を見るたびに私はひげ剃りが原因だと思い込むだろうと」

「なぜもっと嬉しそうに言わないのですか？」

「なぜなら、あまりにも明白だからですよ。二時間以上前にこの結論に達しました」

「ああ」私はぺしゃんこになった気がした。「ちょっと待ってください——もしサミュエル・キッドがリチャード・ニーガスの部屋の開いた窓の外の木で顔に引っ掻き傷をつけたのなら、彼は木をよじ登って部屋に入り、一二一号室と三一七号室の鍵を手に入れたのかもしれない。違いますか？」

「その傷について議論している暇はありません」ポアロは厳しい声で言った。「駅に着きました。その質問からはきみが注意深く聞いていなかったことがはっきりわかります」

ドクター・アンブローズ・フラワーディは五十がらみの背の高いがっしりした体格の男で、硬そうな黒髪のてっぺんが白髪になりかけていた。シャツはしわくちゃで、ボタンがひとつ欠けていた。我々は、彼から来るように指示された司祭館にいた。その玄関は天井が高く、木の床には細かいひびが入っていて、とても寒々としていた。司祭館全体が、たったひとりの患者のために一時的な病院として使えるようにドクター・フラワーディに明け渡されているようだった。ドアを開けてくれたのも制服を着た看護師だった。こういう情況でなければ、この模様替えに好奇心を抱いたかもしれないが、今思うのは気の毒なマーガレットのことだけだった。

紹介がすむと私はきいた。「彼女の容態はいかがですか？」

ドクターの顔が苦悩に歪んだ。それから気を取り直して言った。「このような状態にしては順調、ただそれだけを言うようにと言われています」

「誰にですか？」ポアロがきいた。

「マーガレットです。敗北主義には耐えられないのでしょう」

「本当ですか、彼女が私たちに言うようにと頼んだというのは？」

しばらく黙っていた後、ドクター・フラワーディは小さくうなずいた。「ほとんどの人はあんな暴行を受けたら、これほど長く生きていられないでしょう。マーガレットは強い身体と強い精神を持っています。それにしてもひどい暴行でした。だが、くそ、私が死ぬことになっても彼女は生きさせます」

「何があったのですか？」

「真夜中に村の貧しい地区のならず者がふたり、教会の墓地に来て……アイヴ夫妻の墓に再び口にできないようなことをしたんです。マーガレットが物音を聞きつけました。眠っているときでさえ、警戒していたのです。彼女は金属が石を砕く音を聞いて、やめさせようと走って行きましたが、逆に奴らに鋤《すき》で暴行されたのです。殺すことになっても奴らは構わないと思っていたんです！　何時間か後で村の巡査が奴らを逮捕したとき、それだけははっきりしました」

ポアロは言った。「すみませんが、ドクター。誰がミセス・アーンストにこんなことをしたかご存知ですか？　あなたがお話しになったふたりのならず者……彼らは自白したのですか？」

「誇らしげに」ドクター・フラワーディは歯を食いしばって言った。

「それで逮捕されたのですか？」

「ええ。警察が捕まえました」

「名前は？」

「フレデリックとトバイアス・クラットン、父と息子です。酔っぱらいの役立たずですよ、ふたりとも」

私は、息子はキングズ・ヘッドでウォルター・ストークリーと飲んでいた何かをやっていい、いかないぼうやかもしれないと思った（後に私が正しかったことがわかった。もうまくいかないぼうやかもしれないと思った（後に私が正しかったことがわかった。彼だった）。

「マーガレットが邪魔をしたというのが、彼らの言い分です。アイヴ夫妻の墓についてはⅰ……」ドクター・フラワーデイは私のほうに向き直った。「この事件であなたを非難しているのではないことはわかってください。しかし、あなたの訪問が騒ぎを引き起こしたのです。あなたはマーガレットの家へ行くところを見られていました。村人はみんな、マーガレットがアイヴ夫妻に関してどういう立場をとっているか知っています。あの家の中であなたが聞いた話は、パトリック・アイヴをふしだらなペテン師としてではなく、残酷さと中傷に満ちたまだ継続中のキャンペーンの――彼らの――被害者として語られていることを知っていました。だから、パトリックを再び罰したいという気持ちになったのです。彼は死んでおり手の届かないところにいる。そこで代わりに彼の墓を冒瀆したのです。マーガレットは、こういうことがいつか起きるだろうといつも言っていました。彼らを捕まえ、やめさせたいと思って、来る日も来る日も窓際に座っていたのです。彼女が一度もパトリックとフランシス・アイヴに会ったことがないのを知っていますか？　そのことをあなたに話しましたか？　実はふたりは私の友人だったのです。彼らの悲劇は私の悲しみであり、その不正は私の妄執となっていました。でも、最初から、マーガレットにとってふたりの事件は重大な関心事でした。夫の新しい教区でそのようなことが起こりうると考えると、ぞっとしたからです。夫にも同じように関心を持ってもらうようにしました。マーガレットとチャールズがグレート・ホリングに来たことは、本当に信じられないほどの幸運でした。これほど力強い同志は望めなかったでしょう。それもふたりです」

「マーガレットと話ができますか？」私はきいた。彼女が死にかけているのなら——彼女を死なせないというドクターの決意にもかかわらず、私は彼女が死にそうな気がしていた——まだ時間があるうちに、彼女が言いたいことを聞きたかった。

「もちろん」アンブローズ・フラワーデイは言った。「彼女に会っていただかないと、私が叱られます」

ポアロと看護師と私は、彼に続いてカーペットの敷かれていない階段を上がり、寝室のひとつに入った。私は、マーガレットの顔を覆っている包帯、血、棒で打たれた跡、こぶを見つめながら、ショックを表に出さないようにと努めた。

「みなさん、いらしたの？　アンブローズ？」彼女がきいた。

「ああ」

「こんにちは《ボンジュール》、マダム・アーンスト。エルキュール・ポアロです。どんなにお気の毒に思っているか言葉では言い表せません――」

「どうぞマーガレットと呼んでください。ミスター・キャッチプールはご一緒ですか？」

「はい、ここにいます」私はどうにか言った。いったいどうして男あるいは男たちがひとりの女にこのような傷を負わせることができるのか、私には理解できなかった。人間の仕業ではない。獣か怪物の仕業だ。

「おふたりとも今の私にかけるべきお行儀のよい言葉を探してらっしゃるの？」マーガレットはきいた。「目が腫れて塞がってしまったわ。ですからおふたりの顔が見えません。たぶん、アンブローズは、私が死にかけていると話したのでしょう？」

「いいえ《ノン》、マダム。そんなことはおっしゃっていません」

「そうですか？　でも、そう思っていますわ」

「マーガレット、いや、まあ――」

「彼は間違ってるわ。私は怒りのあまり死ねません」

「何か私どもに話しておきたいことがありますか？」ポアロはきいた。

マーガレットの喉から奇妙な音がもれた。あざ笑っているようだった。「ええ、ありますとも。でもそんなに慌ててきかないでもらいたいわ。まるで緊急事態みたいじゃありませんか——私の次の息が最後の一息みたいに！　そんなふうに信じていらっしゃるとしたら、アンブローズはあなた方にまったく間違った印象を与えてしまったわけね。さあ、私は一休みしなければ。今日は間違いなくまだ何回も、死罪という間違った告発に対して自己弁護しなければならないことになりそうですもの！　アンブローズ、おふたりが知らなければならないことを教えてあげてくださる？」彼女のまぶたがぴくぴくと動いた。

「ああ。そうしてほしいのなら」彼の目が不安そうに見開かれた。彼は彼女の手をつかんだ。「マーガレット？　マーガレット！」

「そっとしてあげてください」看護師が初めて口を開いた。「少し眠らないといけません」

「眠る」ドクター・フラワーディは繰り返した。混乱したようだ。「ああ、もちろん。眠る必要がある」

「彼女が私たちに言いたいこととは、ナンシー・デュケインのことですか、ドクター？」ポアロはきいた。

「お客様を客間にお通ししたらいかがですか？」看護師は勧めた。

「いや」ドクター・フラワーデイは言った。「彼女の傍を離れたくない。だが、この紳士方と個人的な話がある。だから、しばらく時間をもらえるかね、看護師さん？」

若い女はうなずき、部屋を出て行った。

フラワーデイは私に向かって言った。「彼女はほとんどすべてをあなたにお話ししたと思いますが？　この地獄のような村がパトリックとフランシスに何をしたかを？」

「おそらく、私たちはあなたが思っておられるよりも多くを知っています」ポアロが言った。「ナンシー・デュケインとジェニー・ホッブズと話をしました。ふたりは検死審問ではパトリックとフランシス・アイヴは事故死になったと言ってます。しかし、マーガレット・アーンストはキャッチプールに、ふたりは命を絶つために故意に毒薬を飲んだと言いました。最初にフランシスが、次にパトリックが。アブリンという毒薬です」

フラワーデイはうなずいた。「それが真実です。フランシスとパトリックは遺書を残しましたからね。世間に対する彼らの最期の言葉を。私は当局に私の鑑定では死は事故によるものだと話しました。本当のことを言わなかったのです」

「なぜですか？」ポアロはきいた。

「教会の見解では自殺は罪です。パトリックの名誉が剝奪されたという悲しみがあったうえに、さらなる汚点がつくことに耐えられませんでした。それから、かわいそうなフランシス。何も悪いことはしていないのに。善良なクリスチャンだったのに……」

「ええ《ウイ》。わかります《コンプラン》」

「それに自分の行動がアイヴ夫妻を自殺に追いやったと知ったら大喜びをする人を何人か知っていました。そんな奴らに満足感を与えたくなかったのです。特にハリエット・シッペルには」

ポアロはきいた。「ちょっとお尋ねしてもよろしいですか、ドクター・フラワーデイ？ ハリエット・シッペルはパトリック・アイヴに対する自分の卑劣な行為を後悔するようになったと申し上げたら、あり得ることと思われますか？」

「後悔する？」アンブローズ・フラワーデイは陰気に笑った。「何と、ムッシュー・ポアロ、気でも狂ったんじゃありませんか。ハリエット・シッペルは自分のしたことを何ひとつ後悔しませんでした。お知りになりたければ、私も後悔していません。十六年前に嘘をついてよかったと思っています。ああいう事態になれば、また同じことをするでしょう。いいですか、ハリエット・シッペルとアイダ・グランズベリーに率いられてパトリック・アイヴを攻撃した暴徒は邪悪そのものでした。他にそれを表す言葉はありません。教養人として、あなたは『テンペスト』をよくご存知だと思いますが？ 『地獄はもぬけの殻だ』を？」

「『すべての悪魔はここ地上に来ているから』」ポアロは引用を完成させた。

「まさにそのとおりです」ドクター・フラワーデイが私のほうを向いた。「だからこそ、マーガレットはあなたに私と話をしてもらいたくなかったのです、ミスター・キャッチプール。彼女も、パトリックとフランシスのために私が嘘をついたことを誇りに思っています。しかし、彼女のほうが用心深い。今のように、私が自分の挑戦的な行動を自慢するのではないかと恐れたのです」彼は悲しげに微笑んだ。「今その結果に直面しなければならないことはわかっています。医師免許と、ひょっとすると自由を失うでしょう。自業自得かもしれません。私の嘘がチャールズを殺しました」

「マーガレットの亡くなったご主人のことですか？」私はきいた。

ドクターはうなずいた。「マーガレットと私は、通りで後ろから〝嘘つき〟とささやかれたとしても、気にしませんでした。しかし、チャールズはひどく気にして、彼の健康は損なわれました。村の邪悪な人々と闘うという私の意志がそれほど強くなければ、チャールズはまだ今日でも生きていたかもしれません」

「アイヴ夫妻の書き置きは今どこに？」ポアロがきいた。

「わかりません。十六年前にマーガレットに渡し、その後、彼女に尋ねたことはありませんから」

「燃やしてしまいました」

「マーガレット」アンブローズ・フラワーデイは急いで彼女の傍に行った。「起きていたのか？」

「書き置きの言葉はすべて覚えているわ。覚えていることが大切だと思ったの」

「マーガレット、休まなければいけない。しゃべると疲れる」

「パトリックの書き置きには、ナンシーに〝彼女を愛している、これからもずっと愛し続ける〟と伝えてほしいとありました。私はナンシーに伝えませんでしたけどね。だって、書き置きのことをばらしてしまえば、検死審問で死因についてアンブローズがついた嘘が明らかになってしまうでしょう？　でも……真実が知られてしまったのですから、あなたはナンシーに伝えなければなりませんわ、アンブローズ。彼女にパトリックの最期の言葉を」

「そうしよう。心配するな、マーガレット。ちゃんとするから」

「でも心配だわ。まだムッシュー・ポアロとミスター・キャッチプールに、パトリックとフランシスが埋葬された後、あなたがハリエットから受けた脅しのことを話していないでしょう。今、話してあげて」彼女の目が再び閉じた。すぐに深い眠りに落ちていた。

「どんな脅しだったのですか、ドクター？」

「ハリエット・シッペルは、ある日、十人から二十人の暴徒を引き連れて司祭館に乗り込み、グレート・ホリングの村民はパトリックとフランシス・アイヴの死体を掘り起こすと宣言したのです。自殺者であるから、神聖な土地に埋葬される権利がない――それが神の掟――だと。マーガレットは戸口に出て、ハリエットの言ってることは、ばかげていると言いました。昔はそれがキリスト教会の掟だったかもしれないが、今ではそうではない。一八八〇年代からはそのような掟はなくなり、今は一九一三年である。死んでしまえば、人の魂は神の慈悲に委ねられ、その人は現世の判断を超えたところにいると。ハリエット・グッドの敬虔な助力者アイダ・グランズベリーは、一八八〇年以前に自殺者が教会の墓地に埋葬されるのが悪いことであったのなら、今でも悪いはずである。何が許容できる行為なのかについて神は考えを変えはしないと言いました。リチャード・ニーガスは、この良心にもとる暴言を聞いて、情け容赦もないこの鬼女との婚約を破棄して、デヴォンに行ってしまいました。彼がそれまでになした一番いい決断でした」

「フランシスとパトリックは自殺するためのアブリンをどこで見つけたのですか？」ポアロはきいた。

アンブローズ・フラワーディは驚いたように見えた。「そのような質問は思いもよりませんでした。なぜきくのです？」

「もとはあなたのところにあったのではないかと思ったものですから？」

「そうです」ドクターは痛みがあるかのようにたじろいだ。「フランシスが私の家から盗んだのです。私は熱帯地方で何年間か働いたことがあり、毒薬を二瓶持ち帰っていました。その時分はまだ若かったのですが、歳をとって必要になったときに――苦痛を伴う回復が見込めない病気にかかった場合に――使うつもりでいました。何人かの患者が耐えている苦痛を見て、そのような苦しみから免れたかったのです。戸棚に死の毒薬があることをフランシスが知っていたとは知りませんでしたが、きっとある日、彼女は自分の目的に適うものを見つけたくて戸棚を探したのでしょう。先ほども言いましたように、おそらく私は罰せられて当然なのでしょう。マーガレットが何と言ったか知りませんが、フランシスを殺したのはフランシスではなく私だとずっと感じてきました」

「違います。ご自分を責めてはいけません」ポアロは言った。「自分の命を捨てると決意したのであれば、アブリンの瓶があろうがなかろうが、彼女はその方法を見つけ出していたでしょう」

私は、ポアロがシアン化合物の質問に移るのを待った。ひとつの毒薬を入手できる医者ならば、当然ふたつの毒薬の入手も可能と思われるからだ。ところが彼は言った。

「ドクター・フラワーデイ、私はパトリックとフランシス・アイヴの死は事故ではなかったと誰にも言うつもりはありません。あなたは自由の身で、医者を続けられるはずです」

「何ですって?」フラワーデイは驚いてポアロから私に視線を移した。私はうなずいて同意したが、ポアロが私の意見を求めなかったことを恨んだ。結局は、国の法律を守ることが私の仕事なのに。

事前に私に相談してくれれば、彼にアンブローズ・フラワーデイがついた嘘を暴露しないようにと強く勧めていたはずだ。

「ありがとう。あなたは公平な判断力と寛大な心をお持ちだ」

「どういたしまして《パ・デュ・トゥ》」ポアロはフラワーディの感謝を受け流した。「もうひとつ質問があるのですが、ドクター。結婚なさっていますか？」

「いや」

「こんなことを言ってお許しいただければ、結婚すべきだと思います」

私は鋭く息を吸った。

「あなたは独り者ですね？　そしてマーガレット・アーンストは未亡人になってから何年も経ちます。あなたが彼女をとても愛していることは明らかで、彼女もあなたの愛に応えていますよ。なぜ妻になってくれるように頼まないのですか？」

ドクター・フラワーディは瞬きで驚きを隠そうとしているようだった、かわいそうに。彼はしばらくして言った。「マーガレットと私は、ずっと前に結婚はしないと約束しました。結婚すべきでないのです。私たちがやったことを考えれば――ふたりともそうする必要があると感じたのですが――それから、かわいそうなチャールズに起きたことを考えれば……私たちがそのような形で幸せになるのは不適切だったでしょう。一緒になれれば幸せでしたが、あまりにもたくさんの苦しみがあったので……」

私はマーガレットを見守っていたが、彼女のまぶたがピクピクしながら開いた。

「うんざりするほどの苦しみ」彼女が弱々しい声で言った。フラワーディが堅く握った拳で口を覆った。「ああ、マーガレット、きみがいなくなったら、生きていてどんな意味がある？」

ポアロが立ち上がった。「ドクター」とても厳しい声だった。「ミセス・アーンストは自分は生き延びるというおつもりです。真の幸せの可能性を避けるというあなたの愚かな決意もまた生き延びるとしたら、大いに残念なことです。愛し合っているふたりの善良な人間は、離れている必要がないのに離れていてはいけません」

そう言うと、ポアロは部屋から出て行った。

私はすぐにもロンドンへ逃げ帰りたかった。しかし、ポアロはその前にパトリックとフランシス・アイヴの墓を訪れなければと言った。「花を供えたいのです、キャッチプール君」

「二月ですよ。どこで花を見つけようっていうんですか？」

こう言ったがために、イギリスの気候について長々と不平を聞くはめになった。

墓石は横に倒れ、泥にまみれていた。泥の中に幾つかの足跡が重なっていた。あのふたりの凶暴な野獣フレデリックとトバイアス・クラットンが鋤で墓石を掘り出した後、その上で跳んだりはねたりしたのだろう。

ポアロは手袋を外した。跪《ひざまず》き、地面に右手の人差し指を使って大きな花の輪郭を――

――子どもが描くように――描いた。「ほら《ヴォワラ》」彼は言った。「二月に花が咲いた。イギリスのひどい気候にもかかわらず」

「ポアロさん、指に泥が！」

「ええ《ウィ》。なぜそんなに驚いた声を出すのですか？　有名なエルキュール・ポアロでさえ、手をきれいにしたまま泥の中で花を咲かせることはできないのです。落ちますよ、泥は
――心配しないでください。それにいつだってマニキュアがありますからね」

「もちろんあります」私は微笑んだ。「あなたの楽天的な話し振りが嬉しいです」

ポアロはハンカチを取り出した。彼は体を前後に揺らし、一、二度はバランスを崩しそうになりながらも、憤然として、ぶつぶつ言いながら墓石から足跡を拭きとっていた。私はそれを見守った。

「これでいい！」彼は宣言した。「良くなった《セ・ミュー》？」

「ええ、良くなりました」

ポアロは顔をしかめて足もとを見た。「見なければ良かったと思うほど落胆するような光景があるものですな」彼は静かに言った。「パトリックとフランシス・アイヴが一緒に安らかに眠っていると信じなければなりません」

「一緒」という言葉は効き目があった。それで別の言葉「離れて」を思い出した。私の

気持ちが絵のようにはっきり表情に出ていたに違いない。

「キャッチプール君？　何か問題がありますか——何ですか？」

一緒。そして離れて。

パトリック・アイヴはナンシー・デュケインを愛していた。しかし、死んでからも、生前に法律上の伴侶であった女性、妻のフランシスと一緒に同じ墓の中にいる。彼の魂は安息を見つけただろうか、それともナンシーを恋こがれているのだろうか？　ナンシーのほうは、自分自身にこの質問を問うただろうか？　パトリックを愛するあまり、生者と死者で話ができればと願っただろうか？　自分にとってかけがえのない人を愛し失った者は誰でも望むのかもしれないが……

「キャッチプール君！　今何を考えているんですか？　ぜひとも知りたいですな」

「ポアロさん、もっとも非常識な考えが浮かんだんです。急いで話させてください。そうすれば気が狂ったかどうか教えていただけますから」私は興奮して最後までしゃべりまくってから、結論を述べた。「もちろん、間違っているでしょうけど」

「いやいや、そんなことはない。キャッチプール君、きみは間違っていない」彼は息をのんだ。「もちろん！　どうしてわからなかったのでしょう？　何とまあ《ウィ》！　これが何を意味するかわかりますか？　我々が今結論を下さなければならないことが？」

「いいえ、わかりません」

「ああ、残念《ドマージュ》ですな」

「お願いですから、ポアロさん！　私の考えを披瀝《ひれき》させておいて自分の考えは明らかにしないなんて、公平とはとても言えません」

「今は話し合っている時間はありません。急いでロンドンに戻らなければ。そこで、きみはハリエット・シッペルとアイダ・グランズベリーの衣服と所持品をまとめて荷造りするのです」

「何ですって？」私は混乱して眉をひそめた。もしや聞き間違いではないか。

「そうなさい《ウィ》。ミスター・ニーガスの所持品はすでに弟さんが持ち去りました。覚えていますか」

「覚えています。しかし……」

「つべこべ言ってはいけません、キャッチプール君。ホテルの部屋でふたりのご婦人の持ち物を荷造りするのに、ほとんど時間はかかりません。ああ、今ならわかります。ついにすべてがわかりました。たくさんの小さなパズルの答えがすべて、ぴたりと当てはまりました！　いいですか、これはクロスワード・パズルのようなものです」

「たとえないでください」私は言った。「今回の事件にたとえたりしたら、私は自分の大好きな趣味が嫌いになりそうですよ」

「すべての答えが出揃って初めて、自分が正しいとはっきりわかるのです」ポアロは、私を無視して続けた。「幾つかの答えがわからないままでは、ぴったり当てはまりそうな言葉もやがて、実はそうでないと知ることになるのです」

「その場合、私をクロスワード・パズルの空いているマスだと考えてください。まだ言葉が入っていないマスだと」

「長くはかかりませんよ、キャッチプール君――長くはかかりません。ポアロは最後にもう一度〈ブロクサム〉のダイニングルームを使います」

第二十二章　モノグラム殺人事件

翌日の午後四時十五分、ポアロと私は〈ブロクサム・ホテル〉のダイニングルームの片端に立って、人々がテーブル席に着くのを待っていた。ルカ・ラザリが約束したようにホテルのスタッフは全員、四時きっかりには到着していた。私は見覚えのある顔に微笑んだ。ジョン・グッド、トーマス・ブリッグネル、ラファル・ボバク。彼らは私を見ると神経質そうにうなずいた。

ラザリは、ドアの脇に立ち、大仰な身振りで腕を振りながらスタンレー・ビア巡査と話をしていた。ビアは顔をはたかれないように、首をすくめたり、後ずさりし続けていた。私は、ラザリの言っていることがほとんど聞き取れないほど遠くにいたし、部屋もうるさかったが、何度も「このモノグラム殺人事件」と言っているのは確かに聞こえた。ラザリはそう呼ぶことに決めたのだろうか？　国中の人は、新聞が最初に報道したように「ブロクサム・ホテル殺人事件」と呼んでいた。明らかに、ラザリは、彼の愛するホテルのイメージが永遠に穢《けが》されないようにと、もっと創造的な代替案を提供したのだ。

この意図があまりにもあからさまなのでちょっとイライラしたが、私のムードはスーツケースの荷造り作戦に失敗したことにもっと大きな影響を受けていた。自分の旅行のための荷造りは簡単にできる。旅行のときはできるだけ荷物を少なくするほうだからだ。アイダ・グランズベリーの衣服は、〈ブロクサム〉に短期滞在しているあいだに増えたに違いない。私は憤慨しながら、しばらくのあいだ、自分の全体重をかけてスーツケースを押したり、それにのっかったりした。それでも、たくさんの服がケースに収まりきらなかった。こういうことには、私のような無骨者には決してマスターできない女性らしいコツがあるのかもしれない。ポアロが、苦行を中止して、予定された四時にホテルのダイニングルームに行かなければと言ったときは、心底ほっとした。

りゅうとしたグレーのフランネルのスーツを着たサミュエル・キッドが、青白い顔をしたジェニー・ホッブズと腕を組んで四時五分すぎに到着した。その二分後にリチャード・ニーガスの弟、ヘンリー・ニーガスが、さらにその十分後に四人のグループが着いた。男ひとりと女三人で、そのうちのひとりはナンシーだった。ナンシー・デュケインだった。涙があふれんばかりの彼女の目の回りは真っ赤になっていた。ナンシーは部屋に入る際に透ける生地のスカーフで顔を隠そうとした。

私はポアロに小声で言った。「泣いていたのを見られたくないんですね」

「いや」ポアロは言った。「スカーフをしているのは、自分が誰だか知られたくないからで、涙を恥じているのではありません。あなた方イギリス人が信じているのとは反対に、感情を表に出すことは何も非難すべきことではないのです」

せっかくナンシー・デュケインの話をしているときに、何もイギリス人への話題に転じてもらいたくなかった。彼女への関心のほうを今は優先したかった。「彼女が一番嫌なことは、熱心なファンに押し掛けられることだと思いますよ。誰もが、はるか彼方から彼女の足元に向かって、賛美とともにひれ伏しているんですから」

ポアロ自身が、多少は有名人だし、自分の足元に跪く賛美者は多いほどよいと考えているはずだから、この見解に関しても異議を唱えそうに思えた。

私は彼の気を逸らすために質問をした。「ナンシー・デュケインと一緒に来た三人は誰ですか？」

「セント・ジョン・ウォレス卿とルイーザ・ウォレス令夫人。それとメイドのドーカス」彼は腕時計を見て舌打ちをした。「始まるのが十五分も遅れている！　どうしてみんな時間どおりに来られないのです？」

トーマス・ブリッグネルとラファル・ボバクがすでに立ち上がっていた。話をしたがっているのは明らかだ。しかし、まだ正式には始まっていなかった。

「おふたりとも、どうぞ座ってください！」ポアロは言った。

「しかし、ミスター・ポアロ、私は――」

「しかし、私は――」

「そんなにあわてないでください、ムッシュー。ポアロに話そうと一大決心をしたことがあるのでしょう？　安心してください。私はすでに知っています。そして、あなた方やここに集まった方々に、まさにそのことについて、これからお話しするのです。お願いですから、もう少しお待ちを」

なだめられて、ボバクとブリッグネルは席に座った。ブリッグネルの隣に座っていた黒髪の女性が彼の手に自分の手を伸ばしたので驚いた。彼は彼女の手を握りしめ、ふたりは手を絡ませたままでいた。ふたりのあいだを行き交う表情を見れば、知る必要があるすべてを物語っていた。恋人同士なのだ。しかしながら、この女性はホテルの庭でブリッグネルが抱きしめていた女性では決してなかった。

ポアロが私の耳にささやいた。「ブリッグネルが庭の手押し車の傍でキスをしていた女性は金髪だった、違うかね《ノン》？　茶のコートを着ていた女性のことなんですが？」彼は不可解な微笑を向けた。

そしてポアロは集まった人々に言った。「全員が集まりましたので、どうかお静かに。そしてこちらに注意を向けていただけますか？　ありがとう。皆様に感謝します」

ポアロがしゃべっているあいだ、私は部屋にいる面々を見渡していた。あれは……おや！　そうだ！　〈プレザント〉のウエイトレス、フィー・スプリングが部屋の後ろに座っている。ナンシー・デュケインのように——お洒落な感じの帽子で——顔を隠そうとしている。そしてナンシー同様失敗している。彼女は私にウインクした。まるでポアロと私がコーヒーだけを飲みに立ち寄って、食事はよそに行ってしまった意趣返しか何かのように。それにしても、どうしてあの小生意気な娘は、当然いるべきはずの珈琲館にいないのか？

「今日は皆様に忍耐をお願いしなければなりません」ポアロは言った。「今はご存知ないたくさんのことを知り、理解していただく必要があります」

そう、それは私の現状を要約している、と思った。私は、〈ブロクサム〉の客室係のメイドやコックと同程度のことしか知らない。たぶん、フィー・スプリングのほうが私よりしっかりと事実を摑んでいるだろう。おそらく、ポアロが、彼の仕組んだこの偉大なイベントに彼女を招いたのだ。本当のところ、なぜ彼がこれほど大勢の聴衆を必要とするのか理解できなかった。これからも決して理解できないだろう。これは舞台の制作ではないのだ。私は、犯罪を解決したとき——幸運にもポアロの援助なしに、数回事件を解決したことがある——ただボスに私の結論を示し、問題の悪党を逮捕した。

もう遅すぎたが、このスペクタクルを上演する前に、まず私にすべてを話してくれるようにとポアロに要求すべきだったのではないか。ここに私はいる。この捜査の責任者であるはずだ。それなのに彼がこの謎に対してどんな解決策を提示しようとしているのか全然わかっていない。

彼がどんなことを言うにしても、どうか素晴らしいものでありますように、と私は祈った。彼がうまくやり遂げ、そして私が傍に立っていさえすれば、私が以前も今も何もわかっていなかったとは誰も考えたりしないだろう。

「この話は長過ぎてひとりでは語り尽くせません」ポアロは部屋に集まった人たちに言った。「声が嗄れてしまうでしょう。ですから、他にふたりの方の話を聞いていただかなければなりません。最初に、今日ここにご丁寧にもお越しいただいた著名な肖像画家、ナンシー・デュケインさんにお話ししていただきます」

これは驚きだった――もっとも、ナンシーは驚いていなかった。彼女の顔つきから推測するに、指名されることを知っていたようだ。ふたりは前もって準備していたのだ。

畏敬のささやきが部屋を満たす中、顔にスカーフを巻いたナンシーが私の傍に立った。そこだとみんなが彼女を見ることができる。「彼女を崇拝するファンに彼女の正体をばらしてしまいましたね」私はポアロにささやいた。

「ええ《ウィ》」彼は微笑んだ。「しかし、まだスカーフを顔に巻いたまましゃべっていますよ」

ナンシー・デュケインがパトリック・アイヴの話をすると、誰もが夢中になって耳を傾けた。彼に対する禁断の恋、司祭館での夜の密会、彼が愛する死者からの伝言を伝えることで教区民からカネを取っているという悪意ある嘘。すべてのトラブルのもととなった噂について語ったときは、ジェニー・ホッブズの名は出さなかった。ナンシーは、キングズ・ヘッド・インで正々堂々と告白をし、グレート・ホリングの村人たちにパトリック・アイヴとの情事について語り、そのときはふたりの関係は清かったふりをしたが、実はそうではなかったと話した。パトリックとフランシス・アイヴの毒による死について語ったときは声を震わせた。死因について彼女が話したのはそれ、つまり毒ということだけだった。事故死とも自殺とも明言しなかった。ポアロがアンブローズ・フラワーデイとマーガレット・アーンストのためにそう頼んだのかもしれない。

座る前にナンシーは言った。「私は昔と変わらず今もパトリックに心を捧げています。決して彼を愛することをやめません。いつの日か、彼と私は再び結ばれるのです」

「ありがとう。マダム・デュケイン」ポアロはお辞儀をした。「最近わかったことをこれからあなたにお伝えしなければなりません。あなたの慰めになると思うからです。死ぬ前に、パトリックは書きました……一通の手紙を。その中で彼はあなたを愛している、これからもずっと愛し続けると、あなたに伝えてほしいと書き残していました」

「ああ！」彼女は両手を口に当て、何度も目をしばたたいた。「ムッシュー・ポアロ、あなたがどんなに私を幸せにしてくださったか、きっと想像もつかないでしょう」

「逆《オ・コントレール》ですよ、マダム。よく想像できます。愛する人の死後に伝えられる愛しいメッセージ……それはパトリック・アイヴに関する虚偽の噂、つまり、彼が墓の向こうからのメッセージを伝えるという虚偽の噂に非常に似ていませんか？　愛し、そして失った人からのこのようなメッセージを誰が受け取りたくないなどと思うでしょうか？」

ナンシー・デュケインは自分の席に戻り座った。ルイーザ・ウォレスが彼女の腕を軽く叩いた。

「さて次は」ポアロが言った。「パトリック・アイヴを知り、愛したもうひとりのご婦人にお話しいただきます。彼の生前のメイド、ジェニー・ホッブズさんです。マドモワゼル・ホッブズどうぞ」

ジェニーは立ち上がり、ナンシーが立っていたところに立った。彼女も指名されて驚いたようには見えなかった。声は震えていたが。「私もナンシーと同じようにパトリック・アイヴを愛しました。でも、彼は私の愛に応えてくれませんでした。彼の目には私は忠実なメイドにすぎませんでした。彼について意地の悪い噂を流したのは私です。許されない嘘をつきました。彼が私ではなくナンシーを愛したことに嫉妬したのです。自分の手で彼を殺しこそしませんでしたが、あのように中傷することで、死の原因を作ってしまったと信じています。私とあと三人で。ハリエット・シッペル、リチャード・ニーガス、アイダ・グランズベリー、このホテルで殺された三人です。私たち四人は、後に自分たちの行いを後悔するようになりました。深く反省しました。そして、誤りを正すためにある計画を立てたのです」

ジェニーが、サミュエル・キッドの家でポアロと私に話したものと同じ計画、そして、それがなぜどのように失敗したかを語っているあいだ、私は〈ブロクサム〉のスタッフの驚愕した顔を見守っていた。ナンシー・デュケインに三人の殺人の罪を着せ、確実に絞首刑にするという箇所では、ルイーザ・ウォレスが悲鳴を上げた。

「無実の女性を、犯してもいない三人の殺人罪で死刑にしようというのは、間違いを正すことではない！」セント・ジョン・ウォレスが叫んだ。「それは堕落というものだ！」

誰も異議を唱えなかった。少なくとも声に出しては。フィー・スプリングは大部分の人とは異なりショックを受けてはいないようだった。

「私は一度もナンシーに罪を着せたいと思ったことはありません」ジェニーは言った。「一度もありません！　お信じになるかならないかは、ご自由です」

「ミスター・ニーガス」ポアロは言った。「ミスター・ヘンリー・ニーガス──あなたの兄上は今のような計画を立てそうだと思いますか？」

ヘンリー・ニーガスが立ち上がった。「あまり言いたくないのですが、ムッシュー・ポアロ。もちろん、私が知っていたリチャードは、誰にせよ人を殺すなどとは夢にも思わなかったはずです。しかし、十六年前デヴォンで私どもと暮らすようになったリチャードは、私の知っていたリチャードではありませんでした。身体は同じでしたが、中身は同じ人間ではありませんでした。残念ながら、変わってしまった彼のことを、私は決して理解できるようにはなりませんでした。ですから、彼がある特定の行動をとりそうかどうかは判断できません」

「ありがとう、ミスター・ニーガス。それから、ありがとう、ミス・ホッブズ」ポアロは明らかに熱意を失ったように言った。「お座りください」

彼はみんなのほうを向いた。「レディィス・アンド・ジェントルメン、このようなわけで、ミス・ホッブズの話が本当であれば、逮捕し有罪に処する殺人犯はいないことになります。アイダ・グランズベリーがハリエット・シッペルを殺しました――彼女の許可のもとに。リチャード・ニーガスはアイダ・グランズベリーを殺しました――彼も彼女の許可を得て――それから、ジェニー・ホッブズが計画どおりには彼を殺しに現れなかったのでみずからを殺しました。彼は自分の命を絶ち、最初にドアをロックし、鍵を暖炉の緩んだタイルの裏に隠し、窓を開けることによって、殺人のように見せかけました。警察が、殺人犯――ナンシー・デュケイン――が、鍵を取って開いた窓から木を伝って逃走したと考えるようにするために。つまり、ジェニー・ホッブズによれば、殺人犯はいない、いなかった――被害者の許可を得ずに殺した者はいなかったのです！」

ポアロは部屋を見回した。「殺人犯はいない」彼は繰り返した。「しかし、たとえこれが真実であっても、まだ生きていて当然罰を受けなければならない犯罪人がふたりいます。ナンシー・デュケインを罪に陥れる陰謀を企てたジェニー・ホッブズとサミュエル・キッドです」

「ふたりとも刑務所に入れてください、ムッシュー・ポアロ!」ルイーザ・ウォレスが声を上げた。

「私は刑務所の門に鍵をかけたり外したりしません、マダム。それは私の友人、キャッチプールとその同僚の仕事です。私は秘密と真実の鍵を開けるだけです。ミスター・サミュエル・キッド、どうぞ立ってください」

キッドは、気まずそうに立ち上がった。

「この計画でのあなたの役割は、このホテルのフロントデスクに書き付けを置いてくることでしたね? 〝彼らの魂が決して永遠の安らぎを得ませんように。一二一。二三八。三一七〟」

「そう。ジェニーが言ったとおりだ」

「書き付けはジェニーから前もって渡されていたのですか?」

「ああ。その日の早くにもらった。朝だ」

「そして、いつフロントデスクに置くことになっていたのですか?」

「夜の八時少しすぎ。ジェニーが言ったように。八時をすぎたらできるだけ早く。でも、まず俺がそこに置くのを見られないように誰も近くにいないことを確かめてから」

「この指示は誰から？」

「ジェニーだ」

「それから、やはりジェニーから部屋の鍵をナンシー・デュケインのポケットに入れろと指示されたのですか？」

「そうだ」キッドはむすっと答えた。「彼女がたった今話し終えたばかりなのに、なぜこんな質問をする？」

「説明しましょう。さて《ボン》。もともとの計画によれば、みなさんがジェニーの話でお聞きになりましたように、三部屋すべて——一二一、二三八、そして三一七——の鍵は、ジェニーがリチャード・ニーガスを殺した後、彼の部屋から持ち出し、サミュエル・キッドに渡し、キッドはそれをどこかナンシー・デュケインを示唆するような場所に——結局、彼女のポケットでしたが——置いてくる手はずになっていました。ところが、ジェニー・ホッブズは、彼女の話によれば、殺人の夜、〈ブロクサム〉には行かなかった。勇気がなかったからだそうです。それで、お尋ねします、ミスター・キッド、どうやって一二一号室と三一七号室の鍵を手に入れましたか？」

「どうやって……俺がふたつの鍵を手に入れたか？」

「そうです。それが私の質問です。どうぞ答えてください」

「俺は……ええと、どうしても知りたいと言うなら、自分の機転で手に入れたさ。ホテルのスタッフのひとりに耳打ちして、マスター・キーを貸してもらえるのかときいたんだ。貸してくれたよ。俺はそれを使ってから返した。すべて目立たないように」

私はポアロの近くに立っていたので、彼が不満の音をもらすのが聞こえた。「どのスタッフでしたか、ムッシュー？　スタッフは全員ここにいます。そのマスター・キーを渡したスタッフを指差してください」

「誰だったか覚えてないね。男──それだけしか言えない。顔をなかなかおぼえられないんだ」こう言いながら、キッドは顔の赤い傷を親指と人差し指でこすった。

「それでは、そのマスター・キーを使って、三つの部屋全部に入ったのですか？」

「いや、二三八号室だけだ。そこに全部の鍵が集まっていて、ジェニーが取りに来るのを待っていたはずだから。けど、ふたつしか見つからなかった。あんたが言うように、ひとつは暖炉のタイルの後ろに隠されていた。俺は、ミスター・ニーガスの死体がそこにあったから、部屋に留まって第三の鍵を探したくなかったんだ」

「あなたは嘘をついている」ポアロは言った。「まあ、それはどうでもよろしい。そのうち、嘘ではこの窮地から脱せないことがわかるでしょう。しかし、続けましょう。だめです、座ってはいけません。もうひとつ質問があります──あなたとジェニー・ホッブズのおふたりに。殺人の夜、ぴったり七時半に、珈琲館にいる私のところへ、ジェニーが逃れえない死の話を持って現れる、というのも、計画の一部だった。そうじゃありませんか？」

「ええ」ジェニーが言った。ポアロではなくサミュエル・キッドを見ていた。

「その場合、失礼ですが、私にはある重要なことが理解できません。あなたは、あまりの恐怖のせいで計画を実行できなかったとおっしゃった。だから、六時にホテルに行かなかったと。しかし、計画はあなたなしでもどんどん実行されたようですな。ただひとつ予定外だったのは、リチャード・ニーガスが自殺したことでした。そうですね？ ニーガスは、あなたに飲み物に毒薬を入れてもらったのではなく自分で入れた。ここまで私が言ったことは、間違いないですか、マドモワゼル？」

「ええ」

「そうなると、唯一の変更点が、リチャード・ニーガスが殺されるのではなく自殺したということならば、三人の死は予定どおりに進んだと想定できます。つまり、サンドイッチとスコーンを注文した後、七時十五分すぎから八時までのあいだだと。そうですね、ミス・ホッブズ？」

「そうです」ジェニーは言った。ほんの少し前の確信が揺らいでいるように聞こえた。

「それではおききしてもよろしいですかな、あなたがリチャード・ニーガスを殺すことは、計画の一部になり得るのでしょうか？ あなたは、同じ夜の七時半少しすぎに珈琲館で私を見つけるつもりだったと言われた。木曜日には私が必ずそこでディナーをとることを知っていたからです。しかし、〈ブロクサム〉から〈プレザント〉まで三十分以内で到着するのは不可能です。どんなに急いでも。七時十五分を皮切りにアイダ・グランズベリーがハリエット・シッペルを殺し、リチャード・ニーガスがアイダ・グランズベリーを殺す。しかし、あなたがあの時間に〈プレザント〉に到着したのならば、その後、八時までに二三八号室でリチャード・ニーガスを殺すなんてまったく無理です。あれほど緻密な計画を練った、あなた方の誰ひとり、これが実際には不可能だと思いつかなかったと、私たちが信じるとでも？」

ジェニーの顔が青くなった。私の顔も青くなっていたと思う。もっとも自分では見えなかったけれど。

ポアロが指摘したのは、彼女の説明のあまりにも明白な瑕疵《かし》だった。それなのに私は見破ることができなかった。そんなことは思いもよらなかったのだ。

第二十三章　本当のアイダ・グランズベリー

サミュエル・キッドは、含み笑いをもらしながら、もっと多くの人に自分が見えるよう向きを変えて言った。「ミスター・ポアロ、自分の推理力にプライドを持っている男にしては、それほど鋭い嗅覚があるとは言えないね？　今回の件ではジェニーからあんたよりもずっと多く話を聞いている、そう言っても言い過ぎじゃないぜ。計画では殺人が七時十五分以降に行われることにはなってない。あんたがどこでそんな考えを仕入れたのか知らないけどさ。計画だと、六時すぎに行われることになっていた。食べ物の注文が七時十五分というのも計画にはないぜ」

「そうなんです」ジェニーが言った。機転の利く昔の婚約者に、罠からの脱出法を教えられ、彼女は落ち着きを取り戻したように見えた。「結局、私が約束の六時に到着しなかったことが遅れの原因になったんだと思います。他の人たちは私が現れなかったことで話し合いを持った。彼らの立場になれば、当然そうしたでしょう。どうすべきかについての話し合いに時間がかかったのかもしれません」

「もちろんです《ビャン・シュル》。しかしながら、少し前、私が死は予定どおりに、七時十五分から八時のあいだにもたらされたと断言したとき、あなたは訂正しませんでした。それから、非常に遅い午後のお茶の注文は計画には入っていなかったとも言いませんでした」

「ごめんなさい。訂正すべきでした」ジェニーは言った。「私は……あのう、ひどく、打ちのめされてしまって」

「それでは、計画では三人の殺人は六時に起きることになっていたとおっしゃるのですね？」

「ええ。そしてすべては六時四十五分までに終わり、私は七時半には〈プレザント〉に着く」

「その場合、別の質問があります、マドモワゼル。なぜ計画ではミスター・キッドは、ハリエットとアイダとリチャードが三人とも死んで、あなたがホテルを出た後、フロントデスクに書き付けを置くまでにたっぷり一時間も待つことになっていたのですか？　なぜ、例えば七時十五分に、あるいは七時半でもいいですが、書き付けを置くべきだと決めなかったのか？　なぜ八時なのか？」

ジェニーは一撃を避けるかのように、後ずさった。「なぜ八時ではいけないのですか？」彼女が挑戦的に言った。「しばらく待つことのどこが悪いのです？」

「ばかばかしい質問をするね、ミスター・ポアロ」サム・キッドが言った。

「待つことは全然悪くありません、マドモワゼル——まったく同意します。従って、私たちは自分自身に問いかけなければなりません。なぜ書き付けを置くのか？　なぜホテルのメイドが翌朝三人の死体を発見するのを待たないのか？　ジェニー？　サミュエル・キッドを見てはいけません。エルキュール・ポアロを見なさい！　質問に答えるのです」

「私……私にはわかりません！　たぶん、リチャード……」

「違います！　たぶん、リチャードではない！」ポアロは彼女の話をさえぎった。「あなたが質問に答えないのなら、私が答えましょう。あなたはミスター・キッドに八時すぎに書き付けをフロントデスクに置くように言った。なぜなら、七時十五分から八時までに殺人があったように見せかけることは、初めから予定されていたからです」

ポアロは再び、黙って目を見開いている人々のほうを向いた。「それでは、注文され、三一七号室——アイダ・グランズベリーの部屋——に運ばれた三人分の午後のお茶について考えてみましょう。ジェニー・ホッブズが来ないことに当惑した三人の自発的な被害者たちは、どうすべきかわからず、相談のためにアイダ・グランズベリーの部屋に集まったと想像してみましょう。キャッチプール君、きみが過去の罪のために甘んじて処刑されようとしているその直前に、スコーンやケーキを注文するだろうか？」

「私なら緊張して何も食べたり飲んだりできないでしょう」

「おそらく三人組の処刑人は目前に控えている重要な任務のために力を蓄えておこうと思ったのでしょう」ポアロは推測した。「ところが、いざ食べ物が来ると、食べる気になれなかった。しかし、この食べ物はみんなどこへ消えてしまったのか？」

「私にきいているのですか？」ジェニーが言った。「わかりませんよ。そこにいなかったのですから」

「殺人のタイミングに戻ります」ポアロは言った。「警察医の見解では、この三件のすべての死は四時から八時半のあいだにもたらされています。後に情況証拠により、七時十五分から八時十分すぎに狭まりました。それでは《エ・ビャン》、その情況証拠を検討してみましょう。ウエイターのラファル・ボバクは、三一七号室に食べ物を届けた七時十五分に三人の被害者が全員生きているのを見ています。そして、トーマス・ブリッグネルは、ホテルのロビーで七時半にリチャード・ニーガスが生きているのを見ています。そのとき、ニーガスはブリッグネルの有能さを褒め、必ずお茶とケーキの代金を彼にまわすようにと頼み、シェリーを要求しました。ですから、おそらく七時十五分より前にはひとつの殺人も起こりえなかったし、リチャード・ニーガスの殺人は七時半前には起こりえなかった。

しかしながら、整った絵を描くには、ぴったりとこない細部が幾つかあります。まず、消えた食べ物です。これはハリエット・シッペルもアイダ・グランズベリーもリチャード・ニーガスも食べていないことがわかっています。これから人を殺そうとする人間がとりあえずスコーンを食べようと思うなんて私には信じられません。それなら、七時十五分に生きている事実を目撃者の目に焼きつけたかったのでなければ、なぜ食べるつもりもない食べ物を注文するのか？　それから、なぜその特定の時間に三人の被害者が生きているところを見られる必要があるのか？　私には、ジェニー・ホッブズの話と矛盾しない説明は、たったひとつしか考えつきません。陰謀を企む者が何らかの方法で、ナンシー・デュケインに七時十五分から八時十分までの時間、信頼できるアリバイがないことに気がついたとしましょう。それならば、その時間に殺人が起きたかのように見せかけようとするでしょう。しかし、その時間ナンシー・デュケインには非常に堅固なアリバイがあります。そうですね、レディ・ウォレス？」

ルイーザ・ウォレスが立ち上がった。「ええ、そうです。あの晩十時頃まで私と夫と一緒にいました。私どもの家で食事をしていたのです」

「ありがとうございます《メルシ・ボク》、マダム。それならば《アロール》、三人の死が七時十五分から八時十分のあいだにあったと見せかけることが、あれほど決定的に重要になる理由はたったひとつしかありえません。この時間、ジェニー・ホッブズには鉄壁のアリバイがあるのです。私、エルキュール・ポアロは、そのとき彼女が〈ブロクサム〉にいなかったことをよく知っています。彼女は七時三十五分から五十分まで私と一緒に〈プレゼント〉にいました。そして移動時間についてはすでに申し上げたとおりです。そこで私は、三人の死は七時十五分から八時十分にもたらされたものではない、という確信をもって、すべてを考え合わせてみました。そして、不思議に思ったのです。ジェニー・ホッブズが本当に殺人を犯したのでなければ、なぜわざわざ殺人を犯せなかったかのように見せかけるのか？」

ジェニーは椅子から跳び上がった。「私は誰も殺していません！　誓って殺していません！　もちろん、あの人たちは七時十五分から八時のあいだに亡くなりました――それはあなた以外の誰の目にも明らかです！」

「座って、あなたに直接質問するまでは黙っていてください、ミス・ホッブズ」ポアロは冷たく言い放った。

サミュエル・キッドの顔が怒りでゆがんでいた。「これはみんなでっち上げだ、ミスター・ポアロ。ただ腹がへっていたからあの食べ物を注文したんだろ？　あんたが腹ぺこにならない、あるいは俺がならないからといって、彼らが腹ぺこではないなんて言えないだろ？」

「それなら、なぜ食べなかったのですか、ミスター・キッド？」私はきいた。「あのサンドイッチやケーキはどこに消えてしまったんですか？」

「ロンドン中で一番上等なアフタヌーン・ティーなのに！」ルカ・ラザリがつぶやいた。

「どこに行ったか、私が教えてあげましょう、キャッチプール君」ポアロは言った。「殺人犯はこのアフタヌーン・ティーの件で間違いを犯したのです――多くの間違いのうちのひとつですがね。もし警察が三一七号室の皿の上に残っている食べ物を見つけたのなら、謎はなかった。しかし、殺人犯が来て宴《うたげ》が始まる前に楽しい会合を中断させたと推定されたでしょう。殺人犯はそれではいらぬ疑念を生じさせると考えたんです。手をつけてない食べ物が並んでいるのですから。『なぜ食べないのだ？』と。彼は誰にも疑問を持ってもらいたくなかった。

「それで食べ物はどうなったんですか？」私はきいた。「どこに消えてしまったんですか？」

「陰謀を企む者が犯行現場から取り除いたのです。そうです、レディス・アンド・ジェントルメン、この三件の殺人は確かに陰謀でした！　念のため言っておきますが、ハリエット・シッペルとアイダ・グランズベリーとリチャード・ニーガスは例の木曜日の七時十五分よりずっと前に亡くなっていたのです」

ルカ・ラザリが進み出た。「ムッシュー・ポアロ、お話に割り込んで申し訳ありませんが、私のもっとも忠実なウエイター、ラファル・ボバクが嘘をつくはずがありません。彼は、七時十五分に食べ物を三一七号室に届け、三人の被害者が元気なところを見ています。生きておられたのです！　あなたのおっしゃっていることは間違いです」

「私は間違っていません。もっとも、ある意味ではあなたも正しい。ウェイターのラファル・ボバクはもちろん立派な目撃者です。午後のお茶を届けたとき、確かに三一七号室で三人を見ました――しかし、その人たちは、ハリエット・シッペル、アイダ・グランズベリー、そしてリチャード・ニーガスではなかったのです」

部屋中の人間がショックで息をのんだ。私もそうだった。誰がこの三人に成り代わったのか？　必死に頭を働かせた。ジェニー・ホッブズではない。彼女はその時間、〈プレザント〉に向かっていた。では誰だ？

「ポアロさん」私は緊張しながらきいた。「食べ物が届けられたとき、被害者がまだ生きているように見せかけるために、三人の人物が彼らの役を演じたと主張なさるのですか？」

「正確にはそうではありません。実際には、ふたりの人物がふたりの被害者の役を演じたのです。三人目の人物、アイダ・グランズベリーは……残念ながら、役者ではありません。不幸にも本物のアイダ・グランズベリーでした。ミスター・ボバク、午後のお茶を届けたとき、何を聞き、何を目撃したか私に話してくれたことを覚えていますか？　二度も話してもらいましたから、私はあなたの言ったことはひとつ残らず記憶しています。みなさんのために今それを話しても構いませんか？」

「どうぞ、私は構いません」

「ありがとう《メルシ》。あなたが部屋に着くと、三人の被害者は、見かけ上は生きていて、知人の噂をしていた。ハリエット・シッペル、あるいは、部屋にいた男が〝ハリエット〟と呼んでいた女性がこう言うのをあなたは聞いた。『彼女には他に手がなかった、そうでしょう？　もう彼が心を打ち明ける人ではなくなってしまったわ。今じゃ彼女にほとんど興味を持っていないんじゃないかしら――彼女はなりふりを構わなくなったし、彼の母親になれる歳よ。もし彼がどう考えているか知りたかったら、彼が心を打ち明ける女に会い、その人と話す他ないわね』このとき部屋にいたその男はあなたと食べ物への対応をやめてこう言いました。『ハリエット、それはとても公平とは言えないね。アイダは簡単にショックを受けてしまいますよ。手加減してください』ここまでは正しいですか、ミスター・ボバク？」

「正しいです」

「それから、アイダかハリエットが何かあなたが思い出せないことを言った。そして、あなたがリチャード・ニーガスだと思っていた男がこう言ったのです。『彼がどう考えているか？　私は彼に知性はないと主張しますね。そして、彼の母親になれる歳という主張には反対だ。断固として反対だ』その時点でハリエットと呼ばれている女性は笑って言いました。『私たちはどちらも自分が正しいと証明できないわ。だから、同意できないということで同意しましょう』正しいですか？」

ボバクは再び確認した。ポアロは正しく理解していると。

「よろしい《ボン》。ミスター・ボバク、アイダかハリエットのどちらかがしゃべった、あなたが思い出せない言葉は、実はハリエットがしゃべったのです。確信があるのです――完璧な確信が！――あなたは、部屋にいるあいだ、アイダ・グランズベリーがしゃべるのを一言も聞かなかった、そして彼女はドアを背にして座っていたから彼女の顔も見なかった」

ボバクは眉根を寄せて考えに集中した。やがて言った。「おっしゃるとおりだと思います、ミスター・ポアロ。確かに、ミス・アイダ・グランズベリーの顔は見ていません。それから……言われてみると、彼女がしゃべるのも聞いていないと思います」

「彼女がしゃべるのを聞かなかったのは、ムッシュー――単純な理由からです。つまり、ドアに背を向けて椅子に寄りかかっていたアイダ・グランズベリーは、七時十五分にはすでに殺されていたのです。あなたが午後のお茶を持っていった三一七号室の第三の人物は、死んでいる女性だったのです！」

第二十四章　青い水差しとボウル

少なからぬ人が驚きの叫び声を上げた。私ももう少しでそのひとりに加わるところだった。不思議だ。スコットランドヤードに勤めているおかげで、多くの死体を見てきた。そして、ときにはその様子に心乱されもした――しかし、普通の死体はそれほど恐ろしくはない。生きて友人たちと楽しい午後のお茶を飲んでいるかのように座らされている死んだ女性ほどは。

かわいそうにラファル・ボバクは震え、唇をわなわなさせていた。正気の人間なら誰も望まない奇怪な事件に関わってしまったことにショックを受けているのだ。

「つまり、食べ物はアイダ・グランズベリーの部屋に届けられなければならなかった」ポアロは続けた。「リチャード・ニーガスの二三八号室のほうが三人の被害者にとってはより便利な集合場所だったはずです。他の二部屋の中間の二階にあるからです。そこを使えば、午後のお茶の代金は、わざわざ頼まなくてもミスター・ニーガスの請求書に付けられた。しかし、もちろん二三八号室は、七時十五分にラファル・ボバクによって三人の被害者が生きているところを見られる部屋にはなり得なかった。そうするには、アイダ・グランズベリーの死体を何時間か前に殺された彼女の部屋、三一七号室からリチャード・ニーガスの部屋まで運ばなければならない。ホテルの廊下を通ってです。それではリスクが大き過ぎる。ほぼ確実に誰かに見られてしまいます」

当惑した人々の表情は見ものではあった。ルカ・ラザリはすぐにも新しいスタッフを探す必要があるかもしれない。この不愉快な事件が片付いたら、私は二度と〈ブロクサム〉に戻って来ないだろうし、この部屋の多くの人たちも同じように感じているはずだ。

ポアロは説明を続けた。「レディス・アンド・ジェントルメン、ミスター・リチャード・ニーガスの気前《ラルジェス》の良さをよく考えてください。ああ、実に太っ腹ですな。食事とお茶の代金を支払うと言うし、ハリエットとアイダが別々にホテルまで車で乗り付ける代金も支払うと言う。なぜふたりは一緒に汽車で来て、ホテルまでの車も一緒にしなかったのでしょう？ それに、なぜリチャード・ニーガスは、食べ物と飲み物の請求書が確実に自分宛に送られるように、あれほど気を遣ったのでしょう？ 自分とハリエット・シッペルとアイダ・グランズベリーは三人とももうすぐ死ぬとわかっているのに」

的《まと》を射た質問だった。ポアロの指摘はすべて事件の核心に関連しているし、さらに言えば、私が自分で考えつかなければならなかったものだった。ジェニー・ホッブズは話の多くの点が事件の事実と符合しないことに私はどうしても気づかなかった。なぜこれほどはっきりした矛盾を見過ごしたのか？

　ポアロは言った。「ラファル・ボバクを欺くために七時十五分に、そしてさらにトーマス・ブリッグネルを欺くために七時半にリチャード・ニーガスに扮した男は、請求書のことなどひとつも心配していなかった！　自分も共謀相手もその支払いをする必要がないと知っていたのです。そして彼は食べ物を処分するために外に出ました。それをどのようにして運んだのか？　スーツケースです！　キャッチプール君――私たちがバスで出かけたとき、ホテルの近くで浮浪者を見たのを覚えていますか？　スーツケースから食べ物を出して食べていた浮浪者ですよ？　きみはその男のことを『ごちそう《クリーム》を手に入れた放浪者』と呼んだ。さあ、はっきり言ってください、確かにクリームを食べているところを見ましたか？」

「ああ、驚いた。ええ、見ましたとも！　彼は、食べていました……クリームの入ったケーキを」

　ポアロがうなずいた。「ホテルの近くに捨てられていたスーツケースですよ。三人分のアフタヌーン・ティーのケーキがたっぷり入っていました！　さて、ここでもう一度きみの記憶力を試験してみましょう、キャッチプール君。覚えていますか、私が初めてこのホテルを訪れたとき、きみはアイダ・グランズベリーはクローゼットをいっぱいにするほどの衣類を持って来たと言いましたね？　それなのに、彼女の部屋にはスーツケースがひとつしかなかった——彼女と比べればはるかに少ない衣類しか持って来なかったリチャード・ニーガスとハリエット・シッペルと同様にひとつです。今日の午後、ミス・グランズベリーの衣服をスーツケースに詰めるように頼みましたが、どうでした？」

「入りませんでした」私は、大馬鹿者にでもなった気分で言った。アイダ・グランズベリーのスーツケースに関しては、私は大馬鹿者になったように感じる運命にあるらしかった。以前とは違った理由でだが。

「きみは自分を責めた」ポアロは言った。「いつもそうしたがるんだな。しかし、実は、すべての衣服を詰めるのは不可能だったのです。なぜなら、彼女は〈ブロクサム〉にはふたつのスーツケースを持って来ていたからです。エルキュール・ポアロでさえ、ひとつのスーツケースに詰めるのは無理だったでしょう！」

集まったホテルのスタッフに向かって彼は続けた。「その男が、今我々が集まっているこの部屋のドア近くでフロント見習いのトーマス・ブリッグネルに出会ったのは、食べ物でいっぱいのスーツケースを処分して戻って来たときでした。なぜ彼はブリッグネルを請求書の話に引き込んだのか？　理由はひとつだけです。七時半にはまだリチャード・ニーガスは生きていたとブリッグネルに印象づけるためでした。ミスター・ニーガスの役割を演じるとき、彼は本当ではないこと、つまり、ニーガスは代金を支払えるが、ハリエット・シッペルとアイダ・グランズベリーはできないと言いました。これは真実ではありません！　リチャードの弟のヘンリー・ニーガスにきいてみれば、兄に収入がなく、遺産もほとんど残っていないことが確認できます。しかし、リチャード・ニーガスに扮している男はこれを知らなかった。リチャード・ニーガスは紳士であり、かつての職業は弁護士であったことから、金持ちだと思い込んだのです。

ヘンリー・ニーガスは、デヴォンに越して来てからは陰気で不吉な様子をしていたのリチャード・ニーガスはキャッチプールと私に初めて会ったとき、こう言いました。兄と。生きる気力のない世捨て人だった――間違いありませんか、ミスター・ニーガス？」

「ええ。残念ながら」ヘンリー・ニーガスは言った。

「世捨て人です！　おききしますが、このような人が、豪華なロンドンのホテルでシェリーやケーキを楽しみ、ふたりの女性と紳士気取りで噂話などをするでしょうか？　とんでもない！　ラファル・ボバクからアフタヌーン・ティーを受け取り、トーマス・ブリッグネルにシェリーを持って来てもらった男は、リチャード・ニーガスではなかったのです。この男は、ミスター・ブリッグネルの有能さを褒め、およそこんなことを言いました。『きみは頼りになる人だから、やってもらえると信じているのだが――食べ物と飲み物の代金を私、二三八号室のリチャード・ニーガスに請求してください』この言葉は、トーマス・ブリッグネルに、この男リチャード・ニーガスは自分がどの程度有能かを知っているのだから、この男とは以前に会ったことがあると信じこませるために、あらかじめ考えられていたものでした。ミスター・ブリッグネルは少し気がとがめたかもしれません。なぜなら、前にミスター・ニーガスに接していたことを忘れていたからです——だから、再び彼のことを忘れるようなことはすまいと決心するでしょう。二度も接したことがあるこの男のことをこれからは覚えていようと。当然のことですが、大きなホテルで働いていれば、絶えず人と出会います。毎日何百人もの人と。よくあることと思いますが、客は彼の名前と顔を知っているが、彼は客の名前と顔を忘れてしまう——結局のところ、彼らは大勢の〝客たち〟に過ぎないからです！」

「失礼ですが、ムッシュー・ポアロ、すみません」ルカ・ラザリが急いで前に進みでた。「一般論としては、正しいです。しかし、トーマス・ブリッグネルの場合は、たまたま違うのです。名前と顔について別格の記憶力を持っています。別格です！」

ポアロは満足そうに微笑した。「そうなんですか？ 素晴《ボン》らしい。それなら、私は正しい」

「何がですか」私はきいた。

「少し我慢して聞いてください、キャッチプール君。一連の出来事を説明しますから。リチャード・ニーガスに化けていた男は、ミスター・ニーガスが殺人の前日の水曜日に役の準備としてその辺りを調べておきたかったのでしょう。おそらく、後で演じることになるチェックインしたとき、ホテルのロビーにいました。おそらく、後で演じることになる役の準備としてその辺りを調べておきたかったのでしょう。いずれにせよ、彼はリチャード・ニーガスの到着を確認しました。リチャード・ニーガスだとどうしてわかったか？　その点については後で説明しましょう。今は知っていたと言うに留めておきます。彼はトーマス・ブリッグネルが必要な事務処理をし、ミスター・ニーガスに部屋の鍵を渡すのを見ました。次の夜、ミスター・ニーガスを装ってアフタヌーン・ティーを受け取ってから外に出てそれを処分した後、この男は三一七号室に戻る途中でたまたまトーマス・ブリッグネルとすれ違ったのです。彼は機転のきく男ですから、これは警察の誤解を強固にする絶好のチャンスだと思った。ブリッグネルに近づき、この詐称者があたかもリチャード・ニーガスであるかのように声をかけ、ブリッグネルに彼の名前を思い出させ、前に会ったことがあるとほのめかしたのです。

実際はトーマス・ブリッグネルはこの男に会ったことはなかった。しかし、本物のリチャード・ニーガスに部屋の鍵を渡していますから名前は覚えていました。しかし突然、自信に満ち、友好的かつ博識ありげに話しかけ、自分自身をリチャード・ニーガスと呼ぶ男が現れた。トーマス・ブリッグネルは、この男はリチャード・ニーガスに違いないと思いこんだのです。顔は思い出さなかったが、この失念については自分を責めるだけでした」

トーマス・ブリッグネルの顔がクラレットのように赤くなった。

ポアロは続けた。「リチャード・ニーガスに扮した男は一杯のシェリーを求めました。なぜか？ ブリッグネルとの出会いを少し引き延ばすことによって、彼の記憶に強く刻み込まれるようにするためか？ あるいは、興奮した神経をお酒で鎮めるためか？ おそらく、その両方でしょう。

さて、ちょっと脱線させてください。シェリー・グラスに残っていたものの中に、毒薬のシアン化合物が検出されました。ハリエット・シッペルとアイダ・グランズベリーのティーカップと同じです。しかし、三人を殺したのは、お茶でもシェリーでもありません。それはあり得なかった。これらの飲み物が届いたのは、殺人が犯されたずっと後で、すでに人殺しはすんでいたのです。三人の死体の横の予備のテーブルに載っていたシェリー・グラスと二個のティーカップ――これは、犯行現場を演出し、殺人が七時十五分以降に起きたという誤った印象を与えるためのものでした。実際には、ハリエット・シッペル、アイダ・グランズベリー、そしてリチャード・ニーガスを殺したシアン化合物はもっとずっと早く、他の手段で与えられました。ホテルの各部屋には洗面器の傍に水飲み用のコップが置いてあります。そうですね、セニョール・ラザリ？」

「はい、ムッシュー・ポアロ。置いてあります」

「では、それで毒薬は飲まされたと思います、つまり水で。コップはそれぞれ、丁寧に洗われ、洗面器の傍に戻された。そしてミスター・ブリッグネル」ポアロが不意に声をかけたので、そのフロント見習いは、銃で狙われたかのように椅子に身をかがめた。「あなたは人前で話すのが苦手ですが、この部屋に初めて集合したときは勇気を奮い起こして話をしてくれました。そのとき、廊下でミスター・ニーガスと出会ったことは話してくれましたが、私がわざわざシェリーについていたにもかかわらず、その話はしませんでした。後になって、私を探し出し、シェリーのことを付け加えました。なぜ最初にそのことを言わなかったのかときくと、あなたは答えませんでした。私にはなぜだかわかりませんでしたが、ここに居る私の友人、キャッチプール君――彼は洞察力に富み、目をひらくようなことを言いました。あなたは、良心的な男だから、殺人の取り調べに際し、知っていることはすべて話すが、ある情報が後で自分を困らせそうで、しかも殺人事件と関係がないと確信できるものにかぎって話すことをひかえたのだと。この評価はまさに図星ですね、そうじゃありませんか？」

ブリッグネルは、小さくうなずいた。

「説明させていただきます」ポアロは声を張り上げた。もっとも、初めから十分に大きな声だったが。「この前この部屋に集合した際、誰がミスター・ニーガスの部屋にシェリーを持って行ったのかと尋ねました。誰も答えませんでした。なぜトーマス・ブリッグネルは答えなかったのでしょうか、『部屋には持って行きませんでしたが、彼のために一杯のシェリーを取って来てあげました』と。ポアロが説明しましょう！　彼が言わなかったのは、心の中で疑っていたからです。そして真実でないことを言ってしまう危険を冒したくなかったのです。

ホテルの従業員の中でミスター・ブリッグネルだけが、三人の被害者のうちのひとりを複数回見かけました——もっと正確に言えば、リチャード・ニーガスを複数回見たと信じるように仕向けられました。彼は、自分をリチャード・ニーガスと呼び、彼と会ったことがあるかのように振る舞う男に一杯のシェリーを渡したことはわかっている。しかし、この男はトーマス・ブリッグネルがフロントで会ったことがあるリチャード・ニーガスのようには見えない。ミスター・ラザリが言ったことをおぼえていますか、ミスター・ブリッグネルは名前と同じように顔についても素晴らしい記憶力を持っていると。だから、私がシェリーのことを尋ねても、彼は発言しなかったのです。自分の考えに気を取られていました。頭の中で声がささやくのです。『あの人は彼に違いなかった。同じ男のはずだ。いやしかし、彼ではなかった——そうならすぐにわかったはずだ』と。

彼は自分に言い聞かせました。『私はなんてバカなんだ。あの人が自分の名前はリチャード・ニーガスだと言ったからには、リチャード・ニーガスに決まっている！　今回だけは私の記憶力もだめか。それに、あの男は、教養のあるイギリス人らしい口調でしゃべり、いかにもリチャード・ニーガスのように聞こえた』きわめて正直なトーマス・

ブリッグネルにとって、彼を騙すために他人になりすまそうと思う人がいるなんて考え《アン》られないこと《クロワイヤブル》だったでしょう。

その男がリチャード・ニーガスに違いないという結論に達してから、トーマス・ブリッグネルは、やっと決心しました。立ち上がり、殺人の夜七時半に廊下でリチャード・ニーガスに出会ったことを話そうと。しかし、シェリーのことを口にするのはあまりにも恥ずかしかった。なぜなら、シェリーについて最初にきかれたときに黙って座っていたため愚か者に思われるかもしれないと不安になったのです。私は絶対みんなの前できくでしょう。『なぜこのことを前に話してくれなかったのですか？』と。そして、ミスター・ブリッグネルは、こう言わざるを得ず悔しい思いをしたことでしょう。『ミスター・ニーガスの顔が二度目に会ったときと違っていたのはなぜかと考えるのに忙しかったからです』ミスター・ブリッグネル、私の言っていることが真実であると確認してくれますか？　バカ者みたいに思われるなどと心配する必要はありません。その反対です。違った顔だったのです。違った男だったのです」

「良かった」ブリッグネルは言った。「あなたのおっしゃったことはすべて完璧に正しいです、ミスター・ポアロ」

「当然です《ビヤン・シュル》」ポアロが慎みなく言った。「レディス・アンド・ジェントルメン、同じ名前が必ずしも同じ人物を意味しないことを忘れないでください。セニョール・ラザリが、ジェニー・ホッブズの名前でこのホテルの部屋を取った女性について説明してくれたとき、私は〈プレザント〉で会った女性と同じ人物かもしれないと思いました。似ていたのです。金髪、濃茶の帽子、薄茶のコート。しかしふたりの人間がそれぞれこの描写にぴったりの女性を一回しか見てなかったとすると、同じ女性だとは確信できません。

私は熟考しました。私はすでに疑っていました。私が見たリチャード・ニーガスの死体と、ラファル・ボバクとトーマス・ブリッグネルが事件の日の夜に見た生きているリチャード・ニーガスは、別個の男ではないかと。それから、水曜日に〈ブロクサム・ホテル〉に着いたとき、リチャード・ニーガスの応対をしたのはトーマス・ブリッグネルだったと教えられたことを思い出しました。もし私の想定が正しければ、この人物は別のリチャード・ニーガス、つまり本物だったということになります。突如、私はトーマス・ブリッグネルの苦境を理解しました。このひとりの男がふたつの顔を持っているらしいと、どうして人前で言えるだろう？　誰もが頭がおかしいと思うだろう！」

「あんたこそ半分頭がおかしいように聞こえるよ、ミスター・ポアロ」サミュエル・キッドがせせら笑った。

ポアロは、キッドの発言がなかったかのように続けた。「この詐称者は、外見はリチャード・ニーガスに似ていなかったかもしれないが、声は間違いなく完璧に真似していました。彼は物まねが非常にうまい——そうじゃありませんか、ミスター・キッド？」

「この男の言うことを聞くな！　彼は嘘つきだ！」

「いや、ミスター・キッド。嘘つきはあなたです。あなたは一度ならず私になりすました」

フィー・スプリングが部屋の後ろで立ち上がった。「みなさん、ミスター・ポアロを信じるべきです」彼女は言った。「真実を語っています。私はサミュエル・キッドがミスター・ポアロの声音でしゃべるのを聞いたことがあります。目を閉じていれば、違いはわからないでしょう」

「サミュエル・キッドが偽るのは、声だけではありません。初めて会ったとき、彼は平均以下の知性とだらしない身なりの男でした。シャツはボタンがとれ、しみが付いていました。それから中途半端なあごひげ――顔のほんの一部しか剃っていませんでした。ミスター・キッド、ここにいる皆さんに話してあげてください。我々が初めて会ったとき、なぜわざわざあれほどだらしない身なりをしていたのかを」

サミュエル・キッドは決然と前方を凝視していた。何も言わなかった。目に憎しみが溢れていた。

「よろしい。あなたに話す気持ちがないのなら、私から説明しましょう。ミスター・キッドは、リチャード・ニーガスのホテルの部屋、二三八号室の窓の外の木から降りる途中で、頰を切ったのです。きちんとした身なりの男の顔に傷があれば、目立って質問されるかもしれない。違いますか？　身だしなみに気を遣う人は、断じてカミソリで顔に見苦しい傷をつけるようなことはしません。ミスター・キッドは、私がこの線で考えたら困ると思った。彼が開いた窓から木を伝って降りたのかもしれないと考えてもらいたくなかった。だから、全体的にだらしない外見を作り上げたのです。非常に不注意な男がひげ剃りの最中に顔を切り、それ以上の傷を避けるため、ひげを半分剃り残したまま歩き回っていると見せかけた！　そのような混乱した男は、当然、無鉄砲にひげ剃りを行い、傷も作るだろう——ポアロはそう信じるはずでした。そして実際に当初はそう信じたのでした」

「ちょっと待ってください、ポアロさん」私は言った。「サミュエル・キッドがリチャード・ニーガスの客室の窓から外に出たと言うなら——」

「彼がミスター・ニーガスを殺したと？　いいえ。殺していません。リチャード・ニーガスの殺人者を幇助《ほうじょ》したのです。その人物とは誰か……まだきみに名前を教えていませんね」ポアロは微笑んだ。

「ええ、まだです」私は鋭く言った。「ラファル・ボバクがアフタヌーン・ティーを持っていったときに、三一七号室にいた三人の人物が誰だったかも話してくれていません。それまでに三人の被害者は全員死んでいたとおっしゃったのに——」

「もちろん死んでいました。七時十五分に三一七号室にいた三人のうちのひとりはアイダ・グランズベリーです――死んでいましたが、顔さえ見なければ生きていると見えるように、椅子に腰掛けさせてありました。もうひとりはサミュエル・キッドで、リチャード・ニーガスを演じていました」

「なるほど、わかりましたが、三人目の人物は誰です？」私はちょっとやけになってきいた。「ハリエット・シッペルの振りをして、意地の悪い喜びをにじませながら噂話をしていた女は誰だったのですか？　ジェニー・ホッブズであるはずはない。おっしゃるように、ジェニーは〈プレザント〉までの道のりを半分ほど行っていなければならなかったのですから」

「そうです、楽しげに噂話をしていた女は」ポアロは言った。「誰だったか教えてあげましょう。その女はナンシー・デュケインです」

ショックの叫び声が部屋を満たした。

「ああ、そんな、ムッシュー・ポアロ」ルカ・ラザリが言った。「セニョーラ・デュケインは我が国が誇る一流の画家です。それにこのホテルの忠実な友人でもあります。あなたは間違っていらっしゃるに相違ありません」

「私は間違っていません、ラザリさん」

私はナンシー・デュケインを見た。静かにあきらめたように座り、ポアロが言ったことを何ひとつ否定しなかった。

著名な画家ナンシー・デュケインがジェニー・ホッブズの昔の婚約者サミュエル・キッドと共謀している？　私の人生でこのときほど困惑したことはなかった。これはいったい？

「きみに言わなかっただろうか、キャッチプール君、マダム・デュケインが今日スカーフで顔を隠しているのは、自分が誰だかわからないようにしたかったからだと？　きみは『有名な肖像画家だとわかってしまう』という意味だと取った。違うのです！　彼女は、殺人の夜、ラファル・ボバクが三一七号室で見たハリエット・シッペルが自分だとわかってしまうことを怖れたのです！　どうぞ立ってスカーフを取ってください、ミセス・デュケイン」

ナンシーはそうした。

「ミスター・ボバク、あなたが見た女性はこの方ですか？」

「ええ、そうです、ミスター・ポアロ」

物音ひとつしなかった。それでも聞こえた。息を吸い込み肺に留めおく音が。その音が部屋を満たした。

「あなたは彼女が有名な肖像画家のナンシー・デュケインだとは気づかなかったのですね？」

「ええ。私は芸術については何も知りません。それに彼女の横顔しか見えませんでした。頭を外に向けていましたから」

「当然そうしたと思いますよ。もしも、あなたが美術愛好家で彼女が誰かわかってしまったらいけませんから」

「でも、今日彼女が入ってきたとき、すぐわかりました――彼女と、そしてあのリチャード・ニーガスのふりをしていたミスター・キッドとかいうやつ。だからあなたに話そうとしたのに、止められました」

「そうですね。トーマス・ブリッグネルもサミュエル・キッドを知っていると話してくれようとしました」

「殺されたと思っていた三人のうちのふたりが――元気に生きていて部屋に入ってきたんです！」その声の様子から、ラファル・ボバクがまだショックから立ち直っていないのがはっきりわかった。

「ウォレス卿夫妻が話されたナンシー・デュケインのアリバイはどうなります？」私はポアロにきいた。

「すみません、あれは真実ではありません」ナンシーが言った。「私が悪いのです。どうかおふたりを責めないでください。大切なお友だちで、私を助けようとしてくれたのです。セント・ジョンもルイーザも、殺人の夜、私が〈ブロクサム〉にいたことを知りませんでした。私はホテルに行っていないと誓い、彼らは私を信用してくれました。善良で勇敢な彼らは、私が犯してもいない三人の殺人のぬれぎぬを着せられるのを見たくなかったのです。ムッシュー・ポアロ、あなたはすべてを理解していると信じています。ですから、私が誰も殺していないことを知っているはずです」

「殺人の捜査で嘘をつくのは、勇敢ではありません、マダム。弁解の余地はありません。レディ・ウォレス、あなたの家を出るころには、私はあなたが嘘つきだと気づいていました！」

「よくも私の妻にそんな口のききかたができるものですな？」セント・ジョン・ウォレスが言った。

「真実があなたのお好みでないとしたら、残念です、ウォレス卿」

「どうしてわかったのですか、ムッシュー・ポアロ？」彼の妻がきいた。

「あなたのところに新しいメイドの少女がいました。ドーカスです。彼女が今日ここにいるのは、単にあなたに連れてくるように頼んだからです。彼女は今回の事件の顚末《てんまつ》に重要な役割を果たしています。あなたは、ドーカスが来てまだ数日しか経っていないと言いました。私も彼女を見て、少し不器用だと思いました。彼女は私のためにコーヒーを持って来て、そのほとんどをこぼしてしまいました。幸い、全部がこぼれたわけではなかったので、少し飲むことができました。私は即座に、それが〈プレザント〉のコーヒーだとわかりました。あそこのコーヒーは間違いようがありません。どこにもあのようなコーヒーはありませんから」

「あらまあ！」フィー・スプリングが言った。

「本当です、マドモワゼル。私の頭脳への効果は甚大でした。たちまち幾つかの事項を、ジグソーパズルのピースがぴったりと収まるように組み立てました。強いコーヒーは脳にとてもよく効くのです」ポアロはこう言いながら、フィーをじっと見つめた。彼女は口をすぼめて、不賛成の意を示した。

「このあまり有能ではないメイド――ごめんなさい、マドモワゼル・ドーカス、きっと時間が経てば、良くなりますよ――彼女は新米なのです。私はこの事実と〈プレザント〉のコーヒーを考え合わせてみました。するとあるアイディアが浮かんだのです。ドーカスの前は、ジェニー・ホッブズがルイーザ・ウォレスのメイドだったとしたらどうなるだろうかと。私は〈プレザント〉のウエイトレスからの情報で、以前はジェニーがよく来ていて、上流階級のご婦人の雇い主のために飲み物や料理を持ち帰っていたことを知っていました。ジェニーは〝奥様《ハー・レディシップ》〟と呼んでいました。ジェニーが数日前までナンシー・デュケインのアリバイを提供した女性のところで働いていたとしたら、なかなか興味深いことではありませんか？　極め付きの偶然の一致――あるいは、偶然の一致ではまったくない！　最初、私のこの事件に対する考えは間違った方向に進んでいました。私はこう考えたのです。『ナンシー・デュケインとルイーザ・ウォレスは、かわいそうな《ル・ポーヴル》ジェニーを殺そうと共謀した友人同士だ』と」

「何ということをおっしゃるの！」ルイーザ・ウォレスが憤然として言った。

「衝撃的な嘘だ！」夫のセント・ジョンが同意した。

「全然《パ・デュ・トゥ》嘘ではありません。ただの間違いなのです。見てのとおり、ジェニーは死んでいません。しかし、彼女がセント・ジョン・ウォレス家のメイドであったが、ごく最近にマドモワゼル・ドーカスと代わったと信じる点では間違っていません。殺人のあった夜、〈プレザント〉で私と話したすぐ後、ジェニーはウォレス家を辞めなければならなかった。しかも急いで。彼女には、私が間もなくウォレス家に行ってナンシー・デュケインのアリバイの確認を求めるとわかっていたのです。もしそこでアリバイを提供している女性のために働いているとわかってしまったら、私はすぐに疑いを持ったでしょう。キャッチプール君、私に——ここにいるみんなに——具体的に私が何を疑うのか、話してもらえますか？」

私は間違っていないようにと祈りながら、深く息を吸い、言った。「ジェニー・ホッブズとナンシー・デュケインが共謀して私たちを騙そうとしているのではないかと疑ったのでしょう」

「そのとおり、キャッチプール君」ポアロが私に向かって微笑んだ。聴衆に向かってはこう言った。「コーヒーを味わって〈プレザント〉との関連に気づく少し前、私はセント・ジョン・ウォレスが描いた妻への結婚記念プレゼントの絵を見ていました。サンシキヒルガオの絵でした。それには日付が記され——昨年の八月四日——ウォレス夫人がそのことにふれました。ポアロがあることに気づいたのはそのときです。数分前にナンシー・デュケインが描いたルイーザ・ウォレスの肖像画を見ていたのですが、そこには日付がついていなかったのです。私は、美術愛好家として、ロンドンの展覧会の初日には数えきれないほど行っています。ミセス・デュケインの作品も以前に何回も見ていますが、彼女の絵にはいつも右下の隅にイニシャルのNAEDと共に日付が書かれています」

「展覧会にやって来るほとんどの人より、注意をお払いになるのですね」ナンシーが言った。

「エルキュール・ポアロはいつも注意を払っています——すべてに対して。マダム、あなたが描いたルイーザ・ウォレスの肖像画には日付がついていたと思います。あなたが塗りつぶしてしまうまでは。なぜか？　なぜなら、最近の作品ではなかったからです。あなたは、肖像画は殺人の夜にウォレス夫人に届けたことにしたのだから、新たに描いた肖像画であると私に信じさせる必要があった。私は、あなたがなぜ偽りの日付を新しく書かなかったのかと疑問に思いました。答えは明らかです。もしあなたの作品が何百年も生き残り、美術史に残ると考えたとき——きっとそうなると思いますが——あなたは積極的に彼らを、あなたの作品を愛する人たちを欺くことになってしまうからです。そうです、あなたが欺きたいのは、エルキュール・ポアロと警察だけです！」

ナンシー・デュケインは頭を傾《かし》げ、考え深そうな声で言った。「なんて洞察力のある方なんでしょう、ムッシュー・ポアロ。あなたは本当にわかっていらっしゃる、そうですわね？」

「ええ、マダム《ウィ》。私にはわかっています。あなたはジェニー・ホッブズのために友人のルイーザ・ウォレスの家で仕事を見つけてあげました——ロンドンに出て来て仕事を必要としていたジェニーを助けるために。私にはわかっています。ジェニーは殺人の罪をあなたに着せる計画に加担していなかったことも。もっとも、加担しているとリチャード・ニーガスには思わせておきましたが。レディス・アンド・ジェントルメン、実は、ジェニー・ホッブズとナンシー・デュケインは、グレート・ホリングに住んでいた頃からずっと友人であり味方同士でした。パトリック・アイヴを無条件に理屈抜きに愛したふたりの女性は、私エルキュール・ポアロをもう少しで欺くほど巧妙な計画を立てたのです——しかし巧妙さが少々足りなかった！」

「嘘です、みんな嘘です！」ジェニーは涙を流した。

ナンシーは黙っていた。

ポアロは言った。「しばらくウォレス夫妻の家の話に戻らせてください。私があれほど綿密に、あれほど長く見ていたナンシー・デュケインによるレディ・ルイーザの肖像画には、青い水差しとボウルのセットが描かれています。部屋を行ったり来たりしながら、さまざまな光のもとで見ましたが、水差しとボウルの青は単一の色の塊のままで、精彩に欠け面白みがありませんでした。そのキャンバスの他の色はどれも、私が動くと、光によってかすかに変化したのに。ナンシー・デュケインは熟練した画家です。色に関しては天才です――ただ急いでいて、美術ではなく、自分と友人のジェニー・ホッブズを守ることを考えているときは別だったのでしょう。情報を隠すために、ナンシーは、以前は青くなかった水差しとボウルを急いで青に塗り替えました。なぜそうしたのか？」

「日付を塗りつぶすためでは？」私は言ってみた。

「いや《ノン》。水差しとボウルは絵の上半分にあった。そしてナンシー・デュケインはいつも日付を右下の隅に描く」ポアロは言った。「レディ・ウォレス、あなたは、私があなたの家を下から上まで見せてくれるように頼むとは思っていませんでした。私たちが話をし、私がナンシー・デュケインの描いたあなたの肖像画を見たら満足して帰ると思いました。しかし、私は、肖像画の中にあって、描き方が他の部分よりもはるかに精妙さに欠けているこの青い水差しとボウルが見つかるか見てみたかったのです。そして、見つけたのです！ レディ・ウォレスは戸惑っているように見えました。なぜなら行方不明だったからです。しかし、それは戸惑った振りでした。二階の寝室には、紋章のついた白の水差しとボウルのセットがありました。これが肖像画にあった水差しとボウルかもしれないと私は思いました——しかし、それは青ではなかった。マドモワゼル・ドーカス、レディ・ウォレスは、たしかあなたが青い水差しとボウルを割ったか盗んだに違いないと言いましたね」

「決してそんなことしていません」うちひしがれたドーカスが言った。「あたし、青い水差しとボウルなんて一度も家の中で見たことない！」

「そうです、マドモワゼル、そもそもそんなものはなかったからです！」ポアロは言った。「私は自分に問いかけました。なぜナンシー・デュケインは急いで白い水差しとボウルを青で塗りつぶしたのか？ 何を隠したかったのか？ 紋章に違いないと私は結論づけました。紋章はただの飾りではありません。紋章はときには家族、ときには有名な大学の学寮のものです」

「セイヴィア・カレッジだ、ケンブリッジの」私は思わず口走った。ポアロと私がグレート・ホリングに出かける直前に、スタンレー・ビアが紋章の話をしていたことを思い出した。

「そうです《ウィ》、キャッチプール君。ウォレス家を出た後で、私は忘れないようにその紋章の絵を描きました。画家ではないけれど、正確に描かれています。ビア巡査にそれがどこの紋章か調べるように頼みました。お聞きのように、友人のキャッチプール君が言ったとおり、ウォレス家にある白の水差しとボウルのセットの紋章はケンブリッジ大学セイヴィア・カレッジのものでした。そのカレッジで、ジェニー・ホッブズはパトリック・アイヴ師の寝室係として働いていました。ミス・ホッブズ、あれは、あなたがセイヴィア・カレッジを去ってパトリックとフランシス・アイヴと共にグレート・ホリングに行ったときに、思い出の品としてプレゼントされたのではありませんか？　それから、ウォレス卿夫妻の家に住み込むことになったときに、それを持っていった。しかし大急ぎで夫妻の家を出なければならなくなって、ミスター・キッドの家に身を隠したときは、持っていけなかった――そんなことを考える精神的余裕がなかったからです。その時点で、ルイーザ・ウォレスは、その水差しとボウルをあなたが使っていた使用人部屋から客室に移した。感心させたい人が賞賛してくれるかもしれない場所へと」

ジェニーは答えなかった。顔はうつろで表情がなかった。

「ナンシー・デュケインはどんなに小さなリスクであろうと、取ろうと思いませんでした」ポアロは言った。「わかっていたのです。このホテルで殺人があった後、キャッチプール君と私がグレート・ホリングで聞き込みをするだろうと。昔セイヴィア・カレッジで学寮長をやっていた酔っぱらいの老ウォルター・ストークリーが、ジェニー・ホッブズに記念品として紋章付きの水差しとボウルを与えたと私たちに言ったら、どうなるか？　我々がレディ・ルイーザ・ウォレスの肖像画の中に描かれている紋章を見れば、ジェニー・ホッブズとの関連性を、そしてその延長で、ナンシー・デュケインとジェニー・ホッブズの関係を発見するだろう。それはおふたりから聞かされていたような敵意と嫉妬の関係ではなく、友情と共謀の関係でした。マダム・デュケインは、肖像画の紋章のせいで我々が疑念を抱く危険を冒すことができなかった。そこで、白の水差しとボウルは青に塗りつぶされました——あわてて、芸術性もほとんどなく」

「作品のすべてがベストな作品になることなどありえませんわ、ムッシュー・ポアロ」ナンシーは言った。彼女のその発言は筋が通っていたので——三件の不法な殺人を共謀した人が急に丁寧で理性的な発言をするのを見て——私は不安になった。

「おそらく、あなたはミセス・デュケインと同じご意見でしょうな、ウォレス卿？」ポアロは言った。「あなたも画家でいらっしゃる、非常に異なったタイプですが。レディス・アンド・ジェントルメン、セント・ジョン・ウォレスは植物画家です。私は、屋敷のすべての部屋に彼の作品が掛かっているのを見ました——ご親切にもレディ・ルイーザの案内で。ご親切にもナンシー・デュケインのために偽りのアリバイを提供してくださったのと同様に。レディ・ルイーザは、おわかりのように、善良なご婦人です。もっとも危険なタイプの善良さをお持ちです。邪悪からあまりにも隔絶されているため、目の前にそれがあっても気づかないのです！　レディ・ウォレスはナンシー・デュケインの無実を信じ、彼女を守ろうとアリバイを提供しました。ああ、才色兼備のナンシー、彼女は非常に説得力があります！　セント・ジョン・ウォレスに、彼のような絵を是非とも試したい気持ちが彼女にあると納得させました。ウォレス卿は良いコネを持つ有名な方だから、作品を描くのに必要な植物を容易に手に入れることができます。ナンシー・デュケインはキャッサバイモを頼みました——それからシアン化合物が作られたのです！」

「どうして知っているのだ？」セント・ジョン・ウォレスが詰問した。

「まぐれ当たりです、ムッシュー。ナンシー・デュケインは、絵を描くためにその植物が必要なのだと、あなたに言いました。違いますか？　そして、あなたは信じた」部屋中の口をあんぐり開けた顔また顔に向かってポアロは言った。「ウォレス卿も夫人も、親友が殺人を犯すなんて絶対に信じようとしないでしょう。都合の悪い結果をもたらすからです。この方々の社会的地位を想像してみてください！　今でさえ、私の言っていることのすべてが、おふたりが真実だとわかっていることと完全に符合しているのに、セント・ジョンとルイーザ・ウォレスは、あのおかしな男は間違っている、大陸から来たあの独善的な探偵は、と心中で思っています。それこそ、人の心のひねくれたところなのです。特に俗物的な固定観念《イデ・フィクス》がある場合は！」

「ムッシュー・ポアロ、私は誰も殺していません」ナンシー・デュケインは言った。「私が真実を語っていることはあなたがよくご存知のはずです。どうぞ、ここに集まっている皆さんに、私が殺人者でないとはっきりさせてください」

「それはできません、マダム。残念ながら《ジュ・スィ・デゾレ》。あなたはご自身で毒薬を与えたわけではありません。しかし三人の命を終わらせる陰謀を企てました」

「でも、別の人を助けるためだったの」ナンシーは懸命に言った。「私には罪はありません！　ジェニー、ここに来て。私たちの話――真実の話をしましょう。それを聞いたら彼も、私たちが自分の命を救うために必要なことをしただけだと認めるわ」

部屋は完全な静寂に満たされた。全員が沈黙していた。ジェニーは動こうとしないのではないかと思われた。が、やがて、ゆっくりと立ち上がった。両手でバッグを抱きしめ、ナンシーのほうへ向かって部屋を横切って行った。「私たちの命に救う価値などありませんでした」彼女は言った。

「ジェニー」サム・キッドが叫んだ。突然、彼もまた立ち上がり、彼女のほうへ急いだ。私は彼を見ながら、時間がゆっくり経過しているような奇妙な感じを覚えた。なぜキッドは走っているのか？　何が危険なのか？　彼は明らかに危険を悟っていた。そして、なぜかわからないが、心臓が早鐘のように強く速く打ち始めた。何か恐ろしいことが起ころうとしている。私はジェニーに向かって走り始めた。

彼女はバッグを開けた。「あなたはまたパトリックと一緒になりたいのね？」彼女はそうナンシーに言った。彼女の声だが、しかし同時に彼女の声ではなかった。言葉という鋳型《いがた》に流し込まれた延々と続く闇の音だった。生きている限り二度とあのようなものは聞きたくない。

ポアロも動き始めていた。しかし、我々はふたりから離れたところにいた。「ポアロ！」私は叫んだ。それから「誰か彼女を止めろ！」と。私は金属と、その上で踊っている光を見た。ナンシーの隣のテーブルに座っていたふたりの男が立ち上がったが、彼らの動きもそう速くなかった。「止めろ！」私は叫んだ。素早い動きがあった――ジェニーの手だった。血が噴き出し、ナンシーのドレスの上から床に流れていった。ナンシーが床に倒れ、部屋の後ろのどこかで女が悲鳴を上げた。

ポアロが動きを止め、今や身じろぎもせずに突っ立っていた。「神様《モン・デュー》」彼は言って目を閉じた。

サミュエル・キッドが私より先にナンシーのもとに着いた。「死んでいる」床に倒れている彼女の死体をじっと見下ろしながら言った。

「ええ、そうよ」ジェニーは言った。「心臓を刺したわ。心臓の真ん中を」

第二十五章　もしも殺人がＤという字で始まるなら

あの日、私は自分が死を恐れていないことを知った。死は活力が完全に無の状態であり、どんな力すら行使しない。仕事柄、幾つもの死体を見てきたが、過度に悩まされることはなかった。私が何よりも恐れるのは、生きているものに死が近接するのを見ることだ。殺したいという衝動がジェニー・ホッブズを呑みこんだときの彼女の声の響き。冷たい計算をしながらモノグラムの付いた三個のカフスボタンを被害者の口に入れ、わざわざ四肢と指を真っすぐに伸ばし、命のない手のひらを床に向け死体を整えようとした殺人者の心境。

〝彼の手を握りなさい、エドワード〟

生者が死につつある者の手を握るとしたら、自分も死に引きずり込まれるのではないかという恐怖をどうして持たないでいられようか？

もしも私の思いどおりになるとしたら、誰にだって、元気に生きているあいだは、死に関与させたくはない。もっともこれは私の非現実的な望みにすぎないのだろう。

ジェニー・ホッブズがナンシーを刺した後、私はジェニーに近よりたくなかった。彼女があんなことをした理由を知りたくもなかった。ただ家に帰り、ブランチ・アンズワースの下宿のよく燃えている炉火の傍に座り、クロスワード・パズルでもやって、ブロクサム・ホテル殺人事件でも、モノグラム殺人事件でも、どんな名前をつけてもいいこの事件のすべてを忘れたかった。

しかし、ポアロは我々ふたり分の好奇心を持っていたし、彼の意志は私のより強かった。彼は私に留まるよう主張し、これはきみの事件だと言った――だから、きちんと後始末をしなければならないと。そして、まるで殺人捜査が小包であるかのように、両手で丁寧に包装するしぐさをした。

そういうわけで、数時間後、彼と私はスコットランドヤードの小さな四角い部屋にいた。ジェニー・ホッブズがテーブルの向かいに座っている。サミュエル・キッドも逮捕され、スタンレー・ビアが尋問していた。ジェニーの代わりにキッドを取り調べることができるなら、私は何でもするだろう。キッドは心がねじれた鼻持ちならない嫌な男だ。しかし、彼の声に絶望を聞き取ったことはなかった。

そう、声について言えば、ポアロの話し声はいまや優しかった。「なぜあんなことをしたのですか、マドモワゼル？　あなたたちふたりはあんなに長いこと友人であり味方同士であったのに、なぜナンシー・デュケインを殺したのですか？」

「ナンシーとパトリックは、恋人という言葉が意味するあらゆる意味で恋人同士だったのです。今日彼女がそう言うまでは知りませんでした。ずっと彼女と私は同じだと思ってきました。私たちはふたりともパトリックを愛しているけれど、肉体的に彼と一緒になることはできない――肉体的には一緒になったことはないと思っていました。これまで何年ものあいだずっと、あの人たちの愛は純潔だと信じてきました。でも嘘だった。ナンシーが本当にパトリックを愛していたのなら、彼を姦通者にしてその人徳を穢すなんてことはしなかったはずです」

ジェニーは涙を拭った。「私は彼女の願いを叶えてやったと信じています。パトリックともう一度結ばれたいと彼女が言ったのを聞いたでしょう。それを助けてあげたんです、そうでしょう?」

「キャッチプール君」ポアロは言った。「きみは覚えているでしょうか、〈ブロクサム〉の四〇二号室で血が発見された後、私がマドモワゼル・ジェニーを救うには手遅れだと言ったことを?」

「ええ」

「彼女が死んだという意味だときみはとらえた。しかし、それは誤解だった。いいかね、あのときすでにジェニーはもう救えないと私にはわかっていたのです。あまりにも恐ろしいことをやってしまったから、彼女自身の死は約束されていると私は思った。それが私の言おうとしたことでした」

「パトリックが死んでから、あらゆる意味で私も死んでいました」ジェニーがあの果てのない絶望の口調で言った。

私はこの苦難を切り抜けるには、たったひとつの方法しかないとはわかっていた。それは論理の問題に私のすべての注意を集中させることだった。ポアロはもうパズルを解いたのか？　彼は解いたと思っているように見えた。しかし、まだ私は闇の中だ。例を挙げれば、何者がハリエット・シッペル、アイダ・グランズベリー、そしてリチャード・ニーガスを殺したのか、そして、なぜ殺したのか？　私はポアロにこれらの答えをきいた。

「ああ」彼は、かつて共に楽しんだジョークを私が思い出させたかのように、優しく微笑みながら言った。「きみのジレンマがわかりますよ、キャッチプール君。きみはポアロが延々と熱弁を振るうのを聞き、いよいよ結論という二、三分前にまたもや殺人という邪魔が入った。そして、結局待っていた答えを聞くことができなかった。残念《ドマージュ》ですな」

「さあ、すぐ教えてください。そして、ここでその残念《ドマージュ》を終わらせましょう」私はできる限り力を込めて言った。

「実に簡単ですよ。ジェニー・ホッブズとナンシー・デュケインはサミュエル・キッドの助けを借りて、ハリエット・シッペル、アイダ・グランズベリー、そしてリチャード・ニーガスを殺す陰謀を企てた。しかし、ジェニー・ホッブズはナンシーと共謀をする一方で、まったく異なった陰謀に加担している振りをした。リチャード・ニーガスに彼女と共謀していると信じ込ませたのです」

「〝実に簡単〟には聞こえませんよ」私は言った。「複雑すぎるほど複雑に聞こえますね」

「いやいや、キャッチプール君、本当《ヴレマン》に、全然複雑ではありません。きみは今まで聞いてきたさまざまな説を調和させるのに手間取っている。しかし、サミュエル・キッドの家にジェニーを訪ねたときに聞かされたことはすべて忘れなければいけません──きみの頭から完全に消し去らなければなりません。始めから終わりまで嘘だったんです。もっとも、そこになにがしかの真実があることは疑いませんがね。最上の嘘とは常にそういうものですから。すぐにも、ジェニーは、もう失うものは何もないのだから、真実を語ってくれるでしょう。しかし、その前にキャッチプール君、きみに賛辞を贈らなければなりません。きみはそれに値するのだから。ホーリー・セイント教会の墓地でのきみの発言のおかげで、ついに私は物事がはっきり見えたのです」

ポアロはジェニーのほうを向いて言った。「あなたがハリエット・シッペルについた嘘。パトリック・アイヴが教会区民からカネを取り、見返りに亡くなった最愛の者からのメッセージを届けるという嘘。ナンシー・デュケインが夜ごとそのために——つまり、亡夫ウィリアムと交信することを望んで——司祭館を訪れていたという嘘。ああ、ポアロは何度この恐ろしい悪意に満ちた嘘を聞いたことか？　何度もです。ミス・ホッブズ、あなたご自身がいつぞや私たちに白状しましたね、嫉妬に駆られ、ひとときの弱さのために嘘をついたと。しかし、これは真実ではなかった！

パトリックとフランシス・アイヴの穢された墓の横に立って、キャッチプール君が私に言いました。『ジェニー・ホッブズがパトリック・アイヴを傷つけるためではなく助けるために嘘をついたとしたら？』と。キャッチプール君は、私が当然のことと思っていたこと——一度も論争の的《まと》にならず、従って私が検討を怠った事実——の重要性に気づいたのです。それは、悲劇的な若さで亡くなった亡き夫ジョージに対するハリエット・シッペルの情熱的な愛です。ハリエットがいかにジョージを愛していたか、ポアロは聞かされていなかったのか？　あるいは、ジョージの死が、どうして幸せで優しい心の女性を辛辣で意地の悪い怪物に変えてしまったかを？　あまりにも惨《むご》く衝撃的だったため喜びをすべて消滅させ、人の善なるものをすべて破壊してしまうほどの喪失を人はなかなか想像できないものです。もちろん、私はハリエットがそのような喪失に苦しんでいたことを知っていました。あまりにもはっきりとわかっていたので、それ以上考えなかったのです！

また、ジェニー・ホッブズがアイヴ師とその妻に仕え続けるため、婚約者のサミュエル・キッドを捨てるほどパトリック・アイヴを愛していたことも知っていました。ほとんど見返りがないのに仕えることだけで満足するというきわめて自己犠牲的な愛でした。しかし、ジェニーとナンシーが語ってくれた話では、ジェニーが恐ろしい嘘をついた理由は彼女の嫉妬――ナンシーに対するパトリックの愛への嫉妬――でした。しかし、これが真実のはずはありません！　矛盾しています！　私たちは、物理的な事実ばかりでなく精神的な事実も考えなければなりません。ジェニーは、パトリック・アイヴがフランシスと結婚したことに対しては彼を罰するようなことは何もしなかった。他の女ものだと潔く受け入れました。しかも忠実なメイドとして仕え、司祭館で彼と妻をおおいに助けました。そして夫妻も彼女に愛情を注ぎました。それなら、なぜ突然、パトリック・アイヴのナンシー・デュケインに対する愛が、長年にわたり無私の愛と奉仕を貫いてきたジェニーに、彼を中傷させ、彼を破滅に追い込むような一連の出来事のきっかけを作らせてしまうのか？　答えはこうです。彼女はそんなことをしないだろうし、事実しなかったのです。

ジェニーに嘘をつかせたのは、あまりにも長いこと内に閉じ込められていた嫉妬と憧れの爆発ではありませんでした。まったく違う何かだったのです。あなたは一生懸命でした――そうでしょう、ミス・ホッブズ？――愛する男を助けるために。できれば救うために。賢明なる友人キャッチプール君の理論を聞くやいなや、それこそが真実だとわかりました。あれほど明白なのに、ポアロは愚か《アンベシル》で見えなかったのです！」

ジェニーが私を見た。「どんな理論？」彼女がきいた。

私は答えようと口を開けた。が、ポアロのほうが早かった。「ナンシー・デュケインが夜遅く司祭館を訪れているのを見たとハリエット・シッペルが話したとき、あなたはすぐ危険を察知した。この逢い引きのことを知っていたからです――司祭館に住んでいたのだから、知らないではいられなかった――そして、なんとしてもパトリック・アイヴの名誉を守らなければと思いました。どうしたらいいのか？　ハリエット・シッペルは、一旦スキャンダルを嗅ぎ付けたら、罪人に公衆の面前で恥をかかせる機会を待ち望むだろう。フランシス・アイヴが留守の夜、司祭館にナンシー・デュケインがいることを、真実を語れないなら、どのように説明できるだろうか？　どんな話なら審査を通るだろうか？　そして、あたかも魔法のように、望みを断念しかけたそのとき、うまくいくかもしれないあることを思いつきました。あなたはハリエットの脅威を排除するために、誘惑と、偽りの希望を利用する決断をしたのです」

ジェニーはうつろな表情で前方を見ていた。何も言わなかった。

「ハリエット・シッペルとナンシー・デュケインは共通のものを持っています」ポアロは続けた。「ふたりとも夫をあまりに早い、悲劇的な死で失っています。あなたはハリエットにこう言いました。パトリック・アイヴの助けを借り、ナンシーは亡くなったウィリアム・デュケインと交信できた——お金の受け渡しがあった、とも。もちろん、これは教会や村人には秘密にしておかなければならない。けれど、もし望むなら、パトリックは同様のことをハリエットにもやってあげることができる。彼女とジョージは……再び一緒になれないとしても、少なくともある種の交信はできるだろうと。話してください、あなたがそう言ったとき、ハリエットはどう反応しましたか？」

長い沈黙の後、ジェニーが口を開いた。「彼女は、できるだけ早くそうしてほしいと、とても興奮して言いました。ジョージともう一度話すことができるなら、いくらでも払うと言いました。彼女がどれだけあの人を愛していたか想像もつきません、ムッシュー・ポアロ。話をしながら彼女の顔を見ていると……死んだ女性が生き返ったかのようでした。私はパトリックに何もかも説明しようとしました。問題があったけれど、私が解決したと。ハリエットには彼に相談する前に話をしてしまったのです。ああ、心の中ではパトリックが決して同意しないことがわかっていたのに。でも私は必死でした。彼に私を止めさせる機会を与えたくなかったんです。わかっていただけますか？」

「ええ《ウィ》、マドモワゼル」

「彼を説き伏せることができると思っていました。主義を貫く人ですが、フランシス・アイヴをスキャンダルから守り、ナンシーを保護したいと思っていることはわかっていました。そして、それだけがハリエットの沈黙を保証する確実な方法でした。唯一の方法でした！　パトリックはただ、ハリエットにときどき慰めの言葉を与え、それがジョージ・シッペルの言葉だと偽ればいいのです。彼女からお金をとる必要さえありません。私はこういうことを全部彼に説明しました。でも彼は聞こうとさえしなかった。ショックを受けていました」

「当然でしょうね」ポアロは静かに言った。「どうぞ続けてください」

「彼は、私の提案は不道徳で不正だと言いました。ハリエットにそんなことをするくらいなら個人的な破滅を選ぶと。私は考え直すように懇願しました。ハリエットを幸せにできるなら、どこが悪いというの？　しかし、パトリックの決意は堅かった。私がハリエットに提案したことは、結局のところ不可能だったと彼女に伝えてくれと彼は言いました。とても具体的な指示でした。『お前が嘘をついたと言ってはいけないよ、ジェニー。そうでないと、彼女は真実に気づいてしまうだろう』つまり、ハリエットには望むものは手に入らないとしか言うなということです」

「それで、彼女にそう話す以外に選択肢はなかったのですね」私は言った。

「ありませんでした」ジェニーは泣き始めた。「ハリエットにパトリックが彼女の要求を断ったと言った瞬間から、彼女は彼の敵となり、私の嘘を繰り返し村中に言いふらしました。パトリックはお返しに、彼女は不道徳なことをしてもらいたがっていたくせに、それができないとなると、冒瀆的だの非キリスト教的だのと言い始めたと暴露することによって、彼女の評判を台なしにすることもできたのです。でも、彼はそうしようとはしませんでした。彼は言いました。ハリエットがどれほどの悪意を持って彼を攻撃しようが、彼は彼女の名を貶めることはしないと。バカな男！　しようと思えば、すぐにも彼女を黙らせることができたのに。でも、自分のためを思うにはあまりにも高潔すぎたのです！」

「そのとき、アドバイスを求めてナンシー・デュケインのところに行ったのですか？」

ポアロはきいた。

「ええ。なぜパトリックと私だけが気をもまなければならないのでしょうか。ナンシーも関係していたのです。彼女に村人の前で嘘を認めるべきか尋ねたら、そうしないようにと忠告されました。『いずれにしても、パトリックはトラブルに巻き込まれると思うの。そして私も。あなたは後ろに退いて何も言わないほうが賢いわ、ジェニー。自分を犠牲にしないでね。あなたがハリエットの中傷に耐えられるほど強いか、わからないもの』私を見くびったものです。私は動揺していました——少し混乱していたのだと思います。なぜなら、ハリエットがパトリックを破滅させようと決意していたから、彼のことが心配でとても怖かったのです——でも私は弱い人間ではありません、ムッシュー・ポアロ」

「あなたが怖がっていないことはわかります」

「ええ。私はハリエット・シッペル——あの忌まわしい偽善者——が死んだと知って力が出ます。彼女を殺した人間は世界に多大な貢献をしました」

「次は誰が殺人者かという問題になりますね、マドモワゼル。誰がハリエット・シッペルを殺したのか？　あなたはアイダ・グランズベリーと言いましたが、それは嘘です」

「あなたに本当のことを話す必要はなさそう。私と同じだけご存知だから」

「では、ここにいるかわいそうなキャッチプール君を哀れんでほしい。彼はまだすべてをわかっていない」

「あなたから話したほうがいいのではないかしら？」ジェニーはうつろな笑みを浮かべた。突然、わずか一瞬前より今の彼女のほうが、存在が薄くなったように感じた。彼女は自分を連れ去ってしまった。

「いいでしょう《トレ・ビヤン》」ポアロは言った。「ハリエット・シッペルとアイダ・グランズベリーから始めましょう。ふたりは、善良な男を早死にに追い込むほど自分たちの正しさに確信を持っていた頑迷な女性でした。パトリックの死後、ふたりは、悲しみを表明したでしょうか？　いいえ、それどころか、神聖な土地に埋葬することさえ反対しました。このような女性たちが、リチャード・ニーガスが説得に努めたからといって、パトリック・アイヴへの仕打ちを後悔するようになったでしょうか？　いいえ、もちろん、なりませんでした。後悔したと言われても説得力がありません。マドモワゼル・ジェニー、そのときあなたが嘘をついているとわかったのです。あなたの話の、あの時点で」

ジェニーは肩をすくめた。「何だってあり得ますわ」

「いいえ《ノン》。真実のみがあり得るのです。ハリエット・シッペルもアイダ・グランズベリーも、あなたが説明してくれた自発的な処刑という計画に決して同意しないことはわかっていました。だから、ふたりは殺されたのです。何て都合のいい話なんでしょう、ふたりの殺人をある種の自殺として押し通すとは！　あなたは、死者が全員喜んで死んでいったと聞けば、たぶんポアロは自分の小さな灰色の脳細胞を仕事から解放してやるかもしれないと思ったのです。あれは彼らが贖罪をするための偉大な機会だった！　何て想像力に富む非凡な話なんでしょう——聞けば、真実に違いないと思いたくなる話です。いったい誰がこのような嘘をでっち上げようと思うでしょうか？」

「それは私を守るための安全装置でした。もしものときのための」ジェニーは言った。

「私を見つけないでほしいと願っていました。でも見つかるかもしれないと恐れてもいた」

「そして、私があなたを見つけたら、七時十五分から八時十分までのアリバイが功を奏するとあなたは期待していた。それからナンシー・デュケインのアリバイも。あなたとサミュエル・キッドは、無実の女に罪を着せようと企てたことで告発されるでしょう。

しかし、殺人または殺人共謀罪で告発されることはない。巧妙だ。はるかに重大な犯罪の罰を避けるために悪事を白状する。あなたの敵は殺され、誰も絞首刑にならない。なぜなら私たちはあなたの話を信じるからです。アイダ・グランズベリーがハリエット・シッペルを殺し、リチャード・ニーガスがアイダ・グランズベリーを殺し、次に自分自身を殺すという話です。あなたの計画は実に天才的だ、マドモワゼル――しかし、エルキュール・ポアロほど天才的ではありません！」

「リチャードは死を望んでいたのです」ジェニーは怒りながら言った。「殺されたのではありません。死ぬと決めていたのです」

「そうです」ポアロは言った。「それは嘘の中の真実でした」

「彼のせいなんです。こんな恐ろしい事件になってしまって。リチャードがいなければ、誰も殺すことはなかった」

「しかし、あなたは殺したのです――それも一度ならずです。そして何気ない言葉をつぶやくことによって私を正しい方向に導いてくれたのは、またしてもキャッチプール君でした」

「どんな言葉を？」ジェニーがきいた。

「彼はこう言ったのです。『murder《マーダー》がDで始まるなら……』」

私が役に立っているとポアロが感謝するのを聞いていると、どうも落ち着かなかった。私の何気ない言葉の幾つかがどうしてそれほど重要だったのか。

ポアロはとうとうまくしたてた。「あなたの話を聞いた後、マドモワゼル、私たちはサミュエル・キッドの家を出てから、当然ながら、あなたが話してくれたことを議論しました。リチャードと一緒に企てたというあなたの想像上の計画……こう言っては何だが、それは人を引きつけずにはおかないアイディアでした。それは整然としていました。倒れていくドミノのように。ただ、注意深く考えると、まったく違っていました。なぜなら倒す順序が変えられているからです。Dが倒れ、次にC、次にB、次にAではないのです。そうではなく、BがAを倒し、次にCがBを倒し……しかし、それはどうでもいいことです」

いったい彼は何を話しているんだ？　ジェニーも同じ事を考えているように見えた。

「ああ、説明をもっとわかりやすくしなければなりませんな」ポアロは言った。「事件の順序をもっと簡単に考えられるように、私は名前を文字に置き換えた。サミュエル・キッドの家であなたが話してくれた計画はこのようなものでした。つまり、BがAを殺し、次にCがBを殺し、それからDがCを殺す。その後でDは、Eが罪を負わされABC の殺人罪で絞首刑になるのを待つ。それからDはみずからを殺す。ミス・ホッブズ、あなたの話によれば、この設定であなたはDだということがわかりますね？」

ジェニーはうなずいた。

「よろしい《ボン》。さて、たまたま、ここにいるキャッチプール君はクロスワード・パズルの愛好家です。この趣味に関連して、彼は〝死〟を意味する六文字の言葉を考えてほしいと私に頼みました。私が〝murder《マーダー》〟はどうかと提案すると、だめだ、とキャッチプール君は言いました。私の提案は〝murder《マーダー》〟がDで始まるなら当てはまるのだと。しばらくしてから、彼の言葉を思い出し、頭の中で根拠のない推測をしました。実は殺人がDで始まったとしたら？　最初の殺人役がアイダ・グランズベリーではなく、あなただったら、ミス・ホッブズ？

時間の経過とともに、この推測は確信へと変わっていきました。ハリエット・シッペルを殺したのがなぜあなたでなければならなかったか理解しました。彼女とアイダ・グランズベリーはグレート・ホリングから〈ブロクサム〉まで汽車も車も一緒ではなかった。従って、ふたりとももうひとりの存在に気づかなかった。そして互いに殺し合うという、全員が同意した計画もなかった。それは嘘に相違なかった」

「真実は何なんですか？」私はいくぶんやけくそになってきいた。

「ハリエット・シッペルは信じました。アイダ・グランズベリーも。自分だけが非常に個人的な理由でロンドンに行くのだと。ハリエットにはジェニーが連絡し、至急会う必要があると言いました。それも極秘でと。ジェニーはハリエットに、〈ブロクサム〉の部屋を予約し、支払いもすませてある、そして、木曜日の午後、おそらく三時半か四時頃ホテルに行くからそこで大切なその用件をすまそうと話しました。ハリエットはジェニーの招待を受け入れました。なぜなら、招待状にはハリエットがけっして抗えないことを書いたからです。

つまり、あなたは何年も前にパトリック・アイヴが拒絶したことを彼女に提供しようと申し出た、そうですね《ネスパ》、マドモワゼル？ 愛する亡き夫との交信です。あなたはジョージ・シッペルがあなたを通して彼女と話したがっていると言いました——十六年前、彼が彼女と交信するのを助けようとしたが失敗したあなたを通して。そして、今また、ジョージはあなたを経由して最愛の妻にメッセージを送ろうとしている。彼があなたにあの世から話しかけたのだと！ 間違いなく、あなたはとても説得力のある話し方をした。ハリエットは抵抗できなかった。真実だと願うあまり信じたのです。生者に接触しようとする愛する死者の魂について、あなたがはるか昔についた嘘——彼女はあのときそれを信じました。そして決して信じることをやめませんでした」

「さすが頭がいいですわ、ムッシュー・ポアロ」ジェニーは言った。「百点満点です」

「キャッチプール君、どうです、自分の息子と言っていいほどの若い男に夢中になっている高齢の女性のことを今なら理解できますか？ きみがあれほど取り憑《つ》かれた人物、三一七号室でナンシー・デュケインとサミュエル・キッドが交わしたゴシップに登場する人物のことを？」

「取り憑かれたなんて。いえ、理解できません」

「ラファル・ボバクが話してくれたことを正確《プレシゼマン》に思い出してみましょう。彼はハリエット・シッペルを装っているナンシー・デュケインがこう言うのを聞いています。『彼女はもう彼が心を打ち明ける人ではなくなってしまったわ。今じゃ彼女にほとんど興味を持っていないんじゃないかしら――彼女はなりふりを構わなくなったし、彼の母親になれる歳よ』考えてみてください、『今じゃ彼女にほとんど興味を持っていないんじゃないかしら』という言葉を――彼が興味を失ったふたつの理由が与えられる前に、まずその事実が断言されている。理由のひとつは彼女が彼の母親になれる年齢だということだった。今、彼の母親になれる年齢です。わかりませんか、キャッチプール君？　今彼の母親になれる年齢だとしたら、ずっと彼の母親になれる年齢であったはずです。他に可能性はありません！」

「それはちょっとこじつけではありませんか？」私は言った。「つまり、〝今〟がなければ、完璧に意味が通ります。彼は彼女にほとんど興味を持っていない――彼女はなりふりを構わなくなり、彼の母親になれる歳だから」

「しかし、キャッチプール君、きみが言ってることはばかげている」ポアロはせき込んで言った。「論理的でない。〝今〟という言葉は文章の中にあったのだ。あるのになかった振りをすることはできない。実際に聞いている〝今〟を無視することはできない」

「同意できかねます」私は少しひるみながらも言った。「あえて言えば、こういう意味だろうと思います。彼女がなりふりに構わなくなる前は、男はふたりの歳の差を特に気にすることも気づくこともなかった。たぶん、それほど目立つものではなかったのでしょう。しかし、彼女がもはや極上のスタイルを保てなくなると、この男はもっと若くて魅力的な女性、今では心を打ち明けるような女性のもとに行ってしまった――」

ポアロは私の話に割り込もうとし始めた。顔を赤くし、イライラしていた。「想像しても無駄です、キャッチプール君、私にはわかっているのだから。ポアロの話をよく聞きなさい！　もう一度何が言われたのか、そしてどんな順序だったのか、よく聞きなさい。『今じゃ彼女にほとんど興味を持っていないんじゃないかしら――彼女はなりふりを構わなくなったし、彼の母親になれる歳よ！』もはや彼女に興味を持っていない理由一の後に、理由二が続いている！　文章の構成から、今のこの不運な情況はふたつとも、かつてはそうでなかったことがはっきりわかります」

「私に向かって怒鳴らなくてもいいでしょう、ポアロさん。あなたの言いたいことはわかります。それでも同意できません。すべての人があなたのように厳密にしゃべるとは限らないのです。私の解釈が正しく、あなたのは間違っているに決まっています。なぜなら、あなたが指摘したように、そうでなければ、意味をなさないからです。あなたご自身が言いました。今彼の母親になれる歳だとしたら、ずっと彼の母親になれる歳であったはずだと」

「キャッチプール、キャッチプール。きみには絶望しそうだ！　同じ会話の後のほうに何が言われたか考えてみなさい。ラファル・ボバクは、リチャード・ニーガスに扮しているサミュエル・キッドがこう言ってるのを聞きました。『彼の母親になれる歳というあなたの主張には反対だ。断固として反対だ』それに対してハリエットに扮していたナンシーは答えました。『私たちはどちらも自分が正しいと証明できないわ。だから、同意できないということで同意しましょう！』しかし、なぜどちらも自分が正しいと証明できないのか？　女が男の母親になれる歳かどうかは、確実に単純な生物学的事実の問題なのです。女が男より四歳年上なら、男の母親になりうる歳ではない。誰もこれに反論しないでしょう！　女が二十歳年上なら、男の母親になりうる歳だ——これも同様に確かなことです」

「女が十三歳年上だったら、どうかしら？」目を閉じていたジェニー・ホッブズが言った。「あるいは、十二歳だったら？　稀にそういうケースがあるらしいわね……もちろん、ここでは当てはまらないけれど」

そうか、ジェニーにはポアロが何を目的にこういう話をしているのかわかっているのだ。この部屋で無知なのは私だけだ。

「十三歳、十二歳——問題外です！ 医者か医学の専門家に、十三歳か十二歳の女性が子どもを産むのは理論的に可能かときいてみれば、答えはイエスかノーです。妊娠可能年齢のボーダーラインを議論するのはやめましょう！ サミュエル・キッドがこの若いとされる男について、もうひとつ興味深いことを言ったのを忘れてしまったのですか？『彼がどう考えているか？ 私は彼には知性はないと主張しますね』と言ったのです。間違いなくきみは言うでしょうね、ミスター・キッドは、問題の男は低能だと言いたかっただけだと」

「間違いなくそう言うでしょうね」私は不機嫌に言った。「なぜ私が見逃していることをはっきりと言ってくれないのですか、あなたは私よりはるかに頭がいいのに？」

ポアロは否定するように舌打ちをした。「畜生《サクレ・トネール》。三一七号室で話題になっていたカップルはハリエット・シッペルと夫のジョージでした。会話は真面目な議論ではなく——あざけりでした。ジョージ・シッペルは、自身とハリエットがまだ若いころに死にました。サミュエル・キッドは、ジョージ・シッペルが死後も存在していたとしても、人間の姿をしていないから、知性がないと主張したのです。彼は幽霊です、そうでしょう《ネスパ》？ 知性は脳に宿り、霊魂は人間の器官を持っていないから、幽霊のジョージは知性を持つことができないわけです」

「私は……ああ、何てことだ。やっとわかりました」

「サミュエル・キッドは自分の意見をああいう言い方で——『私は主張しますね……』——表明しましたが、あれはナンシー・デュケインが彼の意見に反対すると思ったからですよ。彼女は当然言ったでしょう。『もちろん、幽霊は知性を持っているに相違ないわ。幽霊は働きかける力を持っているのよ、それから自由意志も、そうじゃなくて？知性からでなければ、どこからこういうものが来るのかしら？』と」

哲学的には興味深い観点だった。違った情況なら、私自身この問題を検討したかもしれない。

ポアロは続けた。「彼の母親になれる歳というナンシーの発言は、人は死んだときの年齢に永久に固定されるという彼女の信念に基づくものでした。死後、人は歳をとらない。だから、ジョージ・シッペルは、霊として彼の未亡人のもとに戻ってくるとすれば、死んだときの年齢の二十代の若者です。そして、四十代の女性である彼女は、今では彼の母親となれる歳なのです」

「ブラボー」ジェニーは淡々とした口調で言った。「私はそこにいなかったけれど、後で私の前で会話が続きました。ムッシュー・ポアロは本当に恐ろしいほど鋭い洞察力の持ち主ですね、ミスター・キャッチプール。彼に感謝するべきね」そしてポアロに向かってこう言った。「議論は続きました……ああ、永遠と言っていいほど！　ナンシーは自分が正しいと主張するし、サムは譲らなかった。幽霊は年齢という次元では存在しないのだと――幽霊には時間はないから、誰かが幽霊の母親になるほどの年齢に達することなどありえないと言いました」

ポアロは私に言った。「不快な感じがしませんか、キャッチプール君。ラファル・ボバクが食べ物を届けたとき、ナンシー・デュケインはアイダ・グランズベリーの死体を彼女の隣の椅子に腰掛けさせて、その日殺されたもうひとりの女性をあざ笑っていたのです。かわいそうで愚かなハリエット。彼女の夫は墓の向こうから彼女に直接話しかけることに興味を持っていない。話しかけるのはジェニーにだけなのです。ハリエットは夫からのメッセージを受け取りたければ選択の余地はなかった。だから、〈ブロクサム〉でジェニーと会わなければならなかった。そして、そうすることによって、破滅に向かわなければならなかった」

「ハリエット・シッペルほど殺されて当然な人はいません」ジェニーは言った。「私には後悔することがいっぱいあります。でも、ハリエットはそのうちに入りません」

「アイダ・グランズベリーはどうなんです?」私はきいた。「なぜ彼女は〈ブロクサム・ホテル〉に行ったのですか?」

「ああ」ポアロは言った。彼は、自分だけが持っていると思われる無限の知識を決して飽きることなく分け与えるのだ。「アイダ・グランズベリーも抗しきれない招待状を受け取ったのです。リチャード・ニーガスから。愛する死者との交信のためではなく、十六年ぶりに昔の婚約者に会うためだった。それがどれほどの誘惑だったか想像に難くありません。リチャード・ニーガスはアイダを捨て、間違いなく彼女の心を引き裂いた。彼女は一度も結婚しなかった。手紙の中で彼は和解の、そして、おそらくは結婚の可能性をほのめかしたのだと思います。ハッピーエンドです。アイダは同意しました──真実の愛にもう一度チャンスを与えようと思わない孤独な人がいるでしょうか？──そして、リチャードは、三時半か四時に〈ブロクサム〉の彼女の部屋に行くと言いました。キャッチプール君、覚えていますか、きみは、水曜日にホテルに着けば、木曜日を殺されるためだけに使うことができると言ったのですよ？　今では、さらに筋が通る、そうでしょう？」

私はうなずいた。「ニーガスは、あの木曜日に殺人を犯さなければならないこと、そして自分自身も殺されることを知っていた。この二重の試練に精神的に備えるため、一日早く来るのは至極当然のことです」

「それに、汽車の遅れなど、彼の計画の妨げとなることを避けるためでした」ポアロは言った。

「で、ジェニー・ホッブズがハリエット・シッペルを、リチャード・ニーガスがアイダ・グランズベリーを殺したのですね？」

「そうです、キャッチプール君」ポアロがジェニーを見ると、彼女はうなずいた。「およそ同じ時間に、それぞれ一二一号室と三一七号室で。両方の部屋では、同じ方法でハリエットとアイダに毒薬を飲ませたと想像しています。ジェニーはハリエットに、リチャードはアイダにこう言ったのです。『私の話を聞く前に、水を一杯飲んだほうがいいですよ。持って来てあげましょう。座ってください』洗面器の横のコップを持っていきながら、ジェニーとリチャード・ニーガスは毒薬をこっそり入れました。それからコップはふたりの被害者に手渡されました。間もなくして死が訪れたはずです」

「リチャード・ニーガスの死は？」

「ふたりが立てた計画どおり、ジェニーが殺しました」

「サムの家で私がお話ししたことは、多くが本当のことでした」ジェニーが言った。「リチャードは何年も音沙汰がなかったのに、手紙を書いてよこしました。彼はパトリックとフランシスへの仕打ちに対する罪悪感に引き裂かれ、私たち全員が、責任ある四人全員が、みずからの命で償う以外に、そこから抜け出す道――正当な処罰あるいは心の平安――が見つけられないでいました」

「彼はあなたに頼んだのですか……ハリエットとアイダを殺す手伝いを？」私は言った。しゃべりながらも頭では考えつづけていた。

「そうです。ふたりと彼とそして私も。私たち全員でなければならないと彼は主張しました。そうでなければ、意味がないと。彼は殺人者ではなく死刑執行人になりたかったのです――何度もその言葉を使っていました――ということは、彼と私は罰を免れることはできないということでした。ハリエットとアイダが死に値するという点では同じ意見でした。ふたりは邪悪でしたから。でも……私は死にたくなかった。リチャードにも死んでほしくなかった。パトリックの死に関与したことを彼が心から悔いているだけで十分な償いだと思いました。私は……パトリックにとっても、そして、存在するかしないかわからないもっと高い地位の権威者にとってもそれで十分だとわかっていました。しかし、リチャードは納得せず、考えを変えさせる努力をしても無駄だとすぐにわかりました。彼は昔と同じように聡明でした。でも、知性から何かがこぼれ落ち、一風変わった人間になり、奇妙な考えに取り憑かれていました。くよくよと考えていたあの長い年月、罪悪感……彼は偏屈な狂信者になっていました。彼の提案に賛成しなければ、私も殺されることに微塵の疑いもありませんでした。口ではあからさまに言いませんでしたけど。私を脅したくなかったのでしょう。私には親切でした。彼が欲しがっていたものは、必要としていたものは味方でした。同じ考えの人間です。彼は私が彼の計画に賛成すると本気で信じていました。なぜなら、ハリエットやアイダと違って、私には分別があったからです。彼は自分が正しい――彼の解決策が私たち全員にとって唯一の道だ――と確信していました。私は、たぶん彼は正しいと思いましたが、怖かった。今はもう怖くありません。何が私を変えたのかはわかりませんが。たぶん、あのとき、不幸のさなかでさえ、私の人生はもっとましになるかもしれないと考えていたのでしょう。悲しみは絶望とは違うのです」

「あなたは自分の命を救うには、偽らざるを得ないことがわかっていました」ポアロは言った。「リチャード・ニーガスに説得力のある嘘をつくこと――それが死から免れるための唯一の道でした。あなたはどうしていいかわからず、ナンシー・デュケインに助けを求めた」

「ええ、そうです。そして、彼女は私の問題を解決してくれました。いいえ、そう思いました。彼女の計画は素晴らしかった。彼女の助言に従って、リチャードに彼の計画を一点だけ変更するよう提案しました。彼の考えは、ハリエットとアイダが死んだら、彼が私を殺し、それから自分を殺すというものでした。当然のことですが、彼は、自分にとって重要なことは何でも主導権をとることに慣れている権威者でした。最後まで責任を取りたかったのです。

ナンシーは、私がリチャードを殺すのであって殺されるべきではないと、彼を説得しなければならないと言いました。『不可能よ』と私は言いました。『絶対に同意しないわ』でもナンシーは、私が正しいやり方でアプローチすれば、可能だと言いました。私は目的のために、彼よりも身も心もその計画に捧げているふりをしなければなりませんでした。彼女は正しかった。うまくいったのです。私はリチャードに会って言いました。私たち四人、私と彼とハリエットとアイダが死んだのではまだ足りない、ナンシーも罰せられなければならないと。彼女が死んではじめて私も喜んで死ねるというふりをしました。彼女のほうがハリエットよりもっと邪悪だと言いました。巧妙に話を作り上げました。ナンシーがどのような方法で平然とパトリックを誘惑して妻から引き離そうとしたか、そして、決して嫌とは言わせなかったかについて。ナンシーがキングズ・ヘッドで告白を行った本当の動機は、パトリックを助けるためではなく、フランシスを傷つけるためだと私に白状したと言いました。ナンシーはフランシスが自殺をするか、少なくともパトリックを捨ててケンブリッジの父親のところに帰り、彼女に道を譲ってほしいと思っていたと」

「さらなる嘘ですな」ポアロは言った。

「ええ、もちろん、さらなる嘘です——でも、ナンシーがみずから提案した嘘だし、功を奏した嘘でした！　リチャードは私より先に死ぬことに同意しました」

「そして、彼はサミュエル・キッドが絡んでいることを知らなかったんですね？」

「ええ。ナンシーと私がサムを引き込んだのです。彼は私たちの計画に加担しました。ナンシーと私は窓から木を伝って降りるなんてしたくなかった——落ちて首の骨を折るのではないかと怖かった——けれど、中からドアをロックしタイルの裏に鍵を隠したあと、二三八号室を出るにはそれしか方法がありませんでした。だから、サムが必要だったのです——それと、リチャードに成り代わってもらうために」

「そして、鍵はタイルの後ろに隠さなければならなかった」私はひとりでつぶやいた。頭の中を整理しながら。「それで、あなたが話をしてくれたとき——ミスター・キッドの家で聞いた話ですが——すべてがぴったり符合するように見えたわけだ。リチャード・ニーガスは殺人があったように見せかけるために鍵を隠した。なぜならナンシー・デュケインを罪に陥れる計画に関与していたから」

「関与していた」ポアロが言った。「というより、関与していると思っていたんです。取り決めどおりに、ジェニーが彼に毒薬入りの水の入ったコップを渡したとき、彼は彼女が生き残って、ナンシーが三件のブロクサム・ホテル殺人事件で確実に有罪となるよう最善を尽くすと信じていました。確実にナンシーが疑われるような言い方で警察に証言すると信じていました。ナンシーがセント・ジョン・ウォレス卿夫妻と鉄壁のアリバイをでっちあげていることを知りませんでした！　あるいは、死後、カフスボタンが口の奥に押し込まれることも、タイルの後ろに隠された鍵のことも、窓が開けられたことも……知りませんでした。彼は、ジェニー・ホッブズとナンシー・デュケインとサミュエル・キッドが示し合わせて、警察には殺人が七時十五分から八時十分のあいだに起こったように見せかけることも知りませんでした！」

「ええ、リチャードはこのような諸々のことは知らされていませんでした。なぜナンシーの計画が素晴らしいと言ったか、もうおわかりでしょう、ムッシュー・ポアロ」

「彼女は才能豊かな画家だ、マドモワゼル。一流の画家は細部と構造に対し、いかにすべての要素が整合するか、確かな目を持っているのです」

ジェニーは私のほうを向いた。「ナンシーも私もこんなことは望んでいませんでした。信じてください、キャッチプールさん。抵抗すればリチャードは私を殺したでしょう」

彼女はため息をついた。「すべてうまくやりました。ナンシーは罰を免れ、サムと私はナンシーを罪に陥れようとしたことで罰せられるはずでした。でも死罪ではなく、短期間の投獄ですむだろうと思っていました。その後、結婚するつもりでした」私たちの驚いた顔を見て、ジェニーは付け加えた。「ああ、パトリックほどにはサムを愛していません。でも大好きです。良い伴侶となったでしょう、私がナンシーを刺してすべてを台なしにしなければ」

「すでに台なしでしたよ、マドモワゼル。あなたがハリエット・シッペルとリチャード・ニーガスを殺したことはわかっています」

「リチャードは殺していませんよ、ムッシュー・ポアロ。それだけはあなたの間違いです。リチャードは死にたがっていました。彼の完全な同意の上で毒薬を渡したのです」

「ええ。しかし、嘘をつかれて。リチャード・ニーガスは、あなたがた四人が全員死ぬという彼の計画にあなたが同意したからこそ、死ぬことに同意したのです。次に、あなたがナンシーを巻き込んだので五人になりました。しかし、あなたは、本当は同意していなかった。彼を裏切り、彼の背後で陰謀を企てた。あなたがナンシー・デュケインと交わした秘密の約束の真相を話していたら、彼があのときあのようなやり方で死を選んだか誰にもわかりません」

ジェニーの表情がこわばった。「私はリチャード・ニーガスを殺していません。自己防衛だったのです。そうしなければ、私が殺されていたでしょう」

「彼はあからさまには脅さなかったと言いましたね」

「ええ──でも私にはわかっていました。どう思います、キャッチプールさん？ 私はリチャード・ニーガスを殺したのでしょうか、それともそうでないのでしょうか？」

「わかりません」私は戸惑いながら言った。

「キャッチプール君、理屈にあわないことを言ってはいけない」

「理屈にあわないのではありません」ジェニーは言った。「彼は頭を使っているのです。ミスター・ポアロ、あなたが拒否している一方で。どうか考えてください、お願いします。絞首刑になる前に、あなたがこう言ってくださるのを希望しています、私はリチャード・ニーガスを殺したのではないと」

私は立ち上がった。「さあ、帰りましょう、ポアロさん」〝希望〟という言葉がまだ宙に漂っているうちに尋問を終えたかった。

終章

四日後、私はブランチ・アンズワースの下宿の轟々《ごうごう》と燃える炉火の前に座り、ブランディーをすすりながらクロスワード・パズルをやっていた。ポアロが客間に入って来て、私の傍に黙って二、三分立っていたが、私は顔を上げなかった。

やがて彼は咳払いをした。「キャッチプール君」彼は言った。「まだ議論を避けるのですね、リチャード・ニーガスは謀殺されたのか、自殺を幇助されたのか、あるいは自己防衛で殺されたのか否かの議論を」

「それが実のある討論になるとは、とても思えませんから」私は言った。胃がぎゅっと締め付けられた。もう二度とブロクサム殺人事件について話をしたくなかった。私が欲しいもの——必要としているもの——は、事件について書くことであり、事件の詳細をすべて紙の上に記すことだった。書きたいが、話したくないというのは、私にも不思議だった。なぜあることを書くのと話すのがこれほど違うのだろうか？

「心配しないでください、キャッチプール君」ポアロは言った。「もうこの問題は取り上げません。他の話をしましょう。例えば、今朝〈プレザント珈琲館〉に行って来ました。フィー・スプリングからきみに伝言を頼まれました。都合が付き次第きみと話をしたいと彼女は言っています。怒っていましたよ」

「私にですか？」

「そうです。彼女が言うには、〈ブロクサム〉のダイニングルームに座って説明を聞いていたかと思ったら、次の瞬間すべてが終わってしまった。みんなの目の前で殺人が起きたせいで、聴衆は話の途中で投げ出されたままだと。マドモワゼル・フィーは、きみに最後まで説明してほしいのですよ」

「またも殺人が起きたのは、私の責任ではありません」私は小声で言った。「他の人のように新聞で事件を読めばいいのでは？」

「いいえ《ノン》。彼女は特にきみから話をききたがっている。ウエイトレスにしては、彼女の知識はたいしたものです。賞賛に値する若いご婦人ですぞ。そう思いませんか、キャッチプール君？」

「あなたの意図はわかっていますよ、ポアロさん」私はうんざりして言った。「本当です。あきらめなければいけません。時間を無駄にしています。フィーもそうです。仮に……さあ向こうへ行ってくれませんか？」

「私に怒っているんですね」

「ええ、少し」私は認めた。「ヘンリー・ニーガスとスーツケース、ラファル・ボバクと洗濯用カート、ホテルの庭にいたトーマス・ブリッグネルとガールフレンド。彼女はたまたまイギリスの半分の女性が着ている薄茶のコートを着ていた。手押し車……」

「ああ！」

「そうです、〝ああ〟なんです。あなたはジェニー・ホッブズが死んでいないことを百も承知していた。それなのに、なぜわざわざ私を間違った方向に導いて、彼女の死体が四〇二号室からもっともあり得そうにない三つの手段で運び出されたのではないかと思わせたのですか？」

「なぜならキャッチプール君、きみが想像力を働かせるように仕向けたかったからですよ。もっともあり得そうもない可能性をいつも考えなければ、きみがなりうる最高の刑事にはなれないでしょう。小さな灰色の脳細胞の教育です。その細胞を普段とは違う方向に働かすのです。そこからインスピレーションは生まれるのです」

「そんなにおっしゃるならやってみますが」私は疑わしく思いながら言った。

「ポアロはやりすぎだ、ときみは思っている――必要以上に。おそらくそうでしょう」

「四〇二号室の血痕が部屋の中心の血溜まりからドアまで流れているとあなたは大騒ぎをし、ドアの幅がどうだと大声をあげた――あれは何だったのですか？　ジェニー・ホッブズは殺されておらず、どこにも引きずられて行ってないことを、あなたは知っていたのです！」

「私は知っていた。しかし、きみは知らなかった。我々の友人セニョール・ラザリのように、マドモワゼル・ジェニーは死んで、床の血は彼女の血だと信じていた。ああ《アロール》、私は、きみに自分自身に問いかけてほしかったのです。スーツケース、車輪付きの洗濯用カート――これはふたつとも四〇二号室に持ち運ぼうと思えば持ち運ぶことができたものです。死体があるその場所まで。それなら、なぜ殺人犯は死体をドアまで運ぶのでしょう？　彼はそんなことはしない！　いや、彼女はしない！　ドアの方向に流れている血痕は偽物でした。その目的は、部屋に死体がないのだから、部屋から引きずり出されたはずだと我々に示唆することでした。これは殺人事件に信憑性を与えるためのきわめて重要な、いかにも本当らしい細部なのです。

しかし、エルキュール・ポアロにとっては、すでに持っていた強い疑念を確認させてくれる細部でした。つまり、ジェニー・ホッブズも、他の誰も、あの部屋で殺されてはいなかったのではという疑念です。血痕をドアのほうに向かわせてしまうような死体の片づけ方を私は想像できなかった。最初に死体を何らかの容器――入れ物――に隠さずに、被害者の死体をホテルの廊下に出すような殺人犯はいないでしょう。私が考えつく入れ物はどれも簡単に部屋の中に持ち込めるもので、死体を入れ物にではなく、入れ物を死体まで持っていったはずです。こんなに簡単なロジックなんですよ、キャッチプール君。きみがこの点をすぐ理解しないのは驚きでした」

「ちょっとした助言をさせてください、ポアロさん」私は言った。「今度私にすぐに理解させたいことがあったら、その場で口を開け、何でもいいですから事実を話してください。単刀直入にお願いします。ずいぶん手間が省けるのがわかりますよ」

彼は微笑した。「わかりました《ビヤン》。親友キャッチプール君から、単刀直入という行動《コンポルトゥマン》を学ぶよう努力しましょう。すぐ始めますよ」彼はポケットから封筒を取り出した。

「一時間前に私のもとに届きました。きみの個人的なことに介入するのは歓迎されないかもしれないが、キャッチプール君――たぶん、きみは思っている。『お呼びでないのに、ポアロはくちばしを容れる』と。――しかし、この手紙は、きみが我慢しかねている私の悪癖に感謝を表しています」

「フィー・スプリングのことをおっしゃっているのなら、彼女は私の〝個人的なこと〟ではないし、今後そうなることもありません」私は、彼の手の中の書状を見つめながら言った。「今回は、どこのかわいそうな人間の個人的問題にちょっかいを出しているんですか？　それに、何を感謝されているんです？」

「互いに熱愛しているふたりを結びつけたことですよ」

「手紙は誰からですか？」

ポアロがまた微笑んだ。「ドクター・アンド・ミセス・アンブローズ・フラワーデイ」彼はそう言って、私に封筒を手渡した。

解説

クリスティー研究家
数藤康雄

ミステリの主人公が私立探偵でも警官でもかまわないが、第一作で目を見張る活躍をするとシリーズ化されることが多い。その後に一定の固定読者が見込まれるからであろうが、著者の死後もその人気が衰えずにいると、他の作者がそのシリーズを書き続けることが間々ある。代表例は、言わずもがなのシャーロック・ホームズ物で、著者の死後八十年以上にもなる二一世紀に入っても、コナン・ドイル財団公認の『絹の家』（アンソニー・ホロヴィッツ著）という贋作（パスティーシュ）が出版されているほどだ。

ご存知〇〇七号ことジェイムズ・ボンドもホームズに比肩する人気者で、著者イアン・フレミングが亡くなった（一九六四年）後でも、十数作の新作が書かれている。ボンド物については、映画が大ヒットしてシリーズ化された関係で、映画用の原作が不足してきたことも一因であろうが、最近でもリンカーン・ライム物で有名なベストセラー作家ジェフリー・ディーヴァーが『007 白紙委任状』を書くほど、〇〇七の人気は相変わらず衰えていないことがわかる。

古典的名探偵としての知名度ではシャーロック・ホームズに次ぐエルキュール・ポアロ（アガサ・クリスティーが創造した名探偵）の贋作はどうなっているのか？ これほどの人気者とはいえ、不思議なことに、著作権者の了解を得た公認の長篇はこれまでは絶無だった（短篇は数本書かれているようだが）。

一般論を言えば、おそらく多くの著者は、ホームズ物のように他の作家が勝手にパロディやパスティーシュを書くことには反対だろう。自分が愛した名探偵が、自分の死後に他人の手で活躍させられるのには釈然としないものがあるからだ。クリスティーも、当然そう考えていたに違いない。とはいえ自分の死後のことを自分で完全にコントロールすることは不可能である。そこでクリスティーが考えた巧妙な手段は、次のようなものだったと推測することは可能ではないか？

一九三九年、クリスティーは技巧の粋を凝らした『そして誰もいなくなった』を完成させた。さらなる〝ヘラクレスの難業〟となれば、ポアロが自分の死を推理するという奇抜な作品ではないだろうか。そのアイディアを温めていたとき第二次世界大戦が勃発し、ロンドンは空襲を受け、自身が住む建物は一部破壊された。身の危険を感じたクリスティーは最悪の場合を考慮し、ポアロが死ぬ『カーテン』を思い切って書き上げ、それを自分の死後に出版してもらおうと決めた。死後の出版ならば、作者が殺した探偵を生き返らせて活躍させるような後継者は絶対に現れないだろうと考えたからである。しかし、幸いにも第二次世界大戦中の突然の死は免れたため、『カーテン』の原稿はお蔵入りとなった。クリスティーがその原稿の存在を公表したのは、誰もが死を意識せざるを得ないという七十歳を過ぎてから。その際にも『カーテン』は自身の死後にしか出版しないと言明していた。

クリスティーの決心が変わったのは、八十四歳（一九七五年）の時だった。この年のクリスティーは体調が思わしくなく、もはや新作を書くことは不可能に近かった。しかし彼女の新作を毎年出し続けてきた出版社（コリンズ社）としては、二年続けて新作を出せないことは営業上大きな打撃である。そこで登場したのが社長のサー・ウィリアム。彼はいざとなると説得の達人だったようで、クリスティーに対して切り札を出した。ポアロを自身の手できちんと始末しておかないと、誰か他の作家がポアロの延命を図る可能性がある。その危険性として、当時の英国を代表する作家キングズリイ・エイミスがロバート・マーカム名義で書いた００７ジェイムズ・ボンドの贋作『００７号／孫大佐』を挙げたというのである。そして決定打として「早急に手を打たないと、エルキュール・ポアロがどたばた喜劇に、いや、どうかするとマカロニ・ウェスタンのゲスト・スターとして登場するのを見ることになりかねませんぞ」（吉野美恵子訳『アガサ・クリスティの秘密』）と言ったとか。

この脅し（?）にはさすがのクリスティーも動揺したようだが、結果的に『カーテン』はクリスティーの生前（一九七五年）に無事出版され、その後贋作が出版されることもなかった。『カーテン』出版から三十九年後の今年までは。

クリスティーが望まなかったと思われる、他の作者が書いたポアロ物の新作がなぜ登場したのかを考える前に、本書の著者ソフィー・ハナを簡単に紹介すると、一九七一年生まれで、夫と二人の子供とともにケンブリッジに住んでいる。一九九〇年代から詩や児童文学の本を出していたようだが、二〇〇六年に本格的な作家デビューを果たし、すでにサイコ・スリラーを九冊も出版している中堅作家といってよい。マルチタレントな彼女がポアロ物の新作を引き受けた最大の要因は、もちろん昔から大のクリスティー・ファンであったからだ。

一方、クリスティーの著作権管理会社や出版社は、ポアロの新作を書ける実力作家を秘かに探していた。というのも、一九八九年から四半世紀続いたディビッド・スーシェ演じるポアロのTV映画が二〇一三年一一月に「カーテン」の放映で終了することになり、終了後の次の話題作りの目玉として、ポアロ物の新作の出版を企画していたからであろう。そして幸運なことにハナの出版代理人と出版社の社員とが知り合いだったことから、話は急展開。最初の数章を読んだクリスティーの孫マシューもゴー・サインを出して、最終的に新しいポアロ物が完成することになったのだ。

　本書の中で、まず注目すべきは、事件の発生を一九二九年二月に設定したこと。クリスティーの書いたポアロ・シリーズを調べると、一九二〇年の『スタイルズ荘の怪事件』で初登場したポアロは、その後ロンドンの下宿に転居して数々の事件を解決し（主として短篇小説の中だが）、一九二六年には一時田舎に隠退したものの『アクロイド殺し』で再び脚光を浴び、二年後の一九二八年には『青列車の秘密』事件を旅行中に解決している。

　ところがその後、ポアロの活躍は一九三二年の『邪悪の家』まで飛んでしまう。それ以後のポアロは、一九四〇年代前半まではほぼ毎年難事件を解決しているから、一九二八年からの四年間は、明らかに奇妙な空白期間と言ってよい。ホームズが一八九一年の「最後の事件」で消えた後、一八九四年の「空き家の冒険」事件で再登場するまでの謎の三年間に近いが、ホームズは当時英国に不在であったから、その期間のホームズ物の贋作はかなりの制約を受けている。それに対してポアロは英国内のどこに居てもまったく問題が起きない。ハナはそれを意識していたからこそ、新ポアロ物の事件発生を一九二九年とし、自由な発想で物語を作ったのであろう。

　次に注目すべきは、物語の語り手だ。お馴染みのヘイスティングズ大尉は一九二四年頃にアルゼンチンに移住し、再び英国に戻ってきたのは『邪悪の家』事件の一九三二年だから、よほどの正当な理由をつけないとヘイスティングズ大尉は利用しにくい。そこで、なんとポアロと同じロンドンの下宿に住む三十二歳のスコットランド・ヤードの警察官エドワード・キャッチプールを創造したのである。現役の警官だけに、ポアロも事件にすんなりと介入していける利点もある。そのうえ、物語の雰囲気がクリスティーのポアロ物と多少異なったとしても、それはキャッチプールとヘイスティングズの語り手の違いとして言い訳が出来る。新作を書くうえで実に上手い手段だと感心してしまった。

肝心の物語はというと、まず冒頭でポアロは異常な警戒心を持つ謎の女性に遭遇し、次の章では高級ホテルの客室で滞在客三人が連続して死亡する事件が発生する。読者を一気に物語に引き込む素早い展開で、いやでも『ABC殺人事件』を思い出してしまうが、この連続殺人には毒薬が使用されていることもわかる（クリスティーのもっとも得意とする殺人手段！）。やがて〝犯罪の陰〟に小村における噂が浮かび上がってくるのだが、この辺りはマープル物の『動く指』を想起させる設定になっている。さらに『スリーピング・マーダー』や『五匹の子豚』のように、〝過去の罪は長い尾を引く〟というプロットが採用されていることもわかってくる。つまりいくつものクリスティー作品から大なり小なり影響を受けて物語が作られていることが実感できるわけだ。

もちろん創作者としての本質的な資質の違いが出ている面もある。一九三〇年代までのクリスティーのポアロ物は多くがフェアな謎解き小説であるのに対して、ハナはサイコ・スリラー作品を得意としているからか、本書は謎解き形式のスリラーと評した方が適しているだろう。謎解きより、意外性に富んだストーリーとしての面白さが勝っているからだ。

さらに二人の作品の違いをもう一つ書いておくと、かつてミステリ作家のエドマンド・クリスピンは、クリスティーの成功の秘密を問われて「簡潔平明です」と答え、クリスティーを〝簡潔さの女王〟とまで言っている（『アガサ・クリスティー読本』（早川書房））。それに対して本書は、謎もプロットもいささか複雑だ。クリスティー作品の新作として評価するならば、もう少し簡潔さが欲しかった。しかしそこまで要求するのは、クリスティー作品そのものを求める、無いものねだりに等しいか。クリスティー作品を偲びつつ、ハナ作品の独自の魅力に引き込まれれば、一読二倍の楽しさを満喫できるだろう。

二〇一四年九月

本書は、二〇一四年十月に早川書房より単行本
として刊行された作品を文庫化したものです。

訳者略歴
山本博　弁護士，著述家，翻訳家　訳書『最後の旋律』マクベイン（早川書房刊）他多数
大野尚江　英米文学翻訳家　訳書『遺伝子捜査官アレックス　殺意の連鎖』アンドリューズ（早川書房刊）他多数

モノグラム殺人《さつじん》事件《じけん》

〈クリスティー文庫 104〉

二〇一六年九月二十五日　発行
二〇二〇年十一月二十五日　二刷
（定価はカバーに表示してあります）

著者　ソフィー・ハナ
訳者　山《やま》本《もと》博《ひろし》　大《おお》野《の》尚《ひさ》江《え》
発行者　早川浩
発行所　株式会社　早川書房
郵便番号一〇一－〇〇四六
東京都千代田区神田多町二ノ二
電話　〇三－三二五二－三一一一
振替　〇〇一六〇－三－四七七九九
https://www.hayakawa-online.co.jp
乱丁・落丁本は小社制作部宛お送り下さい。
送料小社負担にてお取りかえいたします。

印刷・株式会社亨有堂印刷所　製本・株式会社明光社
Printed and bound in Japan
ISBN978-4-15-130104-9 C0197

本書は活字が大きく読みやすい〈トールサイズ〉です。